सपने में आये तीन परिवार

सपने में आये तीन परिवार

व्यंग्य-समग्र–छह

नरेन्द्र कोहली

वाणी प्रकाशन

वाणी प्रकाशन

4695, 21-ए, दरियागंज, नयी दिल्ली 110 002

शाखा

अशोक राजपथ, पटना 800 004

फ़ोन: +91 11 23273167 फ़ैक्स: +91 11 23275710

www.vaniprakashan.in
vaniprakashan@gmail.com

SAPANE MEIN AAYE TEEN PARIWAR

VYANGYA-SAMAGRA–6
by Narendra Kohli

ISBN : 978-93-5072-349-4
Satire

प्रथम संस्करण

मूल्य : ₹ 495

आर. टेक ऑफ़सेट, दिल्ली-110095 में मुद्रित

वाणी प्रकाशन का लोगो मक़बूल फ़िदा हुसेन की कूची से

अनुक्रम

अधिकार

"देखो कम्प्यूटर फिर काम नहीं कर रहा है।" रामलुभाया ने कहा।

"ठीक है।" मैंने कहा, "मैं इंजीनियर को फोन कर देता हूँ। आकर देख लेगा।"

"नहीं! गुप्ता को नहीं बुलाना है। बल्कि इस बार उससे ठीक ही नहीं कराना है। किसी और को बुलाओ।"

मैं कुछ परेशान हुआ। गुप्ता जी हमारे वर्षों के परखे हुए व्यक्ति थे। अब अचानक क्या हो गया कि यह रामलुभाया उन्हें बुलाना ही नहीं चाहता।

"क्यों? उसे क्यों नहीं बुलाना है?" मैंने पूछा।

"वह आएगा और कहेगा, यह बदल दो, वह बदल दो।" रामलुभाया ने कहा, "हाँ कोई भी पुर्ज़ा खराब नहीं है। हमको कुछ नहीं बदलवाना। इसीलिए गुप्ता को नहीं बुलाना। किसी और को बुलाओ।"

"तुम्हें कम्प्यूटर के विषय में कुछ मालूम भी है?"

"नहीं।"

"दोष क्या है, मालूम है?"

"नहीं।"

"तुम्हें कैसे पता है कि गुप्ता जी क्या कहेंगे – तुम भविष्य वक्ता हो या उनके मन में बैठे हो?"

"नहीं।"

"तो तुमने कैसे निर्णय ले लिया कि गुप्ता जी को नहीं बुलाना है, चाहे और किसी भी काले चोर को बुला लें?" मैंने उसे डाँट दिया और प्रसन्न हो गया कि मैंने उसकी अकल ठिकाने लगा दी है।

उसने मुझे घूरा, "तुम्हारी पार्टी के अध्यक्ष संस्कृत जानते हैं?"

"नहीं!" मैंने उत्तर दिया; किन्तु समझ नहीं पाया कि वह कम्प्यूटर से हमारी पार्टी के अध्यक्ष तक कैसे पहुँच गया।

"वे हिन्दी जानते हैं?"

"नहीं। पर उससे इसका क्या सम्बन्ध?"

"उन्होंने रामायण को मूल में कभी पढ़ा है?"

"नहीं! पर..."

"वे उसका शब्द शब्द गहराई से समझते हैं?"

"नहीं! पर..."

"पर पर क्या।" उसने मुझे डाँट दिया, "जब वे बिना जाने, बिना पढ़े, बिना समझे, उसका सम्पादन करने की माँग कर सकते हैं, तो मैं कम्प्यूटर के इंजीनियर को बदलने की माँग क्यों नहीं कर सकता?" **(22.7.2005)**

अपनी हत्याओं के अपराधी

मैं समाचारपत्र पढ़ रहा था कि अकस्मात् ही वे आ गये।

"यह बंगलादेश ने दूसरी बार हमारे सीमा सुरक्षा बल पर आक्रमण किया है।" मैंने कहा, "और एक हमारी सरकार है कि इसके कान पर जूँ ही नहीं रेंगती।"

"क्या हो गया?" उन्होंने उदारतापूर्वक हँस कर ऐसे कहा, जैसे मैं अपने पोतों के बचकाने झगड़ों पर उन्हें शान्त करने के लिए कहता हूँ।

"हमारे जवानों को यह पिद्दी सा देश ऐसे मारता है, जैसे वे कोई कीड़े मकोड़े हों और उनके शव पशुओं के समान ढो कर हमें दे जाता है।" मैंने अपना दुख और रोष प्रकट किया।

पर उन पर न तो इस घटना का कोई प्रभाव हुआ, न मेरे रोष का।

किसी सिद्ध पुरुष के समान वे अलौकिक भाव से मुस्कराए और बोले, "कुछ हमारे लोगों ने भी किया ही होगा। ये अपनी हरकतों के विषय में थोड़ी बताएँगे।"

आश्चर्य से मेरा मुँह कुछ खुल गया। हद हो गयी। देश की रक्षा के लिए, सीमा पर खड़े अपने जवानों के मरने का इन्हें कोई दुख नहीं है। बंगलादेश की दुष्टता उन्हें नहीं अखरती, अपनी सरकार की निष्क्रियता पर इन्हें कुछ नहीं कहना है। उल्टे आरोप लगा रहे हैं कि हमारे लोग भी कुछ करते ही होंगे। ये बंगलादेश को निर्दोष घोषित कर उन्हें क्षमा तो कर ही रहे हैं, अपने ही देशवासियों को – अपने देश की रक्षा में अपने प्राण गँवाने वाले शहीदों को – अपराधी घोषित कर रहे हैं।

पर इस देश में कुछ भी सम्भव है। हाँ एक सरकारी जाँच समिति खोज कर रही होती है कि गोधरा में रेलगाड़ी में जल कर मरने वालों निर्दोष लोगों का हत्यारा कौन है; और एक रेल मन्त्री अपनी इच्छा से स्वार्थवश, किसी खाली बैठे क्रीत न्यायाधीश को एक नयी जाँच करने पर लगा देता है। वह न्यायाधीश उसकी इच्छा के अनुसार तत्काल जाँच पूरी कर अपने पूर्वनिर्धारित निष्कर्ष प्रकाशित कर देता है कि गोधरा के यात्री अपने साथ पेट्रोल और मिट्टी का तेल ले कर चल रहे थे। वे रेलगाड़ी में खाना पका रहे थे और उसी से आग लग गयी। जब गाड़ी में आग लग गयी तो उन्होंने भीतर से अपनी बोगी के द्वार बन्द कर लिए, ताकि वे बाहर न निकल सकें और अपने साथियों सहित भीतर ही जल कर मर जाएँ।

उस विद्वान् और न्यायप्रिय न्यायाधीश ने अपनी न्यायिक जाँच में यह भी खोज

निकाला कि गोधरा के मुस्लिम समुदाय को यह पहले से ही मालूम था कि ये राम भक्त अपना खाना पकाते हुए जल कर मरेंगे। वे लोग सहस्रों की संख्या में प्रातः ही उस स्टेशन पर एकत्रित हो गये थे, ताकि निर्दोष लोगों के जीवित जल मरने का तमाशा देख सकें। उनके हाथों में पत्थर थे, ताकि जब आग लगे तो वे जलते हुए लोगों पर पत्थर चला कर अपने मन की आग बुझा सकें। उस जज ने अपना निर्णय दिया कि वे यात्री, अपनी हत्या के अपराधी थे, अतः उन्हें पुनः मृत्युदंड दिया जाए।

ऐसी चमत्कारी खोज संसार में पहले कभी नहीं हुई थी। एक मन्त्री ने सरकारी जाँच समिति के काम को बाधित करने के लिए अपनी निजी समिति बना दी। ऐसे मन्त्री भी पहले कभी नहीं हुए। ऐसे चमत्कारी न्यायाधीश भी और कहाँ मिलेंगे। ... वैसे ही ये महापुरुष भी मेरे सामने बैठे हैं, जो अपने देश के शहीदों को अपनी हत्या के अपराधी घोषित कर रहे हैं।

"एक बार आपने बताया था कि आपकी बेटी को मुहल्ले के कुछ गुंडों ने परेशान किया था।" मैंने सहसा कहा।

उन्होंने चकित हो कर मेरी ओर देखा, "आज आपको यह प्रसंग कहाँ से स्मरण हो आया?"

"सीमा सुरक्षा दल के शहीदों ने स्मरण करा दिया।" मैंने कहा, "आप कह रहे हैं कि अपने लोग भी तो कुछ करते ही होंगे।..."

"जी!"

"मेरा मन हो रहा है कि कहूँ कि जब उन गुंडों ने आपकी बेटी को परेशान किया था, तो आपकी बेटी ने भी तो कोई हरकत की ही होगी। छेड़े जाने का सुख उठाने के लिए ही उसने शायद गुंडों को उकसाया हो...।"

"क्या बक रहे हैं आप?" वे क्रुद्ध हो उठे, "भले घर की कोई लड़की गुंडों से छेड़ी जाने में सुख का अनुभव करेगी?"

"तो भारत जैसे निरीह देश के जवान अपनी मृत्यु का तमाशा देखने के लिए अपने शत्रुओं को उकसाएँगे?" मैंने कहा, "और आपकी बेटी ने अपनी हरकत तो नहीं ही बताई होगी। कोई लड़की नहीं बताती। पर हमारे संचार माध्यम तो अपने देश और देशभक्तों को नंगा करने का तमाशा सदा ही करते रहते हैं। आपका क्या विचार है कि हमारे सैनिकों के द्वारा कुछ भी ऐसा हुआ होता तो हमारे संचार माध्यम चुप रहते? वे बंगलादेशी सेना और सरकार के वक्तव्यों से अपने समाचारपत्र काले नहीं कर देते? अपना मुख तो वे काला करते ही रहते हैं।"

"अरे आप तो बात को कहाँ से कहाँ ले गये।" वे हँस रहे थे।

मेरा मन हो रहा था कि कहीं एकान्त में जाकर देर तक रोऊँ। भारत माता से पूछूँ, "हे माँ! तूने अपनी कोख से ही ऐसे सपूतों को क्यों जन्म दिया, जो तेरे दुख से दुखी और तेरे अपमान से अपमानित नहीं होते?"

(3.5.2005)

अभिव्यक्ति की स्वतंत्रता

वह महिला, थानेदार के सामने वाली कुर्सी पर बैठ गयी। थानेदार की आँखों में चेतावनी थी कि वह अक्षम्य अपराध कर रही है। कोई अपनी इच्छा से थानेदार के सामने बैठने का साहस कैसे कर सकता है।... किन्तु महिला अनपढ़ थी। उस भाषा को पढ़ नहीं सकी। बोली, "मेरा नाम तसलीमा नसरीन है।"

"तो अचार डालूँ उसका?"

"नहीं। आपको वह कष्ट करने की आवश्यकता नहीं है। अचार तो वे डालेंगे, आपके देश का।"

"कौन?"

"जो मेरा सिर माँग रहे हैं।"

"क्या करेंगे आपके सिर का? यह कोई गोभी का फूल तो है नहीं कि इसे पका कर खाएँगे।"

"रसोई से बाहर निकल थानेदार।" महिला ने कहा, "मैं अपराध जगत् की बात कर रही हूँ। उन्होंने मेरी हत्या की सुपारी दी है। वे मेरा सिर लाने वाले को पुरस्कृत करने की घोषणा कर रहे हैं।"

"देखो मैडम।" थानेदार बोला, "यदि किसी साधारण व्यक्ति ने सुपारी दी है, तो हम अभी उसे हथकड़ी पहना कर सीखचों के पीछे धकेल देंगे किन्तु..."

"किन्तु क्या? कानून तो सबके लिए एक होता है।"

"नहीं। हमारे यहाँ आरक्षण का प्रचलन है। कुछ लोग कानून से आरक्षित हैं। वे जब चाहें, कानून का सिर माँग सकते हैं। वे कानून की हत्या की भी सुपारी दे सकते हैं।"

"कौन लोग हैं?"

"कांग्रेस पार्टी। हमारे प्रधानमन्त्री। हमारे शासक।"

"किन्तु मेरा सिर तो कुछ मुस्लिम संगठन माँग रहे हैं। उसमें कांग्रेस का कोई हाथ नहीं है।"

"माँग तो मुस्लिम संगठन ही रहे होंगे और अपने धर्म के नाम पर माँग रहे होंगे। किन्तु उन्हें ये माँगें कांग्रेस सरकार ने परोसी हैं और यह सब माँगने का साहस

भी कांग्रेस सरकार ने ही दिया है। अफजल को माफी न दी जाए, यह माँग किसकी है?''

''कांग्रेसी मुख्यमन्त्री की।''

"उसकी फाइल किसने रोक रखी है? एक दूसरी कांग्रेसी मुख्यमन्त्री ने। प्रधानमन्त्री मनमोहन सिंह यह मानते हैं कि सिख शक्तियों ने मुगलों से लड़ कर अच्छा नहीं किया, इसलिए वे उसकी क्षतिपूर्ति कर रहे हैं। वे मुगलों का राज्य लौटा देना चाहते हैं।''

"कैसे?''

"उन्हें केवल मुसलमानों को शिक्षा देने की चिन्ता है। शिक्षा नहीं, तालीम। हिन्दी या भारतीय भाषाओं में नहीं, उर्दू में।...''

"क्यों?''

"ताकि इस देश के मुसलमानों और अन्य धर्मावलंबियों की भाषा कभी भी एक न हो सके। वे हिन्दुओं से पृथक् और दूर रहें।''

"पर क्यों?'' तसलीमा नसरीन ने पूछा, "हमने बांगलादेश में उर्दू का विरोध किया था।''

"तुम्हारे प्रधानमन्त्री मनमोहन सिंह नहीं थे न। न शिक्षा मन्त्री अर्जुन सिंह थे। न वहाँ सोनिया गाँधी जैसी कोई महाशक्ति थी।'' थानेदार ने कहा, "मनमोहन सिंह चाहते हैं कि शिक्षा केवल मुसलमानों को दी जाए। वे शिक्षित हो जाएँ तो नौकरियाँ केवल उनको ही दी जाएँ। उनके लिए नौकरियों का आरक्षण भी हो चुका है। उन्हें मकान बनाने के लिए, व्यापार करने के लिए तथा अन्य कामों के लिए धन भारत सरकार दे।...''

"पर तुम्हारी सरकार तो सेकुलर है। भारत इस्लामिक देश नहीं है। फिर यह सब क्यों?''

"हमारे देश में सेकुलर का अर्थ इस्लामिक ही होता है।'' थानेदार मुस्कराया, "कांग्रेस एक पाकिस्तान 1947 ई. में बना चुकी है। कश्मीर को भी व्यवहारतः इस देश से काट ही चुकी है। उसका मन भरा नहीं है। वह आसाम को भी भारत से पृथक् करके ही दम लेगी। और तब तक नये पाकिस्तान बनाती ही चली जाएगी, जब तक यह सारा देश पाकिस्तान नहीं बन जाएगा।''

"यहाँ भी पाकिस्तान बन जाएगा?''

"प्रयत्न तो यही है।''

"तो इसीलिए वे मुझपर आक्रमण करने का साहस कर रहे हैं, मेरा सिर माँग रहे हैं?''

"अब आप ठीक समझीं।'' थानेदार मुस्कराया, "यह तो सरकार के एजेंडे पर है।''

"मैं तो समझती थी कि मैं यहाँ सुरक्षित हूँ।" तसलीमा घबरा गयीं।

"आप सुरक्षित हैं मैडम।" थानेदार बोला, "वे लोग आपका सिर ही तो माँग रहे हैं। मनमोहन सिंह कब से अपना सिर उनके चरणों में डाल चुके हैं। वे तो स्वयं को सुरक्षित ही मानते हैं।"

"मैं तो सोच रही थी कि मैं प्रधानमन्त्री से अपनी सुरक्षा की गुहार करूँगी।"

"आपकी सुरक्षा!" थानेदार बोला, "दैट इज नो प्राब्लेम। उसका प्रबन्ध हो चुका है।"

"सच?"

"हाँ। उनका आदेश आ चुका है कि आपके विरुद्ध एफ. आई. आर. दर्ज कर आपको हवालात में डाल दिया जाए।"

"इसका क्या अर्थ हुआ?" तसलीमा चौंक कर उठ खड़ी हुईं।

"हवालात में आप पुलिस सुरक्षा में हैं। कोई आपका कुछ नहीं बिगाड़ सकेगा। बहुत से बहुत वे आपका सिर माँग लेंगे। वह हम उनको दे देंगे। शेष आप सारी की सारी सुरक्षित हैं।"

"और अभिव्यक्ति की स्वतन्त्रता?"

"वह आपको प्राप्त है, यदि अल्पसंख्यक आयोग आपको उसकी अनुमति दे और कट्टरपन्थी मुल्लाओं को उसमें कुछ आपत्तिजनक न लगे।"

"यह अभिव्यक्ति की स्वतन्त्रता का कॉपीराइट, भारत के संविधान से छीन कर, उन्हें किसने दे दिया?"

"हमारी महान् भारत सरकार ने।" थानेदार हँसा, "अच्छा आइए, आपकी सुरक्षा का प्रबन्ध कर दूँ।"

थानेदार ने हथकड़ी अपने हाथ में ले ली और कुर्सी से उठ खड़ा हुआ।

(9.9.2007)

अल्पसंख्यक

रामलुभाया बहुत पीड़ित लग रहा था।

"क्या हुआ रामलुभाया?" मैंने पूछा।

"अरे इस देश का क्या होगा?"

"क्यों? अब ऐसा क्या हो गया?" मैं कुछ अचकचा कर बोला, "यह संसार है, हाँ प्रतिदिन कुछ-न-कुछ तो होता ही रहता है? आज क्या हो गया?"

"आज भारत की केन्द्रीय सरकार ने एक नया मन्त्रालय बनाया है।"

"तो बनाने दो। भगवान् उनका भला करे। कुछ मंत्रियों की बेरोजगारी दूर होगी। कुछ कर्मचारी भी बढ़ेंगे। कुछ लोगों को काम-धाम मिलेगा यार। उन लोगों के बाल-बच्चे सरकार को आशीर्वाद देंगे।"

"पहले यह तो पूछ लो कि मन्त्रालय कौन सा खुला है?" उसका हृदय क्रौंची की आत्मा के समान चीत्कार कर उठा।

"कौन सा खुला है?" अपनी कोई रुचि न होते हुए भी मैंने उसे प्रसन्न करने के लिए पूछ लिया।

"अल्पसंख्यक मन्त्रालय!"

"तो उसमें मन्त्रियों की संख्या बहुत अल्प होगी।"

"नहीं रे मूरख।" वह गाली-गलौज पर उतर आया, "वह मन्त्रालय केवल अल्पसंख्यकों के कल्याण के विषय में सोचेगा।"

"सोचेगा ही या कुछ करेगा भी?" मैंने पूछ ही लिया।

"करने के लिए ही तो सोचेगा, अपनी सोच को कूड़े की टोकरी में तो डालना नहीं है।"

"कूड़े की टोकरी में क्यों डालेंगे, वहाँ से तो वे अपनी सोच उठाते ही हैं।"

"व्यर्थ की बातों में उलझे हो, सोच भी नहीं पा रहे हो कि वे क्या करने जा रहे हैं।"

"अच्छा है कि कुछ करें तो अल्पसंख्यकों के लिए। कोई तो कुछ करे।" मैंने सुख का अनुभव किया, "सच्चे लोगों की संख्या इतनी कम हो गयी है। कोई तो उनके विषय में भी सोचे।"

"तुम्हारा विचार है कि वह अर्जुनसिंह सच्चे लोगों के कल्याण के लिए मन्त्रालय

खोल रहा है।'' रामलुभाया बिफर उठा, “तुमको वह राजा हरिश्चन्द्र दिखाई देता है क्या?''

“तो क्या वह विवेकी लोगों की चिन्ता कर रहा है?'' मैंने पूछ लिया, “देश में मूर्खों की संख्या निरन्तर बढ़ रही है। हमें चाहिए कि हम लोग उन लोगों को खोजें, जिनके पास अभी विवेक बचा है। अधिकांश तो बौड़म हैं और केवल अपने और अपने परिवार के विषय में सोचते हैं।''

“बौड़म तो तुम हो, जो बात को समझ नहीं पा रहे हो।'' वह एकदम ही रुष्ट हो गया, “न देश का कुछ पता है, न उसकी राजनीति का।”

मुझे सचमुच ही राजनीति का कुछ पता नहीं था। मैंने अपने चिन्तन की दिशा बदल दी।

“क्या वे लोग जयललिता के कल्याण के लिए कुछ करना चाहते हैं?”

“जयललिता कहाँ से अल्पसंख्यक हो गयी?'' उसने पूछा।

“वीरप्पन और शंकराचार्य को एक ही दृष्टि से देखने वाले लोग आजकल हैं ही कितने?'' मैंने कहा, “सब को समान दृष्टि से देखने वाले लोग संसार में सदा से अल्प संख्या में ही रहे हैं। उनकी संख्या को बढ़ाने के लिए कुछ करना चाहिए। उससे भाई-भतीजावाद एकदम समाप्त हो जाएगा।'' पर रामलुभाया मेरे प्रस्ताव से तनिक भी प्रसन्न नहीं हुआ। वह मेरी ओर ऐसी दृष्टि से देख रहा था, जैसे कह रहा हो कि किस भकुए से सिर मारना पड़ रहा है। “तो वे लोग मुफ्ती के कल्याण के लिए कुछ करना चाहते हैं? वैसे लोगों की संख्या भी बहुत कम है।''

“कैसे?'' उसने पूछा।

“अरे भारत का गृहमन्त्री होते हुए भी जो अपनी बेटी का अपहरण करा कर आतंकवादियों को मुक्त करा सकता है, ऐसा वीर और देशप्रेमी और कहाँ मिलेगा? संसार के इतिहास में नहीं मिलेगा।'' मैंने कहा। रामलुभाया कुछ नहीं बोला, चुपचाप मुझे देखता रहा। “तो फिर वह जवाहरलाल नेहरू हो सकता है, जो आधे से अधिक कश्मीर पाकिस्तान को दे गया, तिब्बत और भारत का एक बड़ा भूभाग चीन को दे गया, सारे आसाम में बांगलादेशी बसा गया। ऐसा व्यक्ति कहाँ मिलेगा।'' पर फिर मैं स्वयं ही रुक गया, “पर नेहरू तो जीवित नहीं है। उसका अब क्या कल्याण करेंगे, वह तो सारे देश का ही कल्याण कर गया।''

“तो फिर ये किस के कल्याण के लिए बना रहे हैं?'' मैंने पूछा और फिर स्वयं ही जोड़ दिया, “गुलाम नबी आजाद के लिए बना होगा। वह बेचारा भी अल्पसंख्यक है, जो उच्चतम न्यायालय द्वारा मृत्युदंड पाये आतंकवादी को क्षमा कर देने की पैरवी की बात कर रहा है। गिनीस बुक में तो उसका नाम आ भी गया होगा।”

“नहीं। वह अल्पसंख्यक नहीं है। और भी बहुत है। केरल की विधानसभा ने एकमत से मदनी को मुक्त करने का प्रस्ताव पारित किया था।''

"हाँ। यह तो हमारी परम्परा रही है। पृथ्वीराज ने गज़नी को जीता और छोड़ा। भारत की सेनाओं ने युद्धक्षेत्र में पाकिस्तान से जो कुछ जीता, वह हमारे नेताओं ने संवाद के नाम मेज पर बैठते ही उसे लौटा दिया।..."

"तो?"

"तो हमारे सुरक्षाबल जितने आतंकवादियों को अपना रक्त बहा कर पकड़ें, हमारी सरकार उनको छोड़ ही तो देगी। यही हमारी परम्परा है।"

"पर मेरी समझ में नहीं आता कि हमारे सत्ताकर्मी अपने देश के हित की बात क्यों नहीं सोच सकते?" मैंने कहा।

"क्योंकि सत्ताकर्मी का स्वार्थ, देश के हित का विरोधी हो गया है।" वह बोला।

"तो फिर कौन से अल्पसंख्यक हैं, जिनके लिए यह मन्त्रालय बना है? वनों में कम होते सिंह?"

"नहीं! हाँ अल्पसंख्यक मुसलमान और ईसाई हैं। हमारी सरकार कहती है। उनके लिए पृथक् मन्त्रालय हो। पृथक् विश्वविद्यालय हों। पृथक् विमान और रेलें हों। पृथक् सड़कें और...।"

"पर ये लोग अल्पसंख्यकों के लिए क्यों सोचते हैं, सारे देश के लिए क्यों नहीं सोचते?"

"उससे अधिक लोगों की चिन्ता करनी पड़ेगी। ये लोग कम लोगों की चिन्ता कर अधिक समय तक राज करने की कामना करते हैं।"

"तो फिर इस देश के हिन्दुओं का क्या होगा।" मैंने कहा, "प्रधानमन्त्री कह रहे हैं कि सरकारी नौकरियाँ भी अल्पसंख्यकों को दी जाएँ और आसाम में तो यह लागू भी हो गया है।"

"प्रधानमन्त्री ने तो हिन्दुओं का हित सोच कर ही यह वक्तव्य दिया है।" रामलुभाया ने कहा।

मैं चकित! अरे जब सब कुछ अल्पसंख्यकों के लिए होगा तो हिन्दुओं का भला कैसे होगा?"

"होगा। होगा।" वह बोला, "क्योंकि बहुत जल्दी इस देश में हिन्दू ही अल्पसंख्यक हो जाने वाले हैं।"

मेरा हृदय इस दूरदर्शी प्रधानमन्त्री के प्रति कृतज्ञता से भर उठा।

(9.10.2006)

आन्तरिक सुरक्षा

सोनिया गाँधी ने घूर कर मनमोहन सिंह को देखा, "आपकी बहुत शिकायतें आ रही हैं।" मनमोहन सिंह को अपने सामने अध्यापिका की छड़ी दिखाई दी। थोड़ा तिलमिलाए, "कैसी शिकायतें मैम?"

"देश की आन्तरिक सुरक्षा का क्या होगा?"

"वह सब तो एकदम आपकी इच्छानुसार हो रहा है मैम!" मनमोहन सिंह के सिर से चिन्ता का बोझ उतर गया। वे तो व्यर्थ ही चिंतित हो गये थे। जब कुछ मैम की इच्छा के विरुद्ध किया ही नहीं, तो चिन्ता कैसी?

"कश्मीर, पाकिस्तान समर्थित आतंकवादियों के हाथों में इतना सुरक्षित है कि हमारी अपनी सेनाएँ ही वहाँ घुस नहीं पा रही हैं; और किसी की तो मजाल ही क्या?"

"और वे न सँभाल पाये तो? किसी ने वहाँ कोई चर्च तोड़ दिया तो?" "तो उनकी सहायता के लिए पाकिस्तानी सेना आ जाएगी। न हुआ तो नेपाल से माओवादी आ जाएँगे।" मनमोहन सिंह प्रसन्न थे, "और फिर चीनी सेनाएँ कौन सी बहुत दूर हैं। कश्मीर पूर्णतः सुरक्षित है मैम! आप तनिक भी चिन्ता न करें।" "और उत्तरपूर्व? उसका क्या होगा?" सोनिया गाँधी ने कहा, "सुना है, वहाँ की लॉ एंड ऑर्डर सिचुएशन ठीक नहीं है।" "अरे वहाँ के लिए तो हमने मिजो, नगा, उल्फा और कितनी ही सेनाएँ बना रखी हैं। वहाँ का प्रशासन पूर्णतः चुस्त-दुरुस्त है। वे लोग अब तो भारत सरकार के मंत्रियों से भी वसूली कर लेते हैं। उनका टैक्स चुकाए बिना तो वहाँ आप भी प्रवेश नहीं कर पायेंगी।" मनमोहन सिंह परम प्रसन्न थे, "उतना टैक्स तो हमारा अपना आयकर विभाग भी वसूल नहीं कर पाता, जितना वे वसूल लेते हैं। दे आर वैरी क्लैवर। उनके पास एक से बढ़ कर एक नये शस्त्र हैं। भारत की सेना से भी अधिक आधुनिक हथियार हैं, उनके पास।"

"फिर भी सेकेंड लाइन ऑफ डिफेंस तो होनी चाहिए न।"

"बांगलादेश है न।" मनमोहन सिंह बोले, "उनके लिए तो हमने अपनी सारी सीमाएँ खोल ही रखी हैं। वे जब चाहें, जहाँ से चाहें, आ-जा सकते हैं। पश्चिमी बंगाल की सरकार तो दिखावे भर को है, जैसे कश्मीर में गुलाब नबी आजाद की सरकार है। शासन तो बांगलादेशी ही कर रहे हैं। भारत के किसी राज्य की सरकार

का साहस नहीं है कि बांगलादेशियों को कुछ कह सके। केन्द्र सरकार भी कुछ नहीं कर सकती। हम जानते हैं कि वे दिल्ली में कहाँ-कहाँ जमे बैठे हैं, किन्तु हम उनकी ओर संकेत करने वाली अंगुली ही नहीं, उसका हाथ भी काट लेते हैं। अगली पीढ़ी में वे स्वयं ही संख्या में इतने हो जाएँगे कि हत्या, बलात्कार और डकैती की घटनाओं को हम दैनन्दिन का घटनाचक्र मान लेंगे। हिन्दू जनता डरी-डरी अपने घरों में दुबक जाएगी। अब इससे बढ़ कर देश की आन्तरिक सुरक्षा और क्या हो सकती है?''

"छत्तीसगढ़ और झारखंड?''

"वहाँ नक्सलवादी हैं न! अब तो वे जंगल-पहाड़ छोड़ कर, नगरों में भी आ जाते हैं। लोगों को मार भी डालते हैं और उनके हाथ-पैर भी काट डालते हैं। रेल की पटरियों पर विस्फोट कर देते हैं। थानों में सुरक्षित पुलिस के शस्त्र तो वे ऐसे लूट कर ले जाते हैं, जैसे सदाव्रत खुला हो। अब तो हमारी सेना के शस्त्र भी उनके पास पहुँचने लगे हैं। वह दिन दूर नहीं मैम, जब हमको अपने थानों की आवश्यकता ही नहीं रहेगी। वहाँ के सारे उद्योगपति नक्सलियों को कर चुकाने लगे हैं। हालात सुधरते जा रहे हैं।'' "लालू के जाने से बिहार असुरक्षित हो गया है।'' सोनिया गाँधी चिंतित दिख रही थीं। "नहीं लालू हटे हैं; उनके समर्थक तो वहीं हैं। यह बेचारा नितीश क्या कर लेगा।'' मनमोहन सिंह बोले, "आप चिन्ता न करें। बिहार के दक्षिण से नक्सलवादी और उत्तर से माओवादी, शीघ्र ही वहाँ का नियन्त्रण अपने हाथ में ले लेंगे। हमारी पूरी तैयारी है कि हम अपने सशस्त्रबलों का उनके सम्मुख आत्मसमर्पण करवा देंगे।"

"और...''

"महाराष्ट्र और कर्नाटक को 'डी कम्पनी' सँभाल ही रही है। विलास राव और वे... क्या नाम है उनका... आंध्र के मुख्यमन्त्री...। वे अच्छा काम कर रहे हैं। आंध्रप्रदेश में नक्सलवादी तो हैं ही। अब मुसलमानों को भी आरक्षण दे दिया है। ईसाइयों को भी शीघ्र ही दे देंगे। बस फिर चारों ओर सुरक्षा ही सुरक्षा होगी। हिन्दुओं का साहस ही नहीं होगा कि कुछ कर पायेँ। सारा बहुसंख्यकपन धरा का धरा रह जाएगा।''

"मुझे तमिलनाडु और केरल की चिन्ता है।'' सोनिया गाँधी बोलीं, "वहाँ कांग्रेस बहुत दुर्बल है।''

"तो क्या हो गया। वहाँ करुणानिधि है न। राम को गालियाँ दे ही रहा है। भारतीय जनता पार्टी, संघ और हिन्दू मनानी के कार्यालयों पर आक्रमण करवा रहा है। वहाँ बहुत अच्छी आन्तरिक सुरक्षा है। रावण फिर से जीवित हो कर आ खड़ा हुआ है। देखें राम उसका क्या कर लेते हैं।... और इस रामसेतु को तो हमारा बालू, एकदम ही बालू कर के छोड़ेगा।...''

"और केरल?''

“वैसे तो वहाँ मदनी है ही; पर रामसेतु टूटते ही केरल सागर की लहरों में बह जाएगा। समुद्र में डूब कर वह एकदम सुरक्षित हो जाएगा। किसी प्रकार का कोई संकट रहेगा ही नहीं।... हाँ। गुजरात की आन्तरिक सुरक्षा की चिन्ता है मुझे। वहाँ आतंकवादी पकड़ लिए जाते हैं। हमें चाहिए कि दुबई वालों से कहें कि वे ही लोग कुछ करें।”

“और राजस्थान?”

“वहाँ गूजरों और मीणाओं ने सुरक्षा का जिम्मा ले लिया है। मेव भी आ गये हैं। कुछ कुछ राजपूतों में भी सुगबुगाहट है।” मनमोहन सिंह मुस्कराए, “आप समझती हैं कि मैं सो रहा हूँ।”

“नहीं। ऐसा तो नहीं है, पर अपने देश की चिन्ता तो मुझे करनी ही पड़ती है।”

“मेरे रहते, आपको चिन्ता की आवश्यकता ही क्या है।” मनमोहन सिंह बोले, “जैसे आपने लालू को टिकाए रखा और उसने बिहार को विकास की ऊँचाइयों तक पहुँचा दिया था, वैसे ही आप मुझे टिकाए रखिए और देखिए, मैं इस देश की क्या हालत करता हूँ।“

“अमरीका कब तक पैर जमा सकेगा?”

“बस आया ही समझिए।” मनमोहन सिंह बोले, “पंजाब, हरियाणा और हिमाचल का तो मैं अमरीका को सीधा ठेका देने वाला हूँ कि आओ और अपने-आप सँभालो। हम कब तक उनके लिए जोड़-तोड़ करते रहेंगे।”

“यह ठीक रहेगा।” सोनिया गाँधी प्रसन्न थीं, “पर ये अमरीका वाले भी कभी-कभी बहुत पागलपन करते हैं।...” मनमोहन सिंह का मुख सूख गया। लगा, फिर कोई भूल हो गयी है। मैडम अमरीका के विरुद्ध बोल रही हैं।...

“यह रामसेतु का चित्र खींच कर संसार भर को दिखाने की क्या आवश्यकता थी। बेकार का बवंडर खड़ा कर दिया। इसीलिए मुझे ये वैज्ञानिक लोग अच्छे नहीं लगते। बड़े सत्यवादी बने हुए हैं। हम रामसेतु तोड़ लेते, उसके बार चाहे ये उसकी पेंटिंग बनवा कर घर-घर बेचते रहते।” सोनिया गाँधी काफी रुष्ट लग रही थीं, “इन्हें समझाइए। हम यह सारा का सारा देश उन्हें प्लेट में रख कर देने की योजना बनाए बैठे हैं और वे हमारे लिए कठिनाइयाँ पैदा कर रहे हैं। यह बुश भी विचित्र व्यक्ति है, सारे किए धरे पर ब्रश फेर देता है।...”

“ठीक है मैम। मैं उन्हें समझा दूँगा।”

“हाँ, समझाइए। नहीं तो मैं ही आपको समझ लूँगी।”

मनमोहन सिंह समझ नहीं पाये कि मैडम ने किस जादू से उनके बाहर जाने के लिए कपाट खुलवा दिए।

(1.10.2007)

आत्मरक्षा का अधिकार

वह आया तो परम प्रसन्न दिखाई पड़ रहा था।

"क्या हो गया?" मैंने पूछ ही लिया।

"ओबामा ने कहा है कि भारत को आत्मरक्षा का पूर्ण अधिकार है।" मुझे कुछ आश्चर्य हुआ। इतनी सी बात के लिए इन्हें ओबामा के समर्थन और प्रमाणपत्र की आवश्यकता क्यों पड़ी? एक चींटी भी जानती है कि उसे आत्मरक्षा का अधिकार है और वह उस अधिकार का प्रयोग भी करती है, चाहे उसके पश्चात् वह मसल ही क्यों न दी जाए। फिर भारत की आत्मरक्षा के बीच ओबामा कहाँ से आ जाता है। "उससे हमको क्या फर्क पड़ेगा?" मैंने पूछ ही लिया। "हमको?" उसने चकित होकर मेरी ओर देखा, "इतना भी नहीं समझते तुम? अब हम पाकिस्तान में स्थित आतंकवादी शिविरों पर आक्रमण कर सकेंगे। उन्हें पूर्णतः ध्वस्त कर सकेंगे।..." वह फूला नहीं समा रहा था। "तो अब तक हमको किसने रोक रखा था?" मैंने पूछा, "1948 में कश्मीर में सेना भेजने के लिए हमें किसी से पूछना पड़ा था क्या? 1962 में हमने किसी से पूछा कि हम जा कर मरें या नहीं? 1965 में हमारी सेनाएँ अमरीका से पूछ कर जूझी थीं क्या? 1971 में हम पाकिस्तान के टुकड़े करने के लिए किसी की अनुमति ले कर लड़े थे?"

"नहीं। पर सीमा पार कर पाकिस्तान पर आक्रमण करने से तो अमरीका हमको मना करता रहा है न।" वह बोला, "वह महाशक्ति है। यदि हम उसकी बात नहीं मानेंगे, तो वह हमारा विरोधी हो जाएगा। अब स्थिति बदल गयी है... ।"

वह इतना प्रसन्न था कि मुझे लगा कि वह अभी कोई बहुत मधुर सा गीत गा उठेगा। सम्भव है कि नाचने भी लगे। "अगले दिन फिर उससे भेंट हो गयी। आज उसका रूप एकदम बदला हुआ था। वह रुष्ट ही नहीं, कुछ कुछ क्रुद्ध भी दिखाई दे रहा था।

"क्या हुआ?"

"इसराइल को देखो तो... ।"

"क्या हुआ?"

"जैसे तुमको नहीं मालूम।" वह मुँह बिसोर रहा था। "मालूम तो है।" मैंने

कहा, "पर तुम्हारा मूड क्यों बिगड़ा हुआ है?"

"वह गाजा पट्टी पर बम बरसा रहा है।"

"जहाँ तक मैं जानता हूँ, वह हमास के उन आतंकी शिविरों को नष्ट कर रहा है, जहाँ से उसपर आतंकवादी आक्रमण किए जाते रहे हैं।"

"हमास ने क्या किया है?"

"इसराइल पर राकेट बरसाए हैं। यह बात उनके राष्ट्रपति ने भी स्वीकार की है।" मैंने कहा। उसकी मुद्रा एकदम विकृत हो उठी, "किसी देश की सीमा पार कर उसपर बम बरसाना कहाँ की मानवता है?"

"और सीमा पार राकेट बरसाना?"

"हमारी पार्टी ने इसराइल की कठोर शब्दों में भर्त्सना की है।" उसने मेरी बात की ओर कोई ध्यान नहीं दिया, "हमारी सरकार संयुक्त राष्ट्र में भी उसका विरोध करेगी।"

"इसराइल को आत्मरक्षा का अधिकार नहीं है क्या?" मैंने पूछा। "है। पर यह कोई तरीका है?" वह अब भी उसी प्रकार क्रुद्ध था, "इसके लिए उसकी जितनी भी भर्त्सना की जाए, कम है।"

"तुम इसराइल की भर्त्सना करोगे तो सीमा पार जाकर पाकिस्तान में स्थिति आतंकवादी शिविरों को नष्ट करने का अधिकार कैसे माँगोगे?"

"अधिकार माँग ही तो रहे हैं।" वह बोला, "हम कौन सा सचमुच आक्रमण करने जा रहे हैं।"

"उस अधिकार का लाभ क्या, जिसका न्यायसंगत आवश्यकता होने पर भी प्रयोग न किया जाए?"

"वह राजनीति है। तुम्हारी समझ में नहीं आएगी।" वह बोला और रूठा सा आगे बढ़ गया।

(30.12.2008)

आत्महत्या

एक नेता जी थे और एक पुलिस वाला।

"क्या सोचा है?"

"किस विषय में?"

"आतंकवाद के विषय में।" नेता जी बोले, "यह समाप्त ही नहीं हो रहा है। पहले तो आतंकवादी पाकिस्तान से ही आते थे। अब अपने ही देश में पैदा होने लगे हैं।"

"तो समस्या क्या है?" पुलिस वाला बोला, "आप आदेश करें। सबको ठिकाने लगा देते हैं।"

"पागल हो तुम।" नेता जी बोले, "वे रुष्ट हो जाएँगे। जिन्हें प्रसन्न करने के लिए अफजल को फाँसी पर नहीं टाँगा, अब उनको ही रुष्ट कर दें। चुनाव सिर पर हैं।"

"तो फिर कहिए, मेरे लिए क्या आदेश है?"

"हिन्दुओं में कोई टेररिस्ट ग्रुप ही पैदा नहीं हो रहा, कि हम हिन्दू-मुस्लिम आतंकवादियों को एक तराजू पर तौल दें। हिसाब बराबर हो जाएगा।" नेता जी पीड़ित थे, "सबके अपने टेररिस्ट ग्रुप हैं। एक हिन्दुओं का ही नहीं है।"

"तो हमको आज्ञा दीजिए, हम पैदा कर दें।" पुलिस वाला मुस्करा रहा था। "तुम कहाँ से पैदा कर दोगे?" नेता जी कुछ उखड़ गये।

"पुलिस की बहुत पुरानी थ्योरी है कि कोई बस न चले तो हत्या को आत्महत्या प्रमाणित कर दो।" वह बोला, "अब तो इसे राजनीतिज्ञों ने भी अंगीकार कर लिया है।"

"क्या कहना चाहते हो?"

"देखिए, गोदरा में लगभग साठ लोगों को जीवित जला कर मारा गया।"

"हाँ।"

"और लालू जी ने एक कमीशन बैठा कर प्रमाणित करवा दिया कि वे अपने चूल्हे की आग से जल कर मरे। हत्या को आत्महत्या में बदल दिया न।" वह हँसा, "अरे दिल्ली के जामिया नगर में आतंकवादियों के हाथों शहीद हुए पुलिस इंस्पेक्टर

तक के विषय में फैला दिया कि वह अपने ही साथी की गोली से मारा गया। देखिए, हत्या को आत्महत्या बना दिया न। और किसने कहा, इमाम ने कह दिया। बड़े-बड़े राजनीतिक नेताओं ने उस एनकाउंटर को जाली बना दिया।... हम से तो ये ही लोग बढ़ गये।''

"मैं बात कर रहा था हिन्दू टेरेरिस्ट ग्रुप की और तुम न जाने कहाँ ले उड़े।''

"तो हम पकड़ लेते हैं न कुछ हिन्दू साधुओं को। कह देंगे कि सारी मस्जिदों और मजारों के आसपास हुए धमाके, उन्होंने ही किए हैं।''

"कह दोगे तो लोग मान जाएँगे? कोई प्रमाण भी है?'' नेता जी भड़के। "लालू जी के पास क्या प्रमाण था गोदरा के विषय में। कह दिया सो कह दिया। भाजपा वालों ने कहा कि अमरसिंह के आदमी ने उन्हें उत्कोच में लाखों रुपए दिए हैं ताकि वे विश्वास मत में मनमोहन सरकार के पक्ष में मतदान करें। संसद में लाकर नोटों की गड्डियाँ उछाल दीं। और एक मिनट नहीं लगाया हमारे लालू जी ने। कह दिया कि अपने घर से पैसे लाए हैं। झूठ बोल रहे हैं। उनका नारको टेस्ट होना चाहिए। उनके पास क्या प्रमाण था।'' वह रुका, "वैसे प्रमाण जुटाने में क्या कठिनाई है...''

"बन्दूक, पिस्तौल, आर.डी.एक्स., कोई विस्फोटक, कोई ए.के. 47 कुछ तो निकलना चाहिए न आरोपियों से?"

"आप जिसको कहिए, उसके पास से यह बरामद कर दें। उसके नाम से कागज भी बनवा दें।''

"नहीं। ढंग से बात होनी चाहिए।'' "जो होगा, ढंग से ही होगा। पुलिस ने शंकराचार्य को हत्या के आरोप में पकड़ लिया। पत्ता नहीं खड़का।''

वह बोला, "आज कल तो विस्फोटकों को साइकिलों से बाँध कर छोड़ दिया जाता है। कबाड़ी बाजार से कुछ पुरानी साइकिलें मोटरसाइकिलें खरीद लाते हैं, या इनमें से किसी के घर से ही उठवा लेते हैं और डाल देते हैं, विस्फोट हुए स्थानों पर। मैं जानता हूँ कि एक साध्वी ने अपनी मोटरसाइकिल बेची थी। उसे खोज लाते हैं, या फिर छीन लाते हैं। डाल देंगे, घटना स्थल पर और बाँध लेंगे उसको। फिर वह धुलाई करेंगे कि वह या तो अपना अपराध मान लेगी या आत्महत्या कर लेगी। किसी फौजी को पकड़ लेंगे कि बम उसने दिए थे।''

"फौजी को?''

"हाँ।''

"उसका प्रमाण?''

"उसका लैपटॉप पकड़ लेंगे कि उसने हिन्दू साइट्स को बार-बार देखा है।'' वह फिर हँसा, "कुछ भी कठिन नहीं है। बस सिर पर आपका हाथ हो, कुछ भी कर सकते हैं हम।''

"पर इससे तो सारे हिन्दू संगठन उसके पक्ष में खड़े हो जाएँगे। हमारे विरुद्ध

लामबद्ध हो जाएँगे।'' नेता जी चिंतित थे। "कोई नहीं होता।'' पुलिस वाला हँसा, "हम ये खबरें भी छपवा देंगे कि वे लोग संघ के नेताओं पर जोर डाल रहे थे कि वे हथियार उठाएँ, वे नहीं माने, तो ये उनको भी मार डालना चाहते थे। उनके घर के नक्शे वक्शे डाल देंगे, इनके सामान में। ये लोग आपस में ही कट मरेंगे। और हिन्दू तो आपस में लड़ने के लिए प्रसिद्ध हैं ही।''

"बात तो चोखी है तुम्हारी।

"तो फिर आरम्भ कर दें।''

"राम जी का नाम लेकर आरम्भ कर ही दो।'' नेता जी बोले, "पर देखो मेरा नाम कहीं न आये, न मेरी पार्टी का।''

"उसकी तो आप चिन्ता ही न करें।'' पुलिस वाला बोला, "कहिए जय श्रीराम।''

"जय श्रीराम।''

पुलिस वाला विदा हो गया।

इस्लामीकरण

मुफ्ती और अब्दुल्ला में विवाद छिड़ गया। "देखो," मुफ्ती ने कहा, "मैं सारे कश्मीर में प्रचारित कर दूँगा कि तुम हिन्दुओं के हिमायती हो। एक वोट नहीं मिलेगा और आतंकवादी अलग तुम्हारे शत्रु हो जाएँगे।"

"क्यों? क्या किया है मैंने?" अब्दुल्ला ने कहा, "शंकराचार्य पर्वत का नाम बदल कर 'कोहेसुलेमान' तो कर दिया। अब और क्या चाहते हो? हम सात सौ गाँवों के कश्मीरी नामों का इस्लामीकरण कर चुके हैं, जैसे वे गाँव कश्मीर में न हों, सऊदी अरब में हों।"

"पर मैं तो अनंतनाग का नाम इस्लामाबाद करना चाहता हूँ।" मुफ्ती ने कहा।

"पर इस्लामाबाद तो पाकिस्तान की राजधानी है।"

"हुआ करे।" मुफ्ती ने नाक सिकोड़ कर कहा, "और मुझे ये 'राजधानी' 'वाजधानी' जैसे अल्फाज एकदम पसन्द नहीं हैं। उसे 'दारुलहुकूमत' कहा करो। और श्रीनगर के लिए भी मक्का मदीना जैसा कोई अच्छा सा नाम सोच लो।" "धीरे धीरे चलो। सब कुछ हो जाएगा।" अब्दुल्ला ने कहा।

"मैं धीरे नहीं चलता हूँ।" मुफ्ती बोला, "तुमने देखा नहीं, मैंने पाकिस्तानी आतंकवादियों को रिहा करवाने के लिए अपनी बेटी को अगवा करवा दिया था।"

"जानता हूँ। जानता हूँ।" अब्दुल्ला ने कुछ रोष से कहा, "पड़ोस की मस्जिद में जा बैठी थी। बड़ा अगवा करवा दिया था। वैसे कहोगे कि महबूबा पर आतंकी हमले भी हुए। पर हर बार गरीब अंगरक्षक ही मारे गये। तुम्हारी बेटी को तो कभी खरोंच तक नहीं आयी। तुम्हारा फ्रॉड कौन नहीं जानता।"

"जो जानते हो, जानते रहो। उससे मेरा कुछ नहीं बिगड़ता। अब जो मैं चाहता हूँ, वह सुनो, नहीं तो तुमपर भी आतंकी हमले हो जाएँगे।"

"क्या चाहते हो?"

"कश्मीर की असेम्बली में प्रधानमन्त्री न कहा जाए, उसे वजीरेआजम कहा जाए।"

"ठीक है। इसमें मेरा क्या बिगड़ता है।"

"हमें इस्लामीकरण की इस मुहिम को आगे बढ़ाना है।" मुफ्ती ने कहा।

"हम मनमोहन सिंह नहीं कहेंगे, उसमें हिन्दूपन की बू आती है।''

"हिन्दूपन क्या है उसमें?''

"मनमोहन तो कृष्ण का नाम है।''

"तुम कैसे जानते हो?'' अब्दुल्ला ने पूछा।

"आखिर तो हमारे पूर्वज भी पंडित ही थे।'' मुफ्ती ने कहा।

"हम इस बात को मिटा नहीं सकते?''

"भुला सकते हैं, मिटा नहीं सकते।''

"हम अपने आपको पठानों की औलाद मान सकते हैं।''

"मान सकते हैं, पर उनके पूर्वज भी तो हिन्दू ही थे।'' मुफ्ती ने कहा, "उस बात को छोड़ो। जितना पीछे की तरफ चलोगे, उतनी ही मुश्किल में पड़ोगे। मनमोहन को अगर हम 'दिलरुबा' कहें तो? उस लफ्ज का मतलब वही होता है।''

"और सिंह का क्या करोगे?''

"सिंह को खान कहेंगे।'' मुफ्ती ने कहा, "कश्मीर की असेंबली में मनमोहन सिंह को दिलरुबा खान या महबूब खान ही कहा जाएगा।"

"मेरा खयाल है कि मनमोहन सिंह उससे खुश ही होगा, पर राहुल गाँधी का क्या करोगे।'' अब्दुल्ला ने कहा, "हमारी सरकार में कांग्रेसी भी हैं।"

" 'राहुल' को तो 'रहमतुल्ला' ही कहा जाना चाहिए। राहुल का कोई मतलब नहीं है। वह तो अल्लाह की रहमत है।''

"और कांग्रेसी न माने तो?''

"तो हमारे आतंकी किस दिन काम आएँगे। सारे कांग्रेसियों को ठां कर देंगे।'' मुफ्ती ने कहा, "तुम अपनी बात करो। हमारा साथ दोगे या तुम्हें भी ठां कर दें।''

"नहीं। नहीं। मैं तो तुम्हारे साथ हूँ चाहे तुम सोनिया गाँधी का नाम आयशा बेगम कर दो।'' अब्दुल्ला ने कहा, "पर तुमने पता कर लिया है न कि 'सुलेमान' मुसलमान ही थे, यहूदी तो नहीं थे?''

(9.3.2009)

ईडियट

पति, पत्नी और उनका तीन वर्षीय बेटा सागरतट की ओर जा रहे थे। पति ने घुटनों से नीचे तक की तीन चौथाई पतलून पहन रखी थी। पत्नी ने जाँघदिखाऊ निकर पहनी हुई थी। बच्चे को कुर्ता पाजामा पहनाया गया था।

"मेरे पैर मिट्टी में गड़ रहे हैं मामा!" बच्चे ने कहा।

मैं भारत के उस भावी नागरिक की भाषा सुधारना चाहता था... रेत में पैर गड़ते नहीं, धँसते हैं...

तभी उसकी माँ ने उसे टोका, "यह मिट्टी नहीं सैंड है।"

"बैंड क्या मामा? वह जो शादी में बजता है।"

"ईडियट! बैंड नहीं, सैंड।"

"क्यों बच्चे का बैंड बजा रही हो भारत माता!" मैंने कहा, "बच्चे को एक शब्द 'रेत' सिखा देतीं, तो क्या तुम्हारी नाक कट जाती?"

(16.6.2005)

उद्यम

पति पुस्तक पढ़ रहा था। पत्नी ने दो-तीन बार उसकी ओर देखा; किन्तु पति ने अपनी दृष्टि पुस्तक से नहीं हटाई तो बोली, ''अपने कपड़े धो लेते। या अभी धुले हुए कपड़े हैं?''

''नहीं!'' पति ने पुस्तक पर से अपनी आँखें हटाईं और पत्नी पर टिका दीं, ''भीतरी कपड़ों के जितने जोड़े लाया था, वे आज तक के लिए ही थे। अब तो धोने ही होंगे।''

''तो उठो। धो लो।''

''अभी जरा पढ़ लेने दो।'' पति ने कहा, ''मैं धो लूँगा। तुम चिन्ता मत करो।''

पति फिर पढ़ने में व्यस्त हो गया।

पत्नी ने दो-तीन बार उसकी ओर देखा, पर पति व्यस्त था। अन्ततः पत्नी उठी, ''मैं ही धो देती हूँ। तुम्हें पढ़ने में समय कहाँ मिलेगा।''

''नहीं! रहने दो। मैं धो लूँगा।'' पति ने कहा, ''तुम्हारी पीठ का दर्द तंग करेगा।''

''नहीं! ऐसा भी क्या है।'' पत्नी उठी, ''दो जोड़े कपड़े फटकने में पीठ क्या कहती है।''

पति ने कुछ नहीं कहा। नल चलने की ध्वनि से वह समझ गया कि पत्नी ने अपना कार्य आरम्भ कर दिया है।

''सुनो जरा।'' थोड़ी देर में पत्नी ने पुकारा।

''क्या है?''

''हाँ आओ।''

पति ने हार कर पुस्तक रख दी। जा कर देखा : पत्नी ने साबुनचूर्ण पानी में घोलकर उसके कपड़े उसमें डाल दिए थे।

''यह मैंने कर दिया है।'' पत्नी ने कहा, ''मुझसे झुका नहीं जा रहा। ये कपड़े मल लो।''

''मैं कर लेता।'' पति ने मुँह ही मुँह में कहा।

पत्नी जा चुकी थी।

पति ने कपड़े मल लिए और पुकारा, "कपड़े मल दिए हैं।"

"तो उन्हें पानी से निकाल कर सूखने के लिए पसार दो।"

पति क्या कहता। बैठ कर, कपड़े नितारे। निचोड़े और फिर सूखने के लिए फैला दिए।

लौट कर अपनी कुर्सी पर आया और पुस्तक उठा ली।

पत्नी चाय पी रही थी।

"उद्यम करने से काम हो ही जाता है।" वह बोली, "मैं व्यर्थ ही सोचती थी कि मैं कपड़े धो नहीं सकती।"

पति ने कुछ नहीं कहा।

"सोचती हूँ, चाय पी कर चार साड़ियाँ भी पानी से निकाल ही लूँ।"

पति की आत्मा काँप कर रह गयी। उसके मुँह से कोई आवाज़ ही नहीं निकली।

(16.6.2005)

एक और पाकिस्तान...

रामलुभाया मिला तो बहुत व्याकुल था।

मेरे कुछ पूछने से पहले ही उसने अपनी व्याकुलता उगल दी, "भई! यह क्या बात हुई, आप लोग हिन्दी के पाठ्यक्रम में मुसलमान लेखकों को उचित प्रतिनिधित्व क्यों नहीं देते?"

जैसे सुनामी लहरें मेरे मस्तिष्क को झकझोर गयीं : यह कैसा प्रश्न?

"साहित्य के पाठ्यक्रम में साहित्य पढ़ाया जाता है, हिन्दू या मुसलमान नहीं।"

मैं जानता था कि उसका प्रश्न सेकूलर था और मेरा उत्तर साम्प्रदायिक। क्या करता। अपने देश में यदि चरम साम्प्रदायिकता के ध्वजवाहकों द्वारा प्रचारित छद्म 'राजनीतिक सेकूलरवाद' का अनुसरण न किया जाए, तो व्यक्ति साम्प्रदायिक घोषित हो जाता है।

"मुसलमान लेखकों का साहित्य क्यों नहीं पढ़ाते, उनकी संख्या के अनुपात में?"

"तो आपको साहित्य में भी एक पाकिस्तान चाहिए?" मैंने पूछा।

"इसमें पाकिस्तान की बात कहाँ से आ गयी?" वह बोला।

"नहीं तो मुसलमानों के अनुपात की बात कहाँ से आयी? पाठ्यक्रम के लिए चयन के समय, श्रेष्ठ साहित्य का विचार रखा जाए या हिन्दू-मुसलमानों का। वैसे खुसरो, रहीम, जायसी, रसखान जैसे साहित्यकार तो हिन्दी साहित्य के पाठ्यक्रम में हैं ही।"

"वे तो अब पुराने हो गये।" रामलुभाया बोला, "नये लोगों की बात करो।..."

"नये अर्थात्?..."

"गालिब, मीर, इकबाल..."

"वे उर्दू के कवि हैं।" मैंने कहा।

"उससे क्या?" रामलुभाया ने तड़प कर कहा, "एक ही बात है। दोनों में क्या अन्तर है। हिन्दी न कहिए, हिन्दुस्तानी कहिए।"

"दोनों में कोई अन्तर नहीं है, तो प्रत्येक विद्यालय, महाविद्यालय, विश्वविद्यालय में उर्दू विभाग क्यों खोल रखा है? बन्द करो सारे उर्दू विभाग। स्वीकार करो कि उर्दू

भी हिन्दी की ही एक शैली है। हम पढ़ा लेंगे गालिब, मीर और फिराक़।"

"फिराक़ नहीं।'' रामलुभाया बोला, "वह तो हिन्दू है।"

"अर्थात् तुम्हें उर्दू के कवियों में भी केवल मुसलमान कवि ही चाहिए।''

"नहीं तो अल्पसंख्यकों का प्रतिनिधित्व कैसे होगा।'' वह तड़प कर बोला।

"अर्थात् उर्दू में से हिन्दू रचनाकारों को निकाल दो और हिन्दी में मुसलमान रचनाकारों का कोटा निश्चित कर दो, चाहे वे हिन्दी का एक शब्द न जानते हों।''

"सेकूलर परिवेश के लिए यह आवश्यक है।'' वह अंगद का पाँव बना बैठा था।

"चलो, वह बाद में देखेंगे कि किसे पढ़ाया जाना है, पहले उर्दू विभाग बन्द करवाओ।''

"तुमसे बड़ा मुस्लिम-विरोधी मैंने नहीं देखा।'' रामलुभाया कुछ क्रुद्ध हुआ, "मैं उनके प्रतिनिधित्व की बात कर रहा हूँ और तुम उनके उर्दू विभाग बन्द करवाना चाहते हो।"

"तो तुम मानते हो कि उर्दू विभाग मुसलमानों के हैं?'' मैंने कहा।

"और नहीं तो क्या।'' वह बोला, "नहीं तो कश्मीर का मुसलमान उर्दू क्यों पढ़ रहा होता।''

"मैंने तुमसे बड़ा दोगला नहीं देखा, रामलुभाया!'' मैंने कहा, "एक ओर कहते हो कि हिन्दी और उर्दू दो पृथक् भाषाएँ नहीं हैं और फिर न केवल दोनों के अलग-अलग विभाग भी चलाए रखना चाहते हो, उर्दू को मुसलमानों की भाषा मान कर उसे सारे देश पर लादना भी चाहते हो।"

"हाँ। दो पृथक् भाषाएँ नहीं हैं।'' वह बिलबिला कर बोला, "बन्द ही करना है तो हम हिन्दी विभाग बन्द करना चाहेंगे।''

"कर दो।'' मैंने कहा, "उर्दू विभाग को कहो कि वह सूर, तुलसी, कबीर और मीरा भी पढ़ाए। जयशंकर 'प्रसाद', निराला, वृंदावनलाल वर्मा, हजारीप्रसाद द्विवेदी और अमृतलाल नागर भी पढ़ाए।''

"यह कैसे सम्भव है।'' रामलुभाया बोला, "उर्दू विभाग, जैसा है, उसे वैसा ही छोड़ दो। जिसको कहते हैं न 'हैंड्स ऑफ'।''

"तो ऐसा करो।'' मैंने कहा, "उर्दू विभाग सूर तुलसी भी पढ़ाएँ; हिन्दी वाले ग़ालिब और मीर पढ़ा लेंगे।''

"मैं कह रहा हूँ कि उर्दू विभाग जैसा है, उसे वैसा ही रहने दो। हिन्दी विभाग ग़ालिब, मीर और इकबाल पढ़ाए। सम्भव हो तो तुलसी और सूर को तो निकाल ही दे।''

"तुष्टीकरण का मामला है?'' मैं मुस्कराया, "मुसलमानों को ब्याजमुक्त ऋण दिया जाए और उस घाटे को पूरा करने के लिए हिन्दुओं को दिए गये ऋण पर ब्याज

दुगना कर दिया जाए। जजिया लगा रहे हो हिन्दुओं पर? तुम रामलुभाया हो या औरंगजेब?"

"ब्याज शरीयत-विरोधी है।" उसने कहा।

"भारत में भारतीय संविधान के अधीन शासन होगा या शरीयत के नियमों के अनुसार?" मैंने पूछा, "तुम भारतीय संविधान को एक बार आग ही क्यों नहीं लगा देते?"

"बकवास मत करो।" उसने अपना मुहावरा दुहरा दिया, "बात केवल हिन्दी पाठ्यक्रम में मुसलमान लेखकों की है, किन्तु तुम्हारी साम्प्रदायिकता सब जगह आड़े आ जाती है।"

"ऐसा करो रामलुभाया!" मैंने कहा, "गंगा के जल में से मुसलमानों का प्रतिशत तय कर लो। वह उनको दे दो और शेष पानी अल्पसंख्यकों समेत सारे देश का।"

"मैं मुसलमान लेखकों को हिन्दी के पाठ्यक्रम में पढ़ाने की बात कर रहा हूँ।" वह बोला, "और तुम अनाप-शनाप बक रहे हो।"

"और मैं इस देश के प्रत्येक नागरिक के समान अधिकारों की बात कर रहा हूँ, और तुम एक वर्ग को धर्म के नाम पर विशेषाधिकार देना चाह रहे हो। पहले भी पाकिस्तान तुमने ही बनाया था। तुम चाहते हो कि हर चीज में बँटवारा हो। एक भाग उनको दे दिया जाए और दूसरे में दोनों का अधिकार समान ही नहीं रहे, समग्र पर उनका आधिपत्य रहे। संसार में ऐसा बँटवारा तो कहीं नहीं होता।"

"यह बटवारा नहीं है।" वह चिल्लाया, "यह वैमनस्य दूर करने का प्रयत्न है। निकट आने की कोशिश। किसी को तो खिड़की खोलनी ही होगी। तो हम ही क्यों न खोलें।"

"खिड़कियाँ दरवाजे सब खोलें, किन्तु तुम तो चोर दरवाजा खोलने का प्रयत्न कर रहे हो।" मैंने कहा, "आज तुम हिन्दी विभाग से यह माँग कर रहे हो, कल संस्कृत विभाग को भी कहोगे कि वे अपने पाठ्यक्रम में इकबाल का साहित्य अनिवार्य कर दें और कालिदास एवं भवभूति वैकल्पिक कवि कर दिए जाएँ।"

"हाँ! इकबाल ही नहीं, संस्कृत के पाठ्यक्रम में मैं फिरदौसी को भी रखवाना चाहूँगा। सेकूलरिज्म..."

मैं समझ गया कि इस देश में साम्प्रदायिकता और देशद्रोह को सेकूलरिज्म कहते हैं।

(31.1.2007)

एक धर्मनिरपेक्ष देश में...

"मैंने एक नये सत्य का आविष्कार किया है।" रामलुभाया ने कहा, "उससे मुझे इतनी प्रसन्नतां हुई है कि मैं आर्कीमेडिस के समान यूरेका-यूरेका चिल्लाता हुआ सड़क पर निकल सकता था।"

"तो निकले क्यों नहीं?"

"मैंने उस समय कपड़े पहन रखे थे न।" वह बोला, "देखो, महत्व आविष्कार का नहीं है। महत्व तो कपड़े उतारने का है।"

"अच्छा, तुम पहले यह निश्चित कर लो कि तुम अपने आविष्कार की बात करना चाहते हो या नंगे होने के महत्व की?"

"मुझे तो अपने आविष्कार की बात करनी है।" रामलुभाया बोला, "पर मुझे लगने लगा है कि आविष्कारों का नंगे होने से भी कोई न कोई सम्बन्ध अवश्य है। वैसे निर्धनता का भी सम्बन्ध नंगे होने से है, किन्तु अधिक सम्बन्ध आविष्कार से है, या फिर प्रभुता और वैभव से भी है।"

"क्या अभिप्राय है तुम्हारा?" मैंने कहा, "जहाँ तक मैं जानता हूँ, नंगे होने का सबसे अधिक सम्बन्ध तो हमारी फिल्म नगरी मुम्बई से है।"

"वहाँ वैभव ओर प्रभुता है।" रामलुभाया ने कहा। "तो फिर तुम्हारा आविष्कार क्या है?"

"मेरी खोज यह है कि इस देश में यदि आप धर्मनिरपेक्ष होने की घोषणा कर दें तो आप पर न संविधान का जोर चल पाता है, न संवैधानिक संस्थाओं का।" रामलुभाया ने कहा। "अच्छा?" मैं चकित रह गया, "किन्तु इस आविष्कार का आधार क्या है?"

"आधार हैं सलमान खुर्शीद। देश के कानून मन्त्री। वे अपने नंगे रूप में सामने आ गये, फिर भी वे धर्मनिरपेक्ष हैं..." रामलुभाया ने कहा। "इसका क्या प्रमाण है कि वे धर्मनिरपेक्ष हैं।" मैंने कहा, "मुझे तो वे ऊपर से नीचे तक एक साम्प्रदायिक मुसलमान दिखाई देते हैं।"

"यहीं तो तुम मार खा गये।" रामलुभाया हँसा, "हमारे देश की मान्यता है कि यदि आप मुसलमान हैं तो आप धर्मनिरपेक्ष हैं और यदि आप कांग्रेसी हैं, तो भी आप

धर्मनिरपेक्ष हैं। और सलमान खुर्शीद तो दोनों हैं। इसलिए उन्हें अधिकार है कि वे धर्म के नाम पर देश को बाँटें। मुसलमानों को इस देश से समाज से अलग कर दें। उनके लिए कोटा माँगें, उनके लिए अलग कॉलेज माँगें, अलग विश्वविद्यालय माँगें। उनके लिए अलग से नौकरियाँ माँगें। तुम देखना, कुछ ही दिनों में वे उनके लिए अलग से होटल, अस्पताल और अलग से रेलगाड़ियाँ तथा हवाई जहाज भी माँगेंगे।"

"किन्तु हमारा देश तो धर्मनिरपेक्ष है; हाँ धर्म के आधार पर अलगाववादी गतिविधि या माँग नहीं हो सकती।"

"नहीं हो सकती तो सलमान खुर्शीद क्या कर रहे हैं? उन्होंने चुनाव आयोग को अंगूठा दिखा दिया और हमारे प्रधानमन्त्री ने कह दिया कि यह मामला उनके और चुनाव आयोग के मध्य है, इसलिए राजनीतिक है। इसमें प्रधानमन्त्री क्या करें?"

रामलुभाया ने अपना माथा पकड़ लिया।

"क्या हुआ?" मैंने पूछा।

"मैं कुछ समझ नहीं पा रहा हूँ।"

"क्या?"

"चुनाव राजनीतिक क्रिया है या प्रशासनिक? यदि यह राजनीतिक मामला है तो फिर चुनाव आयोग को प्रशासनिक अधिकार क्यों दिए जाते हैं?" वह बोला, "और यदि वह प्रशासनिक क्रिया है, तो चुनाव आयोग सलमान खुर्शीद को बन्दी क्यों नहीं कर सकता?"

"प्रधानमन्त्री कह रहे हैं कि यह राजनीतिक मामला है।"

"किन्तु प्रधानमन्त्री भी तो अपनी राजनीति से ही प्रधानमन्त्री बने हैं, वह कौन सा प्रशासन कर रहे हैं।" रामलुभाया बोला, "उनका प्रशासन तो बहादुरशाह ज़फर से भी अधिक असहाय है।"

"वह कैसे?"

"ज़फर का शासन कम से कम अपने कवियों पर तो चलता था, हमारे प्रधानमन्त्री का शासन तो अपने मंत्रियों पर भी नहीं चलता।"

"हाँ, यह तो ठीक है।" मैंने कहा, "तुम्हारी बात से एक आविष्कार मैंने भी किया है।"

"क्या?"

"यदि प्रधानमन्त्री भी लाल किले में रहते तो उनका शासन कम से कम चाँदनी चौक तक तो चलता। किन्तु हाँ तो उनका शासन उनके बंगले के बाहर वाली सड़क पर भी नहीं चलता। वहाँ भी आतंकवादियों के बम चलते हैं।"

"बच गये तुम।" वह बोला, "यदि तुमने आतंकवादी न कह कर कोई नाम ले लिया होता तो तुम साम्प्रदायिक हो गये होते। देखो न सलमान खुर्शीद भी कहते

हैं, मैं 'पसमाँदा' लोगों को उनके हुकूक दिलवा कर रहूँगा। अब मैं भी जानता हूँ कि वे क्या कह रहे हैं, किन्तु 'पसमाँदा' कहने से तो कोई सम्प्रदाय सामने नहीं आता। इसलिए यह बात साम्प्रदायिक नहीं हुई। कुछ समझे?''

"तुम क्या समझे?''

"मैं यह समझा कि इस देश में एक हमारे प्रधानमन्त्री धर्मनिरपेक्ष हैं, क्योंकि वे इस देश के संसाधनों पर हिन्दुओं से अधिक मुसलमानों का अधिकार मानते हैं; दूसरे सलमान खुर्शीद धर्मनिरपेक्ष हैं, क्योंकि वे मुसलमानों के लिए विशेषाधिकार माँगते हैं। यदि कोई साम्प्रदायिक है तो वह है चुनाव आयोग और उसके अध्यक्ष कुरैशी, क्योंकि वे इन दोनों की साम्प्रदायिक गतिविधियों पर आपत्ति कर रहे हैं।'' रामलुभाया बोला।

"चुप कर।'' मैंने कहा, "तू जानता नहीं है कि कांग्रेस के शासन में किसी भी मुसलमान की अनुचित माँग और व्यवहार पर आपत्ति करना साम्प्रदायिकता है। चाहे मामला चुनाव आयोग का ही क्यों न हो और फिर सलमान खुर्शीद तो मुसलमान भी है, कांग्रेसी भी है और मन्त्री भी है। हम अफजल गुरु जैसे आतंकवादी और उसके समर्थक गुलाम नबी आजाद और उमर अब्दुल्ला को कुछ नहीं कहते तो सलमान खुर्शीद को क्या कह सकते हैं।''

"ठीक कहते हो किन्तु अपने नये आविष्कार के प्रकाश में मैं धर्मनिरपेक्षता और साम्प्रदायिकता की नयी परिभाषा को तो समझ सकता हूँ।''

मैं रामलुभाया से सहमत हो गया।

(14.2.2012)

एक न्यारा देश

एक पाकिस्तानी कवि दिल्ली आये थे। लोगों में उन्हें अपने यहाँ बुलाने की होड़ लगी थी। उनकी रचनाओं की चर्चा हो रही थी। उनकी किसी पंक्ति में गंगा का नाम आ जाए तो भारतीय लोगों का प्यार उमड़ने लगता था। वे हिमालय को सलाम कह दें तो श्रोता बिछ जाते थे। आखिर वे हमारे अतिथि थे।

"आपको भारत में आकर कैसा लगा?" रामलुभाया के मन में भी अपने अतिथि के लिए प्यार उमड़-घुमड़ रहा था।

"बहुत अच्छा लगा। इतनी मुहब्बत और इतना खुलूस।" वे गद्गद होकर बोले।

"और आपके देश में हमारे देश के प्रति क्या भाव है?"

"वहाँ भी भारत के लिए प्यार ही प्यार है।" वे प्रेम के देवदूत बन गये थे, "हम सब का दिल आपके लिए मुहब्बत से लबरेज है।"

"ऐसा होता तो विभाजन के बाद भी आपका देश हम से सदा युद्ध की मुद्रा में ही क्यों रहता?" रामलुभाया ने पूछ लिया।

"अरे क्या बात कह दी आपने।" वे बोले, "अवाम तो आपके प्यार में सर-ता-पा डूबी है। आप कभी आ कर तो देखें...।"

"तो लड़ाइयाँ कौन कर रहा है? हिन्दुस्तान को तबाह करने की कसमें कौन खा रहा है? भारतीयों को 'कुत्ते' कह कर उनसे हजार-हजार वर्षों तक युद्ध करने के संकल्प कौन कर रहा है?" रामलुभाया ने पूछा।

"अरे, वह तो हमारी सरकार है। वह सरकार नहीं है, माफिया है। हमारा मुल्क उनके हाथों में जकड़ा हुआ है। बेबस परिंदे की तरह फड़फड़ाता है और कुछ कह नहीं सकता। कुछ कर नहीं पाता।" लगा, उनकी आँखों से आँसू टपकने लगेंगे।

"सरकारें तो आपकी कई आयीं और गयीं। पर देश आपका वैसा का वैसा ही रहा।" रामलुभाया ने कहा, "जब पाकिस्तान बना भी नहीं था। जब कोई पाकिस्तानी सरकार नहीं थी, व्यवहार तो आपका तब भी वही था। पाकिस्तान बनने से पहले, पाकिस्तान के बनने के दौरान और उसके बाद, कितने लाख हिन्दू मारे गये वहाँ?"

"आप भी कौन सी गुजरी बातें ले बैठे।..." उनका स्वर कुछ मन्द हो गया था।

भोलाराम से रामलुभाया का अत्याचार सहन नहीं हुआ। वह शेर की तरह दहाड़ा, "क्या बातें करते हो रामलुभाया! वह तो समय ही वैसा था। उस समय गर्म हवाएँ चल रही थीं। तमस छाया हुआ था। क्या हमारे देश में मुसलमान नहीं मारे गये?"

"हाँ। कुछ प्रतिक्रिया हमारे देश में भी हुई। केवल पंजाब में। शेष सारे देश में क्या हुआ? और उसके पश्चात् हमारे देश का व्यवहार कैसा रहा? हम तो उसे भूल भी जाएँ, पर पाकिस्तान हमें भूलने भी दे।"

"अब देखिए, इस सरकार पर तो हमारा बस चलता नहीं।" पाकिस्तानी कवि बहुत ही विवश स्वर में बोले।

***

मुम्बई में आतंकी आक्रमण हुआ। जितने भी आतंकी थे, सब पाकिस्तानी थे।

भारत सरकार ने पाकिस्तान सरकार को थप्पड़ नहीं मारा। शिकायत की, "आप तीस वर्षों से भी अधिक से हमारे विरुद्ध आतंकवादी युद्ध चला रहे हैं।"

"हमारे मन में तो आपके लिए प्यार ही प्यार है।" पाकिस्तानी सरकार ने कहा, "हम तो आपके साथ मिल कर आतंकवाद से युद्ध करना चाहते हैं।"

"तो फिर आप इन आतंकवादियों को प्रशिक्षित कर, इतने महँगे-महँगे शस्त्र देकर, हम पर आक्रमण के लिए क्यों भेज देते हैं?"

"हम कहाँ भेजते हैं।" पाकिस्तान सरकार रो पड़ी, "हमारी जनता हमारे वश में ही नहीं है। हमारी कोई बात मानती ही नहीं है। जब देखो, उत्पात मचाती ही रहती है। देखिए, हम उन्हें पाकिस्तानी नहीं मानते। हम उन्हें अपने देश की नागरिकता से निष्कासित करते हैं।"

***

हमारे देश के बुद्धिजीवी एकत्रित हुए। बोले, "यह अवसर पाकिस्तान से लड़ने का नहीं है। हमें पाकिस्तान की सरकार के हाथ मजबूत करने चाहिए, ताकि वे अपने देश के आतंकवादियों पर काबू पा सकें।"

रामलुभाया ने सिर पीट लिया, "अरे कमजोर सरकार है तो इतने आतंकवादी तैयार कर रही है। मजबूत हो जाएगी तो जाने क्या करेगी।"

"आप समझते नहीं हैं रामलुभाया जी। यह समय तो मरहम लगाने का है। आप देखिए, वे भी तो आतंकवाद से पीड़ित हैं। उनके यहाँ भी तो विस्फोट हो रहे हैं। उनकी भी तो बेनजीर भुट्टो मारी गयीं।"

"उनके यहाँ विस्फोट भारतीय आतंकवादी कर रहे हैं या भारत सरकार?" रामलुभाया पूछ बैठा, "जो आपको उनसे इतनी सहानुभूति हो रही है। वे अपने किए को ही तो भुगत रहे हैं। अपने देश में वे जो चाहें, करें; किन्तु हमारे देशवासियों का

तो रक्त न बहाएँ।''

"नहीं ऐसी बात तो नहीं है। यह समय है, मिलकर आतंकवाद से लड़ने का। हम दोनों देश समान रूप से पीड़ित हैं।''

रामलुभाया उनके समतावाद से चकित रह गया। दोनों देश समान रूप से पीड़ित थे। एक देश अपने जन्म से ही, अपना विकास करने के स्थान पर भारत को ध्वस्त करने पर लगा हुआ था, दूसरा तब से सहन कर रहा था। और हमारे बुद्धिजीवी दोनों को समान रूप से पीड़ित मान कर मल्हम लगाने की बातें कर रहे थे। लगता था कि वे किसी प्रतिनिधि मंडल में पाकिस्तान हो आये थे या पाकिस्तान जा कर उनकी बिरियानी खाना चाहते थे।

"आप देखिए, उनकी आई. एस. आई. उनकी सरकार के नियन्त्रण में नहीं है।'' एक ने कहा।

"उनकी फौज, आई. एस. आई. के नियंत्राण में नहीं है।'' दूसरे ने कहा।

"ये आतंकवादी उनकी फौज के वश में नहीं हैं।'' तीसरे ने कहा।

"और उनकी सरकार उनके समाज के वश में नहीं है।'' तीसरे ने कहा।

"मैं समझ गया कि वहाँ कोई किसी के वश में नहीं है। वह संसार का एक ऐसा विचित्र देश है, जहाँ समाज, सरकार, फौज और आतंकवाद संगठन – सब एक दूसरे से स्वतन्त्र हैं।'' रामलुभाया ने कहा, "किन्तु हमको तो निरन्तर मार पड़ रही है। हमारे सहस्रों सैनिक, पुलिसकर्मी और सामान्य जन उन लोगों के हाथों मारे जा चुके हैं। मुझे तो यह बताओ कि हमें उनमें से कौन मार रहा है और हमें उनमें से किस से लड़ना है?'' वह रुका, ''किसी से लड़ना भी है या बातें बनाते रहना है?''

(31.12.2008)

एक मजबूत प्रधानमन्त्री

"भारत के इतिहास में इतना सशक्त प्रधानमन्त्री आज तक नहीं हुआ, जितने कि हमारे मनमोहन सिंह हैं।" भोलाराम ने कहा।

"क्या प्रमाण है?"

"प्रमाण? क्या प्रमाण चाहिए तुम्हें? आज ही तो उनका अपना वक्तव्य आया है।" "यदि व्यक्ति का अपना ही वक्तव्य प्रमाण माना जा सकता तो हमारे सारे राजनीतिक नेता सत्य और निर्मल आचरण के पुतले हैं। किसी के आचरण में कहीं कोई धब्बा है ही नहीं।" रामलुभाया ने कहा, "कारागार में बन्द सारे अपराधी निरपराध हैं; पागलखाने में बन्द पागलों में से कोई पागल है ही नहीं।... और तो और पाकिस्तान के मन में भारत के विरुद्ध तनिक भी मैल नहीं है।"

"तुम्हारे लिए उन लोगों के वक्तव्य और भारत के प्रधानमन्त्री के वक्तव्य में कोई अन्तर ही नहीं है?" भोलाराम बौखला गया, "तुमने उनका वक्तव्य पढ़ा भी है?" "पूरी तरह से पढ़ा है।" रामलुभाया ने कहा, "मैं बहुत मजबूत प्रधानमन्त्री हूँ। बस मेरे वश में कुछ नहीं है। कोई मुझे पूछता नहीं है। कोई मुझे कुछ बताता नहीं है। कोई मेरी बात नहीं मानता।"

"यह सब कब कहा उन्होंने?"

"और क्या कहा है।" रामलुभाया बोला, "गुवाहाटी से आ रही गाड़ी दुर्घटनाग्रस्त हो गयी। प्रधानमन्त्री ने रेल राज्य-मन्त्री को आदेश दिया कि वे दुर्घटना-स्थल पर पहुँचें। राज्य-मन्त्री ने कहा, "मैं कोलकाता में हूँ और यहीं प्रसन्न हूँ। जनता की सेवा कर रहा हूँ।" जो शब्दों में नहीं कहा, वह यह है कि "तुम में साहस है तो तुम आसाम चले जाओ। इस समय तो रेल मन्त्रालय भी तुम्हारे ही पास है और आसाम से चुनाव भी तुमने ही जीता है।" मजबूत प्रधानमन्त्री ही अपने मन्त्री से ऐसा उत्तर सुन कर विचलित नहीं होता। दृढ़ता से मौन रह जाता है।"

"तो और क्या करे प्रधानमन्त्री? स्कूल मास्टर के समान बच्चों को दंडित करता फिरे?" भोलाराम ने कहा।

"नहीं स्कूल मास्टर के समान दंडित क्यों करे, मॉनीटर के समान शिकायत ले कर 10 जनपथ चला जाए।" रामलुभाया ने कहा।

"देखो, मुझे ये सब बातें अच्छी नहीं लगतीं।"

"क्या?" रामलुभाया ने पूछा।

"तुम लोग एक भले आदमी को बदनाम करते रहते हो।" भोलाराम बोला, "वे मजबूत हैं। मजबूत प्रधानमन्त्री हैं। तुम मुझे बताओ कि आज तक कौन सा प्रधानमन्त्री इतने आरोप झेल पाया है। किस प्रधानमन्त्री के काल में इतने घपले हुए हैं? चोर बाजारी, काला बाजारी, काला धन, महँगाई... इस धड़ल्ले से यह सब कब हुआ है? इतनी हत्याएँ, डकैतियाँ और बलात्कार कोई और प्रधानमन्त्री करवा पाया कभी? किस प्रधानमन्त्री में साहस हुआ कि वह कह सके कि बाबा रामदेव के साथ जो कुछ हुआ, वह दुर्भाग्यपूर्ण था; किन्तु हम क्या करते? हमारे पास सौभाग्यपूर्ण तो कुछ है ही नहीं। हम पड़ोसियों से पिटते रहते हैं और अपनी निहत्थी जनता को पीटते रहते हैं। है किसी और प्रधानमन्त्री में इतना साहस कि यह सब करे और फिर भी निर्लज्जता से अपनी कुर्सी पर बैठा रहे।"

"बात तो तुम्हारी पक्की है भोलाराम।" रामलुभाया सहमत होता गया, "मैंने तो कभी ऐसे सोचा ही नहीं।"

"तो सोचो न।" भोलाराम बोला, "है किसी प्रधानमन्त्री में साहस कि जिस आतंकवादी को उच्चतम न्यायालय ने मृत्युदंड दे दिया हो, उसे वर्षों तक बचाए रखे और अन्ततः ऐसी स्थिति उत्पन्न कर दे कि वह आतंकवादी छोड़ दिया जाए।"

"नहीं। ऐसा कानून-विरोधी काम कोई प्रधानमन्त्री नहीं कर सकता।" रामलुभाया ने कहा। "है कोई इतना मजबूत प्रधानमन्त्री जो लालू के डाकू-राज को वर्षों तक टिकाए रखे? है कोई और जो एक सदस्यीय पार्टी वाले मधु कोड़ा को झारखंड का मुख्यमन्त्री बनाए रखे?"

"नहीं। इतना मजबूत तो कोई नहीं है।" रामलुभाया को स्वीकार करना पड़ा। भोलाराम मुस्कराया, "अब मत कहना कि मनमोहन सिंह कमजोर प्रधानमन्त्री हैं।"

"नहीं। कभी नहीं।"

(12.11.2011)

औरंगजेब का नया जन्म

रामलुभाया केवल रो ही नहीं रहा था, रो-रो कर उसकी हिचकियाँ बँध गयी थीं।

"क्या हुआ रामलुभाया?" मैंने पूछा।

अनजान बनकर मैंने पूछ तो लिया; किन्तु उत्तर सुनने की कोई उत्सुकता मेरे मन में नहीं थी। मैं जानता था कि उसके परिवार से कोई शोक समाचार आया होगा, अन्यथा कोई इस प्रकार रो-रो कर हल्कान नहीं होता।

उसने अपनी हिचकियों को उतना ही थामा, जितना भारत सरकार ने राजनीतिक भ्रष्टाचार और आतंकवाद को थाम रखा है; और बोला, "आजकल मेरे सपने सच होने लगे हैं।"

"तो इसमें रोने की क्या बात है?" मैंने कहा, "प्रत्येक व्यक्ति सच कर दिखाने के लिए ही स्वप्न देखता है।"

"मैं वह नहीं कह रहा हूँ।" वह फिर से रोने लगा था– धारासार।

"तो फिर क्या कह रहे हो?"

"आजकल मैं रात को सोते हुए, अपनी नींद में जो स्वप्न देखता हूँ, वे सत्य हो जाते हैं।"

"तो अच्छा ही है, तुम भविष्य में घटित होने वाली घटनाओं को पहले से ही जान लेते हो।" मैंने कहा, "चमत्कारी जीव हो गये, तुम तो।"

"वहाँ तक तो अच्छा ही है; किन्तु कल रात मैंने स्वप्न देखा है कि सोनिया गाँधी और प्रधानमन्त्री मनमोहन सिंह मिल कर चीन तक एक सड़क बनाने की योजना बना रहे हैं।..."

"तो बुरा क्या है। चीन दिल्ली तक सड़क बनाए, उससे पहले हम ही बना लें।" रामलुभाया की रोने की तैयारी देख कर मैंने गोला दागा।

"वह तो ठीक है, किन्तु वे कह रहे हैं कि जैसे राम-सेतु तोड़े बिना सेतु-समुद्रम् की योजना सफल नहीं हो सकती, वैसे ही कैलाश पर्वत उखाड़े बिना चीन तक सड़क नहीं बन सकती।" वह बोला।

"कैलाश पर्वत को उखाड़े बिना सड़क नहीं बन सकती?" मैं बोला, "क्या पर्वत के ऊपर से सड़क नहीं बन सकती?"

"वैसे तो जलमग्न राम-सेतु के ऊपर भी कुछ चट्टानें रखने से वह सेतु समुद्र से ऊपर उठ आता और श्रीलंका तक सड़क मार्ग बन जाता। लोग अपनी गाड़ियाँ दौड़ाते हुए मजे से श्रीलंका तक पहुँच जाते। पर वह तो नहीं चाहिए न उनको।"

बात तो उसकी ठीक थी।

"तो क्या वे कैलाश पर्वत को खोद कर समतल कर देना चाहते हैं?"

"हाँ! और क्या?"

"खोद पाएँगे क्या?"

"तो रामसेतु की शिलाओं को ही समुद्र के गर्भ तक कहाँ खोद पाएँगे?" वह बोला, "वहाँ भी तो एक पर्वत ही है। अन्तर इतना ही है कि कैलाश पर्वत पृथ्वी तल पर है और रामसेतु जिस पर्वत पर बना है, वह सागर तल पर है।"

"सोनिया गाँधी तो शायद भारत की भौगोलिक स्थिति को न जानती हों, किन्तु प्रधानमन्त्री तो पढ़े-लिखे आदमी हैं, उन्होंने उन्हें समझाया नहीं कि यह सब असम्भव है?" मैंने पूछा।

"मनमोहन सिंह ने नहीं समझाया; किन्तु सोनिया गाँधी ने एक संदेह प्रकट किया कि कैलाश पर तो महादेव शिव रहते हैं, वे उसे खोदने देंगे?" रामलुभाया ने बताया।

"तो क्या कहा मनमोहन सिंह ने?"

"मनमोहन सिंह बोले, यदि महादेव ने कोई अड़चन पैदा की तो हम उनसे उनके निवास का प्रमाण माँगेंगे। उनका राशन कार्ड, उनका वोटर कार्ड।..."

"महादेव से राशन कार्ड माँगेंगे?" मैं चकित था।

"हाँ।" रामलुभाया ने कहा, "मनमोहन सिंह ने कहा, "मैडम! मैंने सारे सरकारी अभिलेख देख लिए हैं। हमने महादेव को न तो कभी राशनकार्ड बना कर दिया है, न वोटर कार्ड; और न हम बना कर देंगे ही। इससे महादेव भारतीय नागरिक ही सिद्ध नहीं होते। फिर उनको हमारे किसी काम के विरुद्ध आपत्ति करने का अधिकार ही कहाँ है?"

"फिर सोनिया गाँधी ने क्या कहा?"

"उन्होंने चिन्ता जताई, किन्तु सिंह साहब! हम कैलाश को कभी खोद भी पाएँगे? और खोद भी पाये तो खुदाई के बाद वह मिट्टी कहाँ डालेंगे?"

"तो फिर मनमोहन सिंह ने क्या कहा?"

"उन्होंने कहा, खोदी हुई मिट्टी को तो हम दिल्ली ले आएँगे। हाँ कैलाश पर्वत सा एक ऊँचा पर्वत बना देंगे। उसपर हम आपके लिए एक अच्छा सा बंगला बना देंगे। वह इतना ऊँचा होगा कि वहाँ भाजपा वाले चढ़ भी नहीं पाएँगे। आप उनसे एकदम सुरक्षित हो जाएँगी।"

"पर मैं अपने बंगले तक कैसे पहुँचूँगी?"

"आपका आना-जाना तो हैलीकॉप्टर से होगा न।"

"तो सोनिया गाँधी सन्तुष्ट हो गयीं?" मैंने पूछा।

"नहीं।" रामलुभाया ने बताया, "उन्होंने पूछा, 'किन्तु सिंह साहब! यह सब करने का हमको लाभ क्या होगा?'"

"लाभ। अरे मिट्टी खोदने और ढोने का ठेका जिसको देंगे, वह मालामाल हो जाएगा। उससे हमारी पार्टी को भी लाभ होगा। तमिलनाडु के मन्त्री, उस बालू ने भी तो ठेके देने-वेने में बहुत कमाया है। और मैडम!" – मनमोहन सिंह का स्वर धीमा, आत्मीय और रहस्यपूर्ण हो गया, "इससे हम हिन्दुओं का मन जितना दुखा पाएँगे, उतना हम किसी विधि से नहीं दुखा सकते। उनके राम का सेतु तोड़ देंगे, उनके महादेव का कैलाश खोद डालेंगे। उनका मन उतना दुखाएँगे, जितना न कभी तुर्कों और मुगलों ने दुखाया होगा, न अंग्रेजों और पुर्तगालियों ने। भाजपा की ऐसी तैसी कर देंगे हम।" मनमोहन सिंह परम प्रसन्न थे और सोनिया गाँधी सोच रही थीं कि औरंगजेब ने ही तो कहीं मनमोहन सिंह के रूप में नया जन्म नहीं लिया है?

(8.8.2007)

कश्मीर का समाधान

''मुशर्रफ ने कहा है कि कश्मीर का समाधान अत्यन्त निकट है।''

रामलुभाया बहुत हँसा। हँसते-हँसते उसकी आँखों में अश्रु आ गये।

''क्या हुआ रामलुभाया?'' मैंने कुछ चकित होकर पूछा, "क्या तुम इससे बहुत प्रसन्न हो?''

''इसमें प्रसन्न होने की कौन सी बात है?'' उसने मेरी ओर देखा।

''अरे कश्मीर में मार-काट बन्द हो जाएगी। वहाँ सुख-शान्ति का राज्य होगा। आतंकवाद नहीं रहेगा तो लोगों का आना-जाना आरम्भ होगा। पर्यटन फूलेगा-फलेगा। कश्मीर धरती का स्वर्ग बन जाएगा।''

''यह सब तो तब होगा, जब कश्मीर भारत का अंग रहेगा और वहाँ भारतीय लोग बसेंगे।''

''ऐसा नहीं होगा क्या?'' मैंने कुछ रोष से कहा, "तो समाधान क्या हुआ?''

''समाधान! कश्मीर का समाधान तो जवाहरलाल नेहरू ने उसी दिन कर दिया था, जिस दिन कश्मीर की सत्ता महाराजा हरिसिंह से लेकर शेख अब्दुल्ला के हाथ में सौंप दी थी।''

''क्या मतलब?''

''मतलब यह कि नेहरू ने कहा, आधा कश्मीर पाकिस्तान को देता हूँ और आधा मुसलमानों को।'' रामलुभाया ने कहा।

''झूठ बोलते हो तुम।'' मैंने बिगड़ कर कहा, "उन्होंने ऐसा कभी नहीं कहा।''

''तुम ठीक कह रहे हो, उन्होंने ऐसा कभी नहीं कहा; किन्तु किया ऐसा ही।'' वह मुस्करा रहा था।

''ऐसा कब किया?'' मैंने पूछा।

''देखो, भारत की सेनाओं को आगे बढ़ने से रोक कर आधा कश्मीर तो उन्होंने, जैसा कि अंग्रेजी में कहते हैं, थाली में रखकर पाकिस्तान को दे दिया। और उसे लौटाने की कभी बात तक नहीं की।''

''हाँ। यह एक प्रकार का समझौता था।...''

''समझौता नहीं था, देशद्रोह था।'' वह पूरी गम्भीरता से बोला।

"तुम नेहरू जी को देशद्रोही कह रहे हो?" मेरे मस्तिष्क की नसें फट जाने को हो रही थीं, "उस महान् नेता को देशद्रोही कह रहे हो।"

"न होते तो भारत के तीन पूरे-पूरे और दो आधे-आधे प्रदेश, देश से काट कर किसी और को कैसे दे देते?"

"वह तो बँटवारा था।" मैंने कहा।

"यह कैसा बँटवारा है भाई कि पाकिस्तान से तो सारे हिन्दू खदेड़ दिए जाएँगे और भारत के मुसलमान यहीं जमे रहेंगे – सुरक्षित और सम्मानित?"

"हम पाकिस्तानियों के समान क्रूर नहीं हो सकते थे।" मैंने कहा, "यह कहाँ की इनसानियत है?"

"इंसानियत की बात हम बाद में करेंगे।" उसने कहा, "पहले हम राष्ट्रीयता की बात कर लें। यह कहाँ की राष्ट्रीयता है कि हम अपने देश की भूमि तो बाँटते चलें और राष्ट्रीय हितों को ध्यान ही न रखें। तिब्बत चीन को दे दें और तिब्बतियों को अपने यहाँ बसा लें। नेपाल माओवादियों या चीनियों को दे दें और नेपालियों को अपना बिहार दे दें। बंगलादेश जमाते इस्लामी को दे दें और बंगलादेशियों को अपने यहाँ बसने की खुली छूट दे दें। यह कौन सा राष्ट्रीय चिन्तन है?"

मैं घबरा गया, "हम कश्मीर की बात कर रहे थे।"

"मैं कह रहा था कि पिछली शती के महानायक जवाहरलाल नेहरू ने आधा कश्मीर पाकिस्तान को दिया और आधा मुसलमानों को दे दिया। कश्मीर में वैसे ही हिन्दू नहीं के बराबर थे। देश के अन्य प्रदेशों के लोगों के कश्मीर में प्रवेश पर पाबन्दी लगा दी, अर्थात् इस देश का हिन्दू कश्मीर में न बस पाए। एक-एक कर सारे हिन्दू निकाल दिए कश्मीर से – डरा कर, धमका कर, दंगा कर, मार कर, स्त्रियों का अपहरण और बलात्कार कर। अब कश्मीर पर खुल्लमखुल्ला मुसलमानों का राज्य है, अर्थात् पाकिस्तान का राज्य है।"

"पर वहाँ सेना तो हमारी खड़ी है।" मैंने कहा, "वह पाकिस्तान का कैसे हो जाएगा?"

"मूर्ख बना रहे हो सेना को।" वह बोला, "जिस मुहल्ले में मुसलमान बहुसंख्यक हो जाएँ, वहाँ कोई अमुसलमान तो बस नहीं सकता। जिस प्रदेश में एक भी हिन्दू न हो, सारे के सारे मुसलमान हों और उनके हाथ में पाकिस्तान की बन्दूक हो, तुम समझते हो कि वह भारत का अंग बना रहेगा, तो तुमसे बड़ा मूर्ख इस सहस्राब्दी में कोई पैदा नहीं हुआ।"

"तो मुशर्रफ क्या कह रहा है?"

"वह ठीक कह रहा है। समाधान तो हो चुका।" रामलुभाया बोला, "यदि अब भी भारत कश्मीरी तथा अन्य प्रदेशों के हिन्दुओं को कश्मीर में नहीं बसाता तो कश्मीर आप पाकिस्तान को दे चुके। मित्रताओं के महानायक मनमोहन सिंह किसी

भी दिन हस्ताक्षर कर कश्मीर पाकिस्तान को सौंप देंगे। बदले में मुशर्रफ उन्हें डल झील के किनारे बनाए जाने वाले फ्लैटों में से एक फ्लैट दे देगा, जिस तक वे कभी पहुँच भी नहीं पाएँगे।''

"और राहुल जी तो कह रहे थे कि उनके परिवार ने पाकिस्तान को तोड़ा है। वह... ।''

"बालक हैं। अपने परिवार की महानता को कम आँक रहे हैं।'' रामलुभाया ने कहा, "उनके परिवार ने भारत को खंड-खंड किया है और अभी तो करेंगे। पंडित जी एडविना माउंटबेटन की हसरत में मर गये, उन्हें माउंटबेटन से नहीं तोड़ पाए। हाँ। शायद नेता जी सुभाषचंद्र बोस को भी उन्होंने ही भारत से तोड़ा था। अपने मित्रों की सहायता से उन्हें विदेशों में ही बन्दी रखा। श्यामाप्रसाद मुखर्जी को तोड़ने के लिए, उन्हें शेख अब्दुल्ला को सौंप दिया और वहाँ कारागार में उन्हें विष देकर मार डाला। अब का बतावें तुम्हें बबुआ कि इस परिवार ने इस देश के कौन-कौन से पुष्प तोड़ डाले। पर देखो, प्रभु की लीला कि देश के हत्यारों को ही देश का नायक और शासक बना डाला। हरे राम...हरे राम... ।''

रामलुभाया की आँखों में अश्रु आ गये।

(26.4.2007)

कांग्रेस क्या है?

"आखिर तुम लोग चाहते क्या हो?" गुलाम नबी ने झल्ला कर पूछा।

"लो, ये अभी तक इतना भी नहीं समझे।" हुर्रियत ने मुस्करा कर कहा।

"हाँ! नहीं समझा।" गुलाम नबी ने कहा, "सारे हिन्दुओं को कश्मीर से निकाल तो दिया। दुनिया के किसी देश में कभी ऐसा हुआ भी है कि देश के बहुसंख्यक लोगों से कोई प्रदेश खाली करा लिया जाए? हमने तुम्हारी बात मान कर वह भी कर दिया।"

"हमने के माने?"

"कांग्रेस ने।"

"हमें कश्मीर चाहिए।" हुर्रियत बोली।

"मिल तो गया।"

"हमको इस्लामी कश्मीर चाहिए।" मुफ्ती ने कहा, "जैसा अफगानिस्तान है।"

"अब क्या फर्क रह गया?"

"फर्क नहीं है?" हुर्रियत ने गुर्रा कर पूछा, "कोई काफिर अफगानिस्तान में तीर्थयात्रा करने जाता है क्या?"

"जब वहाँ कोई तीर्थ है ही नहीं।"

"था न बामियाँ में। तोप के गोले से तोड़ दिया।" हुर्रियत ने कहा, "अमरनाथ गुफा को भी तोप के गोले से उड़ा दो।"

"फौज खड़ी है भारत की।" आजाद ने कहा, "तोप का गोला किसको उड़ाएगा, यह तुमको पता ही नहीं है।"

"तभी तो मैंने कहा था कि भारत की फौज को यहाँ से हटा लो।" मुफ्ती ने कहा, "पर तुम लोग मेरी तो सुनते नहीं हो।"

"सुन तो रहा हूँ। अफजल की फाँसी भी रुकवा दी। अब और क्या चाहिए तुम्हें?"

"फाँसी रुकवा दी। बहुत तीर मारा।" हुर्रियत ने फिर अपने दाँत भींचे, "उसे छुड़ा कर श्रीनगर लाओ। और..."

"और क्या?"

"और काफिरों को कश्मीर की सरजमीन का टुकड़ा क्यों दिया?''

"अरे टुकड़ा दिया तो उसकी कीमत भी ली। और अब तो जमीन भी लौटा ली।'' गुलाम नबी ने कहा, "भारत से लोग आएँगे तो कुछ खर्च कर के ही जाएँगे। आमदनी तो कश्मीरियों की ही होगी न। तुम अजमेर शरीफ नहीं जाते? और तो और भारत सरकार से पैसा लेकर हज तक कर आते हो। तुम्हारे लिए हज मंजिलें बनी हुई हैं। जहाजों के लिए अलग से हज टर्मिनल बने हुए हैं। हिन्दू उनको तोड़ दें तो?''

"हिम्मत हो तो तोड़ कर बताएँ।'' महबूबा ने कहा, "उनमें इतनी हिम्मत ही नहीं है। मुसलमान जंगजू कौम है। हम जो चाहते हैं, लड़ कर लेते हैं। उनकी तरह डरपोक नहीं हैं।''

"डरपोक नहीं हैं वे। अमनपसन्द हैं।'' आजाद ने कहा, ''और इस वक्त तो वे धोखे में हैं कि दिल्ली में उनकी सरकार है।''

"इसमें धोखे की क्या बात है। दिल्ली में उनकी सरकार नहीं है?''

"दिल्ली से मैं आया हूँ कि तुम आये हो?'' गुलाम नबी कुछ आजाद हो उठे, "सरकार है सोनिया मैडम की और वह हिन्दू नहीं है। उसी ने फौज के हाथ पैर बाँध कर रखे हुए है। नहीं तो इतनी फौज खड़ी होती और तुम हिन्दुओं को कश्मीर से निकाल देते। फौज हर्कत में आ जाए, तो तुम सब दो घंटों में या तो गोली खा कर कब्र में पड़े होगे, या जेल में होगे, या सरहद पार जा कर अपने आकाओं से फरियाद कर रहे होगे।''

"रहने दो।'' हुर्रियत ने फिर तेवर दिखाए, "इतनी ही बहादुर फौज होती तो यूँ ही अपनी बन्दूकें अपनी कांख में दबाए न घूम रही होती। कुछ कर के दिखाती, जैसे हमारे जांबाज करते हैं।''

"ठीक कहते हो।'' आजाद ने कहा, "जब-जब भारत की फौज को लड़ने का हुक्म मिला, उन्होंने तुम्हारे आकाओं की फौज को हर बार बिछा दिया।''

"वह बकवास हमको नहीं सुननी है।'' महबूबा ने कहा।

"तो?''

"हमारी शर्त एक ही है।'' हुर्रियत ने कहा, "कश्मीर हिन्दुओं के देवी-देवताओं और उनके निशानों से भी खाली होना चाहिए। उनको सूई की नोक के बराबर भी जमीन नहीं देंगे हम।''

"यही कहा था दुर्योधन ने और आखिर में अपने भाइयों के साथ मारा गया था।'' आजाद ने कहा।

"तो तुम भी जाओ पांडवों के पास।'' मुफ्ती ने कहा, "हम तुम्हारी सरकार में नहीं रहेंगे और देखते हैं कि हिन्दुओं की जमात यह कांग्रेस अब कैसे जीतती है।''

"बेवकूफ हो तुम। कांग्रेस कभी हिन्दुओं की जमात नहीं रही। हाँ, हिन्दू इस धोखे में जरूर रहे।'' आजाद ने कहा, ''और अब तो उसका नाम ही कांग्रेस है। वह

मुस्लिम लीग का नया जन्म है और हिन्दुओं के लिए उससे भी कहीं ज्यादा खतरनाक है। देखना यही कांग्रेस हिंदोस्तान के टुकड़े करेगी और हिन्दू अपने आप से पूछते ही रह जाएँगे कि यह हो क्या गया?''

"ठीक है।'' हुर्रियत ने कहा, "जब यह सब कर लोगे, तब हमारे पास आना। अभी तो तुम दिल्ली ही जाओ।''

(9.7.2008)

काला धन : गोरा तन

"यह सरकार बड़ी राक्षस है।" भोलाराम ने कहा, "देखो तो अहिंसक अनशन करने वालों पर खर, दूषण और त्रिशिरा की सेना के राक्षस छोड़ दिए।"

रामलुभाया जोर से हँसा, "सरकार तो राक्षस है ही; पर बाबा कितने भोले हैं, यह नहीं देखा तुमने। 'इस सादगी पर कौन न मर जाए ऐ खुदा, लड़ते हैं और हाथ में हथियार भी नहीं।' "

"वे हथियार ले कर लड़ने नहीं गये थे।" भोलाराम कुछ तीखे स्वर में बोला, "वे गाँधी जी के समान अहिंसक अनशन करने गये थे।"

"तो सोनिया गाँधी ने सिद्ध कर दिया न कि गाँधी जी के अनशन का तरीका एकदम गलत और अव्यावहारिक है।" रामलुभाया बोला, "अहिंसक अनशन के नाम पर रात को डेढ़ बजे पुलिस आती है। लाठी और गोली का सहारा लेती है। दिन भर के अनशन के बाद भूखे सोए हुए बूढ़े और बच्चों को, स्त्रियों और पुरुषों को मार-मार कर खदेड़ देती है। जिनकी हड्डियाँ टूट जाती हैं और जो चल नहीं सकते, उन्हें घसीट कर कहीं फेंक आती है..."

"पर पुलिस रात को ही क्यों आती है?" भोलाराम ने कहा, "दिन में भी तो आ सकती है।"

"दिन में लोग जाग रहे होते हैं।" रामलुभाया ने कहा, "वे अपना बचाव कर सकते हैं। दिन में यह भी पता लग जाता है कि पुलिस ने किन-किन शस्त्रों का सहारा लिया। कितने लोग घायल हुए। कितने मारे गये। दिन में अस्पतालों में भी भीड़ होती है और श्मशान में भी।"

"पुलिस वालों को चाहिए कि अपनी सुविधा के लिए पुलिस लाइन में ही एक श्मशान बनवा लें। जितनों को चाहें मारें, जितनों को चाहें जलाएँ। न किसी को पता चलेगा कि कितने पुलिस वाले मरे, न यह पता चलेगा कि कितने नागरिक मरे।"

"विचार तो अच्छा है, जाने अब तक के किसी गृह मन्त्री को सूझा क्यों नहीं।"

"पर तुमने बाबा को भोला क्यों कहा?" भोलाराम ने पूछा।

"अरे सीधी सी तो बात है।" रामलुभाया हँसा, "मनमोहन सिंह ने बाबा को पिछले दरवाजे से अपने घर बुलाया। बाबा ने मना कर दिया। बोले, सामने के फाटक

से आएँगे। पीछे बने नौकरों के क्वाटरों के बीच से क्यों आएँ? मनमोहन सिंह ने समझाया, सामने के फाटक से आये तो पत्रकार भी साथ आ जाएँगे। कैमरे आ जाएँगे। चुपचाप पीछे से आ जाओ।

बाबा मान गये। मनमोहन सिंह ने पूछा, ''अब बताओ, क्या कष्ट है तुम्हें। अच्छा-खासा खाने-पीने को मिल रहा है। रोटी भी खा रहे हो और च्यवनप्राश भी; फिर क्यों अनशन करना चाहते हो?''

"मैं चाहता हूँ कि देश और विदेश में छिपाया गया सारा काला धन राष्ट्रीय सम्पत्ति घोषित किया जाए और भ्रष्टचारी तथा काले धनिकों को मृत्यु दंड दिया जाए।''

मनमोहन सिंह ने बड़े ध्यान से बाबा को देखा और बोले, "बड़े भोले हो बाबा। मेरे पास यह कहने आये हो कि मैं स्वयं अपने लिए, अपनी मालकिन के लिए और मालकिन के दासों के लिए मृत्युदंड की घोषणा कर दूँ। ऐसा भी कभी हुआ है क्या? तुम तो हमारा हाल भी करुणानिधि के समान कर देना चाहते हो।''

बाबा उचक पड़े, "अरे नहीं सिंह साहब। मैं ऐसी माँग कैसे कर सकता हूँ। आप तो भले आदमी हैं। आपकी पार्टी के एक सचिव ने तो आपको संन्यासी ही कह दिया है। मैं तो काले धनिकों की बात कर रहा हूँ, उन्हें फाँसी दीजिए।''

"आप समझ नहीं रहे हैं; किन्तु बात तो एक ही है न।'' मनमोहन सिंह ने कहा, "आप काले धनिकों को फाँसी चढ़ाएँगे, तो आखिर चढ़ेंगे तो हम ही न।''

"आप क्यों सिंह साहब। आप तो देश के प्रधानमन्त्री हैं। आप क्यों फाँसी पर चढ़ेंगे।''

"अरे आप समझ क्यों नहीं रहे हैं योगी महाराज।'' मनमोहन सिंह झुँझला गये, "काले धनिक फाँसी चढ़ेंगे, तो आप क्या समझते हैं कि काला धन आपके बाप का है।... विचित्र आदमी हैं आप। हमारे ही पास चले आये कि काले धनिकों को फाँसी पर चढ़ा दो। आपको किस बात से लगता है कि हम आत्महत्या कर लेंगे?''

(7.6.2011)

किसका भोजन?

"उर्दू भी हमारी ही भाषा है।" शिक्षा के वृक्ष पर अपना घोंसला बना कर रहने वाले मेरे उस विद्वान् मित्र ने कहा।

"कैसे?" मैं पूछे बिना नहीं रह सका।

"अपने बचपन में जब हम पंजाब में पढ़ते थे, हमारी पढ़ाई उर्दू में ही होती थी।" जाने क्यों वह हँसा, "और यदि भारत स्वतन्त्र न हो गया होता, तो तुम आज भी उर्दू ही पढ़ रहे होते।"

मैं देख रहा था कि वह अपनी विद्वता का प्रदर्शन कर परम प्रसन्न था।

"तुम अपने परिवार में कौन सी भाषा बोलते हो?" मैंने पूछ लिया।

"पंजाबी।" उसने बताया।

"तुम्हारी बहन, पत्नी तथा परिवार की अन्य स्त्रियाँ तब किस भाषा में लिख-पढ़ रही थीं, जब तुम उर्दू पढ़ रहे थे?" मैंने दूसरा प्रश्न किया।

"हिन्दी। ऑफकोर्स हिन्दी।" वह बोला।

"अपनी नौकरी के लिए तुमने क़ौन सी भाषा पढ़ी?"

"अंग्रेजी।"

"घर में पूजापाठ जैसे धार्मिक-सांस्कृतिक कार्यों के लिए किस भाषा में काम होता है?"

"संस्कृत और हिन्दी में।" वह बोला, "पर यार तू पूछता ही क्यों जा रहा है?"

"एक प्रश्न और।" मैंने कहा, "और आज पाकिस्तान की भाषा उर्दू क्यों है? भारत के कश्मीर में पिछले साठ वर्षों से कश्मीरी, डोगरी और लद्दाखी के स्थान पर उर्दू क्यों पढ़ाई जा रही है?"

"मैं नहीं जानता।" वह बोला, "मैंने कभी इन फालतू बातों के विषय में सोचा ही नहीं। जीवन में और समस्याएँ कम हैं कि मैं इन सब प्रश्नों का बोझ भी अपने सिर पर लाद लूँ।"

मैं समझ गया कि यह विद्वान् भी उन पढ़े-लिखे लोगों में से है, जो पढ़ते हैं; किन्तु सोचते नहीं। उनके सामने जब भोजन की थाली रख दी गयी, तो उन्होंने बिना कुछ भी सोचे-समझे, बिना कोई प्रश्न उठाए, वह सब कुछ अपना भोजन समझ कर

खा लिया, जो थाली में परोसा गया था। एक बार भी जानने का प्रयत्न नहीं किया कि वह भोजन मनुष्य का खाद्य था अथवा कुत्ते का? मुगलों का शासन था तो मान लिया कि शासक मुगल ही हो सकता है। कभी महाराणा प्रताप या शिवाजी के समान यह नहीं पूछा कि हमारे देश में हम पर शासन करने का मुगलों को क्या अधिकार है? गद्दी पर अंग्रेज बैठा दिखा, तो स्वीकार कर लिया कि राज तो अंग्रेजों का ही हो सकता है। राजगुरु, सुखदेव और भगतसिंह के समान फाँसी चढ़ना तो दूर, नेता जी की आजाद हिंद फौज के समर्थन में दो शब्द कहने का प्रयत्न भी कभी नहीं किया।

"मैं बताऊँ?" मैंने अपने सम्मुख बैठे उस सरस्वतीपुत्र से पूछा।

"बोल लो। बोल लो। तुम्हें बोलने का रोग है तो चुप कैसे रह सकोगे।" उसकी आँखों, वाणी और हँसी में मेरे लिए तिरस्कार ही तिरस्कार था।

"तुम्हारा परिवार पंजाबी बोल रहा था, क्योंकि वह तुम्हारी प्रादेशिक बोली थी।" मैंने कहा, "तुम्हारे परिवार की स्त्रियाँ हिन्दी इसलिए पढ़ रही थीं, क्योंकि वह तुम्हारी और तुम्हारे देश की सांस्कृतिक और राष्ट्रीय भाषा है। उन्हें नौकरी नहीं करनी थी, इसलिए वे न उर्दू पढ़ रही थीं, न अंग्रेजी। वे राष्ट्र, संस्कृति और धर्म की रक्षा के लिए हिन्दी पढ़ रही थीं।..."

"क्या बकवास है।..."

"एक बात और सुन लो पश्चिमी शिक्षा के विषाक्त वृक्ष!" मैंने कहा, "हम उसी कारण से उर्दू पढ़ने को बाध्य थे, जिस कारण से आज भी पाकिस्तान और भारतीय कश्मीर में उर्दू पढ़ाई जा रही है।"

"क्या कारण है?"

"भारतीय मुसलमान अरबी नहीं पढ़ सकता, इसलिए उसने अरबी-फारसी की सन्तान उर्दू को अपनी भाषा मान लिया है। वह किसी प्रदेश की नहीं, धर्म की सन्तान है। अतः जहाँ मुसलमानों का बहुमत होगा, और वे बाध्य कर सकेंगे, वहाँ उर्दू ही पढ़ाई जाएगी।"

"मैं ऐसा नहीं सोचता।"

"सारी समस्या यही है कि तुम सोचते ही नहीं हो। बस पढ़ते-लिखते हो।" मैंने कहा।

(28.2.2007)

किसके लिए?

हत्या सबके सामने हुई थी। सबने उसे देखा होगा। किसे? मृतक को! हत्यारे को। उस पिस्तौल और गोली को, जिसने उस जीवित मनुष्य को एक शव में बदल दिया था।...पर उससे क्या होता है। जिसने देखा है, जब तक वह न्यायमूर्ति के सामने यह साक्षी न दे दे कि हत्या उसके सामने हुई है, और उस साक्षी को न्यायमूर्ति सत्य न मान लें, तब तक वह साक्षी नहीं होती। उसके लिए आवश्यक है कि पुलिस, उसे साक्षी देने दे। जो साक्ष्य हैं, पुलिस उन्हें जुटाए और जुटा रहने दे। वह जुटाना न्यायमूर्ति को पर्याप्त लगे। यदि ऐसी साक्षी न हो तो कोई हत्या कैसे हो सकती है और कोई हत्यारा कैसे हो सकता है। पर वर्षों हो गये, हमारे यहाँ तो ऐसी ही हत्याएँ होती थीं। हत्या हो जाती है और हत्यारा कोई नहीं होता। क्योंकि किसी को हत्या का दंड नहीं मिलता। यह जादू का खेल है। कभी किसी को सूझा नहीं, नहीं तो सर्कस आदि के लिए यह बहुत अच्छा खेल था – आओ! बिना हत्यारे के हत्या देखो।

एक हत्यारा, एक छात्र के घर आता है। उसके साथ बलात्कार करता है। उसकी हत्या कर देता है। हाथ मुँह धो कर अपने घर चला जाता है। जाकर कहता है, "माँ! बहुत भूख लगी है। खाना दो।"

माँ प्यार से अपने राजदुलारे के लिए खाना परोस देती है।

पिता पूछते हैं, "कहाँ से आ रहा है?"

"वह एक लड़की थी। मुझे अच्छी लगती थी, पर मान नहीं रही थी। नखरा कर रही थी।" पुत्र कहता है, "आज निबटा दिया।"

"तो? इंक्वायरी नहीं होगी क्या?" पिता के स्वर में हल्की सी चिन्ता है, "किसी ने देखा तो नहीं?"

"वहाँ था तो कोई नहीं। घर में अकेली ही थी।" हत्यारा कहता है, "पर यदि कोई कहेगा कि उसने मुझे वहाँ आते जाते देखा है, तो उसे भी निबटा दूँगा।"

"और कोर्ट कचहरी?" पिता पूछते हैं।

"वह आप सँभालिए।" हत्यारा कहता है, "कोर्ट कचहरी में तो वह पहुँचेगा, जिसे आपकी पुलिस जाने देगी। यदि आपका अफसर कोई हथियार ही प्रस्तुत न करे, तो हत्या किससे हुई? हत्या कैसे हुई?"

"वैसे तो हम लाश ही प्रस्तुत न करें, तो हत्या हुई किसकी?" पिता मुसकराए, "तो फिर हत्या हुई ही नहीं।"

पर मामला उछल गया। कुछ समाचारपत्रों ने सँभाला, कुछ टी. वी. चैनलों ने। राजनीति का भी हस्तक्षेप हो गया। न्यायमूर्ति बिक नहीं पाए। उन्होंने जरा कड़ा रुख अपनाया, "हत्या हुई है, तो हथियार भी होगा ही। हथियार प्रस्तुत करना पुलिस का काम है, मृतक का नहीं। तो पुलिस ने हथियार क्यों कब्ज़े में नहीं लिया?"

"सर! हथियार भी था और हत्यारा भी। पर हमने ही उन्हें आपके सामने प्रस्तुत नहीं किया।"

"क्यों? क्या यह पुलिस की ड्यूटी नहीं थी?"

"थी तो सर! पुलिस की ही तो ड्यूटी है। और किसकी है।"

"फिर!"

"सर! ऐसा है न!" पुलिस अधिकारी ने सिर खुजलाया, "हत्यारा पकड़ा जाता तो पुलिस की बदनामी होती। आखिर पुलिस वाले का ही तो बेटा है।"

"तो?"

"फिर आपके लिए परेशानी होती। आपको बाध्य हो कर, न चाहते हुए भी उसे दंडित करना पड़ता।"

"मैं टाँग देता उसे फाँसी पर।" न्यायमूर्ति ने कहा, "आपको पूरे सबूत और गवाह प्रस्तुत करने चाहिए।"

"छोड़िए न सर।" अफसर हँसा, "करने को तो हम कर देते। पर फिर सांसदों और विधायकों के लिए समस्या हो जाती। अब यह कोई अच्छी बात है कि देश के सम्माननीय विधायक और सांसद एकमत से प्रस्ताव पारित करें, कि अपराधी को छोड़ दिया जाए।"

"कैसा प्रस्ताव?"

"जैसा केरल की विधान सभा ने पारित किया है कि पचास से ऊपर लोगों की हत्या करने वाले आतंकवादी को मानवीय भावनाओं के आधार पर मुक्त कर दिया जाए।"

"हाँ! कठिनाई तो है।"

"तो सर! बस यही सोच कर, विधायकों और सांसदों और कभी-कभी मंत्रियों को इन छोटी मोटी कठिनाइयों से बचाने के लिए हम हत्यारों को पकड़ते नहीं हैं। पकड़ते हैं, तो साक्ष्य नहीं जुटाते। साक्ष्य जुटा देते हैं तो साक्षियों को कचहरी तक पहुँचने नहीं देते। वे कचहरी में आ जाएँ तो हम उन्हें सच नहीं बोलने देते। बस सर! इस देश के महान् राजनीतिज्ञों के कारण।"

"तुम सच कह रहे हो ऑफिसर।" न्यायमूर्ति भी ढीले पड़ गये।

(5.4.2006)

कुम्भकर्ण

रामलुभाया बिल्कुल झगड़े की मुद्रा में आया था, "यह क्या हो रहा है, गुजरात में?"

"या तो समाचारपत्र पढ़ लो, दूरदर्शन में समाचार सुन लो, या कोई प्रतिनिधि मंडल लेकर चले जाओ। सब कुछ ज्ञात हो जाएगा।"

"मैं पूछ रहा हूँ कि ये दंगे क्या कोई अच्छी बात है?"

"नहीं तो। आजतक किसी ने कभी माना कि दंगे अच्छी बात है। जिन्नाह तक ने नहीं माना था। मुशर्रफ भी नहीं मानता।" मैंने कहा।

"तो फिर गुजरात में दंगे क्यों हो रहे हैं?" उसने मुझे इस प्रकार घूरा जैसे गुजरात के दंगों के लिए मैं ही अपराधी हूँ।

"तुमने पढ़ा या सुना होगा कि गोधरा में साबरमती एक्सप्रेस को घेर कर उसके कुछ डब्बों में आग लगा कर पचास-साठ लोगों को जीवित जला दिया गया था। जलाने वाले धर्म से मुसलमान थे और संगठन से कांग्रेसी थे। उनके द्वारा किए गये उस बर्बर नरसंहार के विरोध में ये दंगे भड़क उठे, जो अबतक थम नहीं रहे।"

"पकड़ तो लिया है तीन-चार आदमियों को।" उसने मुझे आँखें दिखाईं।

मैं समझ रहा था कि यह उसके दल का लक्षण था। जब अपने मन में चोर हो तो दूसरे की छाती पर चढ़ बैठो।

"गोधरा का नर संहार करने वाले दो ढाई हजार व्यक्ति थे। तीन-चार को पकड़ लेने से क्या होगा। उससे क्या लोगों का क्रोध थम जाएगा।"

"तुम इन दंगों को गोधरा की क्रिया की प्रतिक्रिया बता रहे हो और मेरा विचार है कि गोधरा का नरमेध भी प्रतिशोध के रूप में ही हुआ था?"

"किसका प्रतिशोध?"

"तुम जानते नहीं हो कि जो लोग जीवित जलाये गये, वे अयोध्या से लौटने वाले कारसेवक थे। वे अतिप्रज्वलनशील नारे लगा रहे थे। उससे वहाँ एकत्रित भीड़ को क्रोध आ गया। और उन्होंने उनको जीवित जला दिया। वह तो कहो कि बचाव हो गया नहीं तो सारी गाड़ी जल जाती।"

लग रहा था कि रामलुभाया को सारी योजना की पूर्वसूचना थी।

"कितनी बुरी बात है।" मैंने कहा।

"इसमें बुरा क्या है, यह तो बहुत स्वाभाविक है।" वह बोला, "तुम दूसरों का दिल जलाओगे तो वे तुम्हारे बच्चों को जीवित जलाएँगे।"

"किसने किसका दिल जलाया था?" मैंने पूछा।

"कारसेवकों ने नारे नहीं लगाए थे– जयश्रीराम। बस स्टेशन पर जमा मुसलमानों की भीड़ को क्रोध आ गया और उन्होंने कारसेवकों को जला दिया।"

"इसका अर्थ है कि मसजिद से अज़ान की आवाज आये तो हिन्दुओं की भीड़ कहे कि इससे हमारा दिल जलता है और वह मसजिद को आग लगाकर लोगों को जीवित जला दे?"

"बकवास मत करो। मुसलमानों में तो मुर्दों को भी नहीं जलाया जाता, तुम उन्हें जीवित जलाने की बात कर रहे हो।" उसने कहा, "होश की दवा करो। तर्क की बात करो। कारसेवकों ने नारे क्यों लगाये?"

"अर्थात् जो जला कर मार डाले गये, वे ही इस नरसंहार के दोषी थे?"

"और क्या? " वह बोला, "अपनी हत्या के लिए ही नहीं, गुजरात के दंगों में मरने वालों की हत्या के लिए भी वे ही दोषी हैं।"

"तुम जाकर मुल्ला उमर की सेना में भरती हो जाओ।" मैंने कहा, "जयश्रीराम का उद्घोष करने पर जीवित जला कर मार देने का दंड तुम और तुम्हारी पार्टी ही उचित ठहरा सकते हो।"

"न जाते वे कारसेवा करने तो यह कांड क्यों होता।" वह बोला।

"तुम जन्मभूमि का मन्दिर तोड़कर मसजिद बनाने का समर्थन न करते, तो वे कारसेवा करने क्यों जाते?"

"हिन्दुओं ने वहाँ मन्दिर बनाया ही क्यों?" वह मुझ पर झपट पड़ा, "न वहाँ मन्दिर बनाया गया होता, न उसे तोड़कर मसजिद बनाने की आवश्यकता पड़ती।"

"श्रीराम का जन्म वहाँ हुआ था, इसीलिए वहाँ मन्दिर बनाया गया।" मैंने कहा, "संसार में ऐसा कहाँ होता है कि किसी अवतार की जन्मभूमि पर उनकी स्मृति में बने मन्दिर को तोड़ कर विरोधी धर्म वाले अपना धर्मस्थल बना दें।"

वह आवेश से भर उठा, उसका मुँह लाल हो गया, "तो श्रीराम ने वहाँ जन्म ही क्यों लिया। कहीं और जन्म ले लेते। वैसे उन्होंने जन्म ही क्यों लिया। सारा कांड तो वहीं से आरम्भ होता है। न लेते वे जन्म तो मन्दिर बनता ही क्यों?"

मैंने उसे ध्यान से देखा : वह पागल तो नहीं हो गया? हो भी गया हो सकता है। ये राजनीतिक दल अपनी कुर्सी के लिए जो न कर दें।

"श्रीराम का जन्म न होता तो रावण को कौन मारता?" मैंने कहा, "वैसे तो रावण के मारे जाने के बावजूद तुम जैसे कुम्भकर्ण आज भी इस देश में बस रहे हैं। सत्ता की सुरा पी रहे हैं और हिन्दुओं को भैंसा मान कर उनकी हड्डियाँ चबा रहे हैं। लगता है, श्रीराम को फिर एक बार आना होगा।" **(26.3.2002)**

कुछ ऐसा हुआ...

सन्ध्या समय फोन की घंटी बजी। फोन आने के समय बँटे हुए हैं। प्रातः मेरी पत्नी के लिए उसकी सहेलियों के फोन आते हैं। दोपहर को भोजन कर विश्राम करने के लिए लेटो, तो मेरे लिए फोन आते हैं। मैं समझ जाता हूँ कि मेरे प्रकाशकों तथा अन्य कार्यालयों में मध्याह्न भोजन का समय समाप्त हो गया है। कर्मचारी काम पर लौट आये हैं। काम पर लौट आये हैं तो मेरी नींद हराम करेंगे ही।... और इस समय प्रायः मेरे पोतों के मित्रों के फोन आया करते हैं... "खेलने के लिए मैदान में आओगे?" "होमवर्क कर लिया?" "अपनी मम्मी से कहो कि मेरी मम्मी से बात कर लें।" इत्यादि...

पर घर का कोई सदस्य फोन उठा नहीं रहा था और फोन की घंटी मेरे सिर में दर्द करने की हद तक बज चुकी थी। मैंने फोन उठा लिया, "हाँ जी।"

"कोहली जी के घर से बोल रहे हैं?"

"जी, मैं नरेन्द्र कोहली बोल रहा हूँ।"

"कौन बोल रहे हैं – नरेन्द्र कोहली?"

"जी, नरेन्द्र कोहली बोल रहा हूँ।"

उधर वाले का स्वर कुछ विचित्र सा उदास हो गया, "मैं रायपुर से बोल रहा हूँ। मैं कोहली जी का पाठक हूँ। उनका बहुत बड़ा फैन हूँ। आज एक स्थानीय समाचारपत्र में पढ़ा कि डॉ. नरेन्द्र कोहली का कल दिल्ली में निधन हो गया है।"

"क्या?" मैं कुछ चकित रह गया, "किसी को कोई भ्रम हुआ होगा अथवा किसी ने शरारत की होगी। मैं तो जीवित हूँ और आपसे बात कर रहा हूँ।"

"भगवान की बड़ी कृपा है। मैं तो स्तब्ध ही रह गया।"

"चलिए, छोड़िए अपनी स्तब्धता को। मैं पूरी तरह से जीवित हूँ।"

"सच बोल रहे हैं? मेरे साथ मजाक तो नहीं कर रहे न?"

"वैसे जीवन तो मजाक ही है। मैं जी रहा हूँ अर्थात् मजाक ही कर रहा हूँ। कहिए, कुछ और कहना है।" मैंने अपनी ओर से बात समाप्त कर दी, "वैसे आपका मेरे साथ मजाक का रिश्ता तो है नहीं।" "नहीं। और क्या कहना है। आपकी दीर्घायु के लिए प्रार्थना करने मन्दिर जा रहा हूँ।" उन्होंने फोन बन्द कर दिया।

थोड़ी देर में फोन फिर बजा, "क्या नरेन्द्र कोहली जी से बात हो सकती है? मैं वाणी प्रकाशन से बोल रही हूँ। हमारे सर उनसे बात करेंगे।"

"मैं बोल रहा हूँ।"

"किन्तु हमने तो सुना है कि आपका निधन हो गया है। आप फिर भी बोल रहे हैं।"

"सुनी-सुनाई बात पर क्यों विश्वास करती हैं?"

"सुनी-सुनाई नहीं है।" वे बोलीं, "हमारे एक प्रतिनिधि रायपुर गये हुए हैं। वहाँ से उनका ही फोन आया है।"

"कोई बात नहीं। रायपुर के उस फोन को भूल जाइए। दिल्ली से तो कोई फोन नहीं आया न।" मैंने कहा, "मैं नरेन्द्र कोहली ही बोल रहा हूँ। आप माहेश्वरी जी को फोन दीजिए।"

इस बार स्वर अरुण माहेश्वरी का था, "आपका निधन हो गया है। बड़ा दुख हुआ। क्या मैं संवेदना प्रकट करने के लिए आ सकता हूँ।"

"मैं नरेन्द्र कोहली ही बोल रहा हूँ भाई।"

"महानता है आपकी कि निधन हो जाने के बाद भी आप बोल रहे हैं। प्रायः लोग नहीं बोलते। इसलिए थोड़ा आश्चर्य हुआ।"

"अरुण जी, मेरा निधन नहीं हुआ है।" मैंने कहा, "कोई दुष्ट व्यक्ति भ्रम फैला रहा है।"

"भ्रम और कोई नहीं फैला रहा, आप ही फैला रहे हैं।" अरुण बोले, "आदत रही है आपकी। सारा जीवन आप यही करते रहे हैं। चलिए कोई बात नहीं है। संवेदना प्रकट करने के लिए आने से पहले एक अच्छा सा सन्देश लिखवा लूँ। समाचारपत्रों को भी चाहिए होगा और सम्भवतः टी.वी. वाले भी माँगें। वैसे यह तो रेखांकित करना ही होगा कि हमारा आपसे काफी निकट का सम्बन्ध रहा है। आपकी अधिकतम पुस्तकें 'वाणी प्रकाशन' से छपी हैं। आपको अधिकतम रॉयल्टी हम ही देते थे। इसका अर्थ समझते हैं आप?"

"क्या?"

"इसका अर्थ है कि सबसे ईमानदार प्रकाशक हम ही हैं।" अरुण रुके, "अच्छा, आपके बाद आपकी रॉयल्टी किसको मिलेगी? परिवार वाले कोई झगड़ा-टंटा तो नहीं करेंगे न? प्रायः हिन्दी लेखकों की मृत्यु के पश्चात् झगड़ा करने के लिए उनकी कुछ गुप्त और विलुप्त पत्नियाँ प्रकट हो जाती हैं।"

"अरे भाई, मैं अभी जीवित हूँ।"

"वह ठीक है। यह बताइए कि आपकी शोक-सभा परिवार वाले करेंगे या हम करें।" अरुण ने कहा, "परिवार वाले तो सबकी ही करते हैं। उसमें कोई महानता नहीं है। महान् लेखकों की शोक सभाएँ प्रायः उनके प्रकाशक ही करते हैं। चाहे

उसपर आया खर्च वे उनकी रॉयल्टी से ही काट लें। फिर भी यह महत्व की बात होगी। लोग कहेंगे कि 'वाणी' वालों ने अन्त तक साथ निभाया। जीवन भर रॉयल्टी तो देते ही रहे, अन्त में शोक-सभा भी करवा डाली।''

"बहुत रोब मत झाड़ो।'' मैंने कहा, "मेरे और प्रकाशक भी हैं।''

"तो उनसे ही शोक-सभा करवा लीजिए। मैं तो संवेदना प्रकट कर ही अपना दायित्व पूरा हुआ मान लूँगा।'' उसने रुक कर कहा, "वैसे शोक तो हमको हुआ ही है, अब आपका अगला उपन्यास हमको नहीं मिलेगा। कहना चाहिए कि वह लिखा ही नहीं जाएगा।''

"तो मेरी भी एक बात सुन लो।'' मैंने कहा, "मैं अभी जीवित हूँ, इसलिए अगला उपन्यास तो लिखा जाएगा। हाँ, तुम इसका शोक मना सकते हो कि वह तुमको नहीं मिलेगा।''

"अरे, यह सुन कर तो लोग संवेदना प्रकट करने मेरे पास आने लगेंगे।''

"यही सही।'' मैंने कहा और फोन बन्द कर दिया।

घंटा भर मैं कुलबुलाता रहा और तब फिर से फोन बज उठा। इस बार फोन एक टी.वी. चैनल से था, "सुन कर बड़ा दुख हुआ जी कि नरेन्द्र कोहली जी का निधन हो गया है...''

"मैं नरेन्द्र कोहली बोल रहा हूँ।'' मैंने कहा, "मेरा निधन नहीं हुआ है। आपको इस समाचार का खंडन करना चाहिए।''

"सच बोल रहे हैं आप? आपका निधन नहीं हुआ है?'' वे बोले, "वैसे हिन्दी के लेखकों में यह बहुत बड़ा दोष है। मर जाते हैं; किन्तु अपना मरना स्वीकार नहीं करते। अब किस-किस का नाम लूँ। तीस-तीस वर्ष हो गये, एक लघुकथा तक नहीं लिखी, किन्तु अपना मरना स्वीकार नहीं करेंगे। उसके विपरीत अपने मित्रों से अपनी अमरता पर निबन्ध लिखवा कर छापते रहेंगे। कोई नहीं लिखेगा तो स्वयं ही लिखना आरम्भ कर देंगे... 'अमर होने के लक्षण'।''

"अब आप मुझसे क्या चाहते हैं?'' मैंने पूछा। "आपका एक साक्षात्कार रिकार्ड करना चाहता हूँ। मुख्य प्रश्न है कि निधन के बाद आपको कैसा लग रहा है।'' "नहीं आऊँगा मैं।'' मैंने खीझ कर कहा, "जब मेरा निधन हो चुका है तो मैं कैसे आ सकता हूँ?''

"जीवित थे, तब भी कहाँ आते थे। जाने आपको स्टूडियो से क्या चिढ़ है। कोई बात नहीं। ओ. बी. वैन भेज दूँ?''

"उससे क्या होगा?'' मैं बोला, "मेरी बात समझने का प्रयत्न करो।''

"क्या?''

"मेरा निधन नहीं हुआ है। मैं पूरी तरह जीवित हूँ और तुमसे बात कर रहा हूँ।''

"ऐसी बातें समझने का क्या लाभ, जिससे हमारा एक समाचार ही मारा जा रहा

हो।'' वह बोला, "आपके निधन पर तो हम समाचार क्या, एक पूरा कार्यक्रम बना सकते हैं।... चलिए, हम ओ.बी. वैन भेज देते हैं। आप यह ही कह दीजिएगा कि आपका निधन नहीं हुआ है। आप अपने जीवित होने के प्रमाण में जो कुछ कह सकते हैं, कह दीजिएगा। सम्भव हो तो आस-पास के कुछ लोगों को जमा कर उनको साक्षी के रूप में प्रस्तुत कर दीजिएगा। बड़ी अच्छी स्टोरी बनेगी कि एक व्यक्ति जिसका निधन हो गया है, वह न केवल स्वयं कैमरे के सामने प्रकट हो, स्वयं को जीवित प्रमाणित कर रहा है; वरन् अपनी प्रेत शक्तियों से लोगों को प्रभावित कर, उनसे गवाही दिलवा रहा है।''

"मैं कह दूँगा कि यह सब बकवास है।''

"हम एक छाया सी दिखा देंगे और उससे वह सब कहलवा देंगे, तो आप क्या कर लेंगे।'' वह बोला, "आस-पास कुछ बच्चों को बैठा लेंगे। वे डरने का अभिनय करेंगे। अन्त में भूत-भूत चिल्लाते हुए भाग जाएँगे। फिर?''

मैंने फोन बन्द कर दिया; किन्तु एकदम डर गया। वह जो कुछ कह रहा था, वह सब कर भी सकता था। यदि उसे समय से सूझ गया तो वह मेरे जीवन का इतिहास बताते हुए, यह भी जोड़ सकता है कि इससे पहले भी कई बार मेरा निधन हो चुका है; किन्तु मैं हर बार उसे झुठला कर लोगों को विश्वास दिला देता हूँ कि मैं अभी जीवित हूँ।.... मैं कर ही क्या सकता हूँ। हिन्दी के एक गरीब लेखक के पास सिवाय निरीहता के और है ही क्या?

मैं जा कर अपने बिस्तर पर लेट गया। इन लोगों ने मुझे इतना व्याकुल कर दिया था कि मैं कुछ करने योग्य रह ही नहीं गया था। नींद आ जाए तो कुछ देर इन विचारों से मुक्त हो सकता हूँ...

इस बार दरवाजे की घंटी बजी। मेरी पत्नी ने दरवाजा खोला... मैंने झाँक कर देखा : मेरे कॉलेज के कुछ कर्मचारी आये थे। सबने परिश्रमपूर्वक अपने चेहरे लटका रखे थे। मैं समझ गया कि वे लोग मेरी मृत्यु पर संवेदना प्रकट करने आये थे...

वे लोग कुछ फूल भी लाये थे, शायद मेरे शव पर चढ़ाना चाहते थे। मुझसे रुका नहीं गया। मैं उनके सामने प्रकट हो गया। उन लोगों ने कुछ चकित भाव से मुझे देखा। एक ने कुछ साहस किया, "आप डॉ. कोहली के भाई हैं? आपका चेहरा, उनसे बहुत मिलता है।''

"मैं स्वयं नरेन्द्र कोहली हूँ, उनका भाई नहीं।'' मैंने कहा।

"पर कोहली साहब का तो निधन हो चुका है न।'' वे बोले, ''देखिए, हम उनके शव पर चढ़ाने के लिए पुष्प-चक्र लाये हैं।''

"अब आप ले ही आये हैं तो उन्हें व्यर्थ नष्ट तो नहीं किया जा सकता न।'' मैंने कहा, "ऐसा करते हैं कि मैं फर्श पर लेट जाता हूँ, आप लोग ये पुष्प-चक्र मेरे चारों ओर रख दीजिए। मालाएँ लाये होते तो मैं उन्हें पहन लेता; किन्तु पुष्प-चक्रों

को पहन तो नहीं सकता न।''

हमारे वित्त अधिकारी ने ध्यान से मुझे देखा, "वस्तुतः आप नरेन्द्र कोहली ही हैं?''

"क्या करूँ कि आपको इसका विश्वास हो जाए?''

"देखिए मामला एकाउंट्स का है, इसलिए लिखित प्रमाणपत्र के बिना तो मैं विश्वास कर ही नहीं सकता। मैं कर भी लूँ तो आपकी फाइल उसे स्वीकार नहीं करेगी।''

"यह एकाउंट्स का मामला कैसे है?''

"आपकी पेंशन रोक दी गयी है। कल ही मैंने आपकी फाइल पर नोट लिखा है और प्रिंसिपल के हस्ताक्षर करवाए हैं। मुझे आपके निधन के समाचार से इतना कष्ट हुआ कि मैंने आपकी फैमिली पेंशन का प्रस्ताव तत्काल ऊपर भेज दिया है।''

"तो अब मुझे पेंशन के स्थान पर फैमिली पेंशन मिलेगी?''

"आपको नहीं, भाभी जी को मिलेगी और आधी पेंशन मिलेगी।'' मेरे मस्तिष्क में चिन्ता का कीड़ा रेंग गया। मैं क्या जानता था कि मेरी पेंशन रुकवाने का अधिकार किसी भी ऐरे-गैरे समाचारपत्र को है।

"आप मेरे जीवित होने का पुष्ट और आधिकारिक प्रमाण चाहते हैं?''

"जी, उसके बिना हम आपको पेंशन नहीं दे सकते।'' उसने कहा, "आपके निधन का समाचार तो समाचारपत्र में छपा है; आंध्रप्रदेश में तो किसी ने कार्यालय को एक पोस्टकार्ड लिख दिया था और एक जीवित व्यक्ति को मृत मान कार्यालय ने उसकी पेंशन रोक दी थी।''

"हाँ, मुझे स्मरण है।'' मैंने कहा, "किन्तु मैं तो यह पूछना चाहता हूँ कि यदि पेंशन देने के लिए आप लोग पुष्ट और आधिकारिक प्रमाण चाहते हैं तो किसी की पेंशन रोकने के लिए भी तो आपके पास पुष्ट और आधिकारिक प्रमाण होना चाहिए।''

"समाचारपत्र में छप जाने से अधिक प्रामाणिक और क्या हो सकता है?'' उनका मुख आश्चर्य से खुल गया।

"समाचारपत्र और सत्य परस्पर दो विरोधी तत्व हैं।'' मैंने कहा, "मेरे निधन के संदर्भ में तो समाचार छपा है; किन्तु मेरा विश्वास कीजिए, समाचारपत्र तो छपता ही इस दृष्टि से है कि उसे पढ़ते ही पाठक का हार्ट फेल हो जाए। पाठक जीवित है तो अपने भाग्य से, अन्यथा समाचारपत्रों ने तो कोई कसर नहीं छोड़ी है।''

"आप समाचारपत्रों को छोड़िए, अपनी पेंशन की चिन्ता कीजिए।''

"अरे भाई, आप मुझे जानते और पहचानते हैं। सारा कॉलेज मुझे जानता है, फिर आप मुझे मृत मान कर मेरी पेंशन कैसे रोक सकते हैं?''

"कैसे रोक सकते हैं। अरे साहब, वह तो रुक गयी। रुकी नहीं, आधी हो गयी

है, और वह भी भाभी जी के बैंक एकाउंट में जाएगी।''

"मेरे मन में एक गम्भीर जिज्ञासा है।'' एक अन्य सज्जन बोले।

"क्या?'' हमारे वित्त अधिकारी ने पूछा।

"एक पेंशनर मर जाता है तो उसकी पत्नी को आधी पेंशन मिलती है...''

"जी।''

"उसकी पत्नी वह आधी पेंशन ले ले; और उसके पश्चात् कोई अन्य स्त्री यह दावा प्रस्तुत करे कि वह उस मृतक की दूसरी पत्नी है, तो क्या शेष आधी पेंशन उसे मिल जाएगी?''

"उसकी आवश्यकता नहीं है।'' वित्त अधिकारी ने कहा, "प्रत्येक पेंशनर की दो पत्नियाँ होती ही हैं।''

"वह कैसे?'' मैंने कहा, "हिन्दुओं को तो सरकार की ओर से दूसरा विवाह करने की अनुमति ही नहीं है। अवैध है वह। पहले सन्तानें अवैध होती थीं। अब पत्नियाँ भी अवैध होने लगी हैं।''

"मैं केवल वैध पत्नियों की बात कर रहा हूँ।'' वित्त अधिकारी ने कहा, "एक पत्नी तो आपकी पत्नी है। दूसरी पत्नी सरकार है। पेंशनर की मृत्यु का समाचार आते ही आधी पेंशन सरकार ले लेती है। आपकी भी पेंशन न बन्द हुई है, न आधी हुई है। आपकी पेंशन आपकी दो पत्नियों में बँट गयी है।''

"किन्तु मृत्यु के पहले तो पेंशनर को पता ही नहीं होता कि उसकी दो पत्नियाँ हैं।''

"वह उसका अज्ञान है। उसे तो यह भी पता नहीं होता कि उसकी एक आत्मा है और वह किसी भी क्षण उसकी देह को छोड़ कर निकल जाएगी।''

"सत्य महाराज।'' मैंने कहा, "किन्तु क्या सरकार जानती है कि उसके जीवन के मूल में एक वोटर है और वह किसी भी दिन उसे छोड़ देगा और सरकार के प्राण निकल जाएँगे।''

"वोटर सरकार का शरीर बनाता है, सरकार की आत्मा तो उसका अंग्रेजों के द्वारा बनाया गया कार्यालय-तन्त्र है। वह शाश्वत है। वोटर उसका कुछ नहीं बिगाड़ सकता।''

"किन्तु सरकार का शरीर भी तो मरेगा, उसकी पेंशन का क्या होगा?'' मैंने कहा।

"मंत्रियों और सांसदों को पेंशन मिलेगी। उस पेंशन के अनेक रूप हैं, हरि के अनेक रूपों के समान। आप जैसे हरि को नहीं समझ सकते, वैसे ही सरकार को भी नहीं समझ सकते।'' वे रुके, ''अच्छा अब इस चर्चा को छोड़िए और अपने जीवित होने के प्रमाण का नहीं, प्रमाणपत्र का प्रबन्ध कीजिए।''

मैं अपने मुहल्ले के पार्षद के पास पहुँचा, "देखिए, मैं जीवित हूँ।''

"देख रहा हूँ।"

"तो मुझे मेरे जीवित होने का एक प्रमाणपत्र दे दीजिए।"

"आप जीवित हैं तो फिर प्रमाणपत्र की क्या आवश्यकता है। आपका जीवन ही आपका सबसे बड़ा प्रमाणपत्र है।"

"देखिए, हमारे देश में एक सरकार है। उसके कार्यालय में एक फाइल है। वह फाइल मुझे पेंशन देती है। उस फाइल को मेरे जीवित होने का एक प्रमाणपत्र चाहिए, नहीं तो वह मेरी पेंशन बन्द कर देगी। वह फाइल मुझे नहीं पहचानती, केवल प्रमाणपत्र को पहचानती है। प्रमाणपत्र के बिना तो स्वामी विवेकानन्द भी अमरीका में नहीं पहचाने गये थे।"

"आप महान् हैं; स्वामी विवेकानन्द के समान महान् हैं। उनके पास भी प्रमाणपत्र नहीं था और आपके पास भी नहीं है।" वह बोला, "उन्हें प्रो. हैनरी जॉन राइट ने एक प्रमाणपत्र दिया था। आप भी प्रो. हैनरी जॉन राइट के पास चले जाइए, वे आपको भी प्रमाणपत्र दे देंगे। उनसे कम का कोई प्रमाणपत्र आपको शोभा भी नहीं देता।"

"पर हमारी सरकारी फाइलें क्या प्रो. हैनरी जॉन राइट को पहचान लेंगी?"

"क्यों नहीं। हैनरी जॉन राइट पहले अपने जीवित होने का प्रमाणपत्र प्रस्तुत करें।"

और मैं प्रो. हैनरी जॉन राइट की खोज में निकल पड़ा...

(28.1.2012)

कूटनीतिज्ञ

मुझे रामलुभाया दिखाई दिया तो मैं कुछ असमंजस में पड़ गया; कहूँ या न कहूँ? कहूँगा तो शायद उसे अच्छा न लगे; किन्तु मैं ही नहीं बताऊँगा तो उसे बताएगा कौन? एक अच्छे पड़ोसी के नाते मेरा धर्म बनता था कि मैं उसे सूचित कर ही दूँ।

"रामलुभाया क्या तुम जानते हो कि तुम्हारा बेटा चोरी करने लगा है?"

उसे जैसे कोई दौरा पड़ गया, "बकवास बन्द करो। ऐसी बात कहने से पहले तुम्हें हजार बार सोचना चाहिए। कैसे पड़ोसी हो तुम! एक भले घर के लड़के पर ऐसा आरोप लगाने से पहले कुछ सोच तो लेना चाहिए। उसे किस बात की कमी है कि वह चोरी करेगा?"

"शान्त हो जाओ रामलुभाया!" मैंने कहा, "मैं निराधार नहीं कह रहा हूँ। उसे सुरापान की लत लग गयी है। उसके लिए उसे पैसे तुम तो देते नहीं। तो उसके लिए उसने यह मार्ग निकाला है।"

रामलुभाया आपे से बाहर हो गया। उसने अपना जूता उतार कर हाथ में पकड़ लिया, "मैं तुम्हारा बहुत सम्मान करता हूँ; किन्तु इस प्रकार की बकवास सहन नहीं करूँगा।"

मैं घबरा गया। अपने पागलपन में वह मुझे मार भी सकता था। मोह क्या नहीं करवाता।

"सुनो। सुनो।" मैंने जल्दी से कहा, "पुलिस वाले उसे पकड़ कर कोतवाली ले गये हैं। जाओ, पहले उसकी जमानत का प्रबन्ध करो, फिर मुझे पीट लेना।"

वह कुछ हिचका, "पुलिस वाले।"

"हाँ।"

"चलो मेरे साथ। आज पुलिस वालों से भी निबट लूँ। इन्होंने भी हद कर रखी है।"

मैं उसके साथ चल पड़ा। पड़ोसी का धर्म तो निभाना ही था।

वह थानेदार पर भी बरस पड़ा, "क्या समझते हो, अपने-आपको कि मेरे निर्दोष बेटे को पकड़ लाये।"

थानेदार ने उसकी ओर देखा, "तो तुम उस चोर और शराबी के बाप हो?"

"खबरदार, जो मेरे बेटे को चोर और शराबी कहा तो।" रामलुभाया बिफर गया,

"तुम मुझे जानते नहीं हो।"

"जानता क्यों नहीं हूँ।" थानेदार अत्यन्त शान्त भाव से बोला।

"क्या जानते हो?"

"यही जानता हूँ कि तुम्हारा मुँह खुला रहता है और आँखें बन्द रहती हैं।"

"क्या मतलब?"

"बेटा शराब के लिए चोरियाँ करता रहा और तुम अपनी आँखें बन्द किए घर में बैठे रहे। आज चले आये हो थाने में उसकी निर्दोषता के विषय में भाषण करने। पिटोगे और क्या।"

"देखो थानेदार! वर्दी उतरवा दूँगा तुम्हारी, जो मेरे बेटे को चोर कहा तो। तुम मेरे विशेषाधिकारों के विषय में नहीं जानते।"

"वर्दी उतरवाने के विषय में तो पता नहीं; किन्तु मैं तुम्हारी चमड़ी अवश्य उधेड़ दूँगा।" थानेदार ने अपना बेंत उठा लिया।

रामलुभाया कुछ सहमा, "क्या सबूत है तुम्हारे पास कि मेरा बेटा चोर है?"

"बुलाओ भाई, इसकी बहू को बुलाओ।" थानेदार बोला।

"देखो, बहू-बेटियों तक मत जाओ, कहे देता हूँ।"

"मैं क्यों जाऊँगा तुम्हारी बहू-बेटियों तक।" थानेदार हँसा, "तुम्हारी बहू ही शिकायत ले कर यहाँ आयी है।"

रामलुभाया कुछ कहता, उससे पहले ही दूसरे कमरे से उसकी बहू निकल कर आ गयी।

"तुम यहाँ?" रामलुभाया का मुख आश्चर्य से खुल गया।

"और कहाँ जाती। गहने चुरा चुरा कर इसने बेच दिए और शराब पी कर मुझे पीटता रहा।"

"यह सब मेरे घर में होता रहा और मुझे कुछ मालूम ही नहीं... ।" रामलुभाया जाने किससे कह रहा था।

"यार तुम तो देश के प्रधानमन्त्री होने योग्य हो।" थानेदार ने रामलुभाया के कन्धे पर हाथ रखा, "अपने मनमोहन सिंह को देखो। बेंगलूरु में अपने आतंकवादी पुत्रों के कारनामे दिखाई नहीं पड़ते और आस्ट्रेलिया तथा इंग्लैंड के प्रधानमन्त्रियों से उलझने चल पड़ते हैं। एकदम पाकिस्तान की शैली में कहते हैं कि हमारे यहाँ कोई आतंकवादी हो ही नहीं सकता। उन्होंने बेंगलूरु में कुछ वैज्ञानिकों की हत्या कर भी दी तो क्या।"

वह जोर से हँसा।

"तुम देश के प्रधानमन्त्री पर हँस रहे हो?" रामलुभाया फिर से रुष्ट हो गया।

"हमारे प्रधानमन्त्री की योग्यता पर तो दुनिया हँस रही है, मैं तो अपने देश के भाग्य को रो रहा हूँ, जिसे कूटनीति में इतना प्रवीण प्रधानमन्त्री मिला है।"

(9.7.2007)

केरल के वन

वन में कुछ असाधारण गतिविधि थी।

सन्देह हुआ तो छापा मारना ही था। पुलिस ने छापा मारा और उन्हें पकड़ लिया। उनके पास गोला-बारूद भी था और बन्दूकें पिस्तौलें भी। तैयार बम भी थे और बम बनाने की सामग्री भी।

"यह क्या है?" पुलिस ने पूछा, "हत्या करने का इरादा है या क्रांति करने का।"

"नहीं। न हत्या न क्रांति। मैं तो पाठशाला चला रहा हूँ। अध्यापन में कोई अपराध है क्या?" उनके मास्टर जी ने कहा।

"पाठशाला चला रहे हो तो गाँव-देहात में चलाओ। नगर में चलाओ। तिरुवनन्तपुरम में चलाओ।" पुलिस ने कहा, "यहाँ वन में क्या कर रहे हो?"

"गाँव-देहात में लड़कों को बम फोड़ना सिखाऊँगा तो आस-पास के लोग मारे जाएँगे न।" मास्टर जी बोले, "यहाँ वह संकट नहीं है। वैसे हम यहाँ बम फोड़ेंगे नहीं। बस लड़के सीख रहे हैं और मैं सिखा रहा हूँ।"

"पर तुम बम फोड़ना क्यों सिखा रहे हो, गांधीगिरी क्यों नहीं सिखा रहे?"

"उसका एक कारण तो यह है कि न मैं गाँधी जी के समान महान् हूँ, न ये लड़के।" मास्टर जी बोले, "वैसे बताओ, तुम्हारी पुलिस और फौज को गांधीगिरी क्यों नहीं सिखाई जाती?"

"उन्हें तो देश के लिए लड़ना है।"

"इन्हें भी कौम के लिए मरना है।"

"तुम्हारी पाठशाला का क्या नाम है?" पुलिस ने पूछा।

"सिम्मी।"

"वह, जो फिल्म अभिनेत्री थी?"

"नहीं, साब जी।" छोटी पुलिस ने धीरे से, बड़ी पुलिस के कान में कहा, "यह एक आतंकवादी संगठन है और सरकार द्वारा प्रतिबंधित है।"

"तुम प्रतिबंधित संगठन के नाम से पाठशाला क्यों चलाते हो?" पुलिस ने कहा, "नया नाम नहीं रख सकते?"

"रख लिया। इंडियन मुजाहिदीन।"

"अब ठीक है?" पुलिस ने छोटी पुलिस से पूछा।

"आप ठीक समझते हैं तो ठीक ही होगा।''

"तो बम कहाँ फोड़ोगे?'' पुलिस ने पूछा।

"कर्नाटक में, राजस्थान में और गुजरात में। आपके केरल को कोई खतरा नहीं है।'' मास्टर जी ने कहा, "वैसे तो हम उत्तर प्रदेश और बिहार के जंगलों में भी यह पाठशाला चला सकते थे; किन्तु वहाँ अब मुलायमसिंह और लालूप्रसाद यादव का राज नहीं है न। वहाँ तो हमें अपनी पाठशाला का नाम भी बदलना नहीं पड़ता। उन्हें हमारा सिम्मी नाम ही बहुत पसन्द है। वे तो हमें अपनी पुलिस से दो एक मास्टर भी दे देते। जब दिल्ली उच्च न्यायालय ने हम पर से प्रतिबंध हटाया था तो उन दोनों को हार्दिक प्रसन्नता हुई थी।''

"तो तुमने केरल के वन को ही क्यों चुना? वन तो कर्नाटक, राजस्थान और गुजरात में भी हैं।'' पुलिस ने कहा, "ऐसे ही पूछ रहा हूँ। अपनी जेनरल नॉलेज बढ़ाने के लिए। कोई आपत्ति नहीं कर रहा हूँ। न तुमको अरेस्ट कर रहा हूँ।''

"अरेस्ट क्यों नहीं कर रहे?'' मास्टर जी ने कहा, "मैं भी अपनी जेनरल नॉलेज बढ़ाने के लिए ही पूछ रहा हूँ। आपत्ति नहीं कर रहा हूँ।''

"तुमने बम फोड़ा तो है नहीं।'' पुलिस बोली, "अपराध हुआ नहीं, तो अरेस्ट किस कारण करें।''

"पर बम फूटेंगे तो।''

"जहाँ फूटेंगे, वह स्थान हमारे थाने के अधिकार-क्षेत्र से बाहर है। तो हम पंगा क्यों लें।'' पुलिस मुस्कराई, "अब तुम मेरे प्रश्न का उत्तर दो। तुमने केरल के वनों को ही क्यों चुना?''

"पहली बात तो यह है कि मैं जानता था कि केरल की पुलिस बहुत शरीफ है। किसी से पंगा लेने में विश्वास नहीं करती।'' मास्टर जी बोले, "दूसरे यहाँ मुस्लिम लीग और मार्क्सवादियों का शासन है। उन दोनों की ही सहानुभूति हमारे साथ है।''

"तुम्हारे साथ क्यों है? उन्हें देश की चिन्ता नहीं है?''

मास्टर जी जोर से हँसे, "मुस्लिम लीग तो देश की नहीं अपनी कौम की चिन्ता करती है। और मार्क्सवादी मानते हैं कि देश या राष्ट्र का अर्थ है, 'भारतीय जनता पार्टी।' देश नष्ट होगा अर्थात् भारतीय जनता पार्टी नष्ट होगी। वे उसके शत्रु हैं। इसलिए वे बंगाल में भी हमारे साथ हैं और केरल में भी।''

"लालू और मुलायम क्यों तुम्हारे पक्ष में हैं।'' "उन्होंने यह भ्रम पाल रखा है कि हिन्दुओं को मरवाने से मुस्लिम वोट उनको मिलेंगे। देश जाए भाड़ में, उन्हें अपनी गद्दी की चिन्ता है।'' वह जोर से हँसा, "ये उन्हीं जागीरदारों और सूबेदारों की परम्परा में पैदा हुए हैं, जिन्होंने अपनी जागीर को बनाए रखने के लिए इस्लाम भी स्वीकार किया था और मुगलों और अंग्रेजों की गुलामी भी।''

"अच्छा, अब जल्दी अपनी पाठशाला समेटो। हमें भी अपनी नौकरी की चिन्ता है, जैसे उन्हें अपनी जागीर की थी।'' **(21.8.2008)**

कोठी

कार्यालय में घुसते ही ललित, बड़े बाबू बन गये – ललित खन्ना। वे अपनी कुर्सी पर विराजमान हो गये। माया, जो घर से चलते हुए उनकी पत्नी थी, कार्यालय में आते ही साधारण महिला क्लर्क बन गयी; किन्तु वह अपनी सीट तक नहीं गयी। बड़े बाबू के सामने ही खड़ी रही।

ललित को यह पसन्द नहीं था। लोग पहले ही शिकायत करते थे कि माया, उनकी पत्नी होने के कारण दफ्तर में पूरा काम नहीं करती थी। पति के पद का अनुचित लाभ उठाती है।... पर यह तो होना ही था। उन्हें विवाह के पहले यह सब सोचना चाहिए था।...

ललित ने उसकी ओर देखा, "अब यहाँ क्यों खड़ी हो? जाओ अपनी सीट पर। कोई काम नहीं है क्या?"

माया के तेवर ढीले नहीं हुए, "काम तो है, पर अपनी सीट पर नहीं। यहीं है।"

ललित को माया के ऐसे तेवरों से घबराहट होने लगती थी। वह दफ्तर में बड़े बाबू के कमरे और अपने घर की रसोई में अन्तर करना अभी तक नहीं सीख पायी।

उनकी आवाज कुछ तीखी हो गयी, "क्या मतलब?"

"आफिस आते हुए, सारे रास्ते मुझे तुम्हारे कपड़ों से, शरीर से, पसीने से तम्बाकू की गन्ध आती रही है। मुझे सन्देह है कि मेरे मना करने के बावजूद तुम फिर से सिग्रेट पीने लगे हो।"

"मेरा विचार है कि तुम बस से ही आफिस आया करो।"

"क्यों? मोटर साइकिल पर अपने साथ लाने के लिए किसी और को चुन लिया है क्या?"

"मोटर साइकिल पर मुझसे चिपकी बैठी रहती हो और कभी तम्बाकू सूँघती हो कभी खैनी।" ललित ने कहा, "कल कहोगी, विह्स्की की गन्ध आ रही थी या फिर किसी और महिला के परफ्यूम की।... मैं कोई सिग्रेट-विग्रेट नहीं पीता। अब तो सिगार ही पियूँगा और तुम यहाँ से अपनी सीट पर नहीं गयीं तो फिर तुम्हारा खून ही पियूँगा।"

"तुम्हारी यह हसरत तो पूरी नहीं होगी।" माया बोली, "और न ही मैं बस पर

आऊँगी। मैं बस में धक्के खाती आऊँ और तुम मोटरसाइकिल पर किसी लालमुनिया को सैर कराते हुए लाओ। यह बहाना नहीं चलेगा। मोटरसाइकिल इसी शर्त पर खरीदी गयी थी कि हम दोनों एक साथ आफिस आया करेंगे।''

"तो फिर अपनी नाक का इलाज कराओ। और अब जाओ अपनी सीट पर।'' ललित ने कहा, "और तुम भी कुछ काम करो। तुम्हें सरकारी काम का वेतन मिलता है, पति से लड़ने का नहीं।''

"सरकारी काम बाद में करूँगी।'' माया बोली, "पहले पत्नी का काम करूँगी।''

"क्या करोगी?''

"पहले तुम्हारी जेबों की तलाशी लूँगी। ब्रीफकेस टटोलूँगी। तुम्हारी मेज का ड्राअर देखूँगी।'' माया बोली, ''मुझे अपनी तसल्ली करनी है।''

ललित ने उसे पति की दृष्टि से देखा, "यदि सिग्रेट की डिबिया नहीं मिली तो मुझे अपनी पसन्द का पर्फ्यूम खरीदने दोगी, ताकि तुम्हें मेरे शरीर से तम्बाकू या लहसुन-प्याज की गन्ध न आये?''

माया हँस पड़ी, "टी. वी. के विज्ञापन देख-देख कर तुम्हारी बुद्धि भ्रष्ट हो गयी है। तुम उस विदेशी पर्फ्यूम पर पैसा बहाना चाहते हो, जिसे विज्ञापनों वाली लड़कियाँ सूँघ-सूँघ कर आँखें बन्द कर पराये पुरुषों से जा चिपकती हैं। तुम्हें हजार बार समझाया है कि वे लड़कियाँ उन नंगे मर्दों से नहीं चिपकतीं, वे तो उन पैसों से चिपकती हैं, जो उन्हें सुगन्ध निर्माता कम्पनियाँ देती हैं।''

"अच्छा अब तुम जाओ और जा कर अपनी सीट से चिपक जाओ।'' ललित ने कहा।

''नहीं। पहले अपनी तलाशी दो।''

''नहीं। बिल्कुल नहीं। यह आफिस है, तुम्हें यहाँ मेरी आज्ञा का पालन करना होगा।''

माया इतराई, ''चलो बड़े आये आफिस वाले। आफिस है तो सिग्रेट पियोगे।''

माया कह कर ही नहीं टली। वह सचमुच तलाशी लेने के लिए पिल पड़ी। ललित ने स्वयं को बचाने और उसे रोकने का प्रयत्न किया। वह एक प्रकार से उसपर लद ही गयी थी कि तभी रामलुभाया अपनी पत्नी दमयंती के साथ उनके कमरे के द्वार पर प्रकट हो गया।

सरकारी दफ्तर का यह दृश्य देख कर दमयंती की आँखें फट गयीं, "हाय राम! यह दफ्तर है या चकला।''

रामलुभाया भी चुप नहीं रहा, ''यह क्या हो रहा है, बड़े बाबू? सुना था कि आफिस में बड़े अफसर काम करने वाली लड़कियों से जबर्दस्ती करते हैं, पर आपने तो हद ही कर दी।''

माया ने दो अपरिचितों को इस प्रकार आया देखा तो उसे तलाशी स्थगित करनी

पड़ी। वह हट कर एक ओर खड़ी हो गयी।

ललित एक प्रकार के आक्रोश में बोला, "जबर्दस्ती मैं कर रहा हूँ या यह कर रही है।" उसने स्वयं को सँभाला, "और यह दफ्तर की लड़की नहीं, मेरी पत्नी है।"

"खैर पत्नी को तो अधिकार होता है जबर्दस्ती करने का।" रामलुभाया अनुभवी पति के समान बोला, "घर में नहीं कर सकी होगी, तो यहाँ कर रही है।"

"यह मेरी तलाशी ले रही है।" ललित ने अपनी सफाई दी।

"क्यों? क्या इन्हें सन्देह है कि आप अपनी जेब में पराई स्त्रियाँ छिपाए फिरते हैं?" रामलुभाया खुल कर अनौपचारिक शैली में हँसा, "बड़ी भोली हैं। यदि आपने छिपाई होंगी तो अपने दिल में छिपाई होंगी, वहाँ तक इनकी पहुँच नहीं है। वहाँ तलाशी कैसे लेंगी।" वह माया की ओर मुड़ा, "व्यर्थ है बहन जी। वहाँ तो सी. बी. आई. भी नहीं पहुँच सकती।"

"हमारी पंचायत आप बाद में करें।" ललित का स्वर कटु हो गया, "पहले बताइए, आपका क्या काम है?"

"मेरा क्या काम है। काम तो आपका ही है।"

"क्या मतलब?"

"आपने ही पत्र लिख कर बुलाया है कि मैं आकर अपनी भविष्यनिधि के कागजों पर हस्ताक्षर कर जाऊँ।... और आपने वही समय अपनी पत्नी को अपनी तलाशी का भी दे दिया। थोड़ा सा तो समय आगे पीछे कर देते।"

ललित ने माया को क्रोध भरी दृष्टि से देखा। वह चुपचाप कमरे से निकल गयी।

"तो आप रामलुभाया हैं?"

"जी। और यह मेरी पत्नी है – दमयंती देवी।"

"इन्हें साथ क्यों लाये हैं?" "यह दिखाने के लिए कि सरकारी दफ्तरों में पत्नियाँ अपने पतियों की तलाशी कैसे लेती हैं।"

ललित का स्वर वक्र हो गया, "आप अपने दिल की तलाशी दे चुके, जिसमें परायी स्त्रियाँ छिपा रखी हैं?"

"यहाँ कोई और नहीं है जी। बस यही है – दमयंती देवी। चारों ओर यही है। आगे-पीछे, ऊपर-नीचे।"

दमयंती देवी पास खिसक आयी। उसने हौले से संकेत भरी कुहनी मारी, "अब चुप भी करो। अपरिचित लोगों के सामने..."

ललित ने उसकी ओर ध्यान नहीं दिया। अपने स्वर को गम्भीर बना कर उसमें सरकारी रोब पैदा करने का प्रयत्न किया, "रामलुभाया जी। मामला प्राविडेंट फंड का है। आपका नॉमिनी कौन है, यह जरा गोपनीय विषय है। आपको अकेले ही आना चाहिए था।"

"मैं ही कहाँ आना चाहती थी।" दमयंती देवी ने कहा, "पर मेरी सुनता कौन है।"

"तू चुप कर।" रामलुभाया ने अपना प्यार जताया; और फिर वह बड़े बाबू से बोला, "यहाँ कुछ गोपनीय नहीं है जी। जिसके सामने दिल चीर कर धर दिया, उससे ये छोटी-मोटी बातें क्या छिपानी। यहाँ तो खुला खेल है जी फर्रुखाबादी।"

ललित की चिड़चिड़ाहट बढ़ रही थी। उसने सोचा इस आदमी को तो निपटा ही दिया जाए। बोला, "अच्छा तो मिस्टर रामलुभाया, ये आपके प्राविडेंट फंड के कागज हैं। इनको हम सरकारी डाक्योमेंट मानते हैं। डाक्योमेंट समझते हैं न आप?" उसने रामलुभाया की ओर देखा, "सरकारी आलेख। दस्तावेज हैं ये। जरा सोच समझ कर हस्ताक्षर कीजिएगा। इनमें कोई और किसी प्रकार का संशोधन, परिवर्तन और परिवर्द्धधन नहीं होता। बाद में मत कहिएगा कि मैंने तो पढ़ा ही नहीं था। या मुझे पढ़ना आता ही कहाँ है। मैंने तो बड़े बाबू के कहने पर हस्ताक्षर कर दिए।"

"नहीं। मैं इतना अनपढ़ भी नहीं हूँ, जितना आप समझ रहे हैं।" रामलुभाया बोला, "सरकारी कागज हैं, कोई धर्मग्रन्थ तो है नहीं कि बिना पढ़े माथा टेक दूँ।"

ललित ने भी अपने मन को साधा, "वेरी गुड। चलिए तो आरम्भ करें। आज आप जिन कागजों पर हस्ताक्षर कर रहे हैं, वे स्थायी कागज हैं। ये आपके जीवन भर लागू रहेंगे।... और... यदि भगवान न करें, बीच में ही आपका देहान्त हो गया..."

"क्या बेकार की बातें कर रहे हैं आप बड़े बाबू।" रामलुभाया का बेधड़क स्वर आया।

"क्या हुआ?" ललित ने पूछा।

"मुझे आपकी दोनों बातों पर आपत्ति है।"

ललित की समझ में कुछ नहीं आया। उसने दमयंती देवी की ओर देखा, "आप बैठ जाइए मैडम। कब तक खड़ी रहेंगी।"

दमयंती देवी ने कुछ नहीं कहा। चुपचाप कुर्सी पर बैठ गयी। ललित ने रामलुभाया की ओर देखा, "किन दो बातों पर आपत्ति है आपको?"

"जो आपने अभी कही हैं।"

"क्या कह दिया मैंने?" ललित कुछ झींक कर बोला।

रामलुभाया जैसे कमर कसे खड़ा था, "आपने कहा कि भगवान न करे कि मेरा देहान्त हो। कहा कि नहीं?"

"कहा तो क्या बुरा किया? आपके प्रति सद्भाव ही तो दिखाया।"

"सद्भाव तो ठीक है।" रामलुभाया बोला, "किन्तु कितना अवैज्ञानिक है। कितनी अवैज्ञानिक बात कही आपने। वह भी सरकारी दफ्तर में। 'भगवान न करे' का क्या तात्पर्य? देहान्त तो सबका होता ही है। मेरा भी होगा। और देखिएगा, आपका भी होगा। बड़े बाबू हैं, तो भी अपने देहान्त की फाइल नहीं दाब सकेंगे आप। न यह कह सकेंगे कि फाइल मिल नहीं रही है।"

ललित कुछ अटपटा गया, ''अरे भाई, मैंने तो केवल इतना ही कहा था कि बीच में ही, अर्थात् नौकरी की अवधि में ही आपका देहान्त न हो जाए।''

"बीच में ही का क्या अर्थ?'' रामलुभाया शान्त नहीं हुआ, "देहान्त तो अन्त में होता है। जहाँ देहान्त हुआ, वहीं अन्त। आप अपने देहान्त को बीच में मान कर, उतना ही लम्बा जीवन और चाहेंगे, तो भी नहीं मिलेगा...''

ललित के मन की परेशानी, उसके चेहरे पर आ बैठी। पर उसने स्वयं को सँभाला, ''अच्छा यह विवाद छोड़िए। पहले अपना फार्म भरिए।''

"बोलिए।''

"यह देखिए। यह कॉलम कहता है कि आपके दिवंगत हो जाने के पश्चात् भविष्यनिधि की राशि किसे दी जाए? अर्थात आपका नॉमिनी कौन है?''

रामलुभाया बोला तो उसके स्वर में आक्रोश था, "मेरी पत्नी को। और किसे देंगे आप? मुझे तो आपकी नीयत ठीक नहीं लगती। पूछ रहे हैं कि मेरी मृत्यु के पश्चात् यह राशि किसे दी जाए।''

"यह मैं नहीं पूछ रहा।'' ललित झल्ला कर बोला, "सरकार पूछ रही है।"

रामलुभाया ने अपने आसपास देखा, "मुझे तो कहीं दिख नहीं रही।'' फिर उसकी दृष्टि कुर्सी पर बैठी दमयंती देवी पर पड़ी, "यहाँ तो मेरी ही सरकार बैठी है। यह कहाँ पूछ रही है।''

"मेरा अभिप्राय शासन से है। गवर्नमेंट। भारत सरकार।''

"बड़ी बौड़म है आपकी सरकार।'' रामलुभाया बोला, "अरे यह भी कोई पूछने की बात है। किसको दी जाए। पत्नी के होते हुए और किसको देंगे? जरा दे कर तो दिखाइए। खून पी जाएगी यह – आपका भी और आपकी सरकार का भी। देखने को ही भोली है...''

दमयंती ने आँखें तरेर कर उसे देखा : कहनी-अनकहनी सब कुछ बोल जाते हैं ये। वह भी सरकारी दफ्तर में।

''रामलुभाया जी।...'' ललित ने अपना धैर्य बनाए रखा।

"क्या रामलुभाया जी। अरे भविष्यनिधि का पैसा कोई पड़ोसी की पत्नी को तो देकर जाएगा नहीं। यदि आप ऐसी कोई आशा पाल रहे हैं कि आपको या आपके परिवार में से किसी को गोद ले लूँगा, तो भूल जाइए। ऐसा मूर्ख नहीं हूँ। देखने में चाहे जैसा भी लगता होऊँ।... आपका क्या है। आप तो आफिस की लड़की को भी गोद में ले लेते हैं... मेरा मतलब है गोद में बैठा लेते हैं।''

ललित ने बुरा सा मुँह बनाया, ''अरे आपका पैसा है, जिसको मन आये, दीजिए। काले चोर को दीजिए। हमें क्या।... हाँ उसका नाम लिखिए, जिसे भी देना है।''

रामलुभाया कलम ले कर लिखता है और साथ ही उच्चरित भी करता है, "दमयंती देवी।''

ललित अपनी तर्जनी अगले कॉलम पर रखता है, ''सम्बन्ध?''

रामलुभाया लिखता भी गया और बोलता भी गया, "अत्यन्त मधुर। अत्यन्त मधुर सम्बन्ध हैं हमारे। अंग्रेजी में कहते हैं न – कॉर्डियल रिलेशंस। वैसे ही सम्बन्ध हैं हमारे।''

ललित का स्वर बुरी तरह उखड़ गया, ''सरकार पूछ रही है, ये क्या लगती हैं आपकी?''

"मैं भी सरकार को ही बता रहा हूँ महाशय।'' रामलुभाया ने कहा, ''आपको बता कर मुझे मिलना ही क्या है।''

"देखिए, आपने लिखा है मधुर सम्बन्ध। यह तो लिखा ही नहीं कि वे आपकी क्या लगती हैं।'' ललित बोला, ''सरकार की समझ में इससे क्या आएगा? साफ-साफ लिखिए कि वे क्या लगती हैं आपकी।''

"बड़ी बौड़म है सरकार आपकी।'' रामलुभाया ने तड़प कर कहा, "इतना भी नहीं समझती कि सब कुछ वे ही तो हैं – देवी, माँ, सहचरी, प्राण। पन्त की कविता नहीं पढ़ी आपने?''

"सरकार की समझ में कुछ नहीं आया।''

"मेरे ही मुँह से सुनना चाहते हैं, तो सुन लीजिए। और कोई है ही नहीं, मेरे जीवन में। जो कुछ हैं, वे ही हैं।'' रामलुभाया बोला, "फिल्मी शैली में कहूँ तो वे ही मेरा जीवन हैं, मेरी प्राण हैं। जानूं हैं साहब।''

ललित ने झल्ला कर कलम पटक दी, "ओह-हो। सम्बन्ध क्या है, आपका उनसे?''

रामलुभाया न केवल शान्त रहा, वरन् और भी रोमानी हो उठा, "जन्म-जन्मान्तर का सम्बन्ध है।... ऐसा सम्बन्ध, जिसका कोई नाम नहीं होता। प्यार को प्यार ही रहने दो, के तौल पर सम्बन्ध को सम्बन्ध ही रहने दो। उसे कोई नाम न दो।''

ललित के मन में आया कि इस दीवाने को पत्थर दे मारे; किन्तु शान्ति बनाए रखते हुए बोला, "तो फिर पैसे को भूल जाओ। वह किसी के खाते में नहीं जाएगा।''

रामलुभाया की मस्ती मुरझा गयी। स्वर भी धीमा हो गया, ''मेरे पैसे हैं, जिसके खाते में चाहूँगा, उसी के खाते में जाएँगे।''

ललित भी कुछ शान्त हुआ, "जब तक सम्बन्ध नहीं बताएँगे, रिश्ते को कोई नाम नहीं देंगे, पैसे कहीं नहीं जाएँगे। बताइए, आपकी माँ हैं, बेटी हैं, बहन हैं?"

रामलुभाया घबरा गया, ''अरे नहीं, आप तो एकदम ही कबाड़ा किए दे रहे हैं। मेरी माँ के देहान्त को एक युग बीत गया। बहन और बेटी मेरा प्राविडेंट फंड क्यों लेंगी, उनके अपने पति नहीं हैं या वे मरेंगे नहीं?''

ललित उसी मशीनी ढंग से उदासीनतापूर्वक बोला, ''सखी है, पत्नी है, रखैल है?''

रामलुभाया एकदम तमतमा उठा, ''तुम आदमी हो या... अपने ही समान समझ रखा है सबको। दफ्तर में तलाशी के बहाने लिपटन लिपटाई करने वाले। हमारे पवित्र सम्बन्ध को बदनाम कर रहे हो।... मेरी धर्मपत्नी है। आपको कोई आपत्ति है?''

ललित का स्वर कुछ कोमल हो गया, ''आपत्ति होगी तो इनको होगी, जिन्होंने आपको वर्षों झेला है। मुझे क्यों होगी। यही बात आप आरम्भ में भी बता सकते थे। पर तब तो आप आदमी नहीं, कवियों के भी पिताश्री बने हुए थे।''

"कवि आदमी नहीं होता क्या?'' रामलुभाया ने झल्ला कर पूछा।

"उसे छोड़िए, कहीं कवि का मनुष्य स्थापित करने के चक्कर में अपनी भविष्यनिधि की राशि ही न गँवा बैठें।...'' ललित ने कहा, "अब यह बताइए कि ऐसी कौन सी स्थिति है, जिसमें भविष्य निधि की राशि आपकी पत्नी को न दी जाए?''

रामलुभाया चकित दृष्टि से ललित को देखता रह गया।

"देने की भी पूछ रहा है और न देने की भी।'' अन्ततः रामलुभाया बोला, "अरे भाई ऐसी कौन सी स्थिति हो सकती है। हो भी सकती है क्या? मेरी तो समझ में कुछ नहीं आता।"

''भगवान न करे, किन्तु यदि आपसे पहले उनका देहान्त हो जाए, तब?''

''यदि उनका देहान्त हो जाए और आप यह धन उनको दे सकते हों तो अवश्य दीजिए। स्वर्ग में उनके काम आएगा।''

''स्वर्ग में भारतीय करंसी नहीं चलती।'' ललित ने कहा, "और वहाँ भारतीय रिजर्व बैंक की शाखा भी नहीं है।... उसे छोड़िए, मृतकों को भविष्यनिधि की राशि नहीं दी जाती। वह जीवित लोगों के लिए है।''

रामलुभाया हँस पड़ा, ''जब आप यह सब जानते हैं तो फिर ऐसा मूर्खतापूर्ण प्रश्न पूछ ही क्यों रहे हैं?... यदि उनका देहान्त मुझसे पहले हो जाता है, तो इसका अर्थ है कि मैं तो जीवित हूँ। मैं नामित व्यक्ति का नाम बदल सकता हूँ, पर बदलूँगा नहीं।''

''क्यों?''

''उस पैसे से मैं उसकी समाधि बनवाऊँगा। शाहजहाँ ने ताजमहल बनवाया तो उसे किसी ने रोक लिया क्या? वह उसकी भविष्यनिधि का पैसा ही तो था, जो मुमताज को मिलना था। पर वह उससे पहले ही चल बसी। किन्तु शाहजहाँ ने पूरी ईमानदारी से मुमताज का पैसा उसे सौंप दिया। कौड़ी भी नहीं रखी उसने।... ताजमहल बनवा दिया... वह ताजमहल बनवा सकता था तो मैं समाधि भी नहीं बनवा सकता क्या?''

"चलिए समाधि बनवा दीजिएगा, पर पहले सरकार से पैसे की वसूली तो आप ही करेंगे न?''

‘‘नहीं। समाधि बनवाने वाला ठेकेदार करेगा।’’

‘‘देहान्त इनका हुआ है। आपका नहीं।’’ ललित बोला, “आप जीवित हैं और नौकरी कर रहे हैं। ऐसे में आपके सिवाय और कोई उस पैसे को हाथ भी नहीं लगा सकता। न ठेकेदार, न समाधि का पुजारी।’’

सहसा दमयंती देवी तड़प कर बोली, ‘‘चुप भी करो जी। मुझ जीती-जागती का सयापा करवा रहे हो।’’

“अरे तो ये ऐसे बेकार के प्रश्न पूछ ही क्यों रहे हैं।’’ रामलुभाया ने कहा।

ललित कुछ पराजित सा हो गया था, ‘‘चलिए, दूसरी स्थिति वह हो सकती है, जब ये आप से तलाक ले लें।...’’

रामलुभाया ने उसपर एक गहरी दृष्टि डाली और बोला, “आप भविष्यनिधि के अधिकारी न होते, या कोई और व्यक्ति ऐसा प्रश्न करता, तो पूछते ही एक जूता लगाता ससुरे के सिर पर।... अरे कोई भली महिला क्यों तलाक लेगी? साली अमरीकन है क्या? और दमयन्ती देवी तो बिल्कुल ही नहीं लेगी। दमयंती ने तो तब भी तलाक नहीं लिया था, जब उसका पति नल जूए में सब कुछ हार कर कंगाल हो गया था। अच्छा हो कि ऐसा प्रश्न पूछने वाले की पत्नी उससे तलाक भी न ले और किसी और के साथ भाग जाए।...’’

“चलिए, यही सही।...’’ ललित ने अपनी जान छुड़ानी चाही।

“क्या यही सही,’’ रामलुभाया का स्वर शान्त नहीं हुआ, ‘‘कि दमयंती देवी किसी पराए पुरुष के साथ भाग जाए?’’

ललित को लग रहा था कि कोई जोंक उसके शरीर से चिपक गयी है और लगातार उसका रक्त पीती जा रही है। बोला, “नहीं। दमयंती देवी नहीं। चलिए, मेरी पत्नी यदि किसी पर-पुरुष के साथ भाग जाए, तो मेरा प्राविडेंट फंड किसे दिया जाए?’’

“यह आप सोचिए, यह मेरा सिरदर्द थोड़ी है।’’ रामलुभाया फिर से मस्ती के झोंके का अनुभव कर रहा था, “आपकी वाली तो भागने-भगाने वाली टाइप लगती भी है।...’’

दमयंती देवी से चुप नहीं रहा गया, “मैंने कहा जी, आप अपना मुँह बन्द नहीं रख सकते?’’

पत्नी के तेवर देख कर रामलुभाया कुछ ढीला पड़ा, ‘‘अच्छा अच्छा। मैं तो इतना ही जानता हूँ जी, कि मेरी दमयंती तो किसी और की ओर देखेगी भी नहीं। भगने-भगाने का तो प्रश्न ही नहीं उठता...’’

ललित अपना काम भूल कर रामलुभाया के संवाद में बह गया। रामलुभाया ने उसकी पत्नी के विषय में ऐसी बात जो कह दी थी, “आपको इतना विश्वास कैसे है?’’

"अरे चार डग उठाती है तो हाँफ जाती है। मेरे साथ चल तो सकती नहीं, किसी और के साथ भाग कैसे जाएगी?... और हाँ। वह मुझसे तलाक भी नहीं लेगी। अब आप कारण मत पूछिएगा।"

"हम कब चाहते हैं कि आपका तलाक हो।" ललित ने कहा, "पर आप कल्पनाशील व्यक्ति हैं। कल्पना कीजिए कि यदि ऐसी स्थिति आ जाए, तो आप क्या चाहेंगे? क्या आपके प्राविडेंट फंड का पैसा उनको दे दिया जाए?"

रामलुभाया कुछ गम्भीर हो गया, "वैसे तो, ऐसी स्थिति आयी, तो मैं नामांकन बदल सकता हूँ, बदल दूँगा। उसमें कठिनाई क्या है?..." वह रुका, "पर जैसा कि आपने अभी कहा है कि मैं कल्पनाशील व्यक्ति हूँ। मेरी कल्पना में एक दृश्य जागता है : दमयंती देवी ने मुझसे तलाक ले लिया है; क्योंकि वह किसी और से विवाह करना चाहती है।... नहीं तो क्यों लेगी वह तलाक?"

ललित के मन में एक वाक्य गूँज रहा था, "तुम जैसे बोड़म से मुक्त होने के लिए।" किन्तु उसने कहा नहीं।

दमयंती आतुर हो कर बोल उठी, "हैं जी। क्यों करना चाहूँगी, मैं किसी और से विवाह?"

"अरे नहीं तो तलाक ही क्यों लोगी – कम्पनी बाग की सैर करने के लिए?"

"पर मैं तलाक ले ही कहाँ रही हूँ?"

"तू चुप कर री।" रामलुभाया बोला, "मैं समझता हूँ, तेरी बात। पर अब प्रश्न कल्पनाशीलता का है। मैंने कल्पना न की तो यह बड़ा बाबू समझेगा कि मैं कल्पना नहीं कर सकता।..."

"आप कर लें मुई कल्पना से विवाह।" दमयंती बोली, "मैं किसी और से कल्पना करना क्यों चाहूँगी।"

ललित चौंका : कहीं रामलुभाया भी वही तो नहीं समझ रहा, जो दमयंती समझ रही है। इससे पहले कि बात आगे बढ़े, यहीं स्पष्ट कर देना अच्छा है, "यह कल्पना किसी लड़की का नाम नहीं है।"

"कल्पना को छोड़ भागवान। अमरीकनों की देखा-देखी क्या पता तेरा भी मन बदल जाए।"

"फालतू की बातें मन करो।" दमयंती बोली, "तुम्हारा मन अमरीकनों के समान बदल रहा है क्या? कोई गोरी पसन्द आ रही है?"

"अरे कैसी बातें कर रही हो।" रामलुभाया घबरा गया, "मुझे तो लगता है कि इस आफिस की हवा ही गन्दी है। यहाँ आते ही लोगों के मन में कलुषित विचार आने लगते हैं।"

"अभी तो मना कर रहे हो, पर मैं बता दूँ, यदि तुमने ऐसा कुछ कर भी लिया न, तो वह चौथे ही दिन, तुम्हारा घर बुहार कर, बिस्तर लपेट कर चल देगी। वह

माल ले कर चल देगी और मैं गले में फंदा डाल कर छत से लटक जाऊँगी। तुम अपने फंड से अपनी ही समाधि बनवाते रहना।''

ललित को यह झगड़ा निबटता नहीं लग रहा था। बोला, ''मेरा आप से निवेदन है कि इन्हें बाहर वरांडे में बैठा आइए। नहीं तो आप आपस में झगड़ते रहेंगे और यह फार्म कल शाम तक नहीं भरा जाएगा।''

"मैं तो साथ आ ही न रही थी।'' दमयंती ने कहा, ''ये ही घसीट लाये कि दफ्तर में दो मिनट का तो काम है। कागज जमा करा कर, बाजार में चाट-पकौड़ी खाएँगे। मैं क्या जानती थी कि सरकार भी ऐसे झमेले वाले कागज माँगती है।''

"दमयंती देवी। आप बाहर चलिए।'' ललित बोला, "छाया में बैठ कर ठंडा पानी पीजिए। इच्छा हो तो चाट-पकौड़ी खाइए। पर आप यहाँ से हट जाइए। नहीं तो यहाँ मेरा ताजमहल बन जाएगा।''

रामलुभाया को यह प्रस्ताव पसन्द नहीं आया। बोला, "अरे वाह! अपनी वाली को तो इसलिए भगा दिया, क्योंकि वह लिपटन-लपटाई कर रही थी। मेरी दमयंती ने क्या किया है कि उसे भगा रहे हो। बेचारी शान्ति से तुम्हारी बताई हुई कुर्सी पर बैठी है। इस बेचारी ने तो मुझे कानी अंगुली तक से नहीं छुआ।''

ललित कुछ कहता, उससे पहले ही दमयंती तड़प कर बोली, "मैं तो अब यहाँ से हिलती भी न। जाने तुम क्या ऊटपटाँग पूछो और ये क्या उल्टा-सीधा बताएँ। न बाबा न। मैं अपनी जिन्दगी खराब न होने दूँगी।''

"अरे तू काहे घबराती है।'' रामलुभाया बोला, ''मैं कोई मूरख हूँ कि तुझे छोड़ किसी और को कुछ दे दूँ। मैं क्या तेरी जरूरत न समझूँ।'' ललित की ओर मुड़ जाता है, "आप पूछो जी, जो कुछ पूछना है।''

"यदि ये आप से तलाक ले लें, तो क्या आप अपना प्राविडेंट फंड इन्हें ही देना चाहेंगे?''

''क्यों न देना चाहूँगा? आप ही बताइए क्यों न देना चाहूँगा। कोई कारण है?''

"कारण तो यह है,'' ललित बोला, ''जब ये आपकी पत्नी ही न रहीं, तो आप अपना प्राविडेंट फंड इन्हें क्यों देना चाहेंगे?''

"अरे आप ही ने तो कहा था,'' रामलुभाया ने कहा, "कि यदि ये किसी और पुरुष से विवाह करना चाहेंगी, तो ही तो मुझसे तलाक लेंगी न।...'' अजी कैसी बेकार बातें कर रहे हो। दमयंती का हृदय उमड़-उमड़ कर बाहर आ रहा था। यह सब सुनने से पहले ही वह मर क्यों नहीं गयी, "बच्चे सुनेंगे तो क्या कहेंगे। सारा समाज थू-थू करेगा। मुझे तो तुम कहीं मुँह दिखाने लायक नहीं छोड़ोगे।''

"तू चुप बैठी रह।'' रामलुभाया ने उसे डाँटा, "पहले मुझे इस भविष्यनिधि बाबू से निबट लेने दे।''

हाथ में कुछ फाइलें पकड़े माया ने कमरे में प्रवेश किया। उसने आश्चर्य से देखा,

"अरे ये लोग अभी यहीं हैं। मैंने तो समझा था कि इनका काम कब से हो गया होगा और ये लोग चले गये होंगे। बड़े बाबू आप भी..."

रामलुभाया को जैसे कोई सहारा मिल गया। बोला, "सरकारी दफ्तर में कभी कोई काम जल्दी हुआ भी है। पीसते रहेंगे किन्तु मजाल है कि गेहूँ पिस कर आटा बन जाए।"

"मुझे भी लग रहा था कि यहाँ कोई रोचक नाटक चल रहा है।" माया की मुस्कान वक्रता लिए हुए थे।

"नाटक नहीं, काम चल रहा है।" ललित भी कुछ तीखे स्वर में बोला, "तुम अपनी बात कहो, क्या करने आयी हो?"

माया इठलाई, "कुछ पत्रों पर बड़े बाबू के ऑटोग्राफ चाहिए।"

"लाओ।" ललित ने फाइल पकड़ने के लिए अपना हाथ बढ़ा दिया।

माया ने फाइल नहीं पकड़ाई। आकर उसके साथ लग कर खड़ी हो गयी और एक-एक कागज उसके सामने रखती चली गयी। ललित उनपर हस्ताक्षर करता चला गया। यह समय माया से हुज्जत करने का नहीं था। माया कागज समेट कर बड़ी शालीनता से बाहर चली गयी। वरांडे में पाँच सात कदम चल कर वह रुकी और दबे पाँव लौट कर ललित के कमरे की ओर लौट आयी। वह दरवाजे की ओट में खड़ी हो गयी। वह सुनना चाहती थी कि आखिर यहाँ हो क्या रहा है।

"हाँ हम क्या कह रहे थे?" ललित ने टूटा तार जोड़ने का प्रयत्न किया, "हाँ, यदि ये किसी अन्य पुरुष से विवाह करना चाहें तो भी आप अपना प्राविडेंट फंड इन्हें ही देना चाहेंगे?"

"वह दूसरा जना, जिससे यह ब्याह करना चाहेगी, इसे ऐसे ही डोली में बैठा कर ले जाएगा क्या?" रामलुभाया गम्भीरता से बोला, "कुँवारी छोरी से तो कोई बिना दहेज के ब्याह करता नहीं, इस छोड़ी हुई से वह बिना दहेज के ब्याह कर लेगा? ढेर सारा दहेज माँगेगा। ढेर सारा। छोड़ी हुई से ब्याह करने पर तो कुँवारी से ब्याह करने वाले की तुलना में अधिक दहेज मिलना चाहिए...।"

"दूसरे विवाह के लिए तलाक, तो प्रेम के कारण होता है। वह प्रेम-विवाह होगा तो छोरा दहेज कैसे माँग सके है।" ललित ने अजाने ही प्रेम-विवाह का पक्ष ले लिया।

"अरे प्रेम तो यह करेगी न उससे। नहीं तो मुझसे तलाक क्यों लेगी।" रामलुभाया ने अपना पक्ष प्रस्तुत किया, "वह ससुरा थोड़ी इससे प्रेम करेगा। वह तो दहेज के लिए विवाह करेगा।"

"तो?" ललित ने पूछा।

"यह रोएगी, धोएगी, प्रार्थना करेगी, हाथ जोड़गी, पर उस आदमी का मन थोड़ी पसीजेगा। किसी का नहीं पसीजता। सब साले दहेज माँगते हैं।"

"क्या बके जा रहे हो जी? मैं कोई तलाक नहीं ले रही। न मुझे इस बुढ़ापे में किसी और से विवाह करना है।"

"अरे तू चुप कर। मैं जानता हूँ, जवान होती तब भी न करती।" रामलुभाया ने कहा, "पर अभी इससे निबट लेने दे। सरकारी कागज हैं, जाने क्या लिख दे।"

"तो क्या लिखना है फॉर्म में?" ललित ने पूछा।

"पहले बात का फैसला तो हो लेने दो, बड़े बाबू।" रामलुभाया ने उत्तर दिया, "फिर फॉर्म भी भर लेंगे।"

"बोलो।" ललित ने कहा और सिर खुजलाने लगा।

"जवान होती, कुँवारी होती तो इसके मायके वाले इसका दहेज जुटाते।" रामलुभाया बोला, "पर अब इसके मायके में कौन बैठा है, जो इसका दाज-दहेज जुटाएगा? तो क्या तीन कपड़ों में ब्याही जाएगी, मेरी दमयंती देवी?"

"हो सकता है, वह कोई भला आदमी हो, जो बिना दहेज के ही विवाह कर ले।" ललित बेमतलब ही बोल पड़ा।

"ऐसे भले आदमी की प्रतीक्षा में बैठी रही तो हो चुका इसका दूसरा विवाह।" रामलुभाया बोला, "बुढ़ापे में तो यह काम फटाफट होना चाहिए। जो मिल जाए, उसी से कर ले। दहेज माँगे तो दहेज दे दे। नहीं तो हाथ आया वह भला आदमी कहेगा, 'एक तो परित्यक्ता से विवाह करो, वह भी बिना दहेज के। न बाबा न। मैं ऐसे घाटे का सौदा नहीं करता।'" रामलुभाया की आँखों में आँसू आ गये, गला रुँध गया, "मैं तो इसकी वह दशा सोच-सोच कर ही मरे जा रहा हूँ। मेरा हृदय पानी-पानी हो गया है। चाहे कल्पना में ही सही, पर अपनी पत्नी को हाल-बेहाल देख कर, मेरा मन पसीज गया है।... इसलिए यदि यह मुझसे तलाक ले भी लेती है, तो भी भविष्य निधि की राशि इसी को दी जाए।"

रामलुभाया ने अपने आँसू पोंछ लिए। मन में आया कि आगे बढ़ कर दमयंती की पीठ थपथपा कर उसे सान्त्वना भी दे दे। किन्तु वैसा उसने किया नहीं।

ललित अपने स्थान से उछलने उछलने को ही था, "अरे वह आपसे तलाक लेगी, तो गुजारा भत्ता इत्यादि भी तो लेगी।... उसपर भी आप चाहते हैं कि भविष्य निधि का पैसा भी उसी को दे दिया जाए। कैसे विचित्र आदमी हैं आप?"

"मेरे मन में एक कही बात आती है बड़े बाबू। आप एकदम सरकारी आदमी हैं। आप किसी परित्यक्ता के मन की पीड़ा नहीं समझ सकते।"

"अरे जो तलाक लेती है, वह परित्यक्ता नहीं होती।"

"न होती हो।" रामलुभाया तड़प कर बोला, "परित्यक्ता न सही, तलाकशुदा सही। तलाक लेगी तो दूसरा विवाह नहीं करेगी क्या?"

"अवश्य करेगी, नहीं तो तलाक लेने का लाभ ही क्या।" ललित सहमत हो गया, "विधवा आश्रम में रहने के लिए तो किसी महिला ने आजतक तलाक लिया

नहीं। पर हाँ, वैसे तो नहीं होता किन्तु अनाथ आश्रम वाले कभी-कभी बिना दहेज के भी विवाह करवा देते हैं – समाज-सुधार के नाम पर।''

"आप मेरी पत्नी का विवाह अनाथ आश्रम वालों के माध्यम से करवाना चाहते हैं। वह भी समाज सुधार के नाम पर? मेरे घर का तो हुआ ही हुआ, आप मेरे स्तर का भी सत्यानाश करके ही छोड़ेंगे। नहीं। अनाथ आश्रम नहीं। दमयंती देवी, मेरे जीते जी अनाथ नहीं है।''

"फिर तो प्रेम-विवाह ही एक मात्र रास्ता है – वह भी बिना दहेज के।''

"नहीं। अब दमयंती देवी किसी से प्रेम नहीं करेगी। मुझसे प्रेम-विवाह किया है न।'' रामलुभाया बोला, ''यदि मुझसे तलाक लेगी, तो तब ही लेगी, जब उसका प्रेम-विवाह से भ्रम टूट जाएगा। दूसरी बार वह प्रेम-विवाह करने की भूल क्यों करेगी?''

"तब तो बिना दहेज के विवाह नहीं होगा।'' ललित उससे सहमत हो गया। "तो वह दहेज क्या तेरा बाप देगा?'' रामलुभाया बोला, "दमयंती देवी को दहेज के लिए पैसों की आवश्यकता होगी। अतः मेरी भविष्यनिधि का पैसा उसे ही दिया जाए।''

"तो फिर लिखो यहाँ कि प्राविडेंट फंड का पैसा दमयंती देवी को ही दिया जाए।'' ललित ने कहा, "वह मेरी पत्नी रहे, न रहे, मुझसे तलाक ले ले अथवा मेरी हत्या कर दे; किन्तु प्राविडेंट फंड उसी को दिया जाए।...''

रामलुभाया चौंका, ''हत्या कर दे, तो क्यों?''

"अरे तुम्हारी हत्या कर देगी तो पुलिस उसे पकड़ लेगी। मुकदमा चलेगा तो वकील की फीस, पुलिस वालों की रिश्वत, जज का नजराना – क्या तुम्हारा बाप देगा? प्राविडेंट फंड का पैसा उसे मिलेगा, तभी तो मुकदमा लड़ पाएगी।''

रामलुभाया ने विस्मय से उसे देखा, ''बड़े बाबू, तुम तो सचमुच ही बड़े ही इंटैलिजेंट आदमी निकले। मेरा विचार है कि तुमको यह नौकरी अपनी योग्यता पर ही मिली है। मैं तो तुम्हें एकदम ही बौड़म समझे बैठा था।... लाओ, लिख दूँ और बताओ, कहाँ कहाँ हस्ताक्षर कर दूँ।''

"ठहरो। ठहरो। एक मिनट रुक जाओ।'' ललित बोला, ''जल्दी मत मचाओ। जल्दी का काम शैतान का।''

''क्यों अब क्या हो गया?''

"एक आइडिया आया है।''

"क्या?''

"अब तक की सारी बात आपके जीवित रहते तलाक लेने और दूसरी शादी करने की थी।'' ललित बोला, "अब स्थिति भिन्न है। आप गुजर गये हैं। मेरा तात्पर्य है कि आपका तो हो गय। देहान्त। दमयंती देवी को आपका प्राविडेंट फंड मिल

गया। उसके पश्चात् उन्होंने किसी और से विवाह कर लिया तो?''

"तो?'' रामलुभाया ने पूछा।

"तो भी फंड इन्हीं को मिले?'' ललित बोला, "भई, तब वे आपकी विधवा नहीं, किसी और की ब्याहता होंगी।''

"अरे अब चलो भी।'' दमयंती व्याकुल हो कर बोली, "मेरी कितनी दुर्दशा करवाओगे?''

"थोड़ी देर और धैर्य रख। काम हो जाने दे। सट-पकौड़ी कहीं भागी नहीं जा रही।'' रामलुभाया ललित की ओर मुड़ा, ''हाँ बड़े बाबू। ऐसे में तो दो ही काम हो सकते हैं।''

"क्या?''

"या तो सरकार मुझे फिर से जीवित कर दे, ताकि इनके द्वारा फंड का पैसा लेना ही असंवैधानिक हो जाए या फिर आप दमयंती देवी से पैसा वापस ले सकें।''

"देखिए, एक तो मैं किसी मृतक को जीवित नहीं कर सकता। सरकार भी नहीं कर सकती।'' आवाज दबा लेता है, ''मैं यदि कर सकता तो आप जैसे सिरफिरे को नहीं कहता।''

"क्या कहा?''

"यदि आप पुनर्जीवित हो गये, तो माना जाएगा कि जीवित व्यक्ति की मौजूदगी में फंड का पैसा उसकी पत्नी को दे देने में कोई घपला हुआ है।''

"विशेषकर, जब उसका चरित्र आप जैसा हो।'' रामलुभाया ने कहा, "मेरा मतलब है, लिपटन-लिपटाई वाला।''

"मेरा चरित्र छोड़िए, आप अपना पैसा सँभालिए।'' ललित ने कहा, "प्राविडेंट फंड का एक बार भुगतान कर देने के बाद फिर से पैसा वसूलने का कोई प्रावधान सरकारी नियमों में नहीं है। दे दिया तो दे दिया।''

"तो मुझे ही कहाँ पुनर्जीवित कर सकते हो।''

''हाँ, वह भी सरकार के बस में नहीं है।'' ललित ने कहा, ''तो फिर रहने ही देते हैं। इस कॉलम को भरो ही मत। नॉट एप्लिकेबल। हम मान लेते हैं कि आप का फंड हर हालत में दमयंती देवी को ही दिया जाएगा।''

दमयंती देवी के चेहरे पर चमक आ गयी, ''कर ली न सारी कोशिश। नहीं छीन पाये न मुझसे पैसा।''

"अरे माता जी,'' ललित कुछ अटपटा कर बोला, ''मैं कहाँ छीन रहा था आपका पैसा।''

अब दमयंती देवी ने अपना क्रोध दिखाया, "चुप कर मुए। मुझे माता जी कहता है। मैं तुझे माता जी लगती हूँ। मैडम नहीं कह सकता।'' उपेक्षा से उसने अपना चेहरा फेर लिया।

2

इस बार माया ने कमरे में झाँका तो ललित अकेला बैठा काम कर रहा था। वह दबे पाँव कमरे में घुस आयी, ''तो गये वे लोग?''

ललित ने सिर उठाया, "हाँ। एट लास्ट। बहुत सिर खाया उस ईडियट ने।''

माया ने कुर्सी खींची और उसके सामने बैठ गयी, "तो फिर आज हमारा भी फैसला हो ही जाना चाहिए कि तुम मुझसे प्यार करते हो या नहीं।''

"कोई जाँच आयोग बैठाने का इरादा है क्या?'' ललित ने उसे हँसती हुई आँखों से देखा।

"नहीं। पर मैंने उसको देखा है, जिसे तुम ईडियट कह रहे हो। कितना प्यार करता है वह अपनी पत्नी से।'' माया बोली, "अब तुम्हारी बारी है कि तुम अपना प्यार प्रमाणित करो।''

"घर पहुँच कर करूँगा।''

"नहीं। अभी। यहीं।''

"यहाँ ऐसा कुछ नहीं हो सकता।'' ललित गम्भीरता से बोला।

"यहीं हो सकता है।'' माया हठपूर्वक बोली, ''और केवल यहीं हो सकता है।''

"क्या करूँ?'' ललित ने उसकी ओर देखा।

"अपने प्राविडेंट फंड के कागज निकालो। उनको निरस्त करो। नया फार्म भरो।'' माया बोली, ''उसमें लिखो कि हमारे तलाक और पुनर्विवाह की स्थिति में भी तुम्हारा फंड मुझे ही मिले।''

ललित की आँखें फट गयीं, "तुम्हारा सिर फिर गया है क्या?''

"नहीं। अब तक फिरा हुआ था। अब तो होश में आयी हूँ।...'' माया बोली, ''या फिर प्राविडेंट फंड में से लोन लेने का अधिकार मुझे दो, जैसे वह हमारा संयुक्त खाता हो।''

ललित ने उसे गम्भीरता से देखा, "पहली बात तो यह है कि ऐसा कोई नियम नहीं है। दूसरी बात, क्या तुम वही सब मेरे लिए कर सकती हो? अपना फ्लैट मेरे नाम लिख सकती हो?''

"अच्छा, मुझे लूट कर एकदम ही बेसहारा कर देना चाहते हो। यह तुम्हारे प्रेम का प्रमाण है?''

"और जो तुम चाहती हो, वह तुम्हारे प्रेम का प्रमाण है?'' ललित बोला, "मेरे हाथ-पैर काट कर एकदम ही अपंग बना देना चाहती हो।''

"तो फिर मैं जा रही हूँ।''

"हाँ जाओ, अपनी सीट पर जाओ। दफ्तर का समय अपना प्यार जताने अथवा उसका प्रमाण माँगने का नहीं होता।''

"नहीं, सीट पर नहीं जा रही हूँ।''

"तो।''

''उस ईडियट रामलुभाया के घर जा रही हूँ।''

"क्यों?''

"या तो उसको तैयार करूँगी कि वह मुझसे विवाह कर, अपना फंड मेरे नाम कर दे, या फिर उसको एक बड़ी सी बीमा पॉलिसी दूँगी और उसकी नॉमिनी स्वयं बन जाऊँगी।''

"पागल हो गयी हो एकदम।''

"हाँ। हो गयी हूँ।'' माया ने कहा, अपना बैग उठाया और कमरे से बाहर निकल गयी।

3

रामलुभाया के घर फोन की घंटी बजी। उसने उसका रिसीवर उठाया और चैन से कुर्सी पर बैठ गया, "हाँ हैलो।... बोलो, मैं रामलुभाया बोल रहा हूँ।... क्या? कौन सा प्लॉट? अरे भैया, मैंने कोई कोठी बुक नहीं कराई है। गलत नम्बर मिल गया है आपका...''

साथ के कमरे में दमयंती के कानों में प्लॉट और कोठी जैसे शब्दों की भनक पड़ गयी। वह झपटती हुई आयी और रिसीवर अपने हाथ में ले लिया। बोली कुछ नहीं। जो कुछ उधर से कहा जा रहा था, उसे सुनती रही।

सहसा वह बोलने लगी, "हाँ। हाँ। रामलुभाया जी का ही घर है। कोई गलती नहीं हुई आप से।... तो कोठी के कागज तैयार हैं? हाँ, मैं माया देवी ही बोल रही हूँ। मेरे नाम पर कोठी खरीदी है। ठीक है। फ्लैट मुन्नी बाई के नाम है? हाँ, वह हमारी नौकरानी है। उसे छोटा फ्लैट ही चाहिए।... ठीक है, हम शाम तक आ जाएँगे। बाकी पेमेंट भी कर देंगे। नहीं। नहीं। आपको कोई परेशानी नहीं होगी। रोकड़ा देंगे भाई। आप परेशान न हों।''

रामलुभाया स्तब्ध सा उसके पास खड़ा सब सुनता रहा। वह रिसीवर रख कर उसकी ओर मुड़ी तो रामलुभाया ने फटी सी आँखों से उसे देखा, "यह सब क्या है?''

"पहले तुम बताओ, कौन है यह माया देवी?'' दमयंती का स्वर कठोर था।

रामलुभाया चकित रह गया। बोला, ''मैं क्या जानूँ। अभी तुम ही तो फोन पर उसे बता रहीं थीं कि तुम माया देवी हो।''

"नहीं तो क्या कहती कि मैं दमयंती देवी हूँ। रामलुभाया जी की पत्नी हूँ। वे माया देवी और मुन्नी बाई के नाम से कोठी और फ्लैट खरीद रहे हैं। वे दोनों रखैलें हैं उनकी।'' रुक कर उसने रामलुभाया को घूरा, "कौन है यह माया देवी और मुन्नी बाई? सच सच बता दो, नहीं तो मुझसे बुरा कोई नहीं होगा।''

"अरे भाई कह तो दिया कि मैं नहीं जानता।" रामलुभाया बोला, "मैंने उसे भी कह दिया था कि गलत नम्बर मिल गया है।"

"जब मैंने सुन लिया तो यही तो कहना था उसे। कौन है यह माया?" दमयंती देवी ने कुछ और प्रबल स्वर में कहा, "वह दफ्तर वाली या कोई और?... मैं भी कहूँ कि इतना प्यार क्यों उमड़ रहा है कि मुझे तलाक भी दिलवा रहे हैं, मेरा दूसरा ब्याह भी करवा रहे हैं; और उसके लिए अपने फ़ंड में से पैसा भी दे रहे हैं।..."

दमयंती आ कर रामलुभाया के सामने खड़ी हो गयी। उसने अपनी कमर पर हाथ रख लिया और चेतावनी के स्वर में बोली, "सच-सच बता दो, नहीं तो तुम्हारे अफसर को भी बता आऊँगी और तुम्हारे दफ्तर को भी।" उसकी मुद्रा प्रचंड हो गयी, "... और अपने भाइयों को बुलवा कर तुम्हारी हड्डियाँ भी तुड़वा दूँगी।"

रामलुभाया कुछ हकला सा गया, "पागल हो गयी हो दमयंती। एक प्रापर्टी डीलर के गलत फोन के आ जाने से मुझ पर इतना सन्देह कर रही हो। मुझे पिटवाने की धमकियाँ दे रही हो। और एक मैं हूँ कि अपना सब कुछ तुम पर न्यौछावर कर रहा हूँ – मेरे साथ रहो, तो भी और न रहो तो भी।"

"वह तो मैं समझ ही रही हूँ। जब माया देवी के लिए कोठी खरीदी जाएगी और मुन्नी बाई के लिए फ्लैट, तो मुझे साथ रखना क्यों चाहोगे। पर तुम्हारे पास इतना पैसा आया कहाँ से? नयी गाड़ी लेने को कह रही थी तो अपनी कंगाली बखानने लगे थे... और अब यह कोठी... बंगला..."

"ठहरो। ठहरो। मेरी समझ में कुछ तो आ रहा है।..."

"क्या समझ में आ रहा है?" दमयंती ने पूछा।

"तुमने मेरे सामने प्रापर्टी डीलर से कहा कि तुम ही माया देवी हो। तुम्हारे पास इतना पेसा कहाँ से आया कि सन्ध्या समय तक उसे रोकड़ा देने का वचन दे रही हो।..." रामलुभाया बोला, "वह फोन मेरे लिए नहीं, तुम्हारे लिए ही रहा होगा। उसने यही तो पूछा था कि क्या यह रामलुभाया जी का घर है? फोन तो तुम्हारे लिए ही था। सच-सच बताओ, तुम्हारे पास इतना पैसा कहाँ से आया?"

दमयंती और भी बिगड़ गयी, "उल्टा चोर कोतवाल को डाँटे। पकड़े गये तो मुझे ही लांछित करने लगे।"

"हाँ। मेरा भविष्यनिधि का पैसा।" रामलुभाया बोला, "तो तुम मुझसे तकेलाक ले कर या मेरी हत्या कर वह पैसा लोगी और उससे कोठी-बंगला खरीदोगी।..."

"तुम सही सलामत खड़े रहो तो तुमसे तलाक लेकर मुझे फंड का पैसा कैसे मिल जाएगा, और वह भी शाम तक?"

"तो तुम मेरी हत्या करोगी, पैसे के लिए? और खेन सने उस पैसे से कोठी खरीदोगी?"

दमयंती को रामलुभाया पर दया भी आ रही थी और क्रोध भी आ रहा था। उसकी

समझ में कुछ नहीं आया तो वह अपना माथा पीटने लगी, "पगला गये हो तुम और मुझे भी पागल कर दोगे। सीधे-सीधे बता क्यों नहीं देते कि यह माया देवी कौन है। क्या सम्बन्ध है, उससे तुम्हारा? और यह सब कब से चल रहा है? उससे कोई बेटा तो नहीं है तुम्हारा? कहीं कोई किसी दिन आकर द्वार पर ही खड़ा न हो जाए..."

तभी बाहर की घंटी बजी। अभ्यासवश दरवाजा खोलने के लिए दमयंती उस ओर बढ़ गयी। सामने माया खड़ी थी– कार्यालय वाली महिला, लिपटन-लिपटाई वाली। उसने बड़ी शालीनता से मुस्करा कर नमस्कार किया। किन्तु फिर भी दमयंती ने उसे भीतर आने का मार्ग नहीं दिया।

"आपने मुझे पहचाना नहीं?" माया ने कहा, "मैं दफ्तर में आपसे मिली थी। मैं बड़े बाबू ललित खन्ना की पत्नी हूँ। मैं उनकी धर्मपत्नी हूँ– माया।"

"तो तुम हो माया।" दमयंती के मुख से निकला, "तुम्हें भी प्रापर्टी डीलर का फोन पहुँच गया क्या? पर कागज तो अभी उसी के पास हैं। यहाँ क्या करने आयी हो?"

"जी मैं कुछ समझी नहीं।" माया हँस कर बोली, "आप मुझे भीतर नहीं आने देंगी क्या?"

"भीतर नहीं आने दूँगी तो तेरा झोंटा कैसे खींचूँगी?" एक ओर हट कर माया के भीतर जाने का मार्ग बना देती है, "चल भीतर।"

माया सहज भाव से भीतर आ जाती है, "देखिए, मेरे बालों को हाथ नहीं लगाइएगा, नहीं तो मुश्किल हो जाएगी।"

"क्या मुश्किल हो जाएगी?" दमयंती ने तुनक कर कहा, "क्या कर लेगी, तू मेरा?"

कुछ आभास पाने के लिए माया ने रामलुभाया की ओर देखा। रामलुभाया ने अपने कन्धे उचका दिए।

माया ने अपनी सहजता बनाए रखी, "मैं क्या करूँगी?... यदि आप सहमत होंगी तो आपका बीमा करूँगी। मैं अपनी नौकरी के साथ-साथ खाली समय में लोगों का बीमा करती हूँ। एजेंसी ले रखी है न।"

दमयंती का स्वर कुछ वक्र हो गया, "अपने झोंटे का बीमा करा लिया है तुमने?"

दमयंती माया की ओर बढ़ी। माया असुरक्षा के भाव से पीछे खिसक गयी। इधर उधर देखा और रामलुभाया की ओट लेने का प्रयत्न करती दिखाई दी।

"यही तो कठिनाई है।" वह बोली, "सुन्दर बाल देख कर सब लोग उन्हें छू कर देखना चाहते हैं। जानते ही हैं, कल क्या हुआ था?"

"चल बता। यह भी जान लूँ कि कल क्या हुआ था।" दमयंती ने उसे खा जाने वाली दृष्टि से देखा।

"मैंने इतने जतन से बाल धोए, पोंछे और सूखने के लिए तार पर डाल दिए। हम ऊपर के तल पर रहते हैं न। हवा जोर की चली और बाल उड़ कर नीचे जा गिरे। सोसायटी का वह मूरख चौकीदार बालों को पकड़ कर सारे फ्लैटों का चक्कर लगा आया, 'मेम, बाल आपके हैं?' सारा मुहल्ला जान गया, बालों की कथा।''

"तो नकली हैं।'' दमयंती बोली, "मैं भी कहूँ... मैं क्या कहूँ... नकली चीज असली से अधिक चमकती ही है।... पर होंगे तो किसी मरी हुई बुढ़िया के ही। या फिर गाय-भैंस की पूँछ के हैं।''

"नहीं बहन जी। नायलन के हैं।"

"चुप चुड़ैल।'' दमयंती झपट पड़ी, ''खबरदार जो मुझे बहन जी कहा तो। बड़ी आयी मेरे पति की साली बनने वाली।''

रामलुभाया ने कुछ शालीनता दिखलाई, ''आप बैठिए तो। इस समय ये कुछ बिगड़ी हुई हैं।''

"अरे तो सुधार लीजिए न।'' माया ने कुछ मुस्कराने की कोशिश की, ''आप से रूठी हुई हैं, तो थोड़ी मनुहार कर लीजिए। इनके लिए बस एक अच्छी सी पॉलिसी ले लीजिए।''

"अच्छा। तुझे तो कोठी ले दें और मेरे लिए एक बीमा पॉलिसी।" दमयंती बोली।

"मेरे लिए कोठी?'' माया चकित रह गयी।

"नहीं बहन जी। कोई कोठी वोठी नहीं है। ''रामलुभाया बोला, "एक रांग नम्बर की गलत सूचना से भड़की हुई हैं।''

"वैसे मानसिक रूप से तो स्वस्थ हैं न।" माया ने जैसे चेतावनी दी, "नहीं तो बीमा नहीं हो सकेगा।''

"नहीं। इस समय मेरा दिमाग ठिकाने नहीं है।'' दमयंती बोली, "वैसे भी मुझे कोई बीमा नहीं करवाना है एजेंटनी।''

"क्यों आपको क्या कष्ट है? किस्तें आपके पति देंगे। पालिसी मेच्योर होगी तो आपको ढेर सारा पैसा मिलेगा।" माया ने अपना जाल फेंका।

"रहने दे तू।'' दमयंती बोली, "मैं नहीं चाहती कि दो-चार किस्तें दे कर, ये मेरा गला घोंट कर मुझे मार डालें और बीमा कम्पनी से मिले पैसे से तुझे ऐश कराएँ।"

"मुझे क्यों? क्या आप मुझे अपनी उत्तराधिकारिणी बना रही हैं?

''मैं तुझे गोद नहीं ले रही। तू ही मेरी सौत बनने के चक्कर में, इनकी गोद में बैठने को उतावली हुई जा रही है।'' दमयंती ने कहा।

"क्या बक रही हैं आप।'' माया ने बिफरने का अभिनय किया, "मेरे अपने पति युवा और सुन्दर हैं। मैं उनसे प्यार करती हूँ। मैं क्यों ऐसी घटिया बात सोचूँगी।''

"वह तो देख ही आयी हूँ मैं तेरे दफ्तर में।" दमयंती के स्वर में वितृष्णा थी, "कैसे लिपटा-लिपटाई चल रही थी। इतनी बेशर्मी।... निर्लज्ज, तू कोठी की सूचना पाकर हाँ क्यों दौड़ी चली आयी है?"

रामलुभाया उन दोनों के बीच आ खड़ा हुआ, "दमयंती, मैं दस बार कह चुका कि वह कोई गलत नम्बर था। तेरे लिए तो खरीदी न कोठीय अब किसी और के लिए क्या खरीदूँगा?"

माया चकित सी खड़ी दोनों की ओर देखती रही और फिर बोली, "यह कोठी का क्या चक्कर है भाई? मैंने तो देखा कि आप दोनों में इतना प्रेम है, तो सोचा कि आप पॉलिसी लेने में आपत्ति नहीं करेंगे।"

रामलुभाया को बोलने का अवसर न देते हुए दमयंती बोली, "आपत्ति क्यों करेंगे? जैसे अपने फंड से मेरा दहेज बना रहे थे, वैसे ही मेरी पालिसी से अपना दहेज बनाएँगे।... चल तू निकल यहाँ से, नहीं तो तेरा झोंटा अभी खींचती हूँ – चाहे नायलन का हो, चाहे जूट का।"

दमयंती उसकी ओर बढ़ ही रही होती है कि बाहर के दरवाजे की घंटी बज उठती है। घंटी बजती ही चली गयी, जैसे बाहर खड़ा व्यक्ति हवा के घोड़े पर सवार हा कर आया हो।

दमयंती रुक गयी और रामलुभाया की ओर देख कर बोली, "देखो जाकर, कहीं इसका खसम तो नहीं आ मरा, इसे खोजता हुआ। सोच रहा होगा, कहीं यह तुम से लिपट ही न जाए।"

रामलुभाया ने कपाट खोले। सामने एक अपरिचित व्यक्ति खड़ा था, जो बुरी तरह हाँफ रहा था। कपाट खुलते ही वह भीतर धँस पड़ा। उसने इस बात की भी चिन्ता नहीं की कि वह गृहस्वामी को धक्का दे कर घर में घुस रहा है।

वह बहुत ही डरे हुए स्वर में बोला, "कपाट बन्द कर लो भाई। बन्द करो दरवाजा।"

और फिर उसने बिना किसी की प्रतीक्षा किए स्वयं ही आगे बढ़ कर कपाट बन्द कर चिटकिनी चढ़ा दी।

"तुम हो कौन?" रामलुभाया ने उससे पूछा, "इस प्रकार घर में घुस कर कपाट बन्द कर रहे हो, जैसे अभी पिस्तौल निकाल कर हमें गोली मार दोगे। मैं तुम्हें उसका अवसर नहीं दूँगा।"

रामलुभाया आगे बढ़ा और उसने कपाट फिर से खोल दिए।

"मैं तुम्हें गोली चलाने वाला दिख रहा हूँ?" आगन्तुक बोला, "मैं तो स्वयं ही गोली के भय से अधमरा हो रहा हूँ। वह पिस्तौल ले कर मेरे पीछे पड़ी हुई है।"

"कौन?" दमयंती ने पूछा।

"अरे मेरी घर वाली और कौन।" आगन्तुक एकदम रोनी मुद्रा में बोला, "अरे

मुझे किसी प्रकार बचा लो मेरे बाप। उसके दो दो मुस्टंडे भाई हैं। कई हत्याएँ कर चुके हैं। पुलिस के हत्थे चढ़ गये तो फाँसी से बच नहीं सकते। पर पुलिस है कि उन्हें हत्थे चढ़ाती ही नहीं। खुद ही उनके हत्थे चढ़ी रहती है। छुट्टे सांड से घूम रहे हैं दोनों – खुल्लम-खुल्ला।''

"पर तुम हो कौन?'' रामलुभाया ने पुनः पूछा।

"अरे वही अभागा प्रापर्टी डीलर हूँ भाई। जो तुम लोगों को फोन कर रहा था।''

दमयंती एकदम भड़क उठी, "तो करता रहता न फोन। हाँ मरने को क्यों आ गया?''

"शामत आयी थी, जो फोन किया। अब यह गलती दुबारा नहीं करूँगा।'' वह रो पड़ा, "दस जूते मार लो चाहे, पर मुझे मेरी पत्नी से बचा लो भाई। वह मेरा चूरमा बना डालेगी। तुम्हारी थाली में परस देगी। अरे बचा लो न भाई।''

"क्यों? क्या हो गया?'' रामलुभाया बोला, ''कोई बात तो समझ में आये।''

"अरे उसे सन्देह हो गया है कि मैं वह कोठी बेच रहा हूँ, जो पिछले महीने उसके नाम पर खरीदी थी।''

"तो बेच क्यों रहे हो?'' रामलुभाया बोला, "मैंने अभी खरीदी न है, फिर भी अपनी दमयंती को वचन दे रहा हूँ कि खरीदूँगा तो उसके ही नाम पर खरीदूँगा और उसे कभी नहीं बेचूँगा।''

"कौन साला बेच रहा हे।'' आगन्तुक झल्ला कर बोला, "एक ईंट तक तो बिकती नहीं, कोठी कहाँ बिकेगी। धँधा इतना मन्दा है कि क्या कहूँ।''

"तो फोन क्यों कर रहा था नासपीटे।'' दमयंती बोली, "कि माया के नाम कोठी के कागज तैयार हैं। कौन है यह माया?''

"अरे कोई नहीं है मेरी अम्मा। मैं अभागा तो बस ग्राहक फँसा रहा था।'' आगन्तुक बोला, ''कोई पूछे तो सही कि कौन सी कोठी? कौन से कागज? जैसे आजकल विदेशी बैंकों वाले करते हैं न कि आप पर्सनल लोन ले लें, हाउस लोन ले लें, कोई लोन ले लें; पर ले तो लें। किसी प्रकार मेरे कर्जदार तो हो जाएँ। वही कर रहा था मैं।''

"मोए, मर जाने। तो हमारा ही नम्बर क्यों मिला रहा था?'' दमयंती ने डाँटा, ''कहाँ से मिला हमारा फोन नम्बर?''

आगन्तुक कुछ हकला कर बोला, "मैं तो फोन पुस्तिका देख देख कर फोन करता जा रहा था कि आपके कागज तैयार हैं, पर कोई भला आदमी आया ही नहीं, यह पूछने कि कौन माया और कौन से कागज। किसी के कान पर जूँ तक नहीं रेंगी और मेरी पत्नी के कान खड़े हो गये। हथिनी है न। कान भी हाथी जैसे ही हैं। अरे मुझे बचा लो। वह मुझे मार डालेगी।...'' वह फिर चिल्लाया, "...उसके भाई तो एकदम कसाई हैं। मेरा कीमा बना देंगे। अंतिम संस्कार भी नसीब नहीं होगा मुझे।''

“तुम हमसे क्या चाहते हो भाई?” रामलुभाया दमयंती की ओर देखता हुआ बोला।

“वह आएगी। यहाँ भी आएगी। अपने भाइयों को भी लाएगी...”

“तो? हमारा क्या होगा?” दमयंती बोली, “हम तो व्यर्थ ही पिस गये न बीच में।”

“आपका कुछ नहीं बिगड़ेगा।” आगंतुक बोला, “वे पूछें तो कह दीजिएगा कि आपको कोई फोन नहीं आया है। आपने कोई कोठी नहीं खरीदी। आपको कोई कोठी नहीं खरीदनी है। मुझसे तो एकदम ही नहीं खरीदनी है।... आप मुझे जानते नहीं। पहचानते नहीं।...”

लगा कि किसी को भी कुछ समझ में नहीं आया; किन्तु फिर दमयंती उसकी ओर बढ़ी, “तो फिर कोरट के कागज पर लिख कि जो कुछ भी तेरे पास है, तू सब कुछ अपनी पत्नी के नाम कर रहा है। अब सारी जायदाद उसकी है। न तेरे पास कुछ रहेगा, न तू कुछ बेचेगा।”

“अरे कैसे लिख दूँ।” आगन्तुक चिल्लाया, “सब कुछ उसको दे दूँगा तो वह मुझे कुछ भी बेचने-खरीदने नहीं देगी। व्यापार कहाँ से करूँगा मैं? रोटी कहाँ से खाएँगे? चूल्हा भी नहीं जलेगा हमारे घर में।”

अब तक चुप खड़ी माया अकस्मात् ही बोलने की मुद्रा में आ गयी, “अच्छा। मैं कह दूँगी, उनसे कि तुमने कोई कोठी नहीं बेची है, न बेचने की बात की है। ... पर एक शर्त है मेरी भी।”

“बोलो, क्या शर्त है तुम्हारी?”

“एक मोटा सा बीमा करवाओ मुझसे।”

“अपना या कोठी का?” आगन्तुक ने अचकचा कर पूछा।

“दोनों का।”

“मारा जाऊँगा गरीब मैं तो।” आगन्तुक बोला, “अरे मैं तो मकान खरीदता हूँ, बेचता हूँ। तुड़वाता हूँ, बिकवाता हूँ। उन सबका बीमा करवा कर मैं कहाँ जाऊँगा।”

“तो मत करवाओ।” माया इठला कर बोली, “आने दो अपनी पत्नी को। मैं उसे बता दूँगी कि मेरा ही नाम माया है और कोठी के कागज मेरे ही नाम बने हैं।”

“वह पूछेगी, कितने में खरीदी, तो क्या उत्तर दोगी?”

“खरीदी कहाँ। तुमने मुझे भेंट दी है।” माया जोर से हँसी।

आगन्तुक झपट कर उसके पैर पकड़ लेता है, “ऐसा मत करना मेरी अम्मा। वह मेरा खून पी जाएगी। हो सकता है तुम्हारा भी गला दबा दे। वह पूरी हथिनी है।”

दरवाजा फिर खुला, किन्तु आगन्तुक की पत्नी नहीं आयी। इस बार माया का पति ललित खन्ना प्रकट हो गया। उसने भी देखा कि एक व्यक्ति माया के पैर पकड़े फर्श पर बैठा है।

ललित ने आगन्तुक की ओर देखा, "लिखवा लिया क्या?"

"क्या?" आगन्तुक ने चकित हो कर पूछा।

"तुम्हारा प्राविडेंट फंड अपने नाम लिखवा लिया क्या?"

"नहीं तो। कौन सा फंड?"

"नहीं लिखवाया तो इसके पैर पकड़े क्यों बैठे हो?" ललित बोला, "विवाह का प्रस्ताव कर रहे हो या कोई और याचना है?"

"ये मुझे धमका रही हैं कि ये मुझे हथिनी के पैरों तले कुचलवा देंगी।"

"इसने मुझसे छुपा कर कोई हथिनी पाल रखी है क्या?" ललित हँसा, "या यह तब की बात कर रही है, जब यह स्वयं हथिनी हो जाएगी।"

"नहीं। हथिनी तो मैंने पाल रखी है।" आगन्तुक बोला।

"तो तुम अपनी पालतू हथिनी को सँभालो।" ललित ने कहा, "इसे मैं सँभालता हूँ।" वह माया की बाँह पकड़ लेता है, "चल माया। बीमा एजेंट सेल्समैन होता है, चंबल का डाकू नहीं। सबको धमकाती मत रहा कर।"

"मैं कहाँ धमका रही हूँ। यह तो स्वयं ही डर गया था, मुझ से।"

"क्यों, इसने तुम्हें अपनी पत्नी समझ लिया था कि डर गया।" ललित ने कहा, "चलो, नहीं तो घसीट कर ले जाऊँगा अपने साथ – चाहे मुझसे सिग्रेट की दुर्गंध आये, या किसी और चीज की... सरकारी नौकरी भी करती हो और बीमा पॉलिसी के लिए लोगों को धमकाती भी फिरती हो। नौकरी जाएगी तुम्हारी।"

"अरे एक भी पॉलिसी मिल गयी होती, तो तुम्हारे लिए मर्दों वाला वह परफ्यूम खरीद देती, जिसको सूँघ कर विज्ञापनों में लड़कियाँ आँखें बन्द कर पराये मर्दों से चिपक जाती हैं।"

"बकवास बन्द करो।" ललित ने उसे सचमुच ही खींचना आरम्भ कर दिया। वह विरोध करती तो वह सचमुच ही उसे घसीट कर ले जाता, "ऐसे तो तुम एक दिन मेरी नौकरी भी संकट में डाल दोगी।"

उन दोनों के दरवाजे से बाहर निकलते ही कमरे में एक सन्नाटा पसर गया। और तब वहाँ एक मोटी सी, किन्तु बेहद डरी हुई, अबोध और असहाय महिला प्रकट हुई। उसने बारी-बारी उन तीनों पर दृष्टि डाली।... आगन्तुक, रामलुभाया की ओट में छिपने का प्रयत्न करता रहा। महिला धीरे-धीरे आ कर दमयंती देवी के सामने खड़ी हो गयी। दमयंती देवी का रंग पीला पड़ गया। लगा कि कहीं वह अचेत ही न हो जाए... पर तब अकस्मात् ही एक झटके के साथ नीचे बैठ कर उस स्त्री ने दमयंती देवी के पैर पकड़ लिए।

उसने चेहरा ऊपर उठाया तो दमयंती देवी ने देखा वह रो रही थी, "मुझ बेसहारा औरत से मेरी कोठी मत छीनो, मेरी बहना। सिर पर छत न रही, तो अपने छोटे-छोटे बच्चों को लेकर खुले आसमान के नीचे कहाँ रहूँगी मैं।"

कौन क्या कर रहा है?

रामलुभाया ने अंतुले का वक्तव्य पढ़ा और उसके भीतर का पत्रकार जाग उठा। वह तत्काल उनका साक्षात्कार लेने पहुँच गया।

"अंतुले जी! मैंने समाचारपत्रों में पढ़ा है कि मुम्बई पर आतंकवादी आक्रमण के विषय में आपके अपने कुछ मौलिक विचार हैं।"

"राजनीतिज्ञ एक प्रकार का विचारक होता है।" अंतुले की बाँछें खिल आयीं, "उसी दृष्टि से मैं सदा सोचता हूँ। मेरी सोच मौलिक होती है। इस बार भी है।"

"आप कह रहे हैं कि आतंकवाद विरोधी दस्ते के अध्यक्ष, सरकरे की हत्या पाकिस्तानी आतंकवादियों ने नहीं की है।" रामलुभाया ने कहा।

"मैंने यह एकदम नहीं कहा है।" अंतुले कुछ बिगड़ कर बोले, "आप पत्रकारों को आदत है कि अपने शब्द दूसरों की जिह्वा से कहलवाते रहते हैं।"

"तो आपने क्या कहा है, वह बता दीजिए।"

"मैंने कहा है कि इस बात की जाँच होनी चाहिए कि क्या सरकरे की मृत्यु पाकिस्तानी आतंकवादियों की गोली से हुई है?" "आप कहना चाहते हैं कि पाकिस्तानी आतंकवादियों ने गोलियाँ चलाईं तो किन्तु सम्भव है सरकरे की मृत्यु उनकी गोली से न हुई हो।" रामलुभाया ने कहा, "सम्भव है कि उनकी हत्या ही न हुई हो। वह एक स्वाभाविक मृत्यु भी तो हो सकती है।" "स्वाभाविक मृत्यु से क्या तात्पर्य है आपका?" अंतुले कुछ अचकचा गये।

"उनको दिल का दौरा पड़ गया हो और गोली उनको तब लगी हो, जब उनकी मृत्यु हो चुकी थी। ऐसा हिन्दी फिल्मों में प्रायः होता है।" रामलुभाया ने कहा, "उसे स्वाभाविक मृत्यु ही तो कहेंगे।"

"नहीं। मैं यह नहीं कह रहा हूँ।" अंतुले रुष्ट दिखाई पड़ रहे थे।

"तो क्या कह रहे हैं?"

"मैं कह रहा हूँ कि मृत्यु तो उनकी गोली से ही हुई; किन्तु वह गोली पाकिस्तानी आतंकवादियों की नहीं थी।"

"गोली किसी और की थी?"

"हाँ। सरकरे हिन्दू आतंकवादियों के विरुद्ध छानबीन कर रहे थे।" अंतुले

बोले, "अधिक सँभावना है कि अवसर पाकर उन्होंने ही गोली मार दी हो।"

"उन्होंने से तात्पर्य?"

"हिन्दू आतंकवादियों ने।"

"सारी मुम्बई में पाकिस्तानी आतंकवादी मृत्यु का नृत्य कर रहे थे; किन्तु सरकरे को मारने के लिए हिन्दू आतंकवादी आ गये?" रामलुभाया ने पूछा।

"इसमें आश्चर्य की क्या बात है?" अंतुले मोर्चा सँभाले हुए थे, "उनको कहीं से आना थोड़ी था, वे तो यहीं थे।"

"आप जानते हैं कि आप जो कह रहे हैं, उसका अर्थ क्या है?"

"क्या अर्थ है?"

"आप पाकिस्तानी आतंकवादियों को बचाने का प्रयत्न कर रहे हैं।"

"वह तो मैं कर नहीं सकता। कानूनी दृष्टि से भारतीय नागरिक जो ठहरा।" अंतुले का स्वर कुछ निराश था, "मैं तो केवल हिन्दू आतंकवादियों को फँसाने का प्रयत्न कर रहा हूँ। अल्पसंख्यक मन्त्री जो हूँ। अपने मन्त्रालय का काम कर रहा हूँ।"

"पाकिस्तानी आतंकवादी अस्पताल में आ घुसे हैं, यह समाचार सरकरे को किसने दिया था?" रामलुभाया ने पूछा।

"निश्चित है कि पुलिस ने ही दिया होगा।"

"तो सरकरे वहाँ जा रहे हैं, यह समाचार हिन्दू आतंकवादियों को किसने दिया होगा?"

"मुम्बई पुलिस ने दिया होगा।" अंतुले कुछ अकबका कर बोले, "सम्भव है कि सरकरे के घर वालों ने दिया हो। बस दो ही सम्भावनाएँ हो सकती हैं।" वे पूर्णतः आश्वस्त थे।

"नहीं दो सम्भावनाएँ और भी हैं।" रामलुभाया ने कहा।

"कौन सी?"

"सम्भव है कि पाकिस्तानी आतंकवादियों ने हिन्दू आतंकवादियों को पहले से ही बता दिया हो कि वे मुम्बई में कहाँ-कहाँ आक्रमण करेंगे।"

"सम्भव है।" अंतुले प्रसन्न हो गये, "बहुत सम्भव है कि ये हिन्दू आतंकवादी, पाकिस्तानी आतंकवादियों से मिले हुए हों। ताज और ओबेराय होटलों में पाकिस्तानी आतंकवादियों ने अमुस्लिमों को मारा हो, और हिन्दू आतंकवादियाँ ने मुसलमानों को। तभी तो दोनों धर्मों के लोग मरे। पाकिस्तानी मुसलमानों को क्यों मारते?"

"हाँ। सम्भव है।" रामलुभाया ने कहा, "किन्तु सरकरे कहाँ जाएँगे, यह तो पाकिस्तानी आतंकवादियों को भी मालूम नहीं था।"

"तो यह किसने बताया होगा, हिन्दू आतंकवादियों को – उनके परिवार वालों ने?"

"उन बेचारों को कहाँ पता था कि सरकरे कहाँ जाएँगे।" रामलुभाया ने कहा, "यह तो आप ही जानते थे। आपने बताया होगा हिन्दू आतंकवादियों को।"

"मैंने? मैं क्यों चाहूँगा कि सरकरे मारा जाए?"

"नहीं आप तो नहीं चाहते थे कि सरकरे मारे जाएँ। आप चाहते थे कि वे जीवित रहें और साध्वी और उनके साथियों को नरक की सी यातना दें। "रामलुभाया ने कहा, "किन्तु आप पाकिस्तानी आतंकवादियों का बचाव तो करना चाहते थे।"

"यह कौन कहता है?"

"किसी को कहने की क्या आवश्यकता है। आप अब भी वही कर रहे हैं।" रामलुभाया ने कहा, "इसलिए एक आप ही हो सकते हैं, जो पाकिस्तानी आतंकवादियों को बताते कि सरकरे कहाँ आ रहे हैं।"

"यह क्या बकवास है।"

"बकवास नहीं है।" रामलुभाया ने कहा, "मैं भी तो सम्भावनाओं की ही बात कर रहा हूँ और कह रहा हूँ कि इस तथ्य की जाँच होनी चाहिए कि आपने हिन्दू आतंकवादियों को सूचना दी या पाकिस्तानी आतंकवादियों को कि सरकरे कहाँ आ रहे हैं। हिन्दू आतंकवादियों को तो आप बताने से रहे, क्योंकि आप उनको मरवाना चाहते हैं, तो फिर आपने पाकिस्तानी आतंकवादियों को ही बताया होगा कि सरकरे कहाँ आ रहे हैं।" रामलुभाया रुका, "इसका अर्थ है कि आपका सम्पर्क पाकिस्तानी आतंकवादियों से पहले से ही था। आप पहले ही जानते थे कि वे कहाँ-कहाँ आक्रमण करने वाले हैं। जब वे मुम्बई में स्थान-स्थान पर गोलियाँ चला रहे थे, आप तब भी उनके सम्पर्क में थे। तभी तो आप उनतक यह सूचना पहुँचा सके कि सरकरे कहाँ आ रहे हैं। हो सकता है कि उन्होंने यह सूचना हिन्दू आतंकवादियों को दे दी हो। उसकी जाँच होनी ही चाहिए। किन्तु यह तो सिद्ध हो ही जाता है कि आप इस सारे कांड में तब क्या कर रहे थे और अब क्या कर रहे हैं।"

(20.12.2008)

कौन चाहता है?

पत्रकार महोदय बहुत उत्तेजित थे। वे हाथ में माइक पकड़े हुए अन्धाधुन्ध बोले जा रहे थे। शब्दों पर विचार करने का उनके पास समय नहीं था। उनके मुख से अनियंत्रित शब्द ऐसे बह रहे थे, जैसे बाढ़ के कारण किसी बाँध का फाटक बह गया हो और पानी किसी भी प्रकार नियंत्रित न हो पा रहा हो।

"वर्षों से बी. जे. पी. के पास कोई मुद्दा नहीं था। अब बी. जे. पी. को मुद्दा मिल गया है। वे लोग इसका लाभ उठाने का प्रयत्न करेंगे। देश में साम्प्रदायिक सौहार्द नष्ट हो जाएगा। देश नष्ट भ्रष्ट हो जाएगा...।"

मैं आँखें फाड़ कर अपने टी. वी. के पर्दे को देखता रहा। कान लगाए हुए उनका यह बाढ़ जैसा भाषण सुनता रहा; किन्तु पता नहीं चल पाया कि आखिर हुआ क्या है। घटना क्या है? समाचार क्या है?...

उनके समाचार कक्ष में बैठी समाचार वाचिका भी मुसकरा कर उनसे पूछ रही थी कि इससे बी. जे. पी. को क्या लाभ होने जा रहा है?

मैं चौंका : कहीं कांग्रेस की सरकार गिर तो नहीं गयी? ये लोग इतने बदहवास क्यों हैं? ढंग से समाचार क्यों नहीं दे रहे? आखिर हुआ क्या है?

तभी फोन की घंटी बजी।

मैंने रिसीवर उठाया। मेरा बेटा अमरीका से बोल रहा था, "समाचार सुना?"

"सुन तो रहा हूँ। पर समझ में नहीं आ रहा कि हुआ क्या है।"

"रामजन्मभूमि मन्दिर पर आतंकवादी हमला हुआ है।" वह बोला, "टी. वी. में देख लीजिए।"

मैं फोन बन्द कर फिर से टी. वी. के सामने आ बैठा। वहाँ समाचार सम्पादक विश्व हिन्दू परिषद् के एक नेता से प्रश्न पूछ रहे थे, "वे जो आये थे, वे नफरत और घृणा का प्रचार करने आये थे। वे सुरक्षा बलों द्वारा मार गिराए गये। वे तो नफरत नहीं फैला सके..."

मैं चकित रह गया! मन हुआ कि किसी प्रकार पूछ सकूँ तो उनसे पूछूँ, "वे जीवित रहते तो ही नफरत का प्रसार होता? उनके शस्त्रास्त्र ले कर रामजन्मभूमि मन्दिर को उड़ा देने की योजना से, उनके भाव से, उनके प्रयत्न से, नफरत नहीं

फैलती? वे मर गये तो सारे रामभक्त उनको मित्र मान कर उनसे प्रेम करने लगेंगे?

किन्तु समाचार सम्पादक पूछ रहे थे, "वे तो घृणा का प्रसार नहीं कर सके; किन्तु आप लोग जो देश में बन्द करवाने की बात कर रहे हैं, आप लोग तो घृणा का प्रसार करने के रास्ते पर चलते जा रहे हैं।..."

तात्पर्य यह था कि वे तो घृणा का प्रसार नहीं कर सके, आप घृणा का प्रसार कर रहे हैं...

जाने मुझे क्या हुआ कि अपनी कल्पना में, विश्व हिन्दू परिषद् के उस नेता के स्थान पर मैं जा बैठा और उस सम्पादक महान् से पूछा, "वे, जो गोला बारूद ले कर आये थे, वे हमारे जवानों पर गोलियाँ चलाते रहे, मन्दिर और राम लला के विग्रह को ध्वस्त करने का प्रयत्न करते रहे, तो घृणा का प्रसार नहीं हुआ, आप वर्षों से हिन्दुओं की भावनाओं का उपहास कर रहे हैं, उससे भी घृणा का प्रसार नहीं हुआ; किन्तु एक दिन बाजार बन्द करवा देने से घृणा का प्रसार हो जाएगा? धन्य हो तुम सम्पादक महान्। किस शान से अपने पर्दे पर बैठे हुए हिन्दुओं की कोमल भावनाओं को ठोकरें मार रहे हो और समझ रहे हो कि घृणा का विष नहीं, प्रेम का अमृत बरसा रहे हो। धन्य हो। धन्य हो।..."

"मार तो दिया उनको, अब तुम क्या चाहते हो?" वे ऐंठ कर बोले, जैसे उन आतंकवादियों को उन्होंने अपने माइक से मार गिराया हो।

"मार तो उनको भी दिया था, जो अक्षरधाम में घुसे थे; किन्तु उन्होंने हमारे कमांडो मार दिए। मन्दिर में दर्शन करने आये तीस हिन्दुओं की हत्या की, एक सौ से अधिक हिन्दुओं को घायल कर दिया। रघुनाथ मन्दिर में कितने लोग मरे। अमरनाथ यात्रा में कितने शहीद हुए। कुछ न करते हुए भी जम्मू कश्मीर में कितने हिन्दू मारे गये और शेष घाटी छोड़ कर दिल्ली के फुटपाथों पर आ गये। तुम कभी उन बारूदियों से पूछने तो नहीं गये कि वे यह सब प्रेम का अमृत पिलाने के लिए कर रहे हैं क्या? दुकानें बन्द करने का आह्वान करने वाली संस्था के नेता को घृणा फैलाने का दोषी ठहरा रहे हो।"

"तो तुम घृणा फैलाना किस को कहोगे?" सम्पादक महोदय मेरी ओर मुड़ गये।

"जो कुछ तुम कर रहे हो, उसको।" मैंने कहा, "हिन्दू मारे जाते हैं। उनकी श्रद्धा के प्रतीकों को नष्ट किया जाता है अथवा नष्ट करने का प्रयत्न किया जाता है; और तुम्हारे मुख से एक शब्द उनके विरोध में नहीं निकलता। तुम पलट कर हिन्दुओं को ही दोषी ठहराने लगते हो। हमें यह कहने का भी अधिकार नहीं है कि हमारे साथ अत्याचार हो रहा है। अत्याचारियों को दंड देने की माँग भी नहीं कर सकते हम? घृणा फैलाने का दोषी तुम हमें तब ठहराओ, जब हिन्दुओं के आतंकवादी गुट बने हों। इस देश में मसजिदों पर आक्रमण हुए हों। आक्रमण करने के प्रयत्न

हुए हो। किसी प्रदेश को मुसलमानों से खाली करा लिया गया हो।...''

''तो यह सब करना चाहते हो तुम?'' उन्होंने मुझे आँखें दिखाईं।

''मैं नहीं, तुम चाहते हो यह सब।'' मैंने कहा, ''जिस प्रकार तुम लोग अत्याचार के पक्षधर होकर पीड़ितों को ठोकरें लगा रहे हो, उससे ही वे लोग उठेंगे, जो तुम्हारे स्टूडियो को उड़ाने के लिए इसी प्रकार गोला बारूद लेकर आयेंगे। तब ही तुम हमारी भावनाओं का सम्मान करना सीखोगे।''

(7.7.2005)

खाली करने वाले

मैं समय से स्टेशन पहुँच गया था। गाड़ी प्लेटफॉर्म पर लग तो गयी थी; किन्तु अभी उसकी सफाई हो रही थी। सफाई कर्मचारी ने दरवाज़ा बन्द कर रखा था; इसलिए अन्दर घुसना सम्भव नहीं था। इच्छा तो हुई कि उससे कहूँ कि भैया तुम अपना काम करते रहो, किन्तु मुझे अपने स्थान पर बैठ जाने दो। न मैं तुम्हारे लिए कोई बाधा उत्पन्न करूँगा, न तुम मेरे लिए कोई परेशानी पैदा करो। पर मेरी सारी अनुनय विनय को उसने शान्त मन से सुना और मुसकरा कर बोला, ''साब! सफाई कर लेने दो। झाड़ू के आक्रमण को आप झेल नहीं पाएँगे। उड़ती धूल में बैठना सम्भव नहीं है। वैसे भी, आप बैठ गये तो और लोग भी आ जाएँगे। और तब मैं सफाई कर नहीं पाऊँगा। मैं डब्बे की पूरी सफाई किए बिना उतर गया तो फिर आप ही शिकायत पुस्तिका मँगाएँगे और साहब बन कर उसमें लिखेंगे कि रेलवे में आजकल सफाई नहीं होती।''

तर्क तो मेरे मन में भी बहुत सारे थे। मैं कहना चाहता था कि गाड़ी की सफाई यार्ड में क्यों नहीं होती। गाड़ी प्लेटफॉर्म पर लग जाती है, तब तुम लोग सफाई करने आते हो। पहले सो रहे थे क्या। और फिर डब्बा खोलोगे तो उधर से गाड़ी चलने के लिए सीटियाँ बजाने लगेगी। गार्ड हरी झंडी लहराने लगेगा। यात्रियों में ऐसी भगदड़ मचेगी कि अच्छे भले सभ्य लोग भी जानवर हो जाएँगे। आखिर तुम लोग क्यों नहीं चाहते कि लोग आराम से भले लोगों के समान, गाड़ी में प्रवेश करें। शान्ति से मुस्कराते चेहरों से अपने स्थान पर पहुँचें और सुखी मन से अपनी शायिका पर बैठ जाएँ।...

पर यह सब मैंने कहा नहीं। प्लेटफॉर्म पर खड़ा प्रतीक्षा करता रहा। जब गाड़ी चलने में केवल दस मिनट रह गये तो उसने बड़ी कृपापूर्वक कपाट खोल कर हाँक लगाई, ''आ जाइए साब! डब्बा तैयार है।''

धक्कामुक्की तो होनी ही थी। हुई। अन्ततः मैं अपनी शायिका तक पहुँचा और हाँफता हुआ उसपर बैठ गया। जब श्वास कुछ नियमित हुआ तो उसपर बिस्तर बिछाया और लेटने की सोच ही रहा था कि एक साहब आ गये, ''आप हाँ क्या कर रहे हैं?''

''यह मेरा स्थान है।''

''स्थान आपके बाप का है।'' वे बड़े सहज भाव से बोले, ''मुझे रेलवे वालों ने ऊपर वाली शायिका दे दी है और मुझे वह पसन्द नहीं है।''

''तो?''

''तो क्या!'' वे बिफर गये, ''नीचे वाली शायिका खाली कीजिए। यहीं टिके रहना चाहते हैं तो ऊपर वाली शायिका पर चले जाइए। नहीं तो टी. सी. से कह कर कोई और स्थान ले लीजिए।''

मैंने चकित भाव से उन्हें देखा। ऐसा नहीं है कि आजतक मैंने कभी अपनी शायिका न बदली हो, पर वह तो परस्पर समझौते से होता है। कोई प्रार्थना करता है, कोई याचना करता है, पर ये तो...

''यह कोई शराफत है?'' मैंने कहा।

''शराफत! कभी शराफत से भी कोई स्थान खाली हुआ है?'' वे बोले, ''हमको तो खाली कराने का यही तरीका आता है।''

''मैं तो खाली नहीं करूँगा।''

''आपके फरिश्ते भी करेंगे।'' वे बोले, ''आपका सामान उठा कर बाहर फेंक दूँगा, तो खाली करेंगे या नहीं।''

''आप समझते हैं कि मैं आपका विरोध नहीं करूँगा।'' मैंने कुछ तेजस्वी स्वर में कहा, ''चुपचाप सह लूँगा, सब कुछ?''

''आजतक तो सहते ही आये हैं। कभी विरोध नहीं हुआ। '' वे पूर्णतः आश्वस्त थे।

''क्या मतलब?''

''आप ने ईरान खाली किया तो विरोध किया?'' वे मुसकरा रहे थे, ''अफगानिस्तान खाली किया तो कोई आपत्ति की?''

''मैं समझा नहीं।''

''अभी समझाता हूँ।'' वे बोले, ''1947 में पख्तूनिस्तान, बलूचिस्तान, सिंध, आधा पंजाब और आधा बंगाल खाली किया। कोई विरोध किया आपने?''

''जी!''

''स्वतन्त्रता के पश्चात् अपनी सेनाओं की छाया में आपने कश्मीर खाली किया।'' वे मुसकरा रहे थे, ''कोई विरोध किया आपने?''

मेरे मुख से एक शब्द भी नहीं निकला। फटी फटी आँखों से उन्हें देखता रहा।

''वह तो पता नहीं कैसे क्या हो गया, नहीं तो एक दो गोधरा के पश्चात् आप गुजरात भी बिना किसी आपत्ति के खाली कर देते।''

मैं चकित भाव से उनकी ओर देखता रह गया। सत्य का यह रूप तो मेरे सामने कभी प्रकट हुआ ही नहीं था।

(31.12.2005)

खुदाई

मेरा भतीजा न्यूयार्क से आया था। उसकी इतिहास और पुराकथाओं में गहरी रुचि थी। न्यूयार्क में रह कर भी हिन्दी बोलता ही नहीं था, हिन्दी पढ़ता भी था।

वह मुझसे पूछ रहा था, "क्या रामकथा में वर्णित स्थानों की किसी ने खुदाई की है?"

मैं सोच रहा था कि उसे कैसे बताऊँ कि इस देश में ऐसी बातें करना शोभनीय नहीं माना जाता। उससे व्यक्ति साम्प्रदायिक हो जाता है। और कौन चाहेगा कि वह साम्प्रदायिक हो जाए।

"पश्चिमी पुरातत्ववेत्ताओं ने तो बाइबल में वर्णित एक-एक इंच खोद डाला है। वे पूरी तरह बाइबल को ऐतिहासिक प्रमाणित करने पर तुले हुए हैं।" उसने कहा।

"वे व्यर्थ परिश्रम कर रहे हैं।" मैंने कहा, "हमारे देश के महान् इतिहासकार तो बिना खुदाई के ही सत्य जान गये हैं?"

"योग विद्या से? वे योगी हैं क्या?"

"नहीं! योगी तो नहीं हैं।" मैंने कहा, "पर उन्होंने बिना खुदाई और छानबीन के ही घोषणा कर दी है कि रामकथा काल्पनिक कथा है।"

"वे ऐसा कैसे कर सकते हैं?" मेरा भतीजा पूरे आवेश में था, "बाइबल से भी प्राचीन ग्रन्थ रामायण हमारे पास है। अयोध्या है, सरयू है, चित्रकूट है, प्रयाग है, शृंगवेरपुर है, नासिक है, पंचवटी है, गोदावरी है, जनस्थान है, खोजने पर किष्किन्धा का पता भी लग ही जाएगा, रामेश्वरम् है। रामेश्वरम् का क्षेत्र रामनाड कहलाता है। धनुषकोडि स्टेशन भी था।... और चाचा जी! अब तो नासा के वैज्ञानिकों द्वारा लिये गये चित्र भी बता रहे हैं कि समुद्र के गर्भ में टूटे हुए सेतु के ध्वंसावशेष पड़े हैं। कुछ वैज्ञानिकों का तो विचार है कि हम प्रयत्न करें तो नयी टैक्नॉलॉजी की सहायता से उस पुल को समुद्र के ऊपर उठा सकते हैं। इतने प्रमाण मिलने पर भी वे ऐतिहासिक और पुरातात्विक खोज क्यों नहीं करना चाहते?"

"उसके लिए तो बेटा! उनके मन की खुदाई करनी पड़ेगी। जाने उनके मन में क्या क्या दबा पड़ा है। उसका पता लगाना तो इतिहास की खोज से भी कठिन है।"

"कहीं ऐसा तो नहीं कि वे डरते हों कि खोज के पश्चात् परिणाम यह प्रमाणित हो जाए कि रामायण हमारा इतिहास नहीं है?" उसने पूछा।

"नहीं! क्योंकि वे तो स्वयं ही उसे कल्पना मान रहे हैं। यदि ऐतिहासिक, पुरातात्विक और वैज्ञानिक खोज से यह सिद्ध हो जाए कि रामायण, इतिहास नहीं, एक काल्पनिक कथा है, तो उनके तो जीवन भर के सारे अरमान पूरे हो जाएँगे।"

"पर क्यों? अपने देश का गौरव उन्हें हर्षित नहीं करता?"

"देश तथा राष्ट्र का गौरव जैसे शब्द उन्हें अच्छे नहीं लगते। ये सेकुलर शब्द नहीं हैं।" मैंने कहा, "मेरा विचार है कि उनका संकट यह ईसवी कैलेंडर है।"

"क्यों?"

"उनका विचार है कि उससे पहले संसार था ही नहीं।"

"पर संसार तो था।" मेरा भतीजा बोला, "वैज्ञानिक तो इस पृथ्वी का जीवन करोड़ों वर्षों में आँकते हैं।"

"आंकते रहें; किन्तु इतिहास तो नहीं था न।"

"इतिहास भी था, कैलेंडर भी था।" वह बोला, "ग्रीक, रोमन, मिश्री सभ्यताएँ... ।"

"वे सब भी थीं किन्तु हमारे इतिहासकार मानते हैं कि भारत में कुछ नहीं था।"

"हमारे देश में तो इतने सारे कैलेंडर हैं; और वे सभी ईसवी कैलेंडर से पुराने हैं।"

"हैं। पर वे उसे नहीं मानते।"

"क्यों?"

"क्योंकि जहाँ कोई नया धर्म जन्मता है, वह सिद्ध करना चाहता है कि उसके पूर्व या तो कुछ था नहीं और यदि कुछ था तो वह असभ्य था। उसका प्रत्येक चिह्न नष्ट कर दिया जाना चाहिए।"

"पर भारत में कौन सा नया धर्म जन्मा है?" उसने पूछा।

"हाँ?" मैंने कहा, "हाँ सेकुलर धर्म जन्मा है, जो चौदह पन्द्रह सौ वर्षों से पीछे नहीं जाना चाहता, इसीलिए सिद्ध करना चाहता है कि पन्द्रह सौ वर्षों से पूर्व इस देश में या तो कुछ था नहीं, और यदि था तो निन्दनीय था।"

"पर क्यों? वे क्या इस देश में नहीं जन्मे?"

"जन्मे तो इसी देश में हैं; किन्तु उनका मस्तिष्क सेकुलरित है।"

"यह तो बहुत आत्मघाती रोग है चाचा जी!" वह बोला, "क्या हम लोग उनके लिए कुछ भी नहीं कर सकते?"

"ईश्वर से प्रार्थना कर सकते हैं; और वह हम कर रहे हैं।"

चक्रव्यूह

"बच्चो, क्या तुम जानते हो कि चक्रव्यूह क्या है?" रामलुभाया ने आठवीं कक्षा में पूछा।

सारे बच्चों के हाथ खड़े हो गये। रामलुभाया चकित रह गया। यह वह कक्षा थी, जहाँ कोई भी इतिहास के प्रश्नों का उत्तर देने को तैयार नहीं होता था; और आज क्या हो गया था कि सारे के सारे बच्चे ही हाथ उठा रहे थे।

"तुम बताओ, भोलाराम।"

"चक्रव्यूह वह कानून है, जिसके अन्तर्गत मायावती, मनमोहन सिंह, सोनिया गाँधी, राहुल गाँधी और लालूप्रसाद यादव जैसे महारथी मिल कर वरुण गाँधी को कारागार में बन्द कर देते हैं और उसके परिवार के किसी भी व्यक्ति को भीतर जाकर उससे मिलने भी नहीं देते।"

"अरे नहीं। मैं उस चक्रव्यूह की बात कर रहा हूँ, जिसमें अभिमन्यु फँस गया था। महाभारत की कथा नहीं पढ़ी तुमने।" रामलुभाया ने कहा।

"यह भी वही है सर।" भोलाराम ने कहा, "वहाँ भी कौरवों ने हर प्रकार के अधर्म का सहारा लेकर पांडवों से उनके सारे अधिकार छीन लिए थे; कुरुकुल को बाँट दिया और जब भी पांडवों ने अपना अधिकार माँगा, तो उनको ही पापी ठहराने लगे।"

"पर हाँ तो वरुण गाँधी का पक्ष ही देश को बाँट रहा है। इसलिए उसपर रासुका लगाया गया है।" रामलुभाया ने कहा, "देखो, कांग्रेस तो देश को जोड़ रही है।"

"यस सर।" भोलाराम बोला, "1947 में भी कांग्रेस ने ही देश को जोड़ा था। वरुण का पक्ष तो तब था ही नहीं। देश के कुछ प्रदेशों को अपने देश से काट कर धर्म के नाम पर दूसरों को दे देना, देश को जोड़ना होता है सर? देश को जोड़ने के लिए कुछ भूमि चीन को भी दी थी।"

"तुम बहक रहे हो भोलाराम।" रामलुभाया ने कहा, "राहुल बाबा कहते हैं कांग्रेस ने सदा देश को जोड़ा है। वे झूठ नहीं बोलते।"

"हाँ सर। कांग्रेस ने आधा कश्मीर पाकिस्तान को दे दिया। उससे देश बँटा तो नहीं। सटा ही होगा।"

"वह राहुल बाबा के जन्म से पहले की बातें हैं।" रामलुभाया ने कहा।

"ओह, तो राहुल बाबा को न अपने देश का इतिहास मालूम है, न अपने परिवार का।" भोलाराम ने कहा, "तो वे थोड़ा इतिहास पढ़ क्यों नहीं लेते।"

"उनके पास पढ़ने का समय नहीं है।" रामलुभाया ने कहा, "वे देश को जोड़ने में लगे हैं।"

"तभी तो भारत का अंग होते हुए भी कश्मीर हिन्दुओं के लिए नहीं है। लगता है, कि वहाँ भी देश बँटा नहीं है। जो यह कहते हैं कि वे कश्मीर में हिन्दुओं को घुसने नहीं देंगे, जो यह माँग करते हैं कि कश्मीर में पाकिस्तानी नोट चलने देने चाहिए, जो यह कहते हैं कि अमरनाथ यात्रा को बन्द कर देना चाहिए, क्योंकि उससे वहाँ का वातावरण भी प्रदूषित होता है और हिन्दुओं के आने से हिन्दू-मुस्लिम जन संख्या का सन्तुलन बिगड़ता है। उनपर तो किसी ने रासुका नहीं लगाया।"

"उन्होंने ऐसा कुछ तो नहीं कहा कि देश बँट जाए।" रामलुभाया ने भोलाराम को ललकारा।

"नहीं, उन्होंने ऐसा कुछ कहा नहीं, बस कर दिखाया।"

"तुम समझते नहीं हो भोलाराम। वह कांग्रेस ने नहीं किया।"

"नहीं, धारा 370 तो वरुण गाँधी ने लगा रखी है। कश्मीर से हिन्दुओं को निकाल देने का काम तो कांग्रेस के मित्रों ने कांग्रेस के साथ सरकार बना कर ही किया है। सर, आपको मालूम न हो, तो जान लीजिए कि कांग्रेस केवल उनकी ही मित्र है, जो देश को बाँटते हैं। इसीलिए अफजल गुरु को कांग्रेसी प्रादेशिक और केन्द्रीय सरकारें बचाए हुए बैठी हैं। वे अफजल से भारत को जोड़ने का काम लेना चाहती हैं। वह देश को जोड़ने वाला फेवीकोल है न।"

"कश्मीर की बात छोड़ो।" रामलुभाया कुछ आवेश में बोला।

"हाँ, कांग्रेस मानती है कि कश्मीर तो भारत में है ही नहीं। उसकी बात छोड़ो।" रामलुभाया बोला, "अच्छा देश में धर्म के नाम पर किसी एक समाज को विशेषाधिकार देने से देश जुड़ता है या बँटता है।"

"भारत एक धर्मनिरपेक्ष गणतन्त्र है।" रामलुभाया ने कुछ अकड़ कर कहा, "हाँ साम्प्रदायिक शक्तियों को देश बाँटने की अनुमति नहीं दी जा सकती।"

"तो फिर कांग्रेस को यह अनुमति क्यों है कि वह अल्पसंख्यक के नाम पर मुसलमानों को हज करने के लिए अरबों रुपये दे। वह धन देश के अन्य धर्मावलंबियों से छीन कर ही तो दिया जा रहा है। साम्प्रदायिक कौन है? आंध्र प्रदेश के कांग्रेसी मुख्यमन्त्री ईसाइयों को येरुशलम जाने के लिए सारी सुविधाएँ देने का प्रस्ताव कर रहे हैं। देश को धर्म के आधार पर कौन बाँट रहा है?"

"तुम तो बहुत साम्प्रदायिक हो भोलाराम।" रामलुभाया ने कहा।

"हाँ इस धर्मनिरपेक्ष देश में धर्म के नाम पर पृथक् शिक्षण संस्थान खोलने को साम्प्रदायिक नहीं कहा जाता। मदरसों को धन देने और उन्हें देश-निरपेक्ष शिक्षा देने

को प्रोत्साहित करना देश को जोड़ने के लिए ही तो है। अल्पसंख्यक के नाम पर केवल एक धर्म के लिए सहस्रों छात्रवृत्तियाँ देना तो साम्प्रदायिक नहीं है।" भोलाराम बोला, "उससे देश जुड़ कर एक हो रहा है?"

"तुम बहुत उग्र हिन्दू लगते हो।" रामलुभाया को क्रोध आने लगा था।

"ठीक कह रहे हैं आप, क्योंकि हिन्दू के अधिकार की बात करने अथवा सारे देश के लिए एक ही कानून बनाने की चर्चा करते ही व्यक्ति उग्र हिन्दू या साम्प्रदायिक हो जाता है। यूरोपीय कार्टूनिस्ट और जॉर्ज बुश का सिर काट लाने वाले को पुरस्कार देने की घोषणा करने वाला तो उग्र मुसलमान या साम्प्रदायिक नहीं होता, वरुण गाँधी पर रोड रोलर चला देने की घोषणा करने वाला तो उग्र अथवा साम्प्रदायिक नहीं है। भारत के संसाधनों पर मुसलमानों का पहला अधिकार है, कहने वाला प्रधानमन्त्री साम्प्रदायिक नहीं है। देश पर समान आचार संहिता लागू करने की माँग करने वाला साम्प्रदायिक होता है। सर, आप लोगों में सोचने समझने की बुद्धि एकदम नहीं है क्या? अफीमची हैं पूरे आप लोग।"

"भोलाराम तुम हद से बढ़ रहे हो।" रामलुभाया लाल-पीला हो उठा।

"तो रासुका लगा कर मुझे कारागार में डाल दीजिए, क्योंकि ये सब तो तथ्य हैं, जिन्हें आपने काल कोठरी में डाल रखा है।" भोलाराम बोला, "सर, जब आपको होश आये तो ठंडे मस्तिष्क से सोचिएगा, तो आपको पता चलेगा कि इस देश में कांग्रेस से बढ़ कर साम्प्रदायिक पार्टी और कोई नहीं है। वह देश को धर्म और जातियों के नाम पर खंड-खंड कर के रहेगी।"

(8.4.2009)

चिन्ता दलाईलामा के लिए

रामलुभाया बहुत परेशान था और धड़ाधड़ फोन घुमा रहा था। मुझे लगा कि उसके माथे पर पसीने की बूँदें चमक आयी थीं। मैंने उसे कुछ कहने के स्थान पर उसके हाथ को छुआ। मुझे लगा कि उसका शरीर सामान्य से कुछ अधिक गर्म था। शायद उसे ज्वर हो गया था। नहीं यह ज्वर नहीं था, शायद उत्तेजना मात्र थी। मेरे स्पर्श से वह चौंका। उसने मेरी ओर देखा; किन्तु फोन के बटन दबाता ही चला गया।

"क्या कर रहे हो रामलुभाया?" मुझे पूछना ही पड़ा।

"मैं?" उसने मेरी ओर देखा, "मैं दलाई लामा के सचिवालय से सम्पर्क करने का प्रयत्न कर रहा हूँ।"

अब भी उसने फोन नहीं छोड़ा था।

मैं कछ चकित हुआ। पर वह मेरा ही दोष था। भला रामलुभाया की किसी व्यस्तता से चौंकने की क्या आवश्यकता थी? वह तितली पकड़ने से ले कर प्रधानमन्त्री से मिलने तक का काम समान तल्लीनता से करता था।

"पर क्यों?" मैंने कुछ झल्ला कर पूछा, "दलाईलामा से तुम्हें क्या काम पड़ गया।"

"काम मेरा नहीं है," उसने अपने स्वर को रहस्यपूर्ण बनाते हुए कहा, "काम तो उन्हीं का है।"

"काम उनका है, तो वे स्वयं तुम से सम्पर्क करेंगे।" मैंने कहा, "तुम क्यों झक मार रहे हो।"

"चुप!" उसने मुझे डाँट दिया, "मामला गम्भीर है। इस समय तुम मज़ाक़ मत करो।"

मैं गम्भीर हो गया, "क्या बात है, रामलुभाया?"

"यदि उनसे सम्पर्क हो जाए, तो मैं उनको सावधान करना चाहता हूँ कि वे अपनी सुरक्षा का प्रबन्ध कर लें।"

"उनकी सुरक्षा का प्रबन्ध भारत सरकार के जिम्मे है।" मैंने भी तड़प कर कहा, "हाँ उन्हें चीन की ओर से कोई संकट नहीं है।"

"मैं चीन के संकट की बात नहीं कर रहा हूँ।" वह बोला, "मैं तो भारतीय

पुलिस के संकट की बात कर रहा हूँ। जाने कब किस के मन में आये और वह आधी रात को जा कर उन्हें बाँध कर ले आये और किसी सड़े से कारागार में डाल दे। न जमानत होने दे, न किसी से मिलने दे। पुलिस कस्टडी में डाल दिया तो समझो नरक में ही डाल दिया।''

''पर कोई उन्हें क्यों पकड़ेगा?'' मैंने कहा, ''उन्होंने किया ही क्या है?''

उसने अति वक्र दृष्टि से मेरी ओर देखा, ''शंकराचार्य ने क्या किया था?''

मैं एक क्षण को स्तब्ध खड़ा उसे देखता रहा।

''वे धर्मगुरु हैं और आजकल धर्मगुरुओं के साथ ऐसा ही व्यवहार किया जाता है।'' वह बोला, ''राक्षसों का राज्य आ गया है। पुराणों में जो वर्णन है न राक्षसी राज्य का, वही स्थिति है। पूजा करोगे, हवन करोगे, तो या कारागार में होगे, या अंधकूप में। सद्ग्रन्थ पढ़े नहीं जा सकते। धर्म की बात की नहीं जा सकती। करोगे तो राक्षस तुम्हारा रक्त पी कर अस्थियाँ शरभंग मुनि के आश्रम में छोड़ आएँगे।''

''नहीं! इतनी बुरी अवस्था नहीं आयी है।'' मैं अपने भयभीत मन को सान्त्वना देने का प्रयत्न कर रहा था, ''पुलिस का कोई अधिकारी ऐसा करने का साहस नहीं कर सकता।''

''साहस पुलिस का कहाँ होता है, वह तो भयभीत चूहे के समान अपने प्रभुओं की ओर देखती रहती है।'' वह बोला, ''साहस तो राज-समाज का होता है। उसमें साहस से अधिक दुस्साहस है। डाकुओं के समान काम करते हैं ये। प्रमाण नहीं होगा, पकड़ नहीं पाएँगे, तो गोली मार देंगे।''

''पर कोई कारण भी तो हो।'' मैंने कहा।

''शंकराचार्य के साथ ऐसा व्यवहार करने का कोई कारण बता दो।'' उसने कहा।

''बहुत बुरा व्यवहार किया क्या?''

''पता नहीं।'' वह बोला, ''जैसा भी किया हो। उस व्यवहार के लिए ही तो स्वयं शंकराचार्य ने पूछा था, 'मैं क्या वीरप्पन हूँ।' ''

''हाँ! अच्छा व्यवहार तो नहीं ही किया होगा। पर शायद कोई कारण हो।'' मैंने कहा, ''मैं क्या जानता हूँ।''

''हिन्दू हो न!'' उसने मुझे मुँह चिढ़ाया, ''शायद कोई कारण हो! अपने धर्म गुरु के अपमान को देखते रहेंगे और सोचते रहेंगे कि शायद कोई कारण हो।''

''हाँ! कानून तो अपने रास्ते ही चलेगा।''

''चले।'' वह बोला, ''किन्तु आतंकवादियों को तो आप मल्हम लगा रहे हैं। डाकुओं को सांसद और मन्त्री बना रहे हैं। वहाँ क्यों कानून अपने रास्ते नहीं चलता। सन चौरासी के दंगों में जिन लोगों का सहयोग मुखर हो कर सामने आया है, उनके लिए कानून अपने रास्ते क्यों नहीं चला? शाही इमाम के वक्तव्यों और हरकतों को

देखते हुए, कानून अपने रास्ते क्यों नहीं चलता। हुर्रियत के नेता खुला देशद्रोह और एक शत्रु देश का प्रतिनिधित्व कर रहे हैं, वहाँ कानून अपने रास्ते क्यों नहीं चलता। तस्लीमुद्दीन और शहाबुद्दीन के लिए कानून अपने रास्ते क्यों नहीं चलता। बिहार के डाकुओं के संरक्षक के लिए कानून अपने रास्ते क्यों नहीं चलता?''

''कुछ न कुछ तो उनके लिए भी होता ही रहता है।'' मैंने उसे टाल दिया, ''वैसे भी दलाई लामा हिमाचल में हैं। वहाँ के मुख्यमन्त्री ऐसा कुछ नहीं करेंगे। और फिर ऊपर केन्द्र सरकार है।''

''केन्द्र सरकार कहेगी, भई उनके स्वास्थ्य का ध्यान रखना।'' वह बोला, मुख्य मन्त्री कहेंगे, ''रख रहा हूँ, अर्थात् उन पर इतना मानसिक दबाव बना रहा हूँ कि उनका मनोबल पूर्णतः टूट जाए और वे ध्वस्त स्वास्थ्य के कारण कुछ भी स्वीकार कर लें। श्यामाप्रसाद मुकर्जी को शेख़ अब्दुल्ला ने अपने जेल में बन्द कर मार डाला था, तो केन्द्र सरकार ने क्या किया था?''

''पर वीरभद्र ऐसा क्यों करेंगे?''

''वीरभद्र करें, यह आवश्यक नहीं है। किसी भी राज्य की पुलिस किसी भी अन्य राज्य में जाकर लोगों को बाँध लाती है, उठा लाती है।...'' उसने मेरी ओर देखा, ''उदाहरण गिनाऊँ?''

''नहीं! नहीं! कोई आवश्यकता नहीं है।'' मैंने कहा, ''लगता है कि देश पर केन्द्र का शासन नहीं है, प्रदेशों का शासन है।''

''शासन न केन्द्र का है, न मुख्य मंत्रियों का।'' वह बोला, ''शासन तो अधर्म का है। जो धर्म पर चलता है, उसे पीड़ित किया जाता है और जो धर्म की हत्या करता है, उसकी पूजा की जाती है।... इसीलिए दलाई लामा के लिए मैं चिंतित हूँ।''

''पर कल को शंकराचार्य पर लगाया गया कोई आरोप प्रमाणित हो गया तो?'' मैंने घबरा कर पूछा, ''तुम उन्हें एकदम निर्दोष कैसे मान रहे हो?''

''बात दोषी और निर्दोष की नहीं है।'' रामलुभाया बोला, ''बात तो शासकों की नीयत की है; और विभिन्न धर्मों में भेदभाव की है।''

''क्या मतलब?''

''यदि किसी और धर्म के धर्मगुरु को इस प्रकार अपमानित किया जाता तो उस धर्म की विभिन्न पीठों से जयललिता और उन पुलिस अधिकारियों के लिए ही नहीं, मनमोहन सिंह के लिए भी, मृत्युदंड का फतवा जारी कर दिया जाता। सारे देश में उपद्रव हो जाता।...''

''यह बात तुम कैसे कह सकते हो?''

''अपने तीर्थ, रामजन्मभूमि पर से अनधिकृत कब्ज़ा हटाने के लिए जब हिन्दुओं ने एक पुराना ढाँचा तोड़ा तो चार-चार प्रदेशों की सरकारें गिरा दी गयीं और आज तक पूछताछ हो रही है। लोगों पर दोष मढ़े जा रहे हैं।''

"तो?"

"तो जब सारे संसार के सामने बामियाँ में भगवान बुद्ध की विश्वपूजित प्रतिमाएँ तोड़ दी गयीं, जो किसी से कुछ नहीं कह रही थीं – तो भी सारे संसार में कोई नहीं बोला।" रामलुभाया बोला, "मेरी बात को ध्यान से सुनो। आतंकवादियों को समर्थन देने के लिए लेखक, कलाकार, बुद्धिजीवी और मानवाधिकार संगठन उठ खड़े होते हैं... और तो और वीरप्पन जैसे हत्यारे, तस्कर और पापी के लिए भी मानवाधिकार संगठन आ खड़े होते हैं; किन्तु बुद्ध के लिए कोई नहीं, शंकराचार्य के लिए कोई नहीं। इसीलिए मैं दलाई लामा के स्वास्थ्य और सुरक्षा के लिए चिंतित हूँ।"

मुझे लगा कि उसकी चिन्ता मेरे मन में भी घर कर गयी है।

(29.11.2004)

चुनाव लड़ना है

"देखा, मुम्बई में आतंकवादियों ने कितने ही धमाके कर दिए।" रामलुभाया ने मुझे सूचना दी।

मेरी समझ में नहीं आया कि आज वह मुझसे आतंकवादियों और उनके धमाकों की चर्चा क्यों कर रहा है।

"पूरे दो सौ आदमी मर गये हैं।" वह पुनः बोला, "सात सौ घायल हुए हैं।"

"जानता हूँ।" मैंने कहा, "पर यह सब तुम मुझे क्यों बता रहे हो। महाराष्ट्र में तुम्हारी पार्टी का शासन है। केन्द्र में भी तुम्हारी पार्टी सत्ता सँभाले हुए है। तुम्हें अपनी पार्टी को बताना चाहिए कि उनकी नर्म नीतियों के कारण आतंकवाद को कितना प्रोत्साहन मिल रहा है।"

"वह सब बकवास है।"

"बकवास क्यों है!" मैंने कहा, "तुम्हारी पार्टी ने कश्मीर में आतंकवादियों को मरहम का लेप करना आरम्भ किया। पोटा हटाया। पाकिस्तान से प्रेम की पेंग बढ़ानी आरम्भ की। कितने ही स्थानों पर सीमाएँ खोल दीं। व्यापार की सुविधा दी। तुम ही लोग हो जिन्होंने आज तक बांगलादेशियों को हाथ नहीं लगाने दिया। वे तुम्हारे देश के लिए संकट बनते जा रहे हैं और तुम उन्हें सीने से लगाए हुए हो। तुमने आज तक सब कुछ एकतरफा किया है। गँवाया ही गँवाया है, दिया ही दिया है और बदले में हर बार मार खाई है, देश को अपमानित किया है। कहो तो घटनाएँ गिनाऊँ।"

पर उस निर्लज्ज पर कोई प्रभाव नहीं हुआ। बोला, "तुम कुछ नहीं जानते।"

"क्या नहीं जानता मैं?"

"देखो!" उसने मुझे समझाना आरम्भ किया, "तुम्हें स्मरण है कि हमारा एक विमान आतंकवादी अपहरण कर ले गये थे और वह कंदहार में उतरा था?"

"हाँ! स्मरण है।"

"उसके यात्रियों को छोड़ने के लिए उन्होंने अपने साथी कुछ आतंकवादियों, कुछ बारूद और नौ सौ हजार करोड़ रुपये माँगे थे।"

"माँगे होंगे।" मैंने कहा, "किन्तु उससे क्या?"

"उससे क्या?" वह भड़क उठा, "जानते भी हो तुम्हारे जसवंत सिंह उस समय

विदेश मन्त्री थे। वे अपने साथ आतंकवादियों को ले गये। उन्हें बारूद भी दिया। ... और उनको नौ सौ हजार करोड़ रुपये भी दिए। उन नौ सौ हजार करोड़ रुपयों से आतंकवादियों ने बारूद खरीदा और काशी में धमाके किए, मुम्बई में किए। और भी अनेक स्थानों पर किए और करेंगे। तुम्हारा यह जसवंत सिंह हत्यारा है, भारतीयों का। वह सहायक है आतंकवादियों का।...''

पहले तो मैं उसे चुपचाप देखता रहा फिर बोला, ''तुम भी जानते हो रामलुभाया! और मैं भी जानता हूँ कि यह सब बकवास है। पर तुमसे एक प्रश्न पूछने का मन हो रहा है।''

"क्या?''

''पाकिस्तान ने बहुत बड़ी चोट की है हम पर। आज तक सब मिला कर तो हमारे सहस्रों सैनिक और नागरिक उसने इस प्रकार मार डाले हैं। आज समय है कि हमारा सारा देश मिल कर... देश में मैं सरकार को भी गिन रहा हूँ।'' मैंने उसकी ओर देखा।

"जानता हूँ।''

''तो यह समय है कि हमारा सारा देश मिल कर पाकिस्तान पर टूट पड़े। हमें किसी भी स्वाभिमानी देश के समान उनसे प्रतिशोध लेना चाहिए। उनको पाठ पढ़ाना चाहिए। कुछ ऐसा करना चाहिए कि आतंकवाद की कमर टूट जाए।...''

"ठीक कह रहे हो।'' उसने कहा।

"तो तुम और तुम्हारी पार्टी, पाकिस्तान की ओर से मुँह मोड़ कर भारतीय जनता पार्टी पर क्यों पिल पड़े हो? पाकिस्तान का बचाव कर रहे हो। उसका नाम भी नहीं ले रहे हो और भारतीय जनता पार्टी को मुम्बई के धमाकों के लए दोषी ठहरा रहे हो। यह पाकिस्तान जैसे शत्रु से मित्रता कैसी?''

"देखो बन्धु! बात बड़ी सीधी है।'' वह बोला, "हमको इस देश का चुनाव लड़ना है।''

"तो?''

"हमारे विरुद्ध चुनाव लड़ने पाकिस्तान तो आएगा नहीं। चुनाव तो भारतीय जनता पार्टी ही लड़ेगी।''

"तो?''

"तो हम पाकिस्तान से लड़ें या भारतीय जनता पार्टी से?''

"तुमको चुनाव जीतना है – हर हालत में?''

''हाँ!''

''देश चाहे जाए भाड़ में?''

"तुम तो ऐसे ही परेशान हो।'' वह हँसा, "देश को तो हर हालत में भाड़ में जाना ही है। तो फिर हम अपना चुनाव क्यों खराब करें?''

छात्रवृत्तियाँ

मौलवी साहब बहुत ही खराब मूड में उठ खड़े हुए, "हमको मंज़ूर नहीं।"

प्रधानमन्त्री के तो प्राण ही उनके कंठ में अटक गये। वे अपने स्थान से उठे ही नहीं, लपक कर, मौलवी साहब के सामने घुटनों पर जा बैठे। लगा कि वे उनके पैर पकड़ ही नहीं लेंगे, उनपर अपना माथा भी टेक देंगे। बोले, "अरे नाराज क्यों होते हैं? ऐसे तो हमको हार्टअटैक हो जाएगा।"

"नाराज नहीं होंगे।" मौलवी साहब के तेवर कुछ और बिगड़ गये, "आप हमारे लिए कुछ करने को तैयार ही नहीं हैं; और फिर हमारे हमदर्द भी बनते हैं।"

"कर तो रहा हूँ।" प्रधानमन्त्री रो पड़े, "जो कुछ तुम्हारे लिए तुर्कों और अरबों ने नहीं किया, जो पठानों और मुगलों ने नहीं किया, वह कर रहा हूँ। और तो और औरंगजेब भी वह सब करने का साहस नहीं कर सका, जो मैंने कर दिया है।"

प्रधानमन्त्री ने मौलवी साहब का हाथ पकड़ कर उन्हें अपनी कुर्सी पर बैठा दिया।

"खाक कर रहे हैं।" मौलवी साहब की त्यौरियाँ चढ़ गयीं, "क्या कर रहे हैं। हम इतने पिछड़े हुए हैं।"

प्रधानमन्त्री ने अपनी गर्दन घुमा कर बड़ी सावधानी से चारों ओर देखा कि कहीं उनके कार्यालय का चपरासी या क्लर्क या कोई और कम्यूनल तो आसपास नहीं है। कोई देख तो नहीं रहा। कोई सुन तो नहीं रहा। लगा, अभी वे उठकर दीवारें भी ठोक-बजा कर देखेंगे कि कहीं दीवारों में तो छिपे हुए कान नहीं हैं। कहीं स्टिंग कैमरे तो नहीं लगे हैं। पर वह उन्होंने किया नहीं। उन्हें स्मरण हो आया कि वह सब तो साम्प्रदायिक लोगों के लिए होता है और वे तो कहीं से भी, किसी ओर से भी, सूत भर भी साम्प्रदायिक नहीं हैं, देशद्रोही भले ही हों।

"कर तो दिया।" वे बोले, "लाखों छात्रवृत्तियाँ घोषित कर दी हैं – करोड़ों रुपयों का माल है। और क्या चाहते हो। तुम्हारा एक भी लड़का बिना छात्रवृत्ति के नहीं रहेगा, पढ़े चाहे न पढ़े।"

"बहुत तीर मारा आपने, लाखों वजीफे दे दिए।" मौलवी साहब का मिजाज बिगड़ा ही रहा, "करोड़ों मुसलमान हैं यहाँ। एक आदमी के हिस्से एक भी नहीं पड़ी। और आपने वह अल्पसंख्यक का लफ्ज भी जोड़ रखा है। वह सब क्या मुसलमानों के लिए ही है।"

"अरे साहब जरा समझने की कोशिश कीजिए।" प्रधानमन्त्री गिड़गिडाए, "हैं तो वे सब मुसलमानों के लिए ही, पर सेकूलर भी तो बने रहना है मुझे, इसलिए वह 'अल्पसंख्यक' वाला पुछल्ला तो लगाना ही पड़ेगा।"

"उसी पुछल्ले के तहत मुसलमानों के इलावा लोग भी तो दावेदार ही नहीं हो जाते, वे उड़ा भी ले जाते हैं। और आप कह रहे हैं, सब कुछ हम ही को मिलेगा, लड़का चाहे पढ़े या न पढ़े।"

"चलिए, मैं जुबानी यह हिदायत दे दूँगा कि ये वजीफे केवल मुसलमानों को ही दिए जाएँ, पर हमारे वोटों का ध्यान रखिएगा। वादा कीजिए।"

"आ गये न अपनी औकात पर।" मौलवी साहब की आवाज ही नहीं, चेहरा भी बिगड़ गया, "दिया दिलाया कुछ है नहीं, और वोटों का वादा अभी से माँग रहे हैं। पहले अपना वादा पूरा कीजिए।"

"कर तो दिया।" प्रधानमन्त्री रुआँसे हो गये, "अलग से आयोग बना दिया, मन्त्रालय बना दिया, संविधान से ज्यादा शरीयत का महत्त्व दे दिया। हज करवा रहे हैं, मदरसे खुलवा रहे हैं, वजीफे दे रहे हैं, नौकरियाँ दे रहे हैं। अब क्या मेरा खून पियोगे?"

"जुबान सँभाल कर।" मौलवी साहब ने डाँटा, "दुकान, मकान, मसजिदें, मदरसे, सब कुछ चाहिए। और लड़कियों के लिए वजीफे?"

"वे तो पढ़ती नहीं।"

"पढ़ती हैं। घर में पढ़ती हैं। अपने भाइयों से ही पढ़ लेती हैं।"

"फीस तो नहीं देनी पड़ती न।"

"देनी क्यों नहीं पड़ती? जो भाई पढ़ाएगा, वह फीस नहीं लेगा।"

"अच्छा चलो, वह भी कर दूँगा।" प्रधानमन्त्री ने हाथ जोड़ दिए, "और बोलो मेरे बाप।"

"मुसलमान तो पाकिस्तान में भी हैं। उनके वजीफों का क्या होगा?"

"उनको पाकिस्तान सरकार देगी।" प्रधानमन्त्री ने साहस किया, "उनका ठेका ले रखा है, हमने?"

"तो फिर हम वोट भी पाकिस्तान सरकार को ही देंगे।" मौलवी साहब ने चलने की तैयारी में टोपी पहन ली।

"अरे बैठिए तो।" प्रधानमन्त्री ने उनकी बाँह पकड़ ली और अपनी आँखों में अश्रु भर लाए, "हमें इस प्रकार बीच मझधार में मत छोड़िए। हम हर पाकिस्तानी मुसलमान को भी वजीफा देंगे, चाहे वह उससे एके 47 ही क्यों न खरीदे। आप चाहेंगे, तो हम बांगलादेशी और मलेशिया के मुसलमानों को भी वजीफा दे देंगे, पर अपने वोट हमें दीजिए। नहीं तो मैडम मुझे बहुत मारेंगी...।"

प्रधानमन्त्री की आँखों से अश्रु बहने लगे थे।

(12.2.2008)

छापामार युद्ध

"सर, हमारा सिर शर्म से ऐसा झुका है कि कोई क्रेन भी उसे उठा नहीं पाएगा।" सेना ने कहा।

"इतना क्यों झुक गया है तुम्हारा सिर? कोई गुनाह हो गया क्या तुमसे?" सरकार हैरान थी। "मुझसे नहीं, हमारे देश से हुआ है गुनाह। अमरीकी फौजी आएँ और हमारे देश में, हमारी नाक के नीचे, वे हमारे एक मेहमान को मार गिराएँ और फिर उसकी लाश भी उठा कर ले जाएँ। यह शर्म की बात नहीं है क्या? हम दुनिया को क्या मुँह दिखाएँगे।"

सरकार हँसी, "बहुत भोली हो।"

"जी।"

"तुम शायद कहना चाहती हो कि अमरीकी फौजी आये और हमारी जमीन पर ओसामा बिन लादेन को मार कर, उठा ले गये।"

"जी हुजूर। यही कह रही हूँ मैं।"

"इसीलिए मैंने कहा न कि तुम बहुत भोली हो।" सरकार बोली, "किसी ने कहा और तुमने मान लिया। तुम्हारे पास क्या सुबूत है कि अमरीकियों ने ओसामा को मार गिराया है? कहाँ है उसकी लाश? जब तक किसी की लाश नहीं मिलती, तब तक उसके मरने या मारे जाने का क्या सुबूत है। लाश बरामद न हो तो लोकल थाने की पुलिस भी कत्ल की रपट नहीं लिखती।"

"वे कह रहे हैं कि उन्होंने उसे मार गिराया है और उसकी लाश को समुद्र में दफना दिया है।"

"उनके कहने से क्या होता है। वे झूठ भी तो बोल सकते हैं।"

"चलिए, मान लिया। अब अगर वे उसकी लाश भी बरामद कर दें।"

"अब अगर वे उसकी लाश यू.एन.ओ. में भी रख दें तो क्या होता है। क्या सुबूत है कि जिसकी वह लाश है, उसे एबटाबाद में मारा गया है? हो सकता है, उसे न्यूयार्क में मारा गया हो। लाश तो यह बता नहीं सकती कि उसे कहाँ मारा गया है। और सबसे बड़ी बात तो यह है कि लाश तो अब है ही नहीं। समुद्र में से कौन उस लाश को बरामद करेगा। अमरीका के पास भी कोई सुबूत नहीं है कि

ओसामा मारा गया है और मारा गया है तो एबटाबाद में मारा गया है।"

सेना का मुँह आश्चर्य से खुल गया, "तो?"

"तो यह कि न तो अमरीकी फौजी यहाँ आये, न उन्होंने ओसामा को मारा।" सरकार बोली, "हम उनके दावे को सिरे से ही खारिज करते हैं।"

"कौन मानेगा जनाब?"

"जब से पाकिस्तान पैदा हुआ है, हम लोगों के दावों को ऐसे ही खारिज करते रहे हैं। किसी ने क्या बिगाड़ लिया हमारा?"

"फिर भी।"

"फिर भी क्या?" सरकार बोली, "अगर अमरीका बहुत शोर मचाएगा कि उसके कमांडो यहाँ आये थे, तो हम उसे मान लेंगे। उनके कमांडो हमारी हवाई सरहदों में घुसे और हमारी फौज को रडारों से खबर हो गयी।"

"तो फिर हमारी फौज ने उन्हें रोका क्यों नहीं?"

"रोका तो। हमारी हवाई फौज उनके आने से पहले ही पहुँच गयी थी। उनके हमले से पहले हमारी फौज ने हमला किया और उनके एक हैलीकॉप्टर को मार गिराया। उससे अमरीकी डर गये और मुँह छिपा कर यहाँ से भाग निकले।"

"क्या?" फौज का मुँह खुला का खुला रह गया, "इसका क्या सुबूत है? हमारे पास भी तो अमरीकी फौज की लाश नहीं है।"

"है न। हमारे पास उनके एक हैलीकॉप्टर की लाश है।" सरकार बोली, "हमने अमरीकियों को बता दिया है कि उनकी चालाकी हमसे नहीं चलेगी।..."

"तो इसका मतलब है कि हम मान रहे हैं कि ओसामा हमारे यहाँ था?"

"एकदम नहीं। ओसामा तो पाकिस्तान के आस-पास भी नहीं था।"

"तो फिर अमरीकी फौज यहाँ क्या करने आयी थी?"

"असल में एबटाबाद का वह बंगला अमरीका का खुफिया अड्डा है। अमरीकी फौजी अपने साथ ओसामा की तीन बीवियों और उनको बच्चों को लाए थे। वे लोग हमें बताए बिना ओसामा की बीवियों और बच्चों को यहाँ छोड़ जाना चाहते थे।"

"उससे क्या फायदा?"

"हमें बदनाम करना चाहते थे और क्या। आज उसकी बीवियों और बच्चों को लाए थे। अगर इसमें कामयाब हो जाते तो कल ओसामा को भी छोड़ जाते और फिर दुनिया भर में ढिंढोरा पीटते कि ओसामा पाकिस्तान में है।"

"इसका तो मतलब हुआ कि ओसामा अमरीका के ही पास है।"

"और क्या। ओसामा को उन्होंने बनाया। उसे पाला-पोसा। जब और जहाँ जैसे चाहा, इस्तेमाल किया।"

"यह सब तो ठीक है जनाब। पर अगर ओसामा उनका ही बनाया हुआ है और उनके ही पास है तो फिर ट्रेड सेंटर को किसने उड़ाया?"

"जिनके जहाज थे।''

"जहाज तो अमरीका के ही थे।''

"तो उसे उड़ाने वाले भी अमरीकी ही थे। शराब पी कर बेहोश थे वे। सँभाल नहीं पाये तो उन्हें रोकने के लिए, ट्रेड सेंटर की मीनारों पर दे मारा।'' सरकार बोली।

"पर क्यों?''

"जब हम गाड़ी चलाते हैं और किसी वजह से उसे सँभाल नहीं पाते तो उसे रोकने के लिए किसी पटरी-वटरी से दे मारते हैं या नहीं।'' सरकार बोली, "और तो और, जब हम से अपना मुल्क नहीं सँभलता तो हम उसे 'हिन्दुस्तान' नामी पटरी से दे मारते हैं। बस सँभल जाता है।"

"हमारे पास क्या सुबूत है कि वे पायलट अमरीकी थे?''

"उनके पास क्या सुबूत है कि पायलट मुसलमान थे और अलकायदा के मेंबर थे? जिन्होंने जहाज टकराए थे, वे तो जलकर खाक हो गये।''

सेना ने सरकार को देखा, "आप बजा फरमा रही हैं।"

"देखो, लोगों के बहकावे में मत आओ।'' सरकार ने कहा, ''न ओसामा यहाँ था और न ही उसे यहाँ मारा गया है। हाँ अमरीकियों का एक अड्डा था। वे लोग गैर कानूनी तौर पर हमें बताए बिना हमारे आसमान में घुस आये थे। हमने उनका हैलीकॉप्टर मार गिराया तो वे भाग गये। समझ में आयी बात?''

"जी।''

"अब तुम हमारा चमत्कार देखो।'' सरकार ने कहा, "हम सारी दुनिया को बताएँगे कि हमारे साथ अन्याय हुआ है। अमरीका ने कानून तोड़ा है और ओसामा अमरीका के ही पास है।''

सेना मुँह बाए खड़ी रही।

"हम अमरीका को दुनिया में मुँह दिखाने लायक नहीं छोड़ेंगे।'' सरकार प्रसन्न दिखाई पड़ रही थी।

(12.5.2011)

छींक विज्ञान

दिल्ली विश्वविद्यालय का इतिहास विभाग इन दिनों अपने छात्रों को एक ऐसी रामकथा पढ़ा रहा है, जिसमें कहा गया है कि सीता का जन्म रावण की छींक से हुआ था। रावण ने ही उन्हें मिथिला पहुँचा दिया था। वस्तुतः इतिहास एक वैज्ञानिक अनुशासन है। उसमें अधुनातम वैज्ञानिक उपकरणों और पद्धतियों से तथ्यों की परख की जाती है, अफीमची की गप्प तो है नहीं, न ही अलिफलैला का किस्सा है कि कुछ भी इतिहास मान लिया जाए। इतिहास विभाग को रामजन्मभूमि मन्दिर के प्रमाण नहीं मिल रहे इसलिए वह वहाँ मन्दिर बनने नहीं देता। इतिहास विभाग को राम-सेतु के भी प्रमाण नहीं मिल रहे इसलिए वह उसे प्रामाणिक नहीं मानता। किन्तु अब इतिहास विभाग को रावण की एक छींक मिल गयी है, जो उनकी कार्बन डेटिंग के परीक्षण पर पूरी उतरी है। वह छींक रावण की जन्मपत्री से भी पूरी तरह मेल खा रही है। काल-गणना सिद्ध कर रही है कि सचमुच रावण को उसी क्षण छींक आयी थी। उन्होंने बाकी परीक्षण भी किए ही होंगे। अतः वे उसे पाठ्यक्रम में सम्मिलित करने के लिए हठ ठाने हुए हैं। ऐसी वैज्ञानिक और प्रामाणिक बातें पढ़ाई नहीं जाएँगी, तो देश रसातल में नहीं चला जाएगा।

इस घटना से दो तथ्य स्पष्ट हो रहे हैं। एक तो यह कि उनके पास सीता के जन्म का प्रमाण है, अतः वे सीता के चरित्र को अब इतिहास का एक अंग मान रहे हैं, अन्यथा इतिहास के पाठ्यक्रम में रखते ही क्यों? सीता हैं तो राम भी हैं। अतः देश के लिए यह एक सुखद सूचना है कि दिल्ली विश्वविद्यालय का इतिहास विभाग सीता और राम को इतिहास का अंग मानने लगा है। उनकी ऐतिहासिक प्रामाणिकता को अब कोई संकट नहीं है।

यदि सीता का जन्म रावण की छींक से हो सकता है, तो संसार में कुछ अन्य लोग भी इस पद्धति से अवश्य जन्मे होंगे। ऐसा हो नहीं सकता कि संसार के इतिहास में एक ही छींक सन्तान उत्पन्न करने में समर्थ हुई हो। शेष सारी छींकें नपुंसक या बाँझ रही हों। वैसे यह विज्ञान का विषय है कि सामान्य छींक और नपुंसक छींक में क्या अन्तर होता है। मैं अब तक मानता था कि पार्टी की अध्यक्षा जिस मन्त्री पर छींक दें, वह मन्त्रीमंडल के बाहर हो जाता है, पर आधुनिक शोध

के प्रकाश में मेरी मान्यता गलत प्रमाणित हो गयी है। अब इस तथ्य को प्रमाणित करने की आवश्यकता ही नहीं है कि मैडम के छींकने पर मन्त्रीगण जन्म लेते हैं। उसी क्रम में अर्जुनसिंह खाँसते हैं तो दिल्ली विश्वविद्यालय के उपकुलपति का जन्म होता है। उपकुलपति छींकते हैं, तो इतिहास विभाग के प्रोफेसरों की उत्पत्ति होती है। अभी यह शोध नहीं हो पाया है कि कौन सा प्रोफेसर किसकी खांसी, छींक, हिचकी और उबकाई से पैदा हुआ है। किन्तु उन लोगों के जन्म से इतिहास को उबकाई अवश्य आ रही है।

इस क्षेत्र में शोध के लिए बहुत अवकाश है। अमरीका के वैज्ञानिक व्यर्थ ही परख नली और स्पर्म डोनर तथा ऐसे ही बेतुके तथ्यों के पीछे अपना सिर मार रहे हैं और अपनी सरकार का पैसा नष्ट कर रहे हैं। करना यह चाहिए कि वे छींकों, हिचकियों, और उबकाइयों पर अपना ध्यान केन्द्रित करें। उनका वर्गीकरण करें और उत्पादक छींकों का पेटेंट शीघ्रातिशीघ्र करा लें। उनका मूल्य निर्धारित करें और और उनको सुन्दर-सुन्दर शीशियों, बोतलों और डब्बों से वेष्टित कर बाजार में ले आएँ। अभी यह पता लगाना शेष है कि केवल पुरुषों की छींक से सन्तान उत्पन्न होती है या स्त्रियों की छींकों में भी यह सामर्थ्य है।

मेरी एक बहुत बड़ी समस्या सुलझ गयी है; किन्तु अभी उसे पेटेंट नहीं करा पाया हूँ, अतः पूरा रहस्य नहीं खोलूँगा; किन्तु इतना संकेत कर सकता हूँ कि कई बार कश्मीर और केरल के नेताओं के व्यवहार में अदद्यभुत साम्य क्यों होता है। निश्चित रूप से वे लोग एक ही व्यक्ति की छींक से जन्मे होंगे। अमरीका और पाकिस्तान के नेताओं के निकट सम्बन्धों के रहस्य भी खुलते दिखाई दे रहे हैं। सारे संसार के पर्वतों को छोड़ लोग हिमालय को ही पर्वतारोहण के लिए क्यों चुनते हैं? निश्चित से उनकी जन्मदाता छींक हिमालय पर निवास कर रही है।

एक और बात ध्यातव्य है। विभाग के प्रोफेसरों की छींकों से जिन बालकों का जन्म हो रहा है, उनके कारण इतिहास विभाग में और किसी छात्र के लिए स्थान नहीं बचा है। एक छात्र एम. ए. की परीक्षा में प्रथम श्रेणी लेकर उत्तीर्ण हुआ; किन्तु वह एम. फिल. में फेल कर दिया गया। उसने कारणों का पता लगाया। वस्तुतः उसका जन्म एम.ए. के परीक्षक की छींक से हुआ था. और एम.फिल. के परीक्षक ने जब उसको देखा तो उनकी छींकें बन्द हो गयीं। तो वह एम. फिल. की परीक्षा में उत्तीर्ण कैसे होता। बेचारा झींक कर रह गया किन्तु परीक्षक को छींक नहीं आनी थी तो नहीं आयी।

नोट : छींक-विज्ञान पर तैयार किए गये, इस शोध-पत्र को देश के किसी भी विश्वविद्यालय का इतिहास विभाग अपने पाठ्यक्रम में रख सकता है। इसके लिए मानदेय की आवश्यकता नहीं है।

जनता और सरकार

वर्षों पहले पाकिस्तान से एक कवि आये थे। लोगों में उन्हें अपने यहाँ बुलाने की होड़ लगी थी। उनकी रचनाएँ बड़े प्यार से सुनी गयीं। बहुत सराही गयीं। सराहना ही करनी थी। आखिर वे हमारे अतिथि थे।

"आपको भारत में आकर कैसा लगा?" एक व्यक्ति ने पूछा।

"बहुत अच्छा लगा। इतनी मुहब्बत और इतना खुलूस।" वे गद्‌गद होकर बोले।

"और आपके देश में हमारे देश के प्रति क्या भाव है?"

"वहाँ भी भारत के लिए प्यार ही प्यार है।" वे प्रेम के देवदूत बन गये थे, "हम सब का दिल आपके लिए प्यार से लबरेज है।"

"ऐसा होता तो विभाजन के बाद भी आपका देश हम से सदा युद्ध की मुद्रा में ही क्यों रहता?" मैंने पूछ लिया।

"अरे क्या बात कह दी आपने।" वे बोले, "अवाम तो आपके प्यार में डूबी हुई है। आप कभी आ कर तो देखें...।"

"तो लड़ाइयाँ कौन कर रहा है? हिन्दुस्तान को तबाह करने की कसमें कौन खा रहा है? भारतीयों को कुत्ते कह कर उनसे हजार-हजार वर्षों तक युद्ध करने के संकल्प कौन कर रहा है?" मैंने पूछा।

"अरे, वह तो हमारी सरकार है। वह सरकार नहीं है, माफिया है। हमारा मुल्क उनके हाथों में जकड़ा हुआ है। बेबस परिंदे की तरह फड़फड़ाता है और कुछ कह नहीं सकता। कुछ कर नहीं सकता।" मुझे लगा कहीं उनकी आँखों से आँसू ही न टपकने लगें।

"सरकारें तो आपकी कई आयीं और कई गयीं। पर देश आपका वैसा का वैसा ही रहा।" मैंने कहा, "जब पाकिस्तान बना भी नहीं था। जब पाकिस्तान की कोई सरकार नहीं थी, व्यवहार तो आपका तब भी वही था। पाकिस्तान बनने से पहले, पाकिस्तान के बनने के दौरान और उसके बाद, कितने लाख हिन्दू मारे गये? वह सब तो आपके मुल्क का खुलूस ही तो था।"

"आप भी कैसी गुजरी हुई बातें ले बैठे।..." उनका स्वर कुछ मन्द हो गया था।

हमारे साथियों में से एक साहब शेर की तरह दहाड़े, "क्या बातें करते हैं आप कोहली साहब! वह तो समय ही वैसा था। उस समय गर्म हवाएँ चल रही थीं। तमस छाया हुआ था। क्या हमारे देश में मुसलमान नहीं मारे गये?"

"हाँ। कुछ प्रतिक्रिया हमारे देश में भी हुई। केवल पंजाब में। शेष सारे देश में क्या हुआ? और उसके पश्चात् हमारे देश का व्यवहार कैसा रहा? हम तो उसे भूल भी जाएँ, पर पाकिस्तान हमें भूलने भी दे।"

"अब देखिए, इस सरकार पर तो हमारा बस चलता नहीं।" पाकिस्तानी कवि बहुत ही विवश स्वर में बोले।

***

मुम्बई में आतंकी आक्रमण हुआ। जितने भी आतंकी थे, सब पाकिस्तानी थे।

भारत सरकार ने पाकिस्तान सरकार को थप्पड़ नहीं मारा। शिकायत की "आप तीस वर्षों से हमारे विरुद्ध आतंकवादी युद्ध चला रहे हैं।"

"हमारे मन में तो आपके लिए प्यार ही प्यार है।" पाकिस्तानी सरकार ने कहा, "हम तो आपके साथ मिल कर आतंकवाद से युद्ध करना चाहते हैं।"

"तो फिर आप इन आतंकवादियों को प्रशिक्षित कर आक्रमण के लिए क्यों भेजते हैं?"

"हम कहाँ भेजते हैं।" पाकिस्तान सरकार रो कर बोली, "हमारी जनता हमारे वश में ही नहीं है। हमारी कोई बात मानती ही नहीं है। जब देखो, उत्पात मचाती ही रहती है। देखिए, हम उन्हें पाकिस्तानी नहीं मानते। हम उन्हें अपने देश की नागरिकता से निष्कासित करते हैं।"

***

हमारे देश के बुद्धिजीवी एकत्रित हुए। बोले, "यह अवसर पाकिस्तान से लड़ने का नहीं है। हमें पाकिस्तान की सरकार के हाथ मजबूत करने चाहिए, ताकि वे अपने देश के आतंकवादियों पर काबू पा सकें।"

मैंने सिर पीट लिया, "अरे कमजोर सरकार है तो इतने आतंकवादी तैयार कर रही है। मजबूत हो जाएगी तो जाने क्या करेगी।"

"आप समझते नहीं हैं कोहली साहब। यह समय तो मरहम लगाने का है। आप देखिए, वे भी तो आतंकवाद से पीड़ित हैं। उनके हाँ भी तो विस्फोट हो रहे हैं। उनकी भी तो बेनजीर भुट्टो मारी गयीं।"

"उनके यहाँ विस्फोट क्या भारतीय आतंकवादी कर रहे हैं?" मैं पूछ बैठा, "जो

आपको उनसे सहानुभूति हो रही है। वे अपने किए को ही तो भुगत रहे हैं। अपने देश में वे जो चाहें, करें; किन्तु हमारे देशवासियों का तो रक्त न बहाएँ।''

"नहीं ऐसी बात तो नहीं है। यह समय है, मिलकर आतंकवाद से लड़ने का। हम दोनों देश समान रूप से पीड़ित हैं।''

मैं उनके समतावाद से चकित रह गया।

जाँच आयोग

रामलुभाया बहुत व्यस्त था। मैं उसके सामने बैठा था और वह अपना सिर ही नहीं उठा रहा था। अन्त में तंग आकर मैंने पूछ ही लिया, "तुमको मुझसे बात करने का समय मिलेगा या नहीं?"

"अगले छह महीनों में तो कोई सम्भावना नहीं है।"

मैं आकाश से गिर पड़ा। मार्ग में खजूर पर भी नहीं अटका, सीधे उसके सामने वाली कुर्सी पर ही ध्वस्त हो गया।

"ऐसा क्या है रामलुभाया?" मैंने पूछा।

"व्यस्त हूँ।"

"पर किस काम में?"

"एक खोजी आयोग की स्थापना कर रहा हूँ।"

"पर आयोग तो सरकार बनाती है।"

"आजकल प्राइवेट भी बनते हैं। लालू ने अपना बनाया न – बैनर्जी कमीशन।"

"तो तुम क्या कर रहे हो?"

"कहा न कमीशन बना रहा हूँ।"

"तो बनाओ।" मैं मुस्कराया, "किन्तु हाँ कागज़ों में सिर गड़ाए क्या बैठे हो?"

"वह रिपोर्ट लिख रहा हूँ, जो वह कमीशन अपनी जाँच के पश्चात् प्रस्तुत करेगा।"

"आयोग जाँच करेगा और तब जो निष्कर्ष निकलेंगे, उसकी रपट लिखी जाएगी..."

"तुम जाने किस युग में रहते हो।" उसने मेरी बात काट दी, "आज कल पहले रपट लिखी जाती है और फिर उसे प्रस्तुत करने के लिए आयोग बनाया जाता है। किसी अवकाशप्राप्त न्यायमूर्ति को पटाया जाता है। उसको उसकी मुँह माँगी राशि देनी पड़ती है। तब वह जाँच का नाटक कर अपनी अवधि पूरी होने से पहले ही रपट प्रस्तुत कर देता है।"

"यह कैसा आयोग और यह कैसी जाँच है?" मैं चकित रह गया।

''यह नया आयोग शास्त्र और नया जाँच विधान है। तुम ठहरे पुराने पोंगापन्थी व्यक्ति। तुम क्या जानो यह सब।''

''अच्छा। अच्छा। यह आयोग किसकी जाँच करेगा? भारत में घुस आये बंगलादेशियों की।''

''पागल हो तुम। रामलुभाया ऐसे टुच्चे पुच्चे कामों में हाथ नहीं डालता।''

''तो।''

''यह जाँच आयोग अमरीका में विश्व व्यापार केन्द्र से जा टकराने वाले विमानों की घटना की जाँच करेगा।''

''पर उसकी तो जाँच हो चुकी। मामला स्पष्ट हो चुका। दोषी पहचाने जा चुके।''

''उन्हीं को तो छुड़ाना है।'' वह बोला।

''कैसे छुड़ाओगे?''

''यह आयोग अपनी जाँच के पश्चात् इस निष्कर्ष पर पहुँचेगा कि अमरीकियों ने कुछ मुसलमानों को पकड़ लिया था। वे उन्हें मारना भी चाहते थे और उन्हें लांछित कर स्वयं को इस अपराध से मुक्त भी रखना चाहते थे।''

''तो?''

''तो उन अमरीकियों ने उन निर्दोष मुसलमानों को बाँध कर अपने विमानों में जा पटका और अपने विमानों को विश्व व्यापार केन्द्र की इमारतों से जा भिड़ाया। परिणाम यह हुआ कि वे मुसलमान मारे गये और इस घटना का दोष भी उन पर ही मढ़ दिया गया।''

''पर तुम जानते हो कि यह झूठ है। उसमें असंख्य अमरीकी मरे।''

''जानता हूँ किन्तु इस सत्य को झूठ प्रमाणित करना चाहता हूँ और अपने झूठ को सत्य प्रमाणित करना चाहता हूँ।''

''क्यों?''

''क्योंकि यही संसार है।''

''पर उससे तुमको क्या लाभ होगा?''

''उस संदर्भ में पकड़े गये मुसलमानों को छुड़वाना है?''

''क्यों?''

''ताकि वे और विनाश फैला सकें?''

''तुमको लाभ क्या होगा?''

''अगले चुनाव में भारत के मुसलमानों के वोट अपनी जेब में होंगे।'' रामलुभाया हँसा, ''और धन की तो वर्षा होगी ही।''

''रामलुभाया! तुमको ऐसे कामों के लिए धन कौन उपलब्ध कराता है?''

रामलुभाया जोर से हँसा, ''बूझ सको तो बूझ लो।''

"यह सब मानव हित में नहीं है।"

"उसकी चिन्ता किसे है। अपनी चिन्ता करो।"

"और उन बंदियों को छुड़ाने की माँग का साहस कौन करेगा?"

"इतने सारे वामपन्थी तथाकथित चिन्तक विचारक, मानवाधिकारवादी, सेकूलर स्वयंसेवक किसलिए पाल रखे हैं?" रामलुभाया ने कहा, "वे ऐसे ही तो काम करते हैं। देश और मानवता का विध्वंस उनका पहला धर्म है। वे अपने धर्म का पालन करेंगे।"

"और कौन न्यायमूर्ति ऐसी जाँच रपट देगा?"

"इस देश में बहुत सारे हैं।" वह हँसा, "कोई न कोई बैनर्जी-चैटर्जी, घोष बोस मिल ही जाएगा।"

"ऐसा सम्भव ही नहीं है?" मैंने तड़प कर कहा।

"क्यों लालू ने कर नहीं दिखाया?" उसने मुझे डाँट दिया।

(1.2.2005)

झंडा ऊँचा रहे हमारा

प्रधानमन्त्री काफी घबराए हुए से थे।

उनकी पत्नी ने पति के मुरझाए हुए चेहरे को देखा तो पूछे बिना नहीं रह सकीं, "क्या हुआ? इतने विचलित से क्यों दिख रहे हैं?"

"विचलित। अरे हाँ तो चलित की वेला आ गयी लगती है।" प्रधानमन्त्री के कंठ से घुटा-घुटा सा स्वर निकला, "आज तो यहाँ बैठे हैं, कल जाने कहाँ होंगे।"

"किन्तु प्रधानमन्त्री का तो ट्रांसफर नहीं होता।" उनकी पत्नी ने कहा।

"मैं बड़े ट्रांसफर की बात कर रहा हूँ।"

"घर बदलना पड़ेगा क्या?" पत्नी बोली, "मैंने तो अपनी कुछ सहेलियों को हाँ खाने पर बुला रखा है।"

"अरे मैं वह सब नहीं कह रहा हूँ।" प्रधानमन्त्री खीज कर बोले, "मुझे तो यह सोच-सोच कर घबराहट हो रही है कि कल लाल किले पर मुझे तिरंगा झंडा लहराना है।"

"तो क्या हुआ? उसमें घबराने की क्या बात है? क्या सोनिया जी से पूछा नहीं है?"

"मुझे चिढ़ाने की बातें मत करो।" प्रधानमन्त्री बोले, "तुमने पढ़ा नहीं कि सुषमा स्वराज, अरुण जेतली और अनन्त कुमार लाल चौक पर तिरंगा झंडा लहराने गये थे तो उमर अब्दुल्ला ने उन्हें बन्दी बना लिया।"

"अच्छा। बन्दी बना लिया। मारा-पीटा तो नहीं?"

"नहीं, उन्हें तो नहीं मारा; किन्तु उनके कुछ कार्यकर्ताओं को जम्मू-कश्मीर की पुलिस ने पीट-पीट कर हस्पताल में डाल रखा है।"

"हाँ, पुलिस ने मारा होगा। उनका तो काम ही है मार-पीट का। जब देखो, लाठी भांजते रहते हैं। अब्दुल्ला ने तो नहीं मारा न। अब्दुल्ला परिवार, गाँधी जी के समान अहिंसावादी है। वह किसी को मारता-पीटता नहीं। बस कारागार में डाल देता है।"

"शुक्र है भगवान का कि वे लोग कारागार से जीवित बाहर आ गये। नेहरू जी और शेख अब्दुल्ला की टीम होती तो जाने क्या होता।"

"क्या होता? किसी को कारागार में बन्दी बना कर सदा के लिए तो नहीं रखा

जाता। अन्ततः तो छोड़ना ही पड़ता है।''

"हाँ, छोड़ना तो पड़ता ही है। श्यामाप्रसाद मुकर्जी को भी छोड़ ही दिया था। वे भी कश्मीर के कारागार से बाहर आ गये थे, बस उस समय तक वे जीवित नहीं थे।'' प्रधानमन्त्री बोले।

"तो आप किस बात से डर रहे हैं। आपको कौन सा कश्मीर जाना है।''

"अरे कश्मीर तो नहीं जाना, किन्तु तिरंगा झंडा तो लहराना है न।'' प्रधानमन्त्री बोले।

"तो?''

"जहाँ मुझे झंडा लहराना है न,'' प्रधानमन्त्री पूरी रहस्यात्मकता से बोले, "वह लाल चौक नहीं है, किन्तु लाल किला तो है न। कहीं उमर अब्दुल्ला नाराज हो गया तो?''

"अरे वह क्यों नाराज होगा।'' पत्नी का मनोबल काफी ऊँचा था, "यदि बात केवल लाल की है तो पाकिस्तान में जब लोग लाल मसजिद पर पाकिस्तानी झंडा लहराते हैं, तब तो वह नाराज नहीं होता।''

"हाँ, पाकिस्तानी झंडा लहराने से वह नाराज नहीं होता। अरे वह तो क्या, कोई भी नाराज नहीं होता।'' प्रधानमन्त्री बोले, "यदि मैं लाल किले पर पाकिस्तान का झंडा लहरा दूँ तो वह निश्चित रूप से नाराज नहीं होगा। हाँ भारतीय जनता पार्टी अवश्य नाराज होगी।''

"कांग्रेस नाराज नहीं होगी?'' पत्नी ने पूछा।

"लगता तो नहीं। तिरंगा झंडा लहराने गये लोगों को जब उमर अब्दुल्ला ने बन्दी कर लिया तो कांग्रेस ने उसका समर्थन ही किया।'' प्रधानमन्त्री बोले, "कांग्रेस की तो नीति ही है, देश को तोड़ने की। नेहरू जी ने सम्मानपूर्वक पाकिस्तान बनवा दिया। हरिसिंह से कश्मीर ले कर पाकिस्तान, चीन और कट्टरपन्थी अलगाववादी मुसलमानों में बाँट दिया। तिब्बत चीन को दे दिया। देना तो वे आसाम भी चाहते थे; किन्तु चीन ही पीछे हट गया।''

"लो हद कर दी।'' पत्नी ने कहा, "मैं तो सपना देख रही थी कि किसी दिन आप हरिसिंह नलवा बन कर काबुल पर भी तिरंगा लहराएँगे, आप तो लाल किले पर ही तिरंगा लहराने से डर गये। अंग्रेजों के समय तो छोटे-छोटे लड़के भी गोलियाँ खा कर सरकारी भवनों पर तिरंगा लहरा आते थे, चाहे प्राण ही क्यों न चले जाएँ।''

"लो सुन लो इसकी बातें। काबुल पर तिरंगा।'' प्रधानमन्त्री सहमे हुए से स्वर में बोले, "न मैं नलवा हूँ, और न कांग्रेस के अध्यक्ष पद पर महाराणा रणजीत सिंह हैं। वहाँ बैठी हैं सोनिया गाँधी।''

"वे क्या उमर अब्दुल्ला से डरती हैं?''

"वे तो गुलाम नबी आजाद से भी डरती हैं।''

"वह कैसे?''

"उसी ने तो कहा था कि अफजल गुरु को फाँसी मत देना, नहीं तो मैं नाराज हो जाऊँगा और सोनिया जी ने अफजल गुरु की फाइल को ही फाँसी दे दी।''

"तो क्या अब कहीं भी तिरंगा नहीं लहराया जाएगा?''

"ऐसे प्रश्न मत पूछो, जिनसे मेरी जान ही निकल जाए।''

"यदि उमर अब्दुल्ला देशद्रोही हो गया है, तो उसे उसके पद से हटा क्यों नहीं देते?'' पत्नी ने पूछा।

प्रधानमन्त्री ने भयभीत दृष्टि से अपने आसपास देखा, "क्या कह रही हो। कोई सुन लेगा तो मुझे संसार से ही हटा देगा। अरे उमर अब्दुल्ला कश्मीर से भारत की सेना को ही हटाने पर तुला हुआ है, तुम उसे उसके पद से हटाने की बात कर रही हो।''

"भारत की सेना है, उसका काम है भारत की सीमाओं की रक्षा करना।'' पत्नी ने कहा, "अब्दुल्ला कौन होता है, उसे हटाने वाला और वह उसे वहाँ से क्यों हटाना चाहता है?''

"ताकि पाकिस्तान की सेना आगे बढ़ सके।''

"तो आप उसकी बात क्यों मानते हैं? प्रधानमन्त्री आप हैं, या वह है?''

"मैं कहाँ मानता हूँ। वह स्वयं ही मनवा लेता है।'' प्रधानमन्त्री बोले, "मुझे तो लगता है कि यह सारा देश ही उसके साथ है।''

"ऐसा क्यों लगता है आपको?''

"देख लो, किसी ने तिरंगे झंडे के संदर्भ में उसका विरोध नहीं किया।''

"पर ऐसा क्यों है?''

"क्योंकि हमने ही सारे देश को समझा दिया है कि राष्ट्रीयता का अर्थ है साम्प्रदायिकता और देशद्रोह का अर्थ है, धर्मनिरपेक्षता। अलगाववादियों को सारे देश में गोष्ठियाँ करने की सुविधा हमने ही तो दी थी। हाँ धर्मनिरपेक्षता सबको बहुत प्यारी है।''

"आप लोगों ने ऐसा क्यों किया?''

"यह न किया होता तो अब तक कांग्रेस सत्ता में टिकी होती क्या।''

"सत्ता को बचाए रखने के लिए अब आप क्या करेंगे?''

"सोनिया जी से पूछूँगा।''

"अरे उनसे क्या पूछना है। वे उमर अब्दुल्ला से पूछेंगी।'' पत्नी ने कहा, "अच्छा है कि सीधे उमर से ही पूछ लीजिए कि अब क्या करना है।''

"वह तो कहेगा कि लाल किले पर भी पाकिस्तन का झंडा लहरा दो।''

"अरे लाल किले में क्या रखा है।" पत्नी ने कहा, "एक बार पक्का काम कर डालो। यदि वह इससे ही प्रसन्न होता है, तो एक बार सीधे संसद भवन पर ही पाकिस्तान का झंडा लहरा दो।"

"यह तुमने ठीक कहा।" प्रधानमन्त्री प्रसन्न हो गये, "इससे न सोनिया जी का भय रहेगा, न उमर अब्दुल्ला का। और मैं लाइफलांग प्रधानमन्त्री भी बन जाऊँगा।"

(7.2.2011)

झगड़ा

वह बहुत क्रुद्ध था। इतना कि उसे अपने वस्त्रों का भी चेत नहीं था। वह संतरियों की सलामी की ओर क्या ध्यान देता।

वह घर में घुसता चला गया। किसी ने उसे टोका नहीं। टोकने से वह रुकने वाला भी नहीं था।

उसने गृहस्वामी को देखा तो जैसे उसके कपाल में से अग्नि फूट निकली। उसके मुख से ज्वालामुखी के समान अपशब्दों का लावा फूट कर बहने लगा। लगा, लावा उसके कंठ में जमा हुआ था, सुपात्र को सामने देखते ही फूट पड़ा।

गृहस्वामी की आँखें आश्चर्य से फट पड़ीं, "क्या हो गया है तुम्हें? होश में तो हो?"

"होश में तो तुम नहीं हो। जाने अपने आपको क्या समझने लगे हो।" ज्वालामुखी ने कहा, "मैंने साथ छोड़ दिया तो तुम्हारे भी होश ठिकाने आ जाएँगे। चपरासी भी नहीं रह पाओगे, मुख्यमन्त्री तो क्या।"

"पर हुआ क्या है?"

"मेरा सागरतट वाला बंगला क्यों तुड़वा रहे हो?" ज्वालामुखी आपे में नहीं था।

"कौन सा बंगला?"

"यह भी कोई रामसेतु है कि पूछ रहे हो, कौन सा रामसेतु? कौन सा राम?"

"मैं सचमुच कुछ भी समझ नहीं पा रहा हूँ।"

"नहीं समझ पा रहे तो मैं समझा देता हूँ।" ज्वालामुखी बोला, "मुझे वकील ने बता दिया है कि अगली पेशी में वह न्यायालय में कहने वाला है कि हमें मलबा मिल गया है।"

"कौन सा मलबा?"

"रामसेतु का मलबा।" ज्वालामुखी ने कहा, "राम ने सेतु तुड़वाया तो मल्बा कहाँ डलवाया? कोई प्रमाण भी तो होना चाहिए।"

"उससे तुम्हारे बंगले का क्या सम्बन्ध?"

"मेरे बंगले को तोड़ कर वह उस मलबे को रामसेतु का मलबा सिद्ध करेगा।" ज्वालामुखी ने कहा, "पर मेरा बंगला कितना भी बड़ा हो, उसका मलबा इतना नहीं

होगा कि तुम उसे रामसेतु का मलबा सिद्ध कर सको।"

"तुम तो ऐसे कह रहे हो, जैसे तुम जानते हो कि रामसेतु कितना बड़ा था।"

"तुम नहीं जानते क्या?" ज्वालामुखी बोला, "रामेश्वरम से ले कर श्रीलंका के मन्नार द्वीप तक है। छोटा नहीं है। 48 किलोमीटर लम्बा है। चौड़ाई... मैं भूल गया हूँ।"

"तुम्हारा दिमाग सचमुच खराब है।" गृहस्वामी बोला, "तुम यह सब कहीं भी बक दोगे और सिद्ध कर दोगे कि रामसेतु ऐतिहासिक सेतु है। ऐसे में हम उसे तुड़वाएँगे कैसे?"

"हाँ दिमाग खराब है मेरा। अपना बंगला तुड़वा कर उसका मलबा समुद्र में डलवा दो और कहो कि यह रामसेतु का मलबा है। मेरे बंगले के पीछे क्यों पड़े हो?"

"मैंने तुमसे पहले ही कहा है कि मैं तुम्हारा बंगला नहीं तुड़वा रहा हूँ।"

"तो कौन तुड़वा रहा है – हनुमान्?"

"अब तुम हनुमान् को भी मानने लगे?"

"क्या तुम नहीं मानते?"

"मैं यह सब कुछ नहीं मानता।"

"तो हर समय पीला कपड़ा क्यों टाँगे रहते हो अपने कन्धों पर?"

"उसका इससे क्या सम्बन्ध?"

"वह सब बाद में बताऊँगा।" ज्वालामुखी बोला, "अभी तो इतना ही कहने आया हूँ कि यह मलबे का चक्कर छोड़ो।"

"तो यह कैसे सिद्ध करेंगे कि राम ने स्वयं सेतु तुड़वाया था?"

"तुम और तुम्हारा वकील दोनों ही पागल हो। यदि यह सिद्ध करोगे कि राम ने स्वयं सेतु तुड़वाया था तो तुम कितनी बातें स्वीकार कर रहे हो, मालूम भी है?"

"क्या स्वीकार कर रहे हैं कि तुम्हारा बंगला अवैध रूप से बनवाया गया था?"

"वह तो स्वयंसिद्ध है।" ज्वालामुखी बोला, "तुम स्वीकार कर रहे हो कि राम सचमुच ऐतिहासिक पुरुष हैं। वे सचमुच हुए थे।..."

"यह क्या बकवास है?"

"अरे यदि वे हुए नहीं थे तो सेतु कैसे बनवाया? और यदि बनवाया नहीं तो तुड़वाया क्या – तुम्हारा सिर? और अब..."

"और अब क्या?"

"अब मेरे बंगले के मलबे को सेतु का मलबा बता कर तुम सिद्ध करोगे कि उस समय सीमेंट, लोहा, कंकरीट सब कुछ हुआ करते थे।" ज्वालामुखी भड़क उठा, "तुम पागल हो गये हो एकदम।"

"अनाप-शनाप बकना छोड़ो और होश में आओ।" गृहस्वामी ने कहा।

"देखा।" ज्वालामुखी बोला, "मेरा बंगला टूटा तो मैं न्यायालय में यह सिद्ध

करूँगा कि राम ने सेतु बिना सीमेंट के बनवाया था। पत्थरों में जोड़ नहीं थे। वे बड़ी-बड़ी शिलाएँ थीं, जो अपने भार के कारण एक-दूसरे पर टिकी हुई थीं। वे इतनी भारी थीं कि समुद्र की लहरें भी उन्हें हिला नहीं पा रही थीं। इसलिए यह मलबा उस सेतु का नहीं हो सकता।''

"तो उससे क्या सिद्ध होगा?''

"उससे सिद्ध होगा कि सेतु को न किसी ने तोड़ा न तुड़वाया। तुम ही हो जो उसे तोड़ना चाहते हो। ''

"लक्ष्य क्या बताओगे?''

गृहस्वामी बोला, "मैं सिद्ध करूँगा कि तुम तुड़वाना चाहते हो, ताकि तुम्हारे जलपोत उस मार्ग से आ-जा सकें।''

"और मैं सिद्ध करूँगा कि तुम यह सब वोटों के लिए कर रहे हो। तुम एल. ट.टी.ई. के छोटे बजरों को अवैध रूप से शस्त्र लाने, ले जाने की सुविधा देना चाहते हो। तुम इस देश को तोड़ना चाहते हो।''

''अभी तो मैं तुम्हारा सिर तोड़ना चाहता हूँ।'' गृहस्वामी ने पास पड़ा लठ उठा लिया।

(8.8.2008)

तर्क

रामलुभाया ने नयी-नयी वकालत आरम्भ की थी। या तो कोई यजमान आता नहीं था या फिर कोई साधारण सा केस आ जाता था।

"साहब! इसने मेरी चप्पल चुरा ली है।"

"साहब! इसने मेरी साइकिल पंक्चर कर दी है।"

"साहब! इसने मुझ पर थूक दिया किन्तु थूक मुझ पर गिरी नहीं।"

पर आज एक तगड़ा केस आया था।

यजमान आकर सामने की कुर्सी पर बैठ गया और अत्यन्त स्पष्ट शब्दों में बोला, "अरे वकील! मैं जानते बूझते, सोच समझ कर एक हत्या कर आया हूँ। बोल क्या कहता है।"

रामलुभाया क्या कहता। इस प्रकार सामने एक हत्यारे को बैठा देख कर उसकी अपनी घिगी बँध गयी थी।

"क्या बोलूँ?"

"केस लेते हो?"

रामलुभाया के मन में आया कि कहे कि केस में रह क्या गया है। एक हत्यारा अपने मुँह से कह रहा है कि उसने हत्या की है। यह भी नहीं कह रहा कि हत्या हो गयी है। न यह कह रहा है कि क्रोध अथवा पागलपन में उसका हाथ उठ गया। वह तो सीधे-सीधे स्पष्ट शब्दों में कह रहा है कि उसने हत्या की है। पर ऐसा केस छोड़ना भी तो समझदारी नहीं है। पैसे भी तो उन ही लोगों से बनते हैं, जो अपराध करते हैं।

"बचने की सम्भावना तो बहुत कम है।" रामलुभाया के मुख से निकल ही गया। "यह किसने कह दिया रे वकील तुझे।" वह बोला, "अपने को बचाना तो मेरा अपना काम है। वह तो मैं कर ही लूँगा। उसकी चिन्ता तू मत कर।"

रामलुभाया हैरान! यह पहला यजमान था जो उसे 'तू' कह रहा था। उसपर दावा कि वह स्वयं को बचा ही लेगा।

रामलुभाया ने साहस किया, "जब तुम स्वयं को बचा ही लोगे तो मेरे पास क्या करने आये हो?"

"अपने आप को बचा लूँगा, क्योंकि जज को तो पटा कर आ रहा हूँ। एक करोड़ दे आया हूँ। उसके बाप की मजाल है कि मुझे न छोड़े। एक करोड़ लेकर भी नहीं छोड़ेगा, तो उसके पेट में नौ इंच का चाकू, पूरा का पूरा घुसेड़ दूँगा।"

"तो फिर मेरे पास क्या करने आये हो?"

"अरे एक वकील तो चाहिए ही, मुकदमा लड़ने का नाटक नहीं होगा तो वह जज मुझे छोड़ेगा कैसे!"

"तो मेरे ही पास क्यों आये हो? एक से एक बढ़ कर अपराध-विशेषज्ञ बैठे हैं, जो फाँसी का फंदा लग जाने पर भी हत्यारों को छुड़ा लाते हैं।"

"क्योंकि तू सब से सस्ता वकील है।" यजमान सत्यवादी ही नहीं, स्पष्टवादी भी था।

रामलुभाया ने मुकदमा ले लिया। जब अपराधी को छुड़ाने का दायित्व उसका था ही नहीं तो फिर चिन्ता किस बात की?

मुकदमा आरम्भ हुआ। पुलिस भी ढीली थी और जज भी। स्पष्ट था कि हत्यारे से दोनों पैसा खा चुके थे।

रामलुभाया ने अपना वक्तव्य आरम्भ किया, "मेरे प्रभु! मेरा यजमान अपने मुख से स्वीकार कर रहा है कि उसने हत्या की है। उसका वकील होने के नाते मैं उसकी स्वीकारोक्ति का समर्थन करता हूँ। हत्या की तो कर दी, उसमें न कुछ छुपाने को है, न झूठ बोलने को। उसने हत्या की है। अतः आपसे नम्र निवेदन है कि यदि वह भविष्य में पुनः हत्या करे, तो चाहे उसे फाँसी दे दें, किन्तु उसका यह अपराध अनदेखा कर उसे ससम्मान मुक्त करें।"

न्यायमूर्ति ने चकित भाव से रामलुभाया को देखा, "देख वकील! छोड़ना तो उसे है ही, इसलिए नहीं कि वह निर्दोष है, वरन् इसलिए कि मैंने पैसे खाए हैं, पुलिस ने पैसे खाए हैं। हमारा संकल्प है कि यदि हम अपराधी से पैसे खा लेते हैं तो उसे दंडित नहीं करते। किन्तु तुम्हारा क्या तर्क हुआ कि इस बार छोड़ दें और यदि वह फिर हत्या करे तो चाहे उसे फाँसी दे दें। तुम अपने यजमान के बचाव के लिए कोई तर्क तो दे ही नहीं रहे। अनाड़ी कहीं के। हम तो उसे छोड़ ही देंगे, क्योंकि हम ने उससे पैसे खाए हैं; किन्तु तुम क्या कर रहे हो। उससे फीस ले कर भी उसके बचाव में कोई तर्क नहीं दे रहे। नालायक! तुम्हें वकालत के अयोग्य घोषित कर दूँगा।"

"महाप्रभु! मैं जो कुछ कह रहा हूँ, वह महत्वपूर्ण है। ध्यान से सुनिए।"

"सुना।"

"हमारी संसद में हमारे सम्माननीय सांसदों ने एक-दूसरे को गालियाँ दीं। घूंसे मुक्के ताने।" रामलुभाया ने कहा, "माइक तोड़े, फाइलें पटकीं। लोकसभा के अध्यक्ष ने क्या कहा। उसे ध्यान से सुनिए प्रभु! उन्होंने कहा कि यदि अगली बार फिर से,

पुनः कोई सांसद यह सब करेगा, तो उसे दंडित किया जाएगा।''

"तो?'' न्यायमूर्ति हक्केबक्के बैठे थे।

"तो यह कि हमारी संसद की परम्परा है कि पहली बार अपराध करने पर किसी को दंड नहीं दिया जाता। दूसरी बार यदि अपराधी वही अपराध पुनः करे तो उसे दंडित किया जाता है अथवा दंडित करने की धमकी दी जाती है। यदि अपराधी दूसरी बार कोई दूसरा अपराध करे तो उसे उसका पहला अपराध माना जाता है। एक ही अपराध दो बार किया जाए तो उसे दंड योग्य माना जाता है। इसलिए यदि मेरा यजमान दूसरी बार उसी व्यक्ति की हत्या करे, जिसकी उसने पहली बार हत्या की है, तो ही आप उसे दंडित कर सकते हैं। अन्यथा मृत व्यक्ति से पैसा खा कर भी आप मेरे यजमान को हत्या का अपराधी घोषित नहीं कर सकते।''

"वकील! व्यर्थ का प्रलाप मत करो। आवश्यक नहीं कि जो कुछ संसद में हो, वही न्यायालय में भी हो।''

"यदि आप ऐसा नहीं करेंगे तो अपने देश की संसद का अपमान करेंगे।'' रामलुभाया मुक्त कंठ से बोला, "देश का विधान बनाने का अधिकार संसद का है। उसके आदेश पर ही आप चलते हैं। संसद की परम्परा का पालन करना आपका धर्म है। यह संसद की व्यवस्था है कि एक ही अपराध दो बार किए जाने पर वह दंड योग्य होता है। आप उसका उल्लंघन कर के दिखाएँ, इसी न्यायालय में आप पर मैं मुकदमा ठोक दूँगा।''

जज प्रसन्न हो गया। बत्तीसी निकाल कर बोला, "रामलुभाया वकील के अकाट्य तर्कों के सम्मुख नतमस्तक होकर और संसद की परम्परा के सम्मुख बाध्य होकर मैं इस हत्यारे को मुक्त करता हूँ और पुलिस को आदेश देता हूँ कि यह हत्यारा यदि पुनः उसी व्यक्ति की हत्या करे, जिसे वह पहले मार चुका है, तो उसे तत्काल बन्दी बना कर हमारे सामने प्रस्तुत किया जाए। पुलिस को निर्देश है कि वह इससे पुनः रिश्वत न ले, अन्यथा वह एक ही अपराध को दुहराना माना जाएगा और उसके लिए पुलिस भी दंड योग्य मानी जाएगी।''

अगले दिन से रामलुभाया की वकालत जगमगाने लगी।

तिब्बत और हम

मनमोहन सिंह परेशान थे, क्या करें, क्या न करें। तिब्बती उग्र हो रहे थे और भारत में ही नहीं संसार भर में उनके प्रति सहानुभूति बढ़ रही थी। और कुछ नहीं तो ऑलंपिक मशाल का ही बहिष्कार हो रहा था। उनकी समझ में ही नहीं आ रहा है कि इन अनपढ़ भारतीयों का तिब्बत से क्या सम्बन्ध है। ये क्यों इतने परेशान हैं। मनमोहन सिंह को तो बस एक दिल्ली की चिन्ता है। 10 जनपथ दिल्ली में ही है न। या फिर पंजाब की। राज ठाकरे को महाराष्ट्र की चिन्ता है तो मनमोहन सिंह को पंजाब की क्यों न हो। उन्हें आसाम की भी थोड़ी-बहुत चिन्ता है और वहाँ घुस आये बांगलादेशियों की भी। वहाँ से उन्हें राज्यसभा में प्रवेश का टिकट जो मिलता है, जो प्रधानमन्त्री बनने के लिए आवश्यक है। शेष भारत का क्या है। चीन ले जाए या पाकिस्तान ले जाए, या कोई और... वहाँ तक, जहाँ तक मैडम रुष्ट न हों।

"मैडम, ये तिब्बती बहुत परेशान कर रहे हैं।" मनमोहन सिंह ने कहा, "इन्हें निकाल फेंकें? चीन सरकार प्रसन्न हो जाएगी।"

"बांगलादेशियों को तो आप निकाल नहीं सके, तिब्बतियों को कैसे निकालेंगे? चीन सरकार प्रसन्न हो जाएगी तो आपके वोट बढ़ जाएँगे क्या?"

"वोटों का ही तो झगड़ा है।" मनमोहन सिंह चिंतित हो गये, "बांगलादेशियों को निकालो, तो भी हमारे ही वोट जाते हैं। बी.जे.पी. को तो लाभ ही होगा।"

"बी. जे. पी. में से हम क्या 'जे. पी.' को निकलवा नहीं सकते? उससे लोगों को भ्रम होता है कि यह जयप्रकाश नारायण की पार्टी है।"

"यह हम कैसे कर सकते हैं मैडम? वह उनकी पार्टी है। वे जो नाम चाहें, रखें।"

"हम चुनाव आयोग से शिकायत कर सकते हैं कि वे लोग इस नाम का अनुचित लाभ उठा रहे हैं। यह धोखा-धड़ी है। लोगों को बहकाना, चुनाव की आचार संहिता का उल्लंघन है।"

"समय आने पर वह भी कहेंगे, पर अभी तो तिब्बतियों का मामला है। उनका समर्थन नहीं करते तो भारतीय रुष्ट होते हैं और करते हैं तो चीन रुष्ट होता है।"

"तिब्बतियों का समर्थन तो हम कर ही रहे हैं।" मैडम ने कहा, "उन्हें भारत

में रहने को स्थान दे रखा है। धर्मशाला तो धर्मशाला, दिल्ली में भी मजनूं का टीला दे रखा है। और क्या समर्थन करें? क्या सेना भेज कर हम चीनियों से तिब्बत खाली कराएँ? हम जिनसे नेफा खाली नहीं करा सके, उनसे तिब्बत कैसे खाली कराएँ?"

"पर नेफा तो हम तब खाली कराएँगे न, जब हमको घास की आवश्यकता होगी।"

"क्यों?"

"जब चीनियों ने नेफा पर कब्जा किया था तो आपकी सासु माँ के पिता जी ने यह कह कर नेफा उन्हें दान कर दिया था कि ले जाओ, वहाँ तो घास का एक तिनका भी नहीं उगता। जहाँ तक मेरी जानकारी है, वहाँ अब भी घास का तिनका नहीं उगता और हम घोड़े पालते भी नहीं हैं; तो क्या करना है, उसे लेकर।"

"हि वास वेरी क्लेवर फैलो।" मैडम प्रसन्न हो गयीं, "उन्होंने तिब्बत चीन को दिया था तो क्या कहा था? दैट मस्ट बी वेरी इंट्रेस्टिंग।"

"मैं उनके पास तो नहीं था," मनमोहन सिंह बोले, "पर कल्पना कर सकता हूँ कि उन्होंने कहा होगा, 'ले लो उस बर्फ के गोले को। हमें क्या करना है उसका?'"

"तो चीन को ही क्या करना है?" मैडम ने पूछा, "उनके यहाँ अपनी बर्फ की कमी है क्या?"

"नहीं। बात यह है कि हिन्दू मानते हैं कि कैलाश-मानसरोवर उनके लिए पवित्र स्थल है। तिब्बत को वे मुकुट मानते हैं भारत का। नेहरू जी को हिन्दुओं की ऐसी आस्थाएँ नहीं भाती थीं। उन्होंने उन सब से छुटकारा पाने के लिए, तिब्बत ही उठा कर चीन को दे दिया। न रहेगा बांस, न बजेगी बांसुरी। न कैलाश-मानसरोवर होगा, न हिन्दू वहाँ जाएँगे। वैसे भी तिब्बत जैसे देश का, जिसके पास अपनी सेना न हो, अपने शस्त्र न हों, स्वतन्त्र रह पाना कठिन ही है। चीन न लेता, पाकिस्तान ले जाता।"

"यदि यही बात थी तो भारत भी तो उसको ले सकता था।" मैडम ने कहा।

"पंडित जी महान् दाता थे। दानवीर कर्ण के बाद वे ही तो थे। उन्होंने जीवन भर दिया ही दिया था। कहते हैं कि नेताजी सुभाषचन्द्र बोस भी किसी को दे दिए। आज तक पता ही नहीं चला कि किसको दिए।" मनमोहन सिंह ने कहा, "पंडित जी बड़े न्यायप्रिय थे और बाँट कर खाने में विश्वास रखते थे। जब हमारी सेना कश्मीर में आगे बढ़ रही थी और पाकिस्तानी लुटेरे दुम दबा कर भाग रहे थे, तब उन्होंने अपनी सेना को रोक लिया। कहा, अपने लिए बहुत हो गया। अब शेष का पाकिस्तान को ले लेने दो। थोड़ा कश्मीर उनके पास भी होना चाहिए, नहीं तो बेचारे गर्मी की छुट्टियों में कहाँ जाएँगे।"

"पर तिब्बत ऐसे ही तो चीन को नहीं दे दिया पंडित जी ने।" मैडम ने कहा, "वहाँ तो लेन-देन हुआ था।"

"नहीं मैडम। कैसी बात कर रही हैं आप। पंडित जी रिश्वत नहीं लेते थे।" मनमोहन सिंह कुछ झेंप गये, "उन्होंने जीवन भर कभी किसी से कुछ नहीं लिया।"

"आप बहुत भोले हैं मनमोहन सिंह जी।" मैडम हँसीं, "पंडित जी बहुत मानवतावादी थे। उन्हें मनुष्यों से प्यार था। उन्होंने पाकिस्तान के सारे हिन्दू ले लिए और धरती पाकिस्तान को दे दी। वैसे ही दलाई लामा और उनके अनुयायी तिब्बती ले लिए और तिब्बत चीन को दे दिया। उसी परम्परा में अब फिर भारत ने कश्मीर के सारे हिन्दुओं को ले लिया है और कश्मीर पाकिस्तान के प्रतिनिधियों को सौंप दिया है। बस औपचारिक हैंडओवर ही तो बाकी है।"

"तो मैडम, अपनी नीति तो एकदम साफ है, मानसरोवर के जल के समान।" मनमोहन सिंह प्रसन्न हो गये।

"क्या?" मैडम चकित थीं।

"हम चीन से कह सकते हैं कि तिब्बत में स्वतन्त्रता के लिए संघर्ष करने वाले तिब्बती हमें सौंप दो और तिब्बत तुम रख लो। यदि दलाई लामा के नेतृत्व में धर्मशाला से कोई विरोध होता है तो तुम धर्मशाला भी ले लो। दलाईलामा तथा उनके साथियों को हम किसी और धर्मशाला में बसा देंगे। पर इन हिन्दुओं का क्या करें, जो तिब्बत की स्वतन्त्रता का समर्थन के लिए उपद्रव कर रहे हैं?"

"उनसे कहो कि पहले वे अपनी स्वतन्त्रता बचा लें, फिर तिब्बत की सोचें। ऐसा न हो कि हम बदरीनात्थ, केदारनाथ का सौदा भी चीन से कर लें और पंडित नेहरू के समान रोते हुए एक वक्तव्य दूरदर्शन पर दे दें कि 'हमें खेद है कि हम आसाम को नहीं बचा सके।'"

तुम कैसे जानते हो?

पुलिस ने चोर को पकड़ लिया। बस उत्पात हो गया। नगर के सारे चोर जंतर-मंतर पर एकत्रित हो गये।

"चोर चोर।"

"मौसेरे भाई।"

"अबे वह तो मुहावरा है। हम तो यहाँ सच बोलने के लिए इकट्ठे हुए हैं।"

"तो सच क्या है?"

"हम सारे चोर एक हैं।"

"एकता में बल है।"

"लाठी गोली की सरकार नहीं चलेगी।"

"तो कौन सी चलेगी?"

"जो चल रही है। देशद्रोही, भ्रष्टाचारी, रिश्वतखोर।"

"सड़क पर कौन है?"

"हम सब चोर हैं।"

"सरकार में कौन है?"

"अधिकारप्राप्त चोर हैं।"

"संसार के चोरो, एक हो जाओ।"

"एकता में बल है।"

और चोरों ने मिल कर जंतर-मंतर से चल कर संसद भवन तक जुलूस निकाला, "मुर्दाबाद। मुर्दाबाद। दिल्ली पुलिस हाय हाय।"

पत्रकारों ने उन्हें घेर लिया, "पुलिस का काम है, अपराधियों को खोजना और उन्हें दंडित करवाना।"

"तो पुलिस अपना काम करे।"

"वह अपना काम ही तो कर रही है। उसने एक चोर को पकड़ा है।"

"चोर को पकड़ना है तो पकड़े न। वह गृहमन्त्री से क्यों पूछती है कि इसे पकड़ें या नहीं। उसे पकड़ें या नहीं। किसे पकड़ें, किसे छोड़ दें।" चोर यूनियन ने कहा, "पर जिसे पुलिस ने पकड़ा है, हम जानते हैं कि वह चोर नहीं है।... कम से कम

यह चोरी उसने नहीं की है।''

"तुम पुलिस से ज्यादा जानते हो? तुम आई. बी. हो? सी. बी. आई. हो? क्या हो तुम?''

"हाँ। पुलिस से ज्यादा जानते हैं। जब हमने उसे चोरी करने के लिए भेजा ही नहीं। जब उसने चोरी की ही नहीं, तो वह चोर कैसे है? हमारी यूनियन जानती है कि यह चोरी उसने नहीं की है।''

"यह भी कोई बात हुई?''

"कैसे नहीं हुई?'' यूनियन बोली, "आतंकवादी गतिविधियों के लिए पुलिस एक पत्रकार को पकड़ती है, तो तुम सारे पत्रकार मिल कर प्रदर्शन करने लगते हो कि वह आतंकवादी नहीं है। तुम कैसे जानते हो कि वह आतंकवादी नहीं है। वह क्या तुमको बता कर बम फोड़ता है या तुम लोग उसे बम देकर भेजते हो? पुलिस एक अध्यापक को पकड़ती है तो सारे अध्यापक उसके पक्ष में इकट्ठे हो कर दंगा करने लगते हैं कि वह आतंकवादी नहीं है, जैसे वह उनसे पूछ कर बारूद बिछाता है। सारे बुद्धिजीवी राष्ट्रद्रोही क्यों हो रहे हैं? एन. जी. ओ. के नाम पर विदेशों से पैसा ले कर देश को क्यों बेच रहे हैं?''

"देश को तो सरकार भी बेच रही है। कोई तो बेचेगा ही। और बुद्धिजीवियों का तो यह पुराना रिकार्ड है।... किन्तु ये सब बेकार की बातें हैं।'' पत्रकार बोले।

"हाँ, सच बोल रहे हो। जो कुछ तुम करते हो, वे सब बेकार की बातें हैं।'' चोर बोले, ''या तो हमारे समान छाती ठोंक कर बोलो कि आतंकवादी तुमसे पूछ कर काम करते हैं या तुम लोग आतंकवादियों को काम करने पर लगाते हो, जैसे हम करते हैं। हमसे पूछो कि कौन सी चोरी किसने की, हम तत्काल बता देंगे। पुलिस तक हम से पूछ कर चोरियों का पता लगाती है। हमारी ईमानदारी को देखो और हमसे कुछ सीखो। हम तो चोरी करने जाते हैं तो थाने को सूचित करके जाते हैं। और तो और चोरी की रकम का कुछ एडवांस भी दे कर जाते हैं। चोरी के विषय में हम चोर भी जानते हैं और इलाके की पुलिस भी जानती है। तुम लोग न आतंकवाद की जिम्मेदारी लेते हो, न उसकी सूचना देते हो और आतंक के आरोपियों को बचाने आ जाते हो। अरे एक तरफ हो जाओ। या तो तुम उनके विषय में जानते हो या नहीं जानते हो। जानते हो तो पुलिस को बताओ। अपने समाचारपत्रों में छापो। नहीं जानते हो तो चुपचाप अपने घर में बैठो। यह दंगा फसाद करने क्यों आ जाते हो।''

"हम तो केवल यह चाहते हैं कि अल्पसंख्यकों के साथ अन्याय न हो।'' पत्रकार तत्काल सँभल गये, "अरे उनके घर वाले कह रहे हैं कि वे आतंकवादी नहीं हैं।''

चोर यूनियन का मन हुआ कि उनके कान पकड़ ले; किन्तु ऐसा करते तो पत्रकार उसका चित्र अगले दिन छाप देते और पत्रकारों पर होने वाले अत्याचारों की

दुहाई देते। इसलिए इतना ही बोली, "संसार के बुद्धिमानो, आज तक दुनिया की किसी माँ ने कहा है कि उसने आतंकवादी जना है। ऐसी बातें तो तुम मोमबत्ती जुलूस निकालने वाले ही करते हो। खूनी दरवाजे पर बलात्कार करने वाले लड़के के बाप ने यह तो माना था कि लड़के ने बलात्कार किया है; किन्तु उसका कहना था कि ऐसा तो होता ही रहता है। यह तो सारे लड़के करते ही रहते हैं। तुम लोग तो उस बाप से भी गये बीते हो। धनंजय चक्रवर्ती के माता-पिता ने कब उसे अपराधी माना? निठारी में हुए अपराधों को कब किस ने स्वीकार किया?"

"तो तुम लोग चाहते हो कि हम लोग अपनी बिरादरी के लोगों पर आरोप लगते देखें और चुप बैठे रहें?"

"बिरादरी की बात छोड़ो, बारादरी की बात करो। कानून, देश और मानवता का साथ दोगे या बिरादरी का?"

"हम तो मानवता का साथ देंगे।" पत्रकार बोले।

"तो आतंकवाद और मानवता कब से एक हो गयी?"

"जब से उसका पुरस्कार मिलने लगा।" पत्रकार बोले, "पर तुम उसे नहीं समझोगे, यह भीतर की बात है।"

(14.3.1212)

तुम्हारा साहस कैसे हुआ?

मीरा अपनी दिनचर्या के अनुसार पुस्तकालय पहुँच गयी थी। पुस्तक अपने नाम इश्यू कराई और आकर अपने उसी स्थान पर बैठ गयी, जहाँ प्रतिदिन बैठा करती थी। पुस्तक खोली ही थी कि कोई आकर एकदम पास ही बैठ गया। आँखें उठा कर देखा, कोई परिचित तो नहीं? नहीं परिचित नहीं था। इस लड़के को उसने कभी नहीं देखा था। किन्तु वह तो इस प्रकार आ कर बैठ गया था, जैसे परिचित हो या फिर परिचित होना चाहता हो।

वह कुछ नहीं बोली।

"मैं एक्टर हूँ।" वह बोला, "नेशनल स्कूल ऑफ ड्रामा के लिए कुछ काम करता हूँ।"

उसकी आत्मा चहकी, "एक्टर है तो जा एक्टिंग कर। यहाँ क्यों मुँह बिसोरे पड़ा है?"

पर वह बोली कुछ नहीं। "मैं कितने ही दिनों से आपको देख रहा हूँ।"

"क्षमा कीजिएगा, मैं

यहाँ पढ़ाई करने आती हूँ। आप मुझे पढ़ने देंगे?"

वह उठ खड़ा हुआ, "अच्छा आप जब पढ़ाई से ब्रेक लेंगी और कॉफी पीने जाएँगी। मैं तब बात कर लूँगा।"

वह पीछे ही पड़ गया। प्रतिदिन उसके आस-पास बैठ जाता। कॉफी के समय आ चिपकता। उसे किसी की प्रशंसा करने की कला बहुत अच्छी तरह आती थी।

मीरा को लगा कि उसकी चापलूसी मीरा को लपेट रही थी। अपनी प्रशंसा किसे अच्छी नहीं लगती।

"आपका टेस्ट बड़ा आर्टिस्टिक है।"

"आपका ड्रेस सेंस अद्भुत है। अच्छी-अच्छी हिरोइनें मात खा जाएँ।"

"आप जब किसी की ओर देखती हैं तो आपकी आँखों में जो भाव तैरते हैं, वे किसी का भी कलेजा चीर देंगे।"

धीरे-धीरे वह धृष्ट होता जा रहा था। रोज नये से नये शेर और ग़ज़लें। प्रशंसा का नया अन्दाज।

मीरा कुछ सावधान हो चली थी कि वह बोल उठा, "मुझे आप बहुत अच्छी लगती हैं। मैं आप से शादी करना चाहता हूँ। आप मुझसे शादी करेंगी?"

मीरा को झटका लगा। वह कल्पना भी नहीं कर सकती थी कि कोई इस प्रकार विवाह का प्रस्ताव भी कर सकता है। और यह लड़का। जरा इसका साहस तो देखो।

"जी नहीं।" मीरा ने अत्यन्त स्पष्ट शब्दों में कहा, "मेरा ऐसा कोई इरादा नहीं है।"

"शादी कह रहा हूँ, निकाह नहीं।"

"जो भी कह रहे हों। मुझे स्वीकार नहीं है।"

"क्यों? क्योंकि मैं मुसलमान हूँ?"

वह आक्रामक हो उठा था।

"मैंने ऐसा कुछ नहीं कहा।"

"कहा हो या न कहा हो। अर्थ तो वही है। मुसलमानों को इस देश में कभी बराबरी का अधिकार नहीं मिलेगा। आज तक नहीं मिला तो आगे कैसे मिलेगा।"

"यदि मैं आपसे विवाह नहीं करना चाहती तो इसमें देश और मुसलमानों के अधिकारों का प्रश्न कहाँ से आ गया?" मीरा ने भी कुछ साहस किया। लगा साहस नहीं करेगी तो वह इस पुस्तकालय में ही उसे निकाह के लिए बाध्य कर देगा। क्या पता उसने किसी मौलवी या काजी को भी पहले से ही बुला रखा हो।

"है कैसे नहीं। मैं हिन्दू होता तो आप इसी लम्हे शादी की मंजूरी दे देतीं। मैं मुसलमान हूँ तो आपने मना कर दिया। आप लोग कभी हमें बराबरी और सम्मान की नजर से नहीं देखेंगे। अच्छा होता कि सन सैंतालीस में मेरे वाल्दैन भी पाकिस्तान चले गये होते।"

"मेरा भी यही विचार है।"

"क्या?"

"कि आपका परिवार सैंतालीस में पाकिस्तान चला ही गया होता तो अच्छा था। वहाँ आप किसी पाकिस्तानी मुसलमान लड़की से निकाह का प्रस्ताव करते और वह आपको मना करती तो आप यह सब उससे कह पाते।"

"क्यों नहीं कह पाता?"

"क्योंकि न केवल वह चप्पल उतार कर आपको रसीद करती, उसके भाई-बन्धु भी एक लड़की को परेशान करने के अपराध में आपको शहादत प्रदान करते। आपके मुसलमान होने की दुहाई किसी काम न आती।"

"आपका साहस कैसे हुआ मुझे मना करने का?" वह चिल्ला रहा था, "मैं अल्पसंख्यक हूँ। प्रधानमन्त्री मनमोहन सिंह ने कहा है कि हिन्दुस्तान के संसाधनों पर हिन्दुओं से पहले मुसलमानों का अधिकार है। आप अपने प्रधानमन्त्री का अपमान कर रही हैं।"

"आप मनमोहन सिंह को ही क्यों अपने विवाह का पैगाम नहीं भेजते? प्रधानमन्त्री के ऊलजलूल वक्तव्य न इस देश का संविधान हैं, न ईश्वरीय आदेश।" मीरा में भी साहस आ गया था, "अल्पसंख्यकों को कुछ सुविधाएँ मिल गयीं, तो बहुसंख्यकों की कृपा से मिलीं। तुम्हारा तो वह ट्रंप कार्ड हो गया। वहाँ उस शबाना आजमी को भी एक फ्लैट किसी ने नहीं बेचा तो वह भी चिल्लाने लगी कि इस देश में मुसलमानों को बराबर का अधिकार नहीं है। जैसे उनके पास पहले कोई फ्लैट नहीं है, या इस देश में किसी मुसलमान के पास कोई मकान नहीं है। अल्पसंख्यक न हुए, खुदाई फौजदार हो गये कि आपकी हर इच्छा पूरी होनी चाहिए। नहीं तो आप चिल्लाने लगेंगे। समाचारपत्रों में वक्तव्य देंगे। अल्पसंख्यक आयोग के पास जाएँगे।"

"आप मेरी मुहब्बत के बीच राजनीति को क्यों ला रही हैं।" वह चिल्लाया।

"नहीं लाती राजनीति को बीच में।" मीरा बोली, "अब स्पष्ट कहती हूँ कि मैं आपसे विवाह नहीं करना चाहती, क्योंकि आप मुसलमान हैं।"

"इश्क मजहब को नहीं देखता।"

"तो मैंने कब कहा कि मुझे आप से इश्क है। एक तो गले पड़ रहे हैं, ऊपर से अपनी अल्पसंख्यकता का रोब जमा रहे हैं। बलात् विवाह करेंगे आप मुझसे?"

"नहीं। बलात् क्यों करूँगा। मैं तो अपने संवैधानिक अधिकार की बात कर रहा था।" वह बोला, "हमें भारत सरकार ने यह अधिकार दे रखा है कि जो हम चाहें, उसे माँग कर, लड़ कर, दंगा कर के, या फिर आतंक फैला कर हासिल करें। देखता हूँ, तुम कितने दिन मुझसे बचती हो।"

मीरा चिन्ता में डूब गयी : इस संवैधानिक पिशाच से बचने के लिए वह किस की शरण में जाए?

'तो' का उत्तर

गाँव की लड़की को दूसरे गाँव का लड़का पसन्द आ गया था। माँ-बाप माने नहीं तो उसे भागना ही था। वह माँ-बाप को छोड़ कर, उस लड़के के साथ भाग गयी। गाँव के युवकों ने सुना तो उनका खून खौल उठा। खून होता ही इसलिए है कि खौले। उनके गाँव की लड़की दूसरे गाँव के लड़के के साथ भाग गयी थी। सारे गाँव की नाक कट गयी थी। मूंछें नीची हो गयी थीं। कैसे आँखें मिलाएँगे, दूसरे गाँव के लोगों के साथ। पहले दबी जुबान से बात हुई, फिर बात खुले में आ गयी।

ग्राम सभा बैठ गयी। वृद्ध भी और जवान भी...

"क्या करें? अब क्या करें।"

"अरे छोरी और छोरे को खोजो।"

"उनको खोज कर क्या करना है।" लड़की का बाप बोला, "अब वह लड़का आया तो जमाई बन कर ही आएगा न। जमाई हमको बनाना नहीं है। तो खोज कर क्या करना।"

"तो?"

"बदला। प्रतिशोध। उनको ऐसा दंड दो, सालों को छटी का दूध याद आ जाए।"

"वह कैसे?"

"उस गाँव की कोई जवान छोरी भगा लाओ।"

"अरे कोई भागने को तैयार होगी तो भगा लाएँ न। और जो भगा कर लाएगा, उसे ब्याह भी करना पड़ेगा।"

"कोई भागने को तैयार हो, तो मैं भगा लाऊँ; पर तेरी ताई उससे मेरा ब्याह नहीं होने देगी।"

"और भागने को तैयार न हो तो?"

"भागने को तैयार न हो तो उठा लाओ।"

"उठा कैसे लाएँ?"

"बाँहें पकड़ कर अपनी ओर खींचो। उसके पेट पर कन्धा लगाओ और खड़े हो जाओ।" एक वृद्ध ने कहा, "हम तो बड़े-बड़े सागवान के वृक्षों के तने ऐसे ही

उठा लेते हैं। लठ के लठ। तुमसे एक छोरी न उठाई जाए?"

"और छोरी न उठाई जाए तो?"

"तो उस लड़के को मार डालो, जो हमारी छोरी भगा ले गया है।"

"वह लड़का तो अब अपने गाँव में है ही नहीं। भाग गया कहीं।"

"अरे वही भाग गया है न। सारे छोरे तो नहीं भाग गये। कोई दो-चार पकड़ लो और मार डालो सालों को।"

"कोई भी दो-चार लड़के मार डालें?"

"हाँ, कोई भी दो-चार मार डालो। प्रतिशोध तो ऐसे ही लिया जावे है।"

ग्राम सभा उठ गयी। गाँव के दस-बीस पट्ठे गये और पड़ोस के गाँव के जो चार लोग दिखाई दिए, उनको बिछा आये। देर क्या लगनी थी। वे तो हक्के बक्के देखते ही रह गये। उनकी समझ में ही कुछ नहीं आया; और वे लेटा दिए गये।

थाने में लड़की को भगा ले जाने की भी रपट दर्ज थी। अब चार हत्याओं का मामला आ गया था। केस ही ऐसा था, जैसे किसी ने पुलिस को प्लेट में परौस कर केक दे दिया हो। थाने से लोग गये और पच्चीस लोगों को बाँध लाये। पुलिस वालों ने उनको हवालात में बन्द कर, जी खोल कर पीटने का आनन्द लिया। अपना थाना हो। सामने वाला अपराधी के रूप में हवालात में बन्द हो। उसके हाथ-पैर बँधे हों तो उसको पीटने का आनन्द ही कुछ और है। जब गालियों का भंडार चुक गया और मारते-मारते अपनी ही बाँहें दुख गयीं तो उन लोगों को मजिस्ट्रेट के सामने प्रस्तुत कर दिया गया।

अपने देश में कथा लम्बी ही चलती है। इक्कीस वर्षों तक मामला चला। पच्चीस में पाँच निर्दोश मान कर छोड़ दिए गये। पन्द्रह को आजीवन कारावास का दंड दिया गया और पाँच के लिए मृत्यु-दंड का आदेश हुआ। निचली अदालत के मजिस्ट्रेट से लेकर राष्ट्रपति तक सहमत थे कि उन्हें फाँसी पर टांग दिया जाए।

ग्राम सभा फिर बैठ गयी।

"क्या करें?"

"उच्चतम न्यायालय से प्रार्थना करें कि उनको मृत्यु दंड न दिया जाए।"

"कारण क्या देंगे?" एक वृद्ध ने कहा, "हत्याएँ तो प्रमाणित हो गयीं।"

"ठीक है। हत्याएँ तो हुईं।"

"और राष्ट्रपति से ऊपर कोई है भी नहीं।"

"है न। हमारी ग्राम सभा संवैधानिक दृष्टि से संगठित विधायिका है। हम एक प्रकार से न्यायपालिका और कार्यपालिका का काम भी करते हैं।"

"तो?"

"हम अनुरोध करेंगे कि हमारे गाँववासियों और हमारे जातिभाइयों की प्रसन्नता के लिए, हमारे गाँव के लड़कों को सम्मानपूर्वक मुक्त कर दिया जाए।"

"वे लोग हमें भी हत्यारों के साथी मान कर बाँध कर ले जाएँगे।"

"तमिलनाडु, कश्मीर और पंजाब के मुख्य मंत्रियों को तो किसी ने न बांधा।" एक युवक बोला, "वे भी तो हत्यारों का साथ दे रहे हैं।"

"किन्तु हमारे ग्रामवासियों की प्रसन्नता इसी में है।"

"हमारे ग्रामवासियों और हमारे जातिभाइयों की प्रसन्नता बड़ी चीज है या हमारा देश?" एक वृद्ध ने आपत्ति की, "कोई किसी की हत्या कर दे और कानून उसके गाँव और जाति की प्रसन्नता के लिए उसे छोड़ दे। ऐसे देश चल पाएगा?"

"हाँ, आज तक तो ऐसा हुआ नहीं।"

"यह तो मूर्ख है एकदम।" उसके साथ बैठे व्यक्ति ने उसे एक धौल जमा दिया, "बुढ़ऊ इतनी सी बात नहीं समझता कि हमारे ग्राम के लड़कों ने राजीव गाँधी के हत्यारों, अफजल गुरु और भुल्लर से बड़ा अपराध न किया है।"

"किन्तु उनके लिए तो विधानसभाएँ और मुख्यमन्त्री लोग प्रस्ताव पारित कर भेज रहे हैं। हमारा कौन है?"

"तो क्या हुआ। हमारी भी ग्रामसभा और ग्राम प्रधान प्रस्ताव पारित कर रहे हैं।"

"दोनों एक ही बात है?"

"एक ही बात है।" ग्रामप्रधान ने कहा, "वे भी हत्याएँ कर रहे हैं। हमारे लड़कों ने भी हत्याएँ की हैं। वे भी जाति, धर्म और प्रदेश के नाम पर सहानुभूति दिखा रहे हैं और देशद्रोहियों का साथ दे रहे हैं; हम भी ग्राम और जाति के नाम पर अपराधियों का साथ दे रहे हैं। हम कानून का उल्लंघन अवश्य कर रहे हैं; किन्तु देशद्रोह नहीं कर रहे हैं। वे लोग तो देश के टुकड़े करने पर तुले हुए हैं।"

"बात तो ठीक है। आतंकवादियों को बिरयानी खिलाओ और हमारे गाँव के छोरों को फाँसी चढ़ाओ, यह तो नहीं होने का।" ग्रामप्रधान ने कहा, "हम भी प्रस्ताव पारित करते हैं कि या तो उन मुख्यमंत्रियों और विधान सभाओं को फाँसी पर चढ़ाओ, या फिर हमारे छोरों को छोड़ दो।"

"और वे न माने तो?"

"तो फिर 'तो' का उत्तर तो 'तो' ही है।"

(6.9.2011)

देश का अपमान

रामलुभाया ने मुख पृष्ठ पर समाचार लगा दिया, "भारत सरकार द्वारा सत्तरह लाख वर्ष पुराना राम-सेतु तोड़ने की योजना।"

किन्तु समाचार छपने से पहले ही सम्पादक ने उसे बुला लिया।

"भारत सरकार क्या कर रही है, मुझे पता नहीं; किन्तु तुम अपनी नौकरी समाप्त करने का प्रबन्ध कर रहे हो।" सम्पादक ने कहा। रामलुभाया ठगा सा खड़ा रह गया, "मुझसे क्या अपराध हो गया श्रीमन्!"

"इंग्लैंड में शिल्पा शेट्टी का अपमान हो रहा है और तुमको राम-सेतु सूझ रहा है। इतने बड़े राष्ट्रीय अपमान की उपेक्षा कर तुम समुद्र में डूब मरने का प्रबन्ध कर रहे हो।" सम्पादक ने उसे डाँटा, "तुममें तनिक सी भी देश-भक्ति नहीं है क्या?"

"मैं भी देश-भक्ति की ही बात कर रहा हूँ श्रीमन्!" रामलुभाया ने कहा, "एक अभिनेत्री को दो करोड़ रुपये लेकर कुछ शब्दों की मार सहनी पड़ी तो..."

"तुमको उसके आँसू दिखाई नहीं दिए?" सम्पादक ने गरज कर कहा, "उन आँखों में कितना नमक था...।"

रामलुभाया ने भी थोड़ा साहस किया, "आपको शताब्दियों से बहते हिन्दुओं के अश्रु दिखाई नहीं दिए? और उन अश्रुओं में नमक नहीं, रक्त की बूँदें हैं।"

"मूर्ख हो तुम।" सम्पादक ने कहा, "वह राम की सेना द्वारा निर्मित सेतु नहीं है। वे तो प्राकृतिक चट्टानें हैं।"

"कौन कहता है?"

"अमरीका कहता है। और अमरीका जो कहता है रामलुभाया! उसे सत्य मानना ही हमारा धर्म है।" सम्पादक ने समझाया, "तुम भारत सरकार की इच्छाओं का विरोध कर रहे हो और समझते हो कि तुम देश भक्त हो।"

"यह कांग्रेसी सरकार।" रामलुभाया ने कहा, "आप जानते भी हैं कि यह वही कांग्रेसी सरकार है, जिसने अंग्रेजों की आज्ञा का पालन करते हुए, तीन पूरे और दो आधे-आधे प्रदेश पाकिस्तान बना कर अपने देश से पृथक् कर दिए। फिर आधा कश्मीर थाली में परोस कर पाकिस्तान को दे दिया। तिब्बत चीन को दे दिया। 1962

ई. में लाखों वर्ग मील का क्षेत्र चीन ने हथिया लिया और यह सरकार चुप रही। अब कश्मीर पाकिस्तान को और नेपाल चीन को दे रही है।...''

"तुम कुछ समझते तो हो नहीं।'' सम्पादक ने कहा, "अब हम अपने पड़ोसियों से लड़ते अच्छे लगते हैं क्या? आखिर हम एक शान्तिप्रिय देश हैं। हमारी संस्कृति ने हमको अहिंसा का पाठ पढ़ाया है।...''

"मैं आपको अपनी उसी संस्कृति का ही दर्पण दिखा रहा हूँ सम्पादक महोदय!'' रामलुभाया ने कहा, "आज-कल की बात नहीं है। सत्तरह लाख वर्ष पहले हमारी संस्कृति ने एक राक्षस से अपने अपमान का प्रतिशोध लेने के लिए राम-सेतु का निर्माण कर, रावण के स्कंधावार में घुस कर उसका वध किया था। आप उसी राम-सेतु जैसी धरोहर का महत्व समझने से इन्कार कर रहे हैं।''

"मैं तो उसका महत्व समझता हूँ।'' सम्पादक ने गुर्रा कर कहा, "तुम ही नहीं समझ रहे हो। मूर्ख हो तुम।''

"क्या कहा?'' रामलुभाया को भी क्रोध आ गया।

"हाँ। तुम उसका महत्व नहीं समझते।'' सम्पादक ने कहा, "अमरीका श्रीलंका में अपने अड्डे बनाना चाहता है। वर्षों से परिश्रम कर रहा है। धन लुटा रहा है। श्रीलंका की सरकार को दुर्बल करने के लिए, लिट्टे को पाला-पोसा है। उसे धन दिया है। शस्त्र दिए हैं। कभी तो श्रीलंका की सरकार अपने घुटनों पर गिर कर सहायता माँगेगी। तब वहाँ अमरीकी अड्डे बनेंगे।...''

"मैं सचमुच यह सब नहीं जानता था।'' रामलुभाया ने कहा, "किन्तु फिर भी राम-सेतु को तोड़ने का क्या अर्थ है? केवल हिन्दुओं की, या भारत की ही नहीं, सारे विश्व की अनुपम थाती है वह। सत्तरह लाख वर्ष पूर्व निर्मित एक सेतु। सारे विश्व में कहाँ है ऐसी अद्वितीय थाती?''

"यही तो संकट है।'' सम्पादक ने कहा, "कल को भारत इसे भारत और श्रीलंका के मध्य का क्षेत्र कह कर टाँग न अड़ाए, इसलिए उस क्षेत्र का वैश्वीकरण आवश्यक है। इससे पहले कि अमरीका वहाँ अपने अड्डे बनाने का दावा प्रस्तुत करे, वहाँ अन्तर्राष्ट्रीय जल-परिवहन आरम्भ हो जाना चाहिए। उसमें बाधा है, तुम्हारा राम-सेतु। वह टाँग अड़ा रहा है, अमरीका की योजनाओं में।''

रामलुभाया का मुख आश्चर्य से खुल गया, "टाँग अमरीका अड़ा रहा है या राम-सेतु। वह राक्षस भारत और श्रीलंका को उसी प्रकार दूर कर देना चाहता है, जैसे रावण ने कर रखा था। एक नया राक्षसी दानव है यह अमरीका। दूसरे राष्ट्रों पर आक्रमण करने के लिए, वह वहाँ उसी प्रकार अपनी सेनाएँ रखेगा, जैसे रावण रखता था।''

"तुम जो चाहो कह सकते हो, किन्तु यदि किसी के पास शक्ति है, तो उसका

प्रयोग क्यों न करे?" सम्पादक ने कहा। "चमत्कार है सम्पादक महोदय!" रामलुभाया अपना भय जीत चुका था, "जब हिन्दुओं की बारी आयी तो उन्हें शान्ति और अहिंसा सिखाने लगते हैं; और अमरीका की बात आयी तो उसे शक्ति की बाध्यता बताने लगते हैं। अच्छा आप यह बताएँ कि मनमोहन सिंह क्यों उसे तोड़ना चाहते हैं?"

"वे कहाँ कुछ चाहते हैं।" सम्पादक महोदय हँस पड़े, "चाहती तो सोनिया जी हैं।"

"वे क्यों तोड़ना चाहती हैं राम-सेतु को?"

"तुर्कों ने क्यों तोड़े थे हिन्दुओं के मन्दिर? मुगलों ने क्यों तोड़े थे तुम्हारे धर्म-स्थल?" सम्पादक हँस रहे थे।

"वे तो आक्रमणकारी थे। सोनिया जी तो शासक हैं।" रामलुभाया ने अबोध भाव से कहा।

"औरंगजेब भी तो शासक था।"

"वह एक मुसलमान के रूप में हिन्दुओं को पीड़ित और वंचित करना चाहता था।" रामलुभाया ने कहा, "उनका आत्मबल तोड़ना चाहता था। किन्तु सोनिया..."

"वे भी वही चाहती हैं। हिन्दुओं का आत्मबल इस देश को ईसाई नहीं होने देता।"

"किन्तु उनके पति ने भारत और लंका के इसी क्षेत्र को बचाने के लिए ही तो अपने प्राण दिए थे।"

"उसी का प्रायश्चित्त कर रही हैं वे।" सम्पादक महोदय मुस्करा रहे थे।

"किन्तु तमिलनाडु की सरकार? वे तो भारतीय हैं, हिन्दू हैं।" रामलुभाया सचमुच बौरा गया था।

"क्यों? उन्हें खरीदा नहीं जा सकता या उन्हें अपना व्यापार नहीं करना?" सम्पादक ने कहा, "अमरीका उन्हें दोनों की सुविधा देगा। जल-परिवहन-व्यापार में उनकी भी बहुत रुचि है।... और फिर वहाँ के भी अनेक सत्ताकर्मी, मात्र मन्त्री न रह कर एक स्वतन्त्र देश का प्रधानमन्त्री बनने का स्वप्न पाल रहे हैं।"

"क्या वे नहीं जानते कि अमरीका ऐसा ही स्वप्न लादेन को भी दिखा चुका है।" रामलुभाया ने कहा, "और यदि प्रभाकरन सत्ता में आता है, तो वह करुणानिधि या बालू को प्रधानमन्त्री बनने देगा क्या?"

"जब राजनीतिक महत्वाकांक्षा जागती है तो मनुष्य की बुद्धि नहीं, केवल लोभ ही उसे चलाता है।" सम्पादक ने समझाया।

रामलुभाया ने कहा, "उन्हें दिखाई नहीं देता कि नेहरू के लोभ का प्रायश्चित इन्दिरा गाँधी और राजीव गाँधी को करना पड़ा था। सोनिया के लोभ का प्रायश्चित्त

जाने किस-किस को करना पड़े।"

"तुम अपनी भविष्यवाणियाँ छोड़ो और राम-सेतु के समाचार के स्थान पर शिल्पा शेट्टी के अपमान का समाचार लगाओ। जाओ।"

"मैं यह काम न करना चाहूँ तो?"

"अपना त्यागपत्र लिख कर अपनी मेज पर रख दो और अपना मन शान्त करने के लिए, भारत सरकार द्वारा प्रमाणित कोई नंगी फिल्म देखने का आनन्द उठाओ।"

(3.4.2007)

दोषी कौन?

भारतीय संसद पर आक्रमण के संदर्भ में तीन आतंकवादियों पर मुकदमा चल रहा था।

"आखिर इस आतंकवाद के लिए दोषी कौन है?" बचाऊ वकील ने अपनी दहाड़ से न्यायाधीश को धमकाया।

न्यायाधीश डर गये। कुछ सहमे हुए स्वर में बोले, "क्यों क्या आप नहीं जानतीं कि इसके लिए पाकिस्तान दोषी है?"

बचाऊ वकील का साहस आसमान को छूने लगा, "तो फिर आप पाकिस्तान को फाँसी पर टाँगिये। इन तीन बेचारे हत्याविलासियों को क्यों दोषी ठहरा रहे हैं?"

"पर पाकिस्तान को पकड़ना और उसपर मुकदमा चलाना हमारी सरकार के अधिकार में नहीं है।" न्यायाधीश ने बताया।

"तो फिर आप अपनी उस अधिकारविहीन सरकार को फाँसी पर टाँग दीजिए, जो आतंकवाद फैलाने वाले पाकिस्तान को नहीं पकड़ रही। बन्दूकें और गोलियाँ लेकर आने वाले इन बेचारे भोले भाले कश्मीरियों को क्यों अपराधी बना रहे हैं।"

"पर उन्होंने देश और सरकार के विरुद्ध षड्यंत्र रचा है। देश के शत्रुओं का साथ दिया है।" न्यायाधीश ने कुछ घबराए हुए स्वर में कहने का साहस किया, "यदि वे सफल हो गये होते तो जाने हमारे कितने सांसद और मन्त्री मारे गये होते, कितने बन्धक बने होते और हमारे देश की क्या दुर्दशा होती।"

"अपना देश तो दुर्दशा करवाने का अभ्यस्त है। दुर्दशा हो गयी होती तो कोई नयी बात नहीं थी।... पर छोड़िए, वह दूसरा मामला है।" बचाऊ वकील बोली, "आपने कहा, यदि ये सफल हो गये होते; किन्तु वे सफल हुए तो नहीं। कोई मरा नहीं तो आप उन्हें अपराधी कैसे ठहरा रहे हैं। यदि उनसे कोई भूल हो गयी है, तो उनको उसे सुधारने का अवसर दीजिए।"

"अर्थात् उन्हें संसद पर फिर से एक आक्रमण करने की सुविधा प्रदान की जाए?" न्यायाधीश ने पूछा।

"मानवाधिकार का तो यही मानना है। ये नागरिक कुछ कारणों से भ्रमित हैं। बहक गये हैं। उन्हें सुधरने का अवसर दीजिए।" बचाऊ वकील बोली, "महोदय!

कुछ तो मानवता दिखाइए। इनकी जवानी पर रहम खाइए। इन्हें सौ पचास लोगों को मारने का अवसर दीजिए। फिर चढ़ा दीजिएगा, इन्हें सूली पर। इस बार तो इन्हें क्षमा ही कर दीजिए। नादान थे। फँस गये बेचारे और...।''

''और क्या?'' न्यायाधीश ने दबे स्वर में पूछ ही लिया।

''मैं इनसे अपनी फीस ले चुकी हूँ। कुछ पाकिस्तान से भी मिल जाएगा। कुछ दूसरे देश देंगे। आप क्यों मेरे पेट पर लात मार रहे हैं? आपके बाल बच्चे नहीं हैं क्या?''

न्यायाधीश को दया आ गयी। बाल बच्चों का मामला था। बोले, ''हाँ! दोष तो हमारे देश की सरकार का ही है। उसे चाहिए कि वह पाकिस्तान को पकड़े और उन्हें कश्मीरियों को भ्रमित करने से रोके। मैं भारत की सरकार को ताकीद करता हूँ कि वह पाकिस्तान को एक सप्ताह के भीतर मेरी अदालत में उपस्थित करे। और मैं इन तीन युवा हत्याव्यसनियों को मुक्त करने का आदेश दे रहा हूँ।''

''आप यह क्या कर रहे हैं सरकार?'' सरकारी वकील ने घबरा कर कहा, ''देश के शत्रुओं को मुक्त कर रहे हैं? सारा देश थूकेगा, आप पर; और ये लोग स्वतन्त्र होकर सैकड़ों हत्याएँ करेंगे।''

''क्या करूँ।'' न्यायाधीश बोले, ''हमारी बचाऊ वकील के बच्चे भूखे मर जाएँगे। देखो, वह किस निर्लज्जता से देशद्रोहियों का साथ दे रही है, जैसे कोई पुण्यकर्म कर रही हो।''

''वह तो ठीक है पर...।''

''अरे भाई। टी. वी. चैनल शोर मचा रहे हैं।'' न्यायाधीश बोले, ''मानवाधिकार वाले जान खा रहे हैं। कश्मीर के सारे पाकिस्तान समर्थक इनका साथ दे रहे हैं। कल को देश के सारे अंग्रेज़ी अखबार भी इनके पक्ष में छापेंगे और मुझे कोसेंगे। मुझे तुम सेकुलर ही रहने दो। इन्हें फाँसी दे दी तो साम्प्रदायिक हो जाऊँगा।''

''अच्छा साहब! जैसी आपकी इच्छा। अब मैं आपका विरोध कर न्यायाधिकरण के अपमान का अपराधी तो नहीं बनना चाहता।''

आतंकी छूट गये। वकील की बाछें खिल गयीं। बड़ी प्रसन्न होकर उनके गले में बाँह डाले डाले अदालत से बाहर आयीं, ''मेरी फीस?''

एक आतंकी ने दूसरे को देखा, ''दो।''

''अच्छा।'' उसने जेब से पिस्तौल निकाल कर दनादन छह गोलियाँ बचाऊ वकील के वक्ष में उतार दीं।

(18.2.2002)

नये वर्ष की बधाई

"क्यों बे, लड़कियाँ छेड़ने आया था होटल में?" सिपाही ने उसे गले से पकड़ कर धक्का दिया।

वह तो वैसे ही लड़खड़ा रहा था। इस धक्के से थाने के फर्श पर गिर पड़ा। फिर भी बचाव हो गया। उसका सिर मेज से छू तो गया; किन्तु उसे टकराना नहीं कह सकते। टकराता तो सिर फटता और रक्त प्रकट होता। वह सब नहीं हुआ था। उसकी चेतना कुछ-कुछ लौटी। स्मरण हो आया कि वह होटल में बैठा शराब पी रहा था। किन्तु अब वह होटल में नहीं था। थाने में था। होटल के बैरे किसी और शैली में बात करते हैं और पुलिस का यह सिपाही, अपने ही ढंग से व्यवहार कर रहा था। "नहीं! नहीं! मैं तो वहाँ शराब पीने गया था।" उसने बड़ी शालीनता से कहा।

इस बार थानेदार स्वयं उठ कर आ गया, "कबूल कर रहा है कि तू शराब पीने गया था?"

"हाँ।"

"जानता नहीं शराब पीना अपराध है। महात्मा गाँधी ने कहा है कि वह शरीर और आत्मा – दोनों को नष्ट करती है।" थानेदार बोला।

"कहा होगा।" वह बोला, "शराब पीना सचमुच अपराध है क्या?"

"हाँ!"

"तो सरकार ने ही तो होटल को यह अपराध करने का लाइसेंस दिया था।"

"जबान लड़ाता है।"

"नहीं। माँ कसम सच बोल रहा हूँ।"

इससे पहले कि थानेदार उसको पीटता, सिपाही बीच में आ गया, "जनाब, वह होटल लाइसेंस वाला ही था। ठीक कह रहा है यह।"

"यह साली सरकार भी एक ओर लाइसेंस बाँटती है, दूसरी तरफ शराबियों को पकड़ने के लिए हमारी ड्यूटी लगा देती है।"

"हुजूर आप सरकारी नौकर होकर सरकार की..."

"तो तू शराब पीने गया था। क्यों नया साल मनाने की खुजली उठी थी?" थानेदार ने बात बदल ली।

"नहीं! मैं तो अपना दुख भुलाने गया था।"

"अच्छा तो तू दुख भुलाने गया था। क्या दुख है बे तुझे, जो तू भुलाने के लिए होटल में जा पहुँचा, दुनिया तो साली नये साल का जश्न मना रही थी। संसार का एक तू अकेला ही दुखी जीव था, वहाँ।"

उसने कोई उत्तर नहीं दिया। थानेदार की ओर देखता रहा।

"क्या दुख है तुझे?" थानेदार ने पुचकारा, "बोल तो। शायद हम तेरा दुख बाँट लें।"

"तुम नहीं बाँट सकते।"

"क्यों हम आदमी नहीं हैं?"

"नहीं।" वह बोला।

"अच्छा तो तेरी दृष्टि में हम आदमी ही नहीं हैं।" थानेदार का पारा चढ़ने लगा था।

"नहीं तुम पुलिस हो।"

"और तेरा कौन सा दुख है, जो पुलिस नहीं बाँट सकती। हम तो लोगों की प्रेमिकाएँ भी बाँट लेते हैं।"

"मेरे मन को निठारी के बच्चों और उनके माता-पिता का दुख खाए जा रहा है।" वह रो पड़ा।

"हमें उन बच्चों का दुख नहीं है?" थानेदार उसे घूर रहा था।

"नहीं। क्योंकि तुमने ही तो उन बच्चों को खाया है।" वह बोला, "तुम्हें दुख होता तो तुम उन्हें खाते ही क्यों?"

"हमने खाया है उन बच्चों को? क्यों हमको मुर्गा नहीं मिलता क्या?" थानेदार ने रुष्ट हो कर उसे धमकाया।

"और क्या। दो वर्ष हो गये बच्चों को गुम होते और तुम लोगों ने एक बार भी पूछ-पड़ताल नहीं की। वह मनेन्द्र सिंह उन बच्चियों के साथ बलात्कार कर उनकी हत्याएँ करता रहा और तुम लोगों ने सुध ही नहीं ली। पता नहीं तीस लड़कियाँ थीं या तीन सौ। अभी तो उनके कंकाल मिलते ही जा रहे हैं। सच बताना कितने पैसे देता था।"

"पैसे कहाँ देता था। कंजूस था साला।" थानेदार ने कहा, "पर हमें तो वह लड़कियाँ..."

थानेदार चौंका और तत्काल क्रुद्ध हो गया, "साले, होटल में शराब पी कर लड़कियाँ छेड़ता है और हमें बदनाम करता है। बता, लड़की को क्यों छेड़ा। होटल में तो हम भी लड़की को नहीं छेड़ते।"

"नहीं। मैंने किसी लड़की को नहीं छेड़ा।"

"तो यह सिपाही झूठ बोलता है?"

"इसको मालूम नहीं है। बहुत भोला है बेचारा।" वह बोला, "वह बेचारी बच्ची शराबियों की उस वहशी भीड़ में अपने कपड़े उतार कर, कूद-फाँद कर रही थी। मैंने सोचा कहीं बेचारी के साथ कोई अनहोनी न हो जाए। जाने वहाँ कितने मनेन्द्र सिंह थे।...मैं तो उसे कपड़े पहनाने की कोशिश कर रहा था।"

थानेदार ने सिपाही की ओर देखा।

"नहीं साहब, वह दस हजार वाली विदेशी थी और यह बिना पैसे की बात किए उसे खींच रहा था।" सिपाही बोला, "यह होश में नहीं था।"

"यह कुछ नहीं जानता।" वह चिल्लाया, "मैं एक लड़की को निठारी के राक्षसों से बचाने का प्रयत्न कर रहा था और यह मुझे घसीट कर थाने में ले आया। जाने उस बेचारी बच्ची के साथ क्या हुआ होगा।"

थानेदार ने उसे खींच कर एक चाँटा मारा, "तेरे जैसे लोग ही भले आदमियों को नया साल मनाने नहीं देते। सरकार कह रही है, नया साल मनाओ। वे हजारों मील दूर से पैसे कमाने आयी थीं और तू उनको न नया साल मनाने देता है, न पैसे कमाने देता है। न तू सरकार को धन्धा करने देता है, न उन लड़कियों को। बन्द कर दो साले को हवालात में। ये ही लोग देश को आगे नहीं बढ़ने देते।"

थानेदार का देशप्रेम बहुत ऊँचे स्वर में गूँजता रहा और निठारी से चीत्कार उठते रहे।

(1.1.2007)

नया धर्म

कवि जी कुछ अधिक ही मौज में थे। बोले, "मैं सोचता हूँ कि एक नया धर्म चलाया जाए।..."

मैं चौंका, "आप अपने आपको मुगल सम्राट अकबर समझते हैं क्या?"

"इसमें अकबर होने की क्या बात है?" उन्होंने मुझे डाँटा।

"नया दीन-ए-इलाही जो चलाना चाहते हैं आप?"

"मैं दीन-ए-इलाही की बात नहीं कर रहा हूँ।" कवि बोले, "मैं तो सोचता हूँ कि एक ऐसा धर्म चलाया जाए, जो आदमी को इनसान बना दे।"

"आदमी और इनसान में अन्तर क्या है?" मैंने स्पष्ट कर लेना उत्तम समझा, "जहाँ तक मैं जानता हूँ, ये दोनों शब्द संस्कृत मूल के नहीं हैं; और परस्पर पर्यायवाची हैं।"

"इनसान से मेरा तात्पर्य है, जिसमें इनसानियत हो।" उन्होंने अपना मन्तव्य स्पष्ट किया।

"इनसान होता ही वही है, जिसमें इनसानियत हो।" मैंने कहा, "मानव वही है, जिसमें मानवता हो। पशु वही है, जिसमें पशुत्व हो। अरबी फारसी शब्दों में कह देने से उसमें कुछ नया नहीं आ जाता।"

वे चिढ़ गये, "बड़ी मोटी बुद्धि है तुम्हारी। मैं यह कह रहा हूँ कि अब तक के धर्मों ने जो कुछ नहीं किया, वह यह नया धर्म करे।"

"तो आपने आज तक के सारे धर्मों को नकार दिया। उन्हें मानवता के लिए अहितकर घोषित कर दिया। आप उनसे श्रेष्ठ धर्म चलाएँगे।" मैंने कहा, "मैं जान सकता हूँ कि आपकी समझ में आज तक के धर्मों ने मानव नामक इस प्राणी को क्या पाठ पढ़ाया है?"

"उन्होंने उसे हिन्दू या मुसलमान बनाया है।"

"तो हिन्दू और मुसलमान इनसान नहीं होते? पशु होते हैं?"

"वे मनुष्यों को बाँटते हैं?"

"बाँटते तो सभी हैं।" मैं बोला, "प्रदेश के आधार पर, जाति और धर्म के आधार पर, धन के होने और न होने के आधार पर, राजनीतिक विचारधारा के आधार पर,

गुणों और दुर्गुणों के आधार पर...'' मैंने कवि महोदय की ओर देखा, ''आप कुछ को इनसान मान रहे हैं और कुछ को इनसान बनाना चाहते हैं। कुछ बनेंगे और कुछ नहीं बनेंगे। मानव जाति तो तब भी वर्गीकृत होगी ही।''

''तुम सदा मूर्खता की ही बात क्यों करते हो?''

''फिर वही बँटवारा – कुछ मूर्ख और कुछ बुद्धिमान।''

मैं देख रहा था कि उस बुद्धिमान को क्रोध आ रहा था और वह बुद्धिमान से मूर्ख बनने ही वाला था।

''अच्छा, तो आप इनसान में कौन से गुण चाहते हैं?'' मैंने पूछा, ''या पहले पूछ लूँ कि आप स्वयं इनसान बन गये?''

''मैं तो इनसान हूँ ही। मैंने जीवन भर अपनी कविताओं में इंसानियत की बात की है।''

''की होगी।'' मैंने कहा।

''क्या मतलब?''

''भई! मैंने आपकी कविताएँ पढ़ी नहीं हैं। इसीलिए पूछ लिया।'' मैं बोला, ''क्या इनसानियत वही है, जो आप जीवन भर करते रहे हैं?''

''हाँ! मैं सदा इनसानियत की राह पर चला हूँ।''

''क्या इनसानियत की यात्रा, सुरापान, व्यभिचार और पैसे के लोभ की गलियों से हो कर चलती है?'' मैंने उनकी ओर देखा, ''अवसरवादिता? अपने मित्रों की साहित्यिक हत्याएँ?... यह सब इनसानियत है? धर्म तो यह सब त्यागने को कहता है। त्याग और तपस्या की बात करता है। स्वार्थ त्याग, परमार्थ के लिए काम करने को कहता है।''

''बकवास मत करो।'' वे आपे से बाहर होने होने को ही थे, ''धर्म मानवता को बाँटता है और लोगों को आपस में लड़वाता है।''

''देखिए कवि महोदय! मैं आपके समान विद्वान् नहीं हूँ, इसलिए सारे धर्मों की बात नहीं जानता।'' मैंने कहा, ''आप बिना क्रुद्ध हुए, केवल इतना बता दीजिए कि हिन्दू धर्म के किस ग्रन्थ में कहा गया है कि आपस में लड़ो। कहाँ कहा गया है कि जो तुमसे कुछ अलग सोचे, उसे मारो। वैश्वानर, वसुधैव कुटुम्बकम् तथा वेदान्त के अनुसार तत्वतः सारे जीवों को ही नहीं, पदार्थों को भी एक ही मानना – क्या यह मानव जाति को बाँटने का प्रयत्न है?''

''क्यों? राम मन्दिर को ले कर हिन्दू लड़ नहीं रहे?''

''तुम्हारा मकान तुम्हारे किरायेदार ने खाली नहीं किया था तो तुम कितने वर्ष मुकदमा लड़ते रहे?... और अभी तो पिछले कवि सम्मेलन में सुरा के एक गिलास के लिए तुमने कई कवियों के कपड़े फाड़ दिए थे।...''

''बकवास बन्द करो। कवि ने मुझे झिड़क दिया, ''हाँ! मुकदमे वाली बात सत्य

है। ''कवि के मुख पर गर्व की झलक आयी, ''पन्द्रह वर्ष मुकदमा लड़ता रहा मैं, और अन्त में मकान खाली करवा कर ही दम लिया।...!'' कवि ने रुक कर कहा, ''पर बाबर तुम्हारा किरायेदार नहीं था।''

''यही तो हम भी कहते हैं। वह विदेशी और विधर्मी था। उसने बलात् इस देश में घुस कर मन्दिर तोड़ कर उसपर आधिपत्य स्थापित किया। किरायेदार न बलात् आपके घर में घुसता है, न आपके घर को तोड़ता है। न उसपर अपना मकान बनाता है।'' मैंने कहा, ''हम आक्रांताओं का भी विरोध न करें? मैंने तो तुम्हें मुकदमा लड़ने से नहीं रोका और तुम बता रहे हो कि हिन्दू धर्म लड़ना सिखाता है।''

''हाँ! लड़ना सिखाता है?''

''तुम जिस प्रकार का इनसान बनाना चाहते हो, क्या वह इनसान आत्मरक्षा नहीं करेगा? वह अपने देश और अपनी संस्कृति की रक्षा नहीं करेगा? अपने समाज और अपने धर्म की रक्षा नहीं करेगा? पाप और अधर्म से लड़ेगा नहीं?''

उसने कोई उत्तर नहीं दिया।

''पहले सोच लो कि जब तुम धर्म को गाली दे रहे हो, उसका तिरस्कार कर रहे हो, तो विरोध किसका कर रहे हो? और मनुष्य को ऐसा क्या सिखाना चाहते हो, जो आज तक धर्म ने नहीं सिखाया।''

''पर जब मैं इनसानियत की बात करता हूँ, तो मेरे श्रोता इतने प्रसन्न क्यों होते हैं? इतनी तालियाँ क्यों बजाते हैं?'' कवि रो दिया।

''क्योंकि वे समझ नहीं रहे होते कि तुम किस का तिरस्कार कर रहे हो।'' मैंने कहा, ''न वे यह समझ रहे होते हैं कि यह आजीवन सुखभोग का स्वार्थी जीवन जीने वाला व्यक्ति धर्म का तिरस्कार करके किन महान् पुरुषों और किन महान् सिद्धान्तों का तिरस्कार कर, स्वयं को उन सब से उदात्त और पवित्र बता रहा है।''

''तुम तो मेरी सारी दूकानदारी ही बन्द करवा दोगे।'' उसने अपने आँसू पोंछ लिए और इनसानियत के गीत गाने को तैयार हो गया।

(3.1.2005)

नागरिकता के कारण

दोनों देशों के प्रतिनिधि मिले तो परिवेश ही कुछ बदल गया।

"देखिए।" पाकिस्तान के प्रतिनिधि ने कहा, "मुझे गलत मत समझिएगा। हमारा देश इनसानियत का अलमबरदार है। हम नहीं चाहते कि हमारी वजह से किसी को कोई तकलीफ हो। और अपने पड़ोसियों का तो हम खास खयाल रखते हैं। अगर अभी तक हमसे अजाने में कोई गलती हुई भी हो तो हम चाहते हैं कि हम उसकी भरपाई कर दें। हम आपको वह दिलाते हैं... जिसे आप क्या कहते हैं... विश्वास। हम आपको विश्वास दिलाते हैं कि हम आपकी सारी शिकायतें दूर कर देंगे।"

भारतीय प्रतिनिधि कुछ व्याकुल सा हो गया था।

"आप मुझे भी कुछ बोलने देंगे या अपना ही भाषण चलाए जाएँगे।"

"नहीं जनाब। मेरी तो बस गुजारिश भर थी।" पाकिस्तानी प्रतिनिधि बोला, "आप अपनी तकरीर कीजिए।"

"मुझे कोई तकरीर नहीं करनी है।" भारतीय प्रतिनिध बोला, "न भाषण करना है। सीधी सी बात है। आप हमारे अपराधी हमारे हवाले करें। हम उनपर मुकदमा चलाएँगे और अपने कानून के अनुसार उन्हें दंडित करेंगे।"

"कौन से अपराधी?" पाकिस्तानी प्रतिनिधि ने पूछा।

"जिन्होंने मुम्बई पर आक्रमण किया।"

"नाम लीजिए। यदि वे पाकिस्तानी हैं तो हम उन्हें जरूर सजा देंगे।"

"पहले तो आप स्वीकार कीजिए कि कसाब पाकिस्तानी है।"

"कसाब? हाँ कुछ लोग उसे पाकिस्तानी मान रहे हैं। पर अभी बात पूरी तरह साफ नहीं हुई है।"

"आप उसे पाकिस्तनी नहीं मानते?" भारतीय प्रतिनिधि ने कुछ रोष से पूछा।
"आप मानते हैं?" पाकिस्तानी प्रतिनिधि ने भी उतने ही जोश से पूछा।

"हमारे पास निश्चित प्रमाण हैं कि वह पाकिस्तानी है।"

"ठीक है। आपके पास सबूत हैं तो हम मान लेते हैं कि वह पाकिस्तानी है।" पाकिस्तानी प्रतिनिधि बोला, "अब फैसला यह करना है कि अगर वह पाकिस्तानी है..."

"आपने फिर 'अगर' लगाया।"

"नहीं हुजूर हम मानते हैं कि वह पाकिस्तानी है।" वह बोला, "अब तय यह करना है कि उसपर मुकदमा पाकिस्तान में चले..."

"पाकिस्तान में क्यों चले?"

"क्योंकि वह पाकिस्तनी है।" पाकिस्तानी प्रतिनिधि बोला, "अबु सलेम भारतीय है, इसलिए आप उसे पुर्तगाल से भारत ले आये और उसपर अपने यहाँ मुकदमा चला रहे हैं। उसी तरह कसाब को भी एक मुजरिम के तौर पर पाकिस्तान को सौंप दिया जाए तो हम उसपर मुकदमा चलाएँगे और उसको सख्त से सख्त सजा देंगे। जरा सोचिए, अगर आप उसे हमारे हवाले नहीं करेंगे तो हम उसको सजा कैसे देंगे।"

"आप उसे दंड देंगे?"

"हमारी अदालत कहेगी, तो जरूर देंगे।"

"और यदि आपकी अदालत न कहे तो?"

"आप जो भी सबूत देंगे, हम वे सब अदालत के सामने रख देंगे। ऐसे में अदालत सजा क्यों नहीं देगी।"

"नहीं। हमको आप पर विश्वास नहीं है।"

"जब विश्वास ही नहीं है, तो फिर मीटिंगें करने का क्या फायदा?" पाकिस्तानी बिफर गया।

भारतीय प्रतिनिधि डर गया, "नहीं। नहीं। हम कसाब को आपके हवाले कर देंगे। पर उसपर मुकदमा अवश्य चले।"

"चलेगा।" पाकिस्तानी प्रतिनिधि बोला, "तो हम इस सिद्धान्त पर सहमत होते हैं कि जो अपराधी जिस देश का नागरिक होगा, उसपर उसी देश में मुकदमा चलेगा।"

"हाँ, हम सहमत हैं।" भारतीय प्रतिनिधि बोला, "पर मुकदमा तो उस देश में चलना चाहिए, जिसका उसने अपराध किया है।"

"चलिए। हम इसी को मान लेते हैं।" पाकिस्तानी प्रतिनिधि बोला, "जिस देश का अपराध किया है, मुकदमा वहीं चले।"

"यही ठीक रहेगा।" भारतीय प्रतिनिधि बोला।

"तो फिर अफजल हमारे हवाले कीजिए।" पाकिस्तानी प्रतिनिधि बोला, "उसने हमें सारी दुनिया में बदनाम कर दिया है। उसने हमारे खिलाफ कौमी गुनाह किया है। वह हमारा मुजरिम है।"

"बदनाम तो आपको कसाब ने भी किया है।"

"तो ठीक है। दोनों को हमारे हवाले कीजिए। हम दोनों पर मुकदमा चलाएँगे।" पाकिस्तानी प्रतिनिधि उठ खड़ा हुआ।

"तो ठीक है।" भारतीय प्रतिनिधि को भी उठना पड़ा, "पर मुकदमा चलाइएगा जरूर।"

"आप जरा भी चिन्ता मत कीजिए।" वह बोला, "मुकदमा तो चलेगा ही चलेगा। आगे जो अदालत की मर्जी।"

भारतीय प्रतिनिधि असमंजस में खड़ा सोच रहा था कि संधि उसके पक्ष में हुई है या नहीं।

(13.2.2009)

पकड़े गये

"आज के समाचार पढ़े?"

"कोई विशेष बात?" मैंने पूछा।

"अरे, आतंकवादियों के चार साथी पकड़े गये।" रामलुभाया प्रसन्न ही नहीं, बहुत ही उत्साहित भी लग रहा था।

मेरी भी तन्द्रा टूटी, "क्या गुलामनबी आजाद पकड़ा गया?"

"गुलामनबी आजाद? नहीं तो।" वह बोला, "उसका क्या काम?"

"तो कौन पकड़ा गया?" मेरी उत्सुकता सातवें आसमान पर थी, "मुफ्ती स्वयं या महबूबा मुफ्ती?"

"तुम पागलों के समान जाने किस-किस के नाम बोले जा रहे हो।" रामलुभाया कुछ परेशान सा होकर बोला, "मैं कह रहा हूँ कि आतंकवादियों के साथी पकड़े गये हैं।"

"मैं भी तो उन्हीं की बात कर रहा हूँ।" मैंने कहा, "तो यासीन मलिक पकड़ा गया होगा।"

"अरे नहीं। मैं उन सबकी बात नहीं कर रहा हूँ।" वह बोला, "मैं उनकी बात कर रहा हूँ, जिन्होंने आतंकवादियों की सहायता की थी।"

"अच्छा वे, जो उनके समर्थन में धरने पर बैठे थे?"

"नहीं।"

"तो अरुन्धती राय होगी, जिसने उनके समर्थन में एक लम्बा निबन्ध लिखा था।" मैं रुका, "या फिर उस पत्रिका का सम्पादक, जिसने वह निबन्ध छापा था।"

"तुम तो पागल हो एकदम।" रामलुभाया ने कुछ बिगड़ कर कहा, "तुम तो इतने बड़े-बड़े लोगों के नाम ले रहे हो...।"

"आतंकवादियों के साथी बड़े लोग होते हैं?" मैंने पूछा, "तो अपराधी कौन होता है?"

"अपराधी वह होता है, जो किसी की जेब कतर ले।"

"जो देश को कतर दे, वह अपराधी नहीं होता?"

"नहीं। वह नेता होता है।" वह बोला, "अपराधी वह होता है, जो किसी से रिश्वत ले।"

"और जो देश को तोड़ने के लिए, देश के शत्रुओं से लाखों करोड़ों रुपये ले, वह रिश्वत नहीं, मानदेय है? ऐसा काम करने वाला व्यक्ति अपराधी नहीं होता?"

"नहीं। वह मानवाधिकारवादी होता है।" रामलुभाया बोला, "अपराधी तो वह होता है, जो किसी की हत्या कर दे।"

"और जो बम फोड़वा कर सैकड़ों लोगों की हत्या करवा दे, वह अपराधी नहीं होता।"

"नहीं। वह तो सिद्धान्तवाचक होता है। अपराधी तो वह होता है, जो किसी को लूट लेता है।"

"और जो सैकड़ों लोगों के भाग्य को ही लूट लेता है, वह अपराधी नहीं होता?"

"नहीं। वह तो इतिहास-पुरुष होता है।" वह मेरी नासमझी पर हँस रहा था।

"तो फिर पकड़े कौन लोग गये हैं?"

"जिन्होंने आतंकवादियों की सहायता की थी।"

"अर्थात् तुम आतंकवादियों को नहीं पकड़ते, उनकी सहायता करने वालों को पकड़ते हो।"

"नहीं। पकड़ते तो आतंकवादियों को भी हैं, किन्तु फिर उन राक्षसों के पक्ष में बड़े-बड़े मानवीय तर्क उपस्थित करते हैं। उनकी सहानुभूति में सड़कों पर उतर आते हैं। धरने पर बैठते हैं, जुलूस निकालते हैं। आन्दोलन चलाते हैं। अन्ततः उनको छुड़वा लेते हैं।"

"तो अफजल को छुड़वाओगे? मदनी को छुड़वाओगे?"

"हाँ। फाँसी अच्छी बात नहीं है।"

"तो सतवन्तसिंह को फाँसी देने की क्या आवश्यकता थी? केहर सिंह को क्यों मृत्युदंड दिया था? और नाथूराम गोडसे को फाँसी पर क्यों लटकाया?"

वह एक क्षण को भी संकुचित नहीं हुआ, "क्योंकि सहानुभूति के पात्र तो केवल अल्पसंख्यक लोग हैं।"

"ठीक है। ठीक है। मैं जानता हूँ कि जिस दिन बहुसंख्यक लोग भी आतंकवाद के मार्ग पर चल पड़ेंगे, वे तुम्हारी सहानुभूति अर्जित कर लेंगे। तुम्हारी सहानुभूति या तो भय से उपजती है, या लोभ से। न्याय क्या होता है, वह तुम जानते ही नहीं।" मैंने कहा, "अब ये बताओ कि आतंकवादियों के कौन से साथी पकड़े गये हैं?"

"जिस मालिक मकान ने बिना यह जाने कि वे आतंकवादी हैं, उन्हें अपना मकान किराये पर दे दिया था और गली की नुक्कड़ पर साइकिल की मरम्मत वाला मिस्त्री, जो एक पुराने साइकिल का अच्छा मूल्य पा कर उनको साइकिल दे बैठा था।" "यह तुम्हारा कैसा विधान है रामलुभाया?" मैंने पूछा।

"यह तो राजनीति है।" वह बोला और मुस्कराने लगा।

पहचान-पत्र

मैं पेंशन लेने के लिए अपने कॉलेज पहुँचा तो लेखाधिकारी ने मेरे सामने एक छपा हुआ फार्म रख दिया।

"यह क्या है?" मैंने पूछा।

"प्रमाणपत्र।"

"किस बात का?"

"आपके जीवित होने का।" वह हँसा, "पेंशन जीवन-पर्यन्त ही मिलती है। इसलिए जीवित होने का प्रमाणपत्र देना पड़ता है।"

"तुम्हारे सामने खड़ा तो हूँ।" मैंने कहा, "मुझे नहीं पहचानते?"

"मैं तो पहचानता हूँ।" वह बोला, "किन्तु फाइल नहीं पहचानती और आपको पेंशन मैं नहीं देता, फाइल ही देती है।" "अरे रामलुभाया!" मैंने कुछ मैत्रीपूर्ण ढंग से कहा, "जिस दिन प्रस्थान कर जाऊँगा, अपने-आप ही हमारे मुहल्ले से समाचार आ जाएगा। सम्भव है कि तुम्हें मेरे अन्तिम संस्कार में सम्मिलित होने के लिए श्मशान तक भी जाना पड़े। ऐसी बातें कोई छुपती थोड़ी हैं।" मेरा स्वर कुछ विनोदी हो गया, "तुम न भी आना चाहोगे तो मेरे मित्र तुम्हें फोन कर कर के आने को बाध्य कर देंगे।"

"वह सब तो ठीक है डॉ. साहब..."

मैंने उसकी पूरी बात नहीं सुनी। बोला, "फिर यह मत समझना कि कोई मुझे जानता नहीं। मरूँगा तो नगर के समाचारपत्र तो समाचार छापेंगे ही। अपने यहाँ जीने का समाचार छपे न छपे, मरने का समाचार छपता ही है।..."

और सहसा मुझे स्मरण हो आया कि कल के समाचारपत्र में मेरा एक साक्षात्कार छपा है। वह कागज मेरे झोले में इस समय भी था। मैं अवसर चूकना नहीं चाहता था। कागज निकाल कर उसके सामने रख दिया।

"यह देखो, क्या छपा है। यह श्रद्धांजलि नहीं है। जीवित व्यक्ति से बातचीत है।"

"यह सब तो ठीक है; किन्तु फाइल के लिए वह फार्म आवश्यक है। नहीं तो अगले महीने से पैंशन नहीं मिलेगी।"

"लाओ, भर देता हूँ। अपने हाथ से लिख देता हूँ कि मैं जीवित हूँ।" मैं हँसा, "मृत व्यक्ति तो वैसे भी फार्म नहीं भर सकता।"

"आपका अपना लिखा नहीं चलेगा।" वह बोला, "कोई और प्रमाणित करे कि उसने आपको जीवित देखा है।"

"तो तुम लिख दो। तुमने तो मुझे जीवित देखा ही है।"

"हम तो इन आलेखों के संरक्षक हैं, इसलिए हम नहीं लिख सकते। हम लिख दें तो माना जाएगा कि हम कोई हेराफेरी कर रहे हैं।"

"चलो, प्रिंसिपल से लिखवा देता हूँ।"

"वे भी नहीं कर सकते। वे तो इस कार्यालय के अधिकारी हैं।"

"अपने किसी सहयोगी से लिखवा देता हूँ।"

"नहीं..."

मुझे क्रोध आ गया, "तो फिर कौन कर सकता है?"

"किसी सरकारी अधिकारी से करवा दीजिए, जिसके पास अपने पद की मुहर हो। रबर स्टैंप समझते हैं न।"

"मैं ऐसे किसी सरकारी अधिकारी को नहीं जानता।"

"तो फिर किसी डॉक्टर से लिखवा दीजिए। उसके पास भी रबर स्टैंप होती है।" वह हँसा, "अब यह मत कहिएगा कि इस अवस्था में भी आपको कोई रोग नहीं है, इसलिए आपको किसी डॉक्टर के पास जाना नहीं पड़ता।"

मैं फार्म उठा कर घर ले आया।

अगले दिन गली के नुक्कड़ की दुकान पर बैठे डॉक्टर के पास गया। फार्म भर दिया था। उससे प्रार्थना की कि वह अपने हस्ताक्षर कर मुहर लगा दे। उस भले आदमी ने चुपचाप वैसा कर दिया और कोई फीस भी नहीं माँगी।

मैं उसका धन्यवाद कर चला आया।

कॉलेज में रामलुभाया को फार्म सौंपा तो वह सन्तुष्ट दिखा, "अब ठीक है।"

"तुम इस डॉक्टर को जानते हो?"

"नहीं।"

"वह मुझे नहीं जानता। मैं भी उसे नहीं जानता।" मैंने उसे बताया।

"कोई बात नहीं।" उसने कहा।

"तुम मुझे तीस वर्षों से जानते हो, पर मेरा विश्वास नहीं करते, उस अपरिचित डॉक्टर का करते हो।"

"बात मेरी नहीं है, फाइल की है।" उसने निस्संकोच कहा।

"फाइल उसको पहचानती है?" मुझसे पूछे बिना नहीं रहा गया।

"फाइल केवल रबर की स्टैंप को पहचानती है।" वह बोला, "और आपकी पेंशन के लिए फाइल द्वारा आपका पहचाना जाना आवश्यक है।"

"यह देश ऐसे ही चलता है क्या।" मैं रुष्ट था।

"यह देश भी ऐसे ही चलता है और इसकी सरकार भी।" उसने कहा और हँस पड़ा।

(25.5.2008)

पाकिस्तानी अस्पताल

रामलुभाया और भोलाराम फिर एक दूसरे से उलझ गये थे।

"क्या हो गया भाई?"

"देखो तो इस भोलाराम को, जब से पाकिस्तान से हो कर आया है, एकदम पाकिस्तानी ही हो गया है।" रामलुभाया ने बताया, "कोई जादू कर दिया है उन्होंने इसपर।"

"तो इसमें आश्चर्य की क्या बात है भाई।" मैंने कहा, "हमारे तो बड़े-बड़े नेता पाकिस्तान जाते हैं और पगला जाते हैं।"

"मेरी बात सुनो।" भोलाराम बोला, "मैं पाकिस्तान की प्रशंसा नहीं कर रहा हूँ। केवल इतना कह रहा हूँ कि पाकिस्तान के कुछ बड़े अस्पताल भारत में अपनी शाखाएँ खोलना चाहते हैं तो उसमें हमें क्या परेशानी है। वे हमारे देश के रोगियों का ही तो उपचार करेंगे।"

लगा, रामलुभाया उसे मार ही बैठेगा, "अरे उनके देश से कोई गायक, कोई कवि, कोई कलाकार, कोई अभिनेता, इस देश में आ जाता है, तो वह लौटने का नाम नहीं लेता। मुझे तो आश्चर्य है कि उनकी विदेश मन्त्री कैसे लौट गयी, नहीं तो वह भी कह देती कि मुझे इस देश की जल-वायु भा गयी है। मैं अपना एक कार्यालय यहीं खोल लेती हूँ। वैसे भी विदेश मन्त्री का कार्यालय विदेश में ही होना चाहिए।"

"अरे विदेश मन्त्री और डाक्टरों में भेद है।" भोलाराम बोला, "तुम देखते ही हो कि हमारे अस्पतालों में कितनी भीड़ है। यदि दो चार पाकिस्तानी अस्पताल भी खुल जाएँगे तो कौन सी आफत आ जाएगी।"

"अरे भोलाराम तू समझता क्यों नहीं है। वे अस्पताल खोलने की बात कर रहे हैं, इसलिए सरकार से निःशुल्क जमीन माँगेंगे।" रामलुभाया बोला, "फिर जो मशीनें उनके पास नहीं हैं, वे भी भारत सरकार से माँगी जाएँगी। आर्थिक सहयोग की माँग सदा ही बनी रहेगी। और मनमोहन सिंह को तो तुम जानते ही हो। वे तत्काल सहमत हो जाएँगे कि उनकी आवश्यकता हमारी आवश्यकता से अधिक है। अस्पताल पाकिस्तान का होगा और धन सारा हमारा लगेगा।"

"रोगी तो हमारे ही होंगे न।" भोलाराम अपनी बात पर अड़ा रहा।

"जैसे ईसाई अस्पतालों में ईसाइयों को वरीयता दी जाती है, वैसे ही वे धर्म के नाम पर भारतीय जनता में भेद-भाव करेंगे और उन्हें एक दूसरे के आमने-सामने खड़ा कर देंगे। हो सकता है, उनके रोगी भी पाकिस्तन से आने लगें।"

"चलो मान लिया।" भोलाराम बोला, "किन्तु तुम एक लाभ से इनकार नहीं कर सकते।"

"वह क्या?"

"हम जो पाकिस्तानी आतंकवादी पकड़ेंगे, उनके उपचार का भार उन पाकिस्तानी अस्पतालों को ही सौंप देंगे। लो सँभालो अपने देशवासियों को।"

"और वे सँभाल लेंगे। उनका उपचार कर उन्हें पाकिस्तान भेज देंगे। हमारी पुलिस उनका मुँह ताकती रह जाएगी।" रामलुभाया बोला, "या फिर वे उनका उपचार कर उन्हें स्वस्थ कर फिर से आतंक फैलाने के लिए भारत में स्थान-स्थान पर नियुक्त कर देंगे। वे अस्पताल खोलेंगे या आतंकवाद की एजेंसियाँ – कौन बता सकता है।"

"यार तुमको उनपर तनिक भी विश्वास नहीं है?"

"उनका विश्वास तो हम सन 1947 से ही देख रहे हैं।" रामलुभाया बोला, "एक ओर दावत खिलाते हैं और दूसरी ओर सेना भेज देते हैं, आतंकवादी भेज देते हैं, जासूस भेज देते हैं, हथियार भेज देते हैं, जाली नोट भेज देते हैं। फिर भी तुम उनका विश्वास करोगे?"

"एक बात मुझे भी सूझ रही है रामलुभाया।" भोलाराम का स्वर कुछ बदला हुआ था, "यह भी तो सम्भव है कि वे अपने डाक्टरों के रूप में अपने आतंकवादी भेजें। वे अपने अस्पताल को मेडिकल कॉलेज में बदल दें और भारतीय लड़कों को डाक्टरी पढ़ाने के स्थान पर आतंकवाद पढ़ाने लगें। अपने रोगियों को आतंकवाद का व्यावहारिक प्रशिक्षण दें।"

"वह क्या होता है?"

"यदि कोई रोगी उदरपीड़ा की शिकायत करे, तो वे कह सकते हैं कि यदि वह भारतीय झंडा खा लेगा तो उसका उदरशूल शान्त हो जाएगा। यदि कोई कहे कि उसके पेट में कैंसर है तो वे उसके पेट का आपरेशन कर उसमें बम रख कर उसे सी देंगे; और हाथ में रिमोट पकड़ा कर कहेंगे कि वह मनमोहन सिंह के किसी सम्मेलन में रिमोट दबा देगा तो उसका कैंसर सदा के लिए ठीक हो जाएगा। किसी का गला खराब हो तो वे उसे भारत विरोधी नारे लगाने का परामर्श दे सकते हैं।"

रामलुभाया ने उसे आश्चर्य से देखा, "तुम तो बहुत समझदार हो गये हो भोलाराम। तुम जानते हो कि हमारा पड़ोसी देश क्या क्या कर सकता है।"

"किन्तु हमारी सरकार बड़ी मानवतावादी है। वह कहेगी, अस्पताल तो अस्पताल होता है। पाकिस्तान चाहे तो भारत में जितने मर्जी अस्पताल खोल ले। हमारी सरकार तो अपने देश की जनता का कल्याण चाहती है। वह उतने ही नये श्मशान बना देगी। एक ओर देश की बढ़ती जनसंख्या की समस्या हल हो जाएगी और दूसरी ओर पड़ोसी देश से हमारी मित्रता हो जाएगी। किसी बड़े आदमी ने कहा भी है न, कि अपने पड़ोसी से प्रेम करो। हम उस बड़े आदमी की बात मान जाएँगे।"

(19.4.2012)

विश्वकप

रामलुभाया मन मारे बैठा था।

"क्या हुआ?" भोलाराम आ कर उसके साथ बैठ गया।

"क्रिकेट का विश्वकप हो रहा है।"

"तुम तो ऐसे उदास बैठे हो, जैसे तुम्हारा क्रिया-कर्म हो रहा है।"

"तुम नहीं समझते।" रामलुभाया ने कहा, "भारत एक युद्ध के कगार पर बैठा है।"

"कौन सा युद्ध? कैसा युद्ध? विश्वकप में क्रिकेट का खेल होता है, युद्ध नहीं होता।"

"पाकिस्तान के साथ भारत का केवल युद्ध ही होता है, चाहे जिस भी रूप में हो। हाँ तो दोनों ओर से पतंगें भी उड़ेंगी तो युद्ध हो जाएगा। मुर्गे ही लड़ा कर देख लो।"

"चाहे भारत के प्रधानमन्त्री मनमोहन सिंह ही हों।" भोलाराम बोला, "मैं तो मानता हूँ कि मनमोहन सिंह के रहते भारत का किसी से भी युद्ध नहीं हो सकता।"

"शायद तुम ठीक कह रहे हो।" रामलुभाया ने सिर उठाया, "मेरा एक भांजा है। उसके विवाह को पाँच-एक वर्ष हो गये तो मैं उससे मिला। पूछा, 'कैसी निभ रही है? तुम दोनों में लड़ाई तो नहीं होती?' 'नहीं, लड़ाई नहीं होती।' उसने कहा। 'यह कैसे सम्भव है?' मैंने कहा, 'ऐसे कौन से पति-पत्नी हैं, जिनमें मतभेद नहीं होता।' 'मैंने कहा कि लड़ाई नहीं होती।' वह बोला, 'हाँ केवल पिटाई होती है। लड़ाई तो तब हो, जब मैं आगे से बोलूँ। मैं आगे से बोलता नहीं। इसलिए लड़ाई नहीं होती। केवल मेरी पिटाई होती है।'" रामलुभाया बोला, "समझ रहे हो। हमारा देश भी लड़ता नहीं, केवल पिटता है।"

"बात विश्वकप की थी।" भोलाराम ने उसे स्मरण कराया।

"हाँ, हो तो विश्वकप ही रहा है। पाकिस्तान का दल आ गया है। वे कह रहे हैं कि कुछ भी हो जाए, भारत को कप नहीं जीतने देंगे। सचिन को अपने शतकों का सैकड़ा पूरा नहीं करने देंगे। भारत अब केवल सॉसर में चाय पिएगा, क्योंकि कप तो हम ले ही जाएँगे।" रामलुभाया ने उसकी ओर देखा, "हो गया न युद्ध आरम्भ।"

"नहीं। युद्ध नहीं होगा।'' भोलाराम बोला, "हमारे प्रधानमन्त्री ने पाकिस्तान के प्रधानमन्त्री और राष्ट्रपति को मैच देखने के लिए बुलाया है। युद्ध नहीं होगा। हम उन्हें मैत्री का सन्देश दे रहे हैं। हमारे देश की चतुराई देखो, दोनों प्रधानमन्त्री साथ-साथ बैठ कर मैच देखेंगे। चाय पिएँगे। हाथ मिलाएँगे। शत्रुता मिटेगी। जो काम सारी राजनीति नहीं कर सकी, वह क्रिकेट का एक मैच कर देगा।"

"तुम्हारा विचार है कि पाकिस्तान के प्रधानमन्त्री एक मैच देखेंगे, एक कप चाय पिएँगे और आतंकवाद बन्द हो जाएगा? कश्मीर की जो भूमि उन्होंने हड़प रखी है, वह हमें दे देंगे? हमारे कश्मीर पर से अपना दावा हटा लेंगे। उनकी सेना हमारे विरुद्ध षड्यन्त्र बन्द कर देगी? हमारे विरुद्ध शस्त्रों का संग्रह बन्द कर देगी? उनका हिन्दू-विरोध, भारत-विरोध समाप्त हो जाएगा?'' वह रुका, "नहीं भाई, अब तक तो युद्ध केवल सेनाएँ करती थीं, अब क्रिकेट वाले भी वही करेंगे।''

"नहीं, राजनीति भी क्रिकेट में बदल जाएगी। यही तो चमत्कार है हमारे प्रधानमन्त्री का।'' भोलाराम बहुत प्रसन्न था।

****

पाकिस्तान के गृहमन्त्री ने क्रिकेट टीम के कप्तान शाहिद अफरीदी को बुलाया था। उनकी मेज पर एक समाचारपत्र पड़ा था।

अफरीदी सहमा सा बैठा था।

"तुम्हें हारना ही था तो कोई और देश नहीं मिला था। भारत से ही हार आये?'' गृहमन्त्री ने उसे घूरा।

"सर, बाकी सब से तो हम जीत ही चुके थे। आखिरी मैच हार गये। अल्लाह की मर्ज़ी।''

"अल्लाह का नाम मत लो। अल्लाह ने तुम्हें हारने के लिए नहीं भेजा था।'' गृहमन्त्री ने समाचारपत्र उसके सामने पटक दिया, "और ऊपर से यह भी कह आये कि भारत की टीम अच्छा खेली, इसलिए जीत गयी। यह नहीं कह सकते थे कि वे धोखाधड़ी से जीत गये?"

"वह सब कहना हमने आप राजनीतिज्ञों के लिए छोड़ रखा है।'' अफरीदी ने कहा, "शायद आपने यह अखबार नहीं देखा।''

उसने भी एक अखबार गृहमन्त्री के सामने पटक दिया।

"यह क्या है?''

"देखिए।'' अफरीदी ने एक समाचार पर अँगुली रख दी, "मेरा बयान छपा है।''

"हाँ,'' गृहमन्त्री ने पढ़ा, "अल्लाह ने जैसा खुला और सच्चा दिल पाकिस्तानियों और मुसलमानों को दिया है, वैसा हिन्दुस्तानियों को नहीं दिया। वे लोग तंगदिल हैं। दिल के साफ और सच्चे नहीं हैं।''

गृहमन्त्री ने उसकी ओर देखा, "यह तो तुमने अच्छा किया पर तुमने युवराज और हरभजन के बयान नहीं पढ़े।"

"उन्होंने भी कुछ कहा है?"

"कहा है कि पाकिस्तानी खिलाड़ियों के दिल खुले हैं तभी तो वे हमारे कैच छोड़ते रहे। हरभजन ने कहा, अगली बार उनको और अच्छा खिला-पिला देंगे।" गृहमन्त्री ने कहा, "कहना तो उनको चाहिए था कि पाकिस्तानी खिलाड़ियों के हाथ भी खुले थे। उनमें छेद थे। तभी तो गेंद उनमें से छूट-छूट जाती थी।"

"सर..."

"सर के बच्चे। अब अपने बोर्ड के चेयरमैन से कहो कि हिन्दुस्तानियों को खेलने के लिए यहाँ बुलाएँ। श्रीलंका वालों की तरह इन्हें भी गोलियों से भून देंगे। ए.के. 47 सामने रखेंगे और कहेंगे या तो हारो, नहीं तो गोली खाओ।"

****

"देखा।" भोलाराम प्रसन्न था, "पाकिस्तान से क्रिकेट खेलने का बुलावा आया है। हो गयी न मैत्री। मनमोहन सिंह का जवाब नहीं। क्या चाल चली है।"

"सचमुच कोई जवाब नहीं। पहले बुलावे पर तंग और मैले दिल वाले होने का गौरव प्राप्त किया और अब यदि खिलाड़ी न भेजे तो कूटनीतिक मात खाओ कि भारत मैत्री नहीं चाहता और भेज दो तो पूरी टीम के वक्ष में गोलियाँ खाओ।"

"ऐसा कैसे हो सकता है? वे ऐसा नहीं कर सकते।"

"आज तक ऐसा क्या है, जो उन्होंने नहीं किया।" रामलुभाया बोला, "और जब गोली चल जाएगी तो तुम क्या कर लोगे और मनमोहन सिंह क्या कर लेंगे। पाकिस्तान को एक विरोधपत्र भेजा जाएगा और खिलाड़ियों के परिवारों को शोकपत्र।"

"नहीं।" भोलाराम बहुत उत्तेजित था, "यह स्पोर्ट्समैन स्पिरिट नहीं है।"

"नहीं, यह पाकिस्तानी स्पिरिट है, जिसे तुम्हारे मनमोहन सिंह समझ नहीं सकते।"

(19.4.2011)

पुनर्जन्म

"मैकाले का दूसरा जन्म भारत में हुआ था।" मैंने कहा।

"तुम यह कैसे जानते हो पुनर्जन्म विशेषज्ञ?"

मैं जानता था कि रामलुभाया को मेरे वक्तव्य पर आपत्ति होगी ही होगी।

"जैसे तुम यह जानते हो कि उसका अगला जन्म भारत में नहीं हुआ था।" मैंने कहा।

"मैंने तो यह नहीं कहा।" वह सत्ताकर्मियों की शैली में अपने बचाव पर आ गया, "मैकाले ईसाई था और ईसाई पुनर्जन्म को नहीं मानते।"

"हाँ, नहीं मानते।" मैंने कहा, "जब उसने यही आपत्ति की तो उसे कहा गया कि वह अपनी आत्मा के संस्कार तो नहीं बदल सकता; किन्तु अपना नाम बदल सकता है।"

"नाम बदल लिया?"

"हाँ। नया नाम रखा, राजेश्वर राव।"

"पर मेरा धर्म यह सब नहीं मानता।" उसने घोर विरोध किया।

"किन्तु प्रकृति तुम्हारे धर्म के नियमों से नहीं चलती। तुम्हारे धर्म को प्रकृति के नियमों से चलना चाहिए।"

"यह सब किसने कहा?"

"मान लो कि मैंने कहा। तुम्हारा तो साहस होगा नहीं कि यह सब कह सको।"

मैंने कहा, "मैंने यह भी कहा कि तुम चाहो, न चाहो किन्तु तुम अपने कर्म-बन्धनों से बँधे आये हो। अपने कर्म-फल के भोग से तुम बच नहीं सकते।"

"उसने एक बार मुझसे भी पूछा था कि क्या प्रमाण है कि वह मैकाले ही है।" मैंने कहा।

"क्या उत्तर दिया तुमने?" रामलुभाया ने पूछा।

"मैंने कहा कि वह अपने कृत्यों से स्वामी विवेकानन्द का सिद्धान्त प्रमाणित कर रहा है।"

"कौन सा सिद्धान्त?"

"कि आत्मा अपने पूर्वजन्मों के संस्कार अपने साथ ले कर आती है।"

"किन्तु यह प्रमाणित कहाँ हुआ है?" रामलुभाया तड़प कर बोला।

"अवसर मिलते ही उसने प्रमाण दे दिया कि वह अपने पिछले जन्म के अपने अधूरे छूटे काम को पूरा करने आया है।"

"अवसर मिल गया उसे?"

"हाँ! उसने वाराणसी के संस्कृत विश्वविद्यालय में यह घोषणा कर दी कि पंडा-पुरोहित और अध्यापक बनना हो तो संस्कृत पढ़ो और चाँद पर जाना है तो अंग्रेजी पढ़ो।"

"कितना आकर्षक प्रस्ताव है न चाँद पर जाने का। बस अंग्रेजी पढ़ लो और चांद पर चले जाओ।" रामलुभाया जैसे आत्मलीन हो गया, "किन्तु अमरीका में काम करने वाले कम्प्यूटर-विज्ञान सम्बन्धी विद्वान् जाने क्यों कहे जा रहे हैं कि कम्प्यूटर के लिए सर्वाधिक उपयुक्त भाषा संस्कृत ही है।"

"वे मैकाले के वंशज नहीं हैं न!" मैंने कहा।

"राजेश्वर राव को बैलगाड़ी के विषय में बहुत ज्ञान है।" रामलुभाया बोला, "वे उसकी भाषा तक के विषय में जानते हैं। विशेषज्ञ लगते हैं वे बैलगाड़ी के। कम्प्यूटर-विज्ञान वाले लोग बैलगाड़ी के विषय में कुछ नहीं जानते, अतः बेचारे अपने अज्ञान में कम्प्यूटर के लिए संस्कृत भाषा की उपयोगिता की चर्चा कर रहे हैं।"

"मैं एक बात सोचता हूँ रामलुभाया!"

"क्या?"

"राजेश्वर राव ने तो अंग्रेजी पढ़ ली है, वे चाँद पर हो आये क्या?"

"नहीं! पहले तो वे जाएँगे, जिनके अंग्रेजी में उनसे अधिक अंक आये थे।"

"ओह-हाँ! वैसे अंग्रेजीभाषी सारे लोगों चाँद पर चले जाएँ तो अच्छा है न। इस भीड़ भरी धरती पर साँस लेने के लिए कुछ स्थान हो जाएगा।" रामलुभाया बोला।

"मैं पूछना चाहता हूँ रामलुभाया! कि एक पिंजरे में बन्द होकर लटक-फटक कर चाँद तक जाकर पिंजरे में टँगे रह कर लौटना ही है अथवा यह जानना है कि चांद क्या है? उसका निर्माण कब और कैसे हुआ?"

"अरे तुम तो ज्ञान की बात कर रहे हो।" रामलुभाया चौंका।

"उपनिषद् कहते हैं कि वर्तमान चन्द्रमा का निर्माण पिछले कल्प के चन्द्रमा से हुआ। और पिछले कल्प के चन्द्रमा का निर्माण उसके पिछले कल्प के चन्द्रमा से हुआ।...हाँ! उससे भी पूर्व ऋग्वेद में कहा गयाः

सूर्याचंद्रमसौधाता यथापूर्वम् अकल्पयत
दिवं च पृथिवीं चान्तरिक्षमथो स्वः।। 10/190/3"

"तो राजेश्वर राव यह सब पढ़ते क्यों नहीं?"

“यह सब तो तब पढ़ा और समझा जा सकता है, उसपर शोध किया जा सकता है, जब संस्कृत पढ़ी जाए, उसका ज्ञान हो। पर राजेश्वर राव को तो संस्कृत आती नहीं। वे अपनी बैलगाड़ी से नीचे कभी उतरे ही नहीं।”

“बेचारे सर मोनियर विलियम्स ने तो अंग्रेजी का ज्ञान होते हुए भी संस्कृत सीखी और उसका शब्दकोश रचा, ताकि अंग्रेजी के ज्ञानी लोग संस्कृत सीख सकें। क्या वे नहीं जानते थे कि संस्कृत बैलगाड़ी के युग की भाषा है?”

पूँजीविनिवेश

रामलुभाया बड़ी गम्भीर मुद्रा में था। इधर कुछ अधिक ही चिन्तनप्रिय हो गया था; और अर्थशास्त्र में उसकी रुचि बहुत बढ़ गयी थी। वह अपने परिवार की आर्थिक समस्याएँ भुला कर, देश और विश्व की बड़ी-बड़ी समस्याएँ सुलझाने में लगा हुआ था।

"क्या बात है रामलुभाया?" मैंने पूछा।

"कुछ नहीं, जरा उलझ गया हूँ।"

"कहाँ उलझ गये भाई?"

"यह जो निजीकरण और राष्ट्रीयकरण का मामला है न, इसमें कुछ चीज़ें ऐसी हैं कि मैं किसी निष्कर्ष पर नहीं पहुँच पा रहा हूँ।"

मैंने उत्सुकता से उसकी ओर देखा।

"हम आज तक पढ़ते आये हैं कि निजीकरण देश के लिए घातक है।" वह बोला, "इससे देश का हित नहीं होता। सारे देश की सम्पत्ति एक व्यक्ति के हाथ में आ जाती है। वह उसका मनमाना उपयोग करता है और देश की जनता देखती रह जाती है।"

"तुमने ठीक ही पढ़ा है रामलुभाया!" मैंने कहा, "सदा से ऐसा ही होता आया है। इसीलिए तो हमने किसी समय ज़मींदारी समाप्त की, बैंकों का राष्ट्रीयकरण किया, पब्लिक सेक्टर में बड़े-बड़े कारखाने खोले..."

"जानता हूँ। जानता हूँ।" उसने मुझे रोक दिया, "देखो कश्मीर को महाराजा गुलाबसिंह ने खरीदा था।"

"खरीदा था या युद्ध कर के जीता था?"

"जीता भी था और खरीदा भी था। राजनीति में मत जाओ, अर्थशास्त्र के क्षेत्र में आओ।" रामलुभाया ने कहा, "कश्मीर गुलाबसिंह की निजी सम्पत्ति था। इसीलिए उसने एक अंगुली भर भूमि भी किसी को नहीं दी।..."

"तो?"

"देश स्वाधीन हुआ तो राजा हरिसिंह को लगा, जब सारे देश में निजी सम्पत्ति का राष्ट्रीयकरण हो रहा है, तो वे ही क्यों टाँग अड़ाएँ? अड़ाएँगे भी तो कौन मानेगा।

कौन उनको इतनी बड़ी निजी सम्पत्ति रखने देगा। भारत की सरकार नहीं छीनेगी तो पाकिस्तान की सरकार छीन लेगी।''

''हाँ! बात तो सत्य है।''

''तो उन्होंने अपनी सम्पत्ति देश को दे दी। नेहरू को कहा, तुम कश्मीर सँभालो।'' रामलुभाया ने मेरी ओर देखा, ''तो यह राष्ट्रीयकरण भी हुआ और देशभक्ति भी।''

''हाँ!'' मैंने कहा।

''तो राष्ट्रीयकरण होते ही, नेहरू ने आधे से भी अधिक कश्मीर पाकिस्तान को क्यों दे दिया?''

''नेहरू ने कश्मीर पाकिस्तान को कब दिया?'' मैंने चकित हो कर पूछा।

''क्यों? जब अपनी सेना को आगे बढ़ने से रोक दिया। पाकिस्तान द्वारा छीना हुआ कश्मीर लेने को तड़पती सेना को लौटा लिया, तो क्या अर्थ हुआ? आज का पाकिस्तान अधिकृत कश्मीर नेहरू ने ही तो थाली में रख कर पाकिस्तान को भेंट किया था। शायद लेडी माउंटबैटन के कहने पर दिया हो।''

''देना ही था तो लेडी माउंटबैटन को ही दे देते, पाकिस्तान को क्यों दिया। ... पर सम्भव है, ऐसा ही हुआ हो।'' मैं कुछ अटपटाया हुआ था, ''पर तुम कहना क्या चाहते हो?''

''मैं सोच यह रहा हूँ कि राष्ट्रीयकरण देश के हित में कैसे हुआ?'' वह बोला, ''जब तक कश्मीर निजी सम्पत्ति था, भारत में था। वहाँ सारे धर्मों के लोग रह तो सकते थे। शेष भारत से लोग वहाँ आ जा सकते थे, अपने देश के समान।''

''तो राष्ट्रीयकरण से क्या हो गया?''

''अरे राष्ट्रीयकरण से पहले आधा कश्मीर एक शत्रु देश के हवाले कर दिया गया। फिर देश के अन्य प्रदेशों के लोगों का वहाँ बसना बन्द हुआ। फिर वहाँ हिन्दुओं का रहना वर्जित हो गया। ये सब तो भारत सरकार ने किया। एक हिन्दू था श्यामाप्रसाद मुकर्जी! वह सरकार की इच्छा के विरुद्ध वहाँ घुसा, तो अब्दुल्ला और नेहरू ने मिलकर उसकी हत्या कर दी।''

मैं चिन्तित सा बैठा रामलुभाया को देखता रहा।

''अब देखो।'' उसने पुनः कहा, ''हमारी सरकार ने पहले तो वहाँ मुफ्ती जैसे पाकिस्तानी एजेंट को गद्दी दे दी। उसने वहाँ के सारे हिन्दुओं को या तो मार डाला या निकाल दिया। अब हमारी सरकार वहाँ से भारतीय सेनाएँ हटा रही है, वहाँ रह रहे पाकिस्तानी प्रतिनिधियों को बुला कर उनसे स्वायत्तता और स्वशासन की बात कर रही है। अर्थात् स्वीकार कर रही है कि कश्मीर शेष प्रदेशों के समान भारत का अंग नहीं है। अर्थात् कश्मीर पाकिस्तान को देने की तैयारी कर रही है।...''

''ऐसी बात तुम कैसे कह सकते हो?'' मैंने उसे टोका।

"कैसे कह सकता हूँ?" उसने आँखें फाड़ कर मुझे देखा, "अरे, जो कश्मीर को भारत का अंग मानते हैं, उन्हें तो निकाल कर जम्मू और दिल्ली के कैम्पों में सड़ा रहे हैं; और जो उसे भारत का अंग नहीं मानते, उनसे मित्रता कर रहे हैं। उनसे हाथ मिला रहे हैं। उनको दावतें खिला रहे हैं। एक वह मेम थी, लेडी माउंटबैटन, जिसने नेहरू के हाथों आधा कश्मीर पाकिस्तान को दिला दिया, और एक यह मेम है सोनिया गाँधी, जो मनमोहन सिंह के हाथों शेष कश्मीर पाकिस्तान को देने की तैयारी में है।"

"अरे नहीं रामलुभाया!" मैंने कहा, "तुम गलत समझ रहे हो। यह मामला निजीकरण और राष्ट्रीयकरण का नहीं है।"

"तो? यह अर्थशास्त्र का विषय नहीं है?"

"नहीं! है तो अर्थशास्त्र का ही, पर राष्ट्रीयकृत संस्थानों में पूँजीविनिवेश का है।"

"तुम कहना चाहते हो कि यह डिसइन्वैस्टमेंट का मामला है?"

"हाँ!"

"कैसे?"

"मामला जरा उलझा हुआ है।" मैंने उसे बताया, "पहले तो निजी सम्पत्ति का राष्ट्रीयकरण किया गया, अर्थात् राजा हरिसिंह की सम्पत्ति को सरकार ने ले लिया। फिर परमिट कोटा के अन्तर्गत शेख अब्दुल्ला के परिवार को गैस एजेंसी न दी, कश्मीर दे दिया। पर खर्च तो सारा भारत सरकार का ही था न। उन्हें भारत सरकार से वेतन अलग मिलता था और एजेंसी से जितना कमा सकते थे, वह अलग।"

"तो?"

"तुम मनमोहन सिंह को कोई छोटा मोटा अर्थशास्त्री मानते हो। अरे वे विलायत से अनर्थशास्त्र पढ़ कर आये हैं।" मैंने कहा, "उन्हें लगा कि कश्मीर में सेनाएँ इत्यादि रखने पर भारत सरकार का बहुत खर्च हो रहा है। घाटे का सौदा है। तो जैसे होटल बेच दिए, वैसे ही कश्मीर भी बेच दो। वे लोग कश्मीर में डिसइन्वैस्टमेंट कर रहे हैं। साधारण आदमी इतना अर्थशास्त्र तो समझता नहीं, कहने लगता है कि कश्मीर पाकिस्तान को दिया जा रहा है।"

"और जो अपनी धरती शत्रु देश को दे रहे हैं, हिन्दुओं को हलाल किया जा रहा है, वह?"

"अरे तो जब अशोक होटल बेचा था, तब क्या कोई हलाल नहीं हुआ था? डिसइन्वैस्टमेंट में तो यह होता ही है। और हिन्दू है किस लिए, हलाल होने के लिए ही तो। जब अंग्रेज़ों ने अपने डिसइन्वैस्टमेंट के चक्कर में यह देश नेहरू को सौंपा था, तो क्या कम हिन्दू हलाल हुए थे।"

"तुम यह कहना चाहते हो कि कश्मीर हमारी सरकार के लिए एक और

अशोक होटल है?''

''जहाँ तक नेहरू परिवार या सोनिया गाँधी का प्रश्न है, उनके लिए यह पूरा देश ही एक अशोक होटल है।'' मैंने कहा, ''जब चाहेंगे, पूँजीविनिवेश कर देंगे। जो हलाल होता है, हो जाए।''

''सोनिया गाँधी तो विदेशिनी है, उसका दृष्टिकोण एक विदेशी शासक का सा हो सकता है, पर मनमोहन सिंह तो यहीं के हैं। उनका तो यह देश है। वे...।'' रामलुभाया कुछ कहता-कहता रुक गया।

''पर वे अर्थशास्त्री हैं। बही खाते का ध्यान रखते हैं। भावना का कोई महत्व नहीं होता ऐसे लोगों के लिए। वे सेना का व्यय कम कर दिखा देंगे कि देश की आय बढ़ी है, उसके पश्चात् देश रहे न रहे।...''

(1.3.2006)

प्रधानमन्त्री की नियुक्ति

आतंकवाद को रोकने के लिए, भारत और पाकिस्तान के प्रतिनिधियों की गम्भीर और गोपनीय बैठक चल रही थी।

पाकिस्तानी प्रतिनिधि चकित था कि भारतीय प्रतिनिधि में इतना आवेश कहाँ से आ गया। आजतक तो कभी ऐसा नहीं हुआ था। जिस देश का प्रधानमन्त्री सदा मिमियाता रहता हो, उसका प्रतिनिधि इस प्रकार गरज कर कैसे बोल रहा है।

"यदि चाहते हो कि हम तुम्हारा विश्वास करें, तो हमारे अपराधी हमारे हवाले करो।" भारतीय प्रतिनिधि बोला।

"तुम्हारे अपराधी तुम्हारी जेलों में होंगे, हम कहाँ से तुम्हें थमा दें।" पाकिस्तानी बोला, "कोई भेड़-बकरी भटक कर आ गयी हो तो बताओ। यदि हमारे लोगों ने हलाल कर खा न ली हो, तो हम लौटा देंगे।"

"देखो, बहकाओ मत।" भारतीय बोला, "नागरिक वे तुम्हारे हैं किन्तु उन्होंने हमारे देश के विरुद्ध अपराध किए हैं।"

"हमने कितनी बार तो बता दिया कि तुम्हारी सूची में से कोई भी व्यक्ति हमारे देश की मिट्टी पर नहीं रहता। सब तीसरी चौथी मंजिल पर रहते हैं। विमानों में यात्राएँ करते हैं। मिट्टी पर उतरते ही नहीं। तो फिर हम कैसे स्वीकार कर लें कि वे हमारे देश की मिट्टी पर रहते हैं। ऐसा मानना झूठ होगा न।" वह बोला, "पर मेरी एक जिज्ञासा है।"

"कैसी जिज्ञासा?"

"जिन्हें तुम अपने अपराधी कह रहे हो, यदि उनमें से कोई हमारे देश में हुआ भी और हम उसे तुम्हें सौंप भी दें, तो तुम उसका क्या करोगे? उसका अचार डालोगे या मुरब्बा।"

"हम उन्हें फाँसी देंगे।"

"जो तुम्हारे कब्जे में हैं, उन्हें फाँसी दे दी तुमने?" पाकिस्तानी की वाणी वक्र हो गयी, "उन्हें तो तुम बिरियानी खिला रहे हो। अब हमसे क्यों माँग रहे हो – बिरियानी बच रही है या खाने वाले कम पड़ रहे हैं? बिरियानी इधर भिजवा दो, जिसको कहोगे, उसे ही खिला देंगे।" वह रुका, "जब तुम्हारी बिरियानी के लोभ

में कोई उधर चला जाता है तो हमारे पीछे पड़ जाते हो कि वह आतंकवादी है और पाकिस्तानी है।''

"किसको खिला रहे हैं बिरियानी?'' भारतीय प्रतिनिधि आगबबूला हो गया।

"पहले भी बहुतों को खिलाई है, अब भी खिला रहे हो।'' पाकिस्तानी निर्लज्जता से हँस रहा था।

"नाम बताओ।'' भारतीय प्रतिनिधि बोला, "ऐसे ही हवा में उड़ाने से काम नहीं चलेगा।''

"चलो, यदि तुमको उससे ही तसल्ली होती है, तो नाम भी बता देते हैं।'' वह बोला, "पहले तो कश्मीर की मस्जिद में पनाह देकर बहुतों को खिलाते रहे हो। अब अफजल को खिला रहे हो। फाँसी देने का बहुत शौक है, तो उसे फाँसी दो, जिसे तुम्हारे सुप्रीम कोर्ट ने फाँसी की सजा सुना रखी है।''

"चुप कर ओए।'' भारतीय प्रतिनिधि काफी मैत्रीपूर्ण ढंग से बोला, "जिसके पास अफजल की फाइल है, वह शाकाहारी ब्राह्मण है। वे बिरियानी भी खिलाएँगी तो गोभी और मटर डाल कर, उसमें मुर्गा तो हो ही नहीं सकता। अफजल को क्या अच्छा लगता होगा।''

"मुर्गा हम भिजवा देते हैं।'' पाकिस्तानी मुस्कराया, "पर मुर्गा भी हलाल कर पाओगे?''

"चुप कर। अफजल को तो हमने सोच-समझ कर बचा रखा है। वह तो फिक्स्ड डिपाजिट है हमारा।''

"वह कैसे?''

"कभी कोई विमान अपहृत हो जाए, तो वह बन्धकों को बचाने के काम आएगा।'' भारतीय प्रतिनिधि शान से बोला, ''बुरे वक्त के लिए कुछ बचा कर भी रखना चाहिए या नहीं?''

"बुरे वक्त के लिए बचा कर नहीं रखा है।'' पाकिस्तानी प्रतिनिधि हँसा, "तुम आतंकवादियों को निमन्त्रण दे रहे हो कि आओ और हमारा एक विमान अपहृत करो। तुम माँग रखो और हम अफजल को छोड़ देंगे। उसे फाँसी दे दोगे, तो कोई विमान अपहृत कर तुमसे माँगेगा भी क्या?''

"वह हमारा घरेलू मामला है, उसमें तुमको बोलने का क्या अधिकार है?'' भारतीय प्रतिनिधि बोला, "हम किसी को फाँसी चढाएँ या गले से लगाएँ।''

"देखो, कश्मीर भी तुम्हारा घरेलू मामला है, पर हम उसमें बोलते हैं या नहीं? और तुम हमारी सुनते भी हो।'' पाकिस्तानी हँसा, ''वैसे आतंकवादियों को तुम गले से ही लगाओ। किसी को फाँसी चढ़ाने का साहस तो तुममें है नहीं। एक बात और बता दूँ।''

''क्या?''

"तुम्हें दूसरे देशों से अपने अपराधी माँगने का शौक है।"

"क्या मतलब?"

"आजमगढ़ का वह लड़का तुमने पर्तगाल से माँग लिया न। क्या नाम है उसका – अबुसलेम। क्या किया उसका? उसकी रक्षा कर रहे हो। उसकी रक्षा पर उतना खर्च न करो तो उसके शत्रु ही उसे मार डालें। पर तुम उसे मरने क्यों दोगे। तुम तो उसको पालोगे, पोसोगे। उसकी सेवा करोगे। उसको टी. वी. पर दिखाओगे। अखबारों में उसके वक्तव्य छापोगे।" वह रुका, "वैसे उसका एक उपयोग और भी है। बुरा न मानो तो बता दूँ।"

"क्या?" भारतीय प्रतिनिधि ने अचकचा कर अपना मुँह खोल दिया।

"तुम उसे अपनी संसद का चुनाव लड़वा लो आजमगढ़ से। यकीनन जीत जाएगा वह।" पाकिस्तानी हँसा, "तुम्हारा संविधान भी कमाल का है। घोषित अपराधी, डाकू और हत्यारे भी चुनाव लड़ सकते हैं; और वे चुनाव लड़ेंगे तो जीत तो जाएँगे ही। उनको हराने वाला कोई माई का लाल पैदा ही कहाँ हुआ है।"

"गणतन्त्र है हमारा। तुम्हारे समान सेनाशाही नहीं है।"

"वही तो कह रहा हूँ।" पाकिस्तानी बोला, "वह जीत कर तुम्हारा सांसद बन जाएगा। एक बार सांसद बन गया तो मन्त्री तो तुम लोगों को गालियाँ देकर ही बन जाएगा। मेरी बात मानो, उसे गृहमन्त्री बना देना...।"

"क्या बक रहे हो?" भारतीय प्रतिनिधि तड़फड़ाया।

"धैर्य से सुन लो। तुम्हारे लाभ की बात कर रहा हूँ।" पाकिस्तानी ने बुरा नहीं माना, "फिर वह तुम्हारे देश की ओर से हमारे गृहमन्त्री से आतंकवादियों के लिए बात करेगा। और यह तो तुम जानते ही हो कि उसे हम सँभाल लेंगे। तब तुम्हारी पुलिस हमारे भेजे हुए आतंकवादियों का स्वागत-सत्कार करेगी। उन्हें सरकारी गेस्ट हाउस में ठहराएगी। बिरियानी तो खिलाओगे न?"

"मैं तुमसे अपने देश के गृहमन्त्री की नियुक्ति की बात करने नहीं आया।" भारतीय प्रतिनिधि ने क्रोध जताया।

आज न सही। पर वह समय भी शीघ्र ही आने वाला है, जब तुम लोग अपना प्रधानमन्त्री भी हमसे पूछ कर ही बनाओगे।"

"मैं तुम्हारी यह बकवास सुन नहीं सकता। वॉक आउट कर रहा हूँ।" भारतीय प्रतिनिधि उठ खड़ा हुआ। पाकिस्तानी ने जोर का एक ठहाका लगाया।

(16.12.2008)

फसल

"मैं सोचता हूँ।" रामलुभाया ने कहा, "नौकरी छोड़ूँ और एक एन. जी. ओ. बना डालूँ। नौकरियों में अब कुछ नहीं रखा।"

"वह क्या होता है?" मैंने पूछा।

"नहीं जानते?" वह हँसा, "मुझे पहले ही सन्देह था कि तुम नहीं जानते होगे। नॉन गवर्नमेंटल ऑर्गनाइज़ेशन। गैर-सरकारी संगठन। सबसे बढ़िया धन्धा। पैसा बनाने की टकसाल।"

"तुम सरकार तो हो नहीं।" मैं हँसा, "जो भी बनाओगे, वह गैर-सरकारी ही होगा।"

"मूर्ख हो तुम।" वह बोला, "एन. जी. ओ. का अर्थ है– वह संगठन, जो विदेशों से पैसा ले। उनके संकेतों पर देश को नष्ट करने के काम करे। देशद्रोही राजनीतिक दलों से पैसा ले। आपराधिक गतिविधियाँ चलाए और स्वयं को मानवाधिकारों का संरक्षक घोषित करे।"

मुझे उसकी बातों में रस आने लगा था।

"संगठन बना कर क्या करोगे?" मैंने पूछा, "मेरा तात्पर्य है कि कैसी गतिविधियाँ...।"

"इस समय तो सबसे सरल मार्ग है, बीच से बात आरम्भ करें...।"

"क्या मतलब?"

"अरे लोग अब मानते हैं कि गंगा प्रयाग से आरम्भ होती है, जब यमुना उससे आ मिलती है। गंगोतरी से लेकर प्रयाग तक की गंगा को गंगा मानो ही मत। उसे मानचित्र में दिखाओ ही मत।"

"तुम पगला गये हो रामलुभाया! मैंने कहा, "ऐसा भी कहीं होता है?"

"ऐसा ही हो रहा है मेरे मित्र!" उसने कहा, "भारत का इतिहास कब से आरम्भ हुआ? किसी राष्ट्रद्रोही इतिहासकार से पूछ लो, वह यही कहेगा– जब तुर्कों ने आक्रमण किया। यह गंगा-जमुनी संस्कृति है।"

"और उसके पहले का भारत?"

"उसका नाम मत लो। वह था ही नहीं।"

"पर बात तो तुम्हारी संस्था की थी।"

"हाँ तो गोदरा को भुला दो। बात आरम्भ करो गुजरात के दंगों से।"

मैं उसकी ओर देखता रह गया।

"एक लड़की का अपहरण करो।..."

"क्यों?"

"बीच में प्रश्न मत करो।" उसने मुझे डाँट दिया।

"अच्छा।"

"उससे न्यायालय में एक वक्तव्य दिलवाओ कि उसका मकान जला दिया गया है, उसके सम्बन्धी जला दिए गये हैं; और वह दंगइयों को पहचानती है।..."

"सम्बन्धियों का नाम पता?"

"कुछ भी लिखवा दो। वे तो जल ही चुके हैं।"

"पर लड़की ऐसा वक्तव्य क्यों देगी?"

"नहीं देगी, तो उसे जान से मारने की धमकी दो।"

"तो क्या उन काल्पनिक सम्बन्धियों के मरने की क्षतिपूर्ति के रूप में न्यायालय से पैसा वसूल करोगे?"

"न्यायालय से क्यों? ऐसे कामों के लिए वैसे ही अमरीका से पैसा आ जाता है।"

"कहाँ आता है?" मैंने कहा, "कश्मीर के हिन्दुओं की सहायता के लिए कौन आया?"

"तुम साले कम्यूनल हो एकदम।" उसने मुझे डाँटा, "लड़की मुसलमान होनी चाहिए। उसके सम्बन्धी मुसलमान होने चाहिए। तब मामला सेकूलर बनता है। तब मानवाधिकार का मामला बनता है।"

"पर हिन्दुओं के जलने, मरने, लूटे जाने, घर से निकाले जाने का मामला मानवाधिकार का मामला क्यों नहीं बनता?" मैंने झल्लाकर कहा।

"वे मानव कहाँ हैं? वे तो भेड़-बकरियाँ हैं। उन्हें केरल में मार लो। बिहार में मार लो। उड़ीसा में मार लो। यहाँ तक कि छत्तीसगढ़ में भी मार लो। कश्मीर में से तो उन्हें समाप्त ही कर दो। ये मामले कम्यूनल हैं। इसीलिए उनकी चर्चा नहीं होती। उनके मुकदमे नहीं चलते। उनके लिए आयोग गठित नहीं किए जाते। यदि गोधरा जैसे किसी मामले के लिए आयोग गठित हो ही जाए, तो उससे पहले एक नकली आयोग बना कर उसकी मनगढ़ंत रपट पहले प्रकाशित कर दी जाती है।" रामलुभाया बोला, "वैसे भेड-बकरियों के विषय में भी यह सुनवाई हो सकती है कि उन्हें कहाँ काटा जाए, कहाँ काटा न जाए, किन्तु हिन्दुओं के विषय में ऐसी सुनवाई नहीं हो सकती।... तो बन्धु! मामला जरा सेकूलर बनाओ। अमरीका भी तभी सहायता देता है।"

"हाँ! सुना है कि आजकल अमरीका बहुत सेकूलर हो गया है।" मैंने कहा, "क्रिसमस ट्री को भी वहाँ हॉलीडे ट्री कहा जाने लगा है।"

"हाँ! हाँ! संसार में दो ही तो सेकूलर देश हैं– एक अमरीका, दूसरा पाकिस्तान। दोनों मित्रता का अद्भुत उदाहरण हैं।" रामलुभाया बोला, "पाकिस्तान से अधिक सेकूलर और कौन होगा, जिसका निर्माण ही हिन्दुओं की हत्याओं और निष्कासन पर हुआ; और जहाँ आज आतंकवादियों के निर्माण के सैकड़ों कारखाने हैं। संसार में जहाँ कहीं भी आतंकवाद है, उसके तार पाकिस्तान से जुड़ते हैं और पाकिस्तान अमरीका की गोद में बैठा हुआ है।"

"उसे छोड़ो।" मैंने कहा, "बात तो उस लड़की के वक्तव्य की थी।"

"बात उस लड़की के वक्तव्य की नहीं," उसने पुनः मुझे चुप करा दिया, "बात तो उन विदेशी शक्तियों और राष्ट्रद्रोही पार्टियों की है, जो तन, मन, धन से इस देश में देशद्रोहियों की फसल उगाने पर लगे हुए हैं; या फिर उन वकीलों और न्यायाधीशों की है, जो उस फसल को खाद पानी देने में व्यस्त हैं।"

(31.3.2005)

बचाव करने वाले

भोलाराम खीसें निपोरते हुए आये। मेरी आँखों की एक्स-रे मशीन ने देखा कि उनकी वाग्नली में एक मेढक बैठा हुआ है। वस्तुतः वह बैठा हुआ नहीं था। वह निरन्तर बाहर आने के लिए उछल रहा था। वह उछाल मारता था, कंठ तक आता भी था, पर फिर विवेक के त्रिशूल से बिंध जाने के भय से स्वयं ही अपनी उछाल रोक लेता था और नीचे जा गिरता था।

जब उस कंठ-मंडूक की कई असफल उछालें मैंने देख लीं, तो स्वयं ही पूछ लिया, "क्या बात है भोलाराम? बड़े प्रसन्न दिखाई पड़ रहे हो?"

"शर्मा जी की बेटी कल्लू अंडे वाले के साथ भाग गयी।" उनका कंठ-मंडूक, कंठ से बाहर ही नहीं आ गया, उनके चेहरे पर सरसों के खेत पसर गये। उनकी आँखों से दीपावली के अनार छूट रहे थे।

"कौन से शर्मा जी?"

"वही, चौक वाले।"

"और कल्लू कौन?"

"जो उनके घर के नीचे अंडे बेचने की रेढ़ी लगाता है।" उनका उल्लास नियंत्रित ही नहीं हो रहा था।

"तो आप इतने प्रसन्न किस बात से हैं?" मैं टोके बिना नहीं रह सका, "आपकी एक बेटी भी तो बी. ए. में पढ़ती है। कल को कोई कल्लू उसे भगा ले गया तो?"

"मेरी बेटी भागेगी नहीं, तो कोई भगा कैसे ले जाएगा?" भोलाराम आश्वस्त थे।

"शर्मा जी की बेटी कैसे भागी?"

"वह हुआ यूँ कि उनका फ्लैट दूसरे तल पर है। सीढ़ियाँ नीचे सड़क पर खुलती हैं। कल्लू उनकी सीढ़ियों के साथ ही रेढ़ी लगाता था। रोज आते जाते नमस्ते ठोक देता था।" भोलाराम ने बताया, "शर्मा जी की बेटी कालेज से लौटी थी। उसके पास पुस्तकों का ढेर था। पुस्तकें सँभल नहीं रही थीं। गिरने गिरने को थीं। कल्लू ने बढ़ कर कुछ पुस्तकें शिखा के हाथ से थाम लीं।..."

"शिखा कौन?"

"शर्मा जी की बेटी।"

"शिखा ने उससे सहायता माँगी थी?" मैंने पूछा।

"अजी कहाँ। वह तो मना करती रही। पर कल्लू ने थाम ही लीं।" भोलाराम ने बताया, "फिर वह पुस्तकें ऊपर पहुँचाने के बहाने उनके घर में घुस गया।"

"फिर।"

"वह जानता था कि घर में कोई है नहीं। रोज ही देखता था कि जिस समय शिखा कालेज से आती है, उस समय घर में कोई नहीं होता। आज भी ताला शिखा ने ही खोला था।..."

"तो?"

"तो क्या? पट्ठे ने दरवाजा भीतर से बन्द कर लिया और बलात् ऐश की।" भोलाराम के दाँत फिर से चमके।

मन में आया कि उसके दाँत तोड़ कर उसकी हथेली पर रख दूँ।

"एक दुष्ट राक्षस ने एक असहाय लड़की के साथ बलात्कार किया और तुम हंस ही नहीं रहे, मन और आत्मा से भी प्रसन्न दीख रहे हो।"

"तो क्या रोऊँ?"

"नहीं! प्रतीक्षा करो कि तुम्हारी बेटी के साथ भी यह सब हो ले, तब रोना।"

उसके मुँह का स्वाद बिगड़ गया, "क्यों छोड़ते थे शर्मा जी अकेली लड़की को घर पर?"

"लड़की घर पर अकेली हो तो उसके साथ कोई भी बलात्कार कर जाए?" मैं ने स्वयं को सँभाला, "तुम तो कह रहे थे कि वह उसके साथ भाग गयी?"

"हाँ! कल्लू ने उसके सारे कपड़े फाड़ दिए थे। उसकी दुर्दशा कर दी थी।" भोलाराम ने बताया, "फिर उससे बोला कि वह अपने एक मित्र का ऑटो ले आता है। या तो वह चुपचाप उसके साथ चली चले, नहीं तो वह उसे उसी हालत में घसीट कर चौक में खड़ी कर देगा।..."

"फिर...?"

"वह ऑटो ले आया। एक चादर लपेट कर उसे अपने घर ले गया। मौलवी बुला कर निकाह कर लिया। अब उसके सम्बन्धी और मुहल्ले वाले उसके साथ हैं। उसका समाज उसके साथ है। कह रहे हैं कि शिखा न केवल इस्लाम स्वीकार कर चुकी है, वरन् वह कल्लू की वैध पत्नी है– आयशा बेगम।"

"शिखा क्या कहती है?"

"वह मायके आयी थी। अपने माता पिता को राज़ी कर रही थी कि वे पुलिस में रपट न करें। मान लें कि उनकी बेटी मर गयी?"

"पर क्यों?"

"कल्लू ने धमकी दी है कि यदि उन्होंने पुलिस में रपट की या उसके विरुद्ध

कोई भी कार्रवाई की तो वह और उसके साथी शिखा के छोटे भाई को उठा ले जाएँगे और उसके टुकड़े कर उन्हें लौटा जाएँगे। शिखा को भी जान से मार डालने की धमकी दी है। शर्मा जी बहुत डरे हुए हैं।...''

''यह देश स्वाधीन हो चुका या अब भी यहाँ तुर्कों और मुगलों का ही राज्य है?'' मैंने शायद अपने आप से पूछा।

''नहीं! स्वतन्त्र तो हम हो चुके हैं – 1947 में।'' भोलाराम ने कुछ सोचते हुए मुझे सूचित किया।

''तो फिर पुलिस और प्रशासन कहाँ है? कानून कहाँ है?''

''पुलिस थाने में है, प्रशासन कलक्टर की जेब में है; और कानून कचहरी में कैद है।''

''सब सो रहे हैं; और हिन्दू समाज तो जैसे अफीम खा कर सोया हुआ है। किसी को किसी का दर्द नहीं। कहीं समाज का एका नहीं। कहीं कोई प्रतिरोध नहीं, कहीं प्रतिकार नहीं, कहीं प्रतिशोध नहीं। कहीं दुष्टदलन नहीं।'' मैंने भोलाराम को देखा, ''तो तुम किस बात से इतने प्रसन्न हो?''

''बहुत एडवांस्ड बनते थे न शर्मा जी! लड़की को कोएजूकेशन में पढ़ा रहे थे।''

''तो तुम नहीं चाहते कि कोई लड़की कोएजुकेशन में पढ़े?'' मैंने उसकी आत्मा को टटोला, ''और जो लड़की कोएजुकेशन में पढ़े, उसके साथ कोई भी कल्लू बलात्कार कर जाए?''

''लड़के-लड़कियों को साथ पढ़ाओगे तो अपराध बढ़ेंगे ही।'' वह पूर्णतः आश्वस्त था।

''इसे मात्र अपराध तब कहते, जब कल्लू अकेला होता।'' मैंने कुछ उग्र स्वर में कहा, ''वह बलात्कारी है और उसके सम्बन्धी और उसका समाज न केवल उसके साथ है, उसका प्रशंसक भी है। धर्म के प्रतिनिधि के रूप में मौलवी ने उस बलात्कारी को पुलिस के हवाले नहीं किया। एक असहाय और पीड़ित लड़की को कलमा पढ़ा कर मुसलमान बनाने का पुण्य कमा लिया। उसका निकाह पढ़ा दिया।... तुम इसको केवल एक साधारण अपराध ही मानते हो और प्रकारान्तर से उसका समर्थन भी कर रहे हो?''

''मैं समर्थन कर रहा हूँ?'' भोलाराम की आँखों में आश्चर्य था।

''वे सब कल्लू के साथ हैं, क्योंकि उसने यह सब कुछ एक हिन्दू लड़की के साथ किया। यह सब सुन कर तुम्हारा खून खौलना चाहिए था। तुम्हें एक दुष्ट के दलन के लिए उद्यत होना चाहिए था। पुलिस और प्रशासन कुछ नहीं करता तो समाज को संगठित कर उस राक्षस पर टूट पड़ना चाहिए था।'' मैंने कहा, ''तुम शर्मा जी के साथ खड़े तो नहीं ही हो, उन्हें दोषी भी बता रहे हो; और प्रसन्न भी हो। धिक्कार है तुमको भोलाराम! जा कर कहीं डूब मरो।''

"कम्यूनल कहीं का। एक प्रेम विवाह को अपराध बता रहा है।" भोलाराम उठ कर चला गया।

अगले ही दिन वह फिर से आ उपस्थित हुआ। किन्तु आज उसके चेहरे के गुलाब झड़ गये थे; और उनके स्थान पर नागफणि के पौधे उग आये थे। चेहरे पर कुछ खरोंचें भी थीं, जैसे चोट लगी हो या कहीं से पिट कर आया हो।

"क्या हुआ भोलाराम?" मैंने पूछा।

उसने क्रोध भरी दृष्टि से मुझे देखा, "मुझे लगता है कि तुमने ही उन्हें भड़काया है।"

"किन्हें?"

"चौक के हिन्दुओं को।"

"मैंने तो किसी को नहीं भड़काया, किन्तु हुआ क्या?"

"साम्प्रदायिकता हुई। वे संगठित हो कर गये और कल्लू के घर से शिखा को घसीट लाए। कल्लू ने रोकने का प्रयत्न किया तो उसका भी सिर फोड़ दिया। सुना है, वह मौलवी, जिसने विवाह करवाया था, वह भी अस्पताल में है, उसकी दो-चार हड्डियाँ टूट गयी हैं। उनके मुहल्ले के दो-चार घर भी जला दिए गये हैं।... और देखो न पुलिस भी कुछ नहीं कर रही है।"

"जब उन राक्षसों ने शिखा के साथ अत्याचार किया था और पुलिस हरकत में नहीं आयी थी तो तुम बड़े प्रसन्न थे कि पुलिस थाने में है। आज भी पुलिस थाने में ही है, तुम्हें क्या कष्ट है?"

"मैं गया था पुलिस थाने। पुलिस को प्रेरित करने, पर देखो न उन्होंने मेरी क्या गत बनाई है। धक्के देकर, बाहर सड़क पर पटक गये।"

"तुम सेकूलर ही बने रहो।" मैंने कहा, "क्यों इन साम्प्रदायिक मामलों में पुलिस से उलझते हो?"

"ऐसी तैसी पुलिस की।" वह कुछ आवेश में बोला, "मेरी समझ में नहीं आता कि हिन्दुओं में इतना साहस कहाँ से आ गया। कायरों ने चमत्कार कर दिखाया है।"

"उन्हें गुरु गोविन्द सिंह की वह पंक्ति स्मरण हो आयी होगी...।"

"कौन सी?"

"देहु शिवा बर मोहे, शुभ करमन ते कबहूँ न डरौं।" मैंने कहा, "जहाँ तक मैं जानता हूँ, उन्होंने यही कहा था कि हिन्दुओं के क्षत्रिय संस्कार लुप्त हो गये हैं, इसे उनकी कायरता माना जाता है, तभी तो तुर्क उनकी बहू बेटियाँ उठा कर ले जाते हैं।"

"ऐसा कहा था?" वह चकित था।

"मेरी स्मरण शक्ति तो कुछ ऐसा ही कहती है। मेरा विचार है कि तुम भी इसे स्मरण करा लो। आज इसकी बहुत आवश्यकता है, इस देश को।"

(26.9.2005)

भारत की इच्छा

जनरल परवेज मुशर्रफ पाकिस्तान की काफी सेवा कर चुके हैं। किया तो उन्होंने सेनापति बन कर भी बहुत कुछ है; और जो कसर रह गयी थी, वह राष्ट्रपति बन कर पूरी कर दी। अब वे बहुत समय से पाकिस्तान से तड़ीपार हैं। पाकिस्तान में प्रवेश करेंगे तो कारागार के अन्दर होंगे। किन्तु देश की सेवा का रोग कैंसर के समान है, एक बार लग जाए तो छूटता नहीं है। एक बार खून मुँह लग जाए तो वह पुनरावृत्ति की माँग करता ही रहता है। परवेज मुशर्रफ तड़प रहे हैं कि कब पाकिस्तान उन्हें राष्ट्रपति बन कर देश की सेवा का अवसर दे। और यह भी विचित्र बात है कि जो भी राष्ट्रपति पाकिस्तान की सेवा करना चाहता है, वही उसे किसी न किसी प्रकार युद्ध में झोंक देता है। पाकिस्तान में देश की सेवा का अर्थ देश को युद्ध में झोंकना ही होता है। युद्ध में न झोंका तो देश की सेवा क्या की। अभी-अभी जनरल मुश ने एक जोरदार वक्तव्य दिया है कि भारत पाकिस्तान पर अपना कब्जा चाहता है।

भारत ने चकित हो कर उनसे पूछा, "आपने मेरे आज तक के व्यवहार में ऐसा क्या देखा है, जिससे आपको यह इल्हाम हुआ है?"

"ओह। बहुत साफ है।" वे बोले, "1948 में ही भारत ने पाकिस्तान के कबाइलियों को कहा कि वे कश्मीर में बसने को आ जाएँ। वे भोले-भाले कबाइली भारत की बातों में आ गये और बिना यह जाने कि भारत की सीमा कहाँ से आरम्भ होती है, भारत में आ गये। और तब भारत ने बड़ी चतुराई से शोर मचा दिया कि पाकिस्तान ने भारत पर आक्रमण कर दिया है।"

"इससे भारत को पाकिस्तान पर कब्जा करने में सहायता कैसे मिल सकती है?" भारत ने पूछा।

"सीधी-सी बात है।" मुश बोले, "वे कबाइली ही तो पाकिस्तान की वास्तविक शक्ति थे। अब वे भारत में आ गये थे। भारतीय सेना उन्हें घेर कर मार सकती थी और यदि पाकिस्तानी सेना कबाइलियों को भारत में प्रवेश करने से रोकती तो या तो वे मारे जाते या पाकिस्तानी सेना उनके हाथों मारी जाती।

आखिर मरना तो पाकिस्तानियों को ही था। वर्दी में मरते या बिना वर्दी के मरते। अब बताइए, यह भारत की चाल थी या नहीं? और फिर शोर यह मचाया गया कि पाकिस्तान ने भारत पर आक्रमण कर दिया है।''

"और 1965 में क्या हुआ था?'' भारत ने कुछ और चकित हो कर पूछा।

"ओह! 1965 में। हमको पूरी सूचनाएँ मिल रही थीं कि भारत सैनिक तैयारी में लगा है। उसका विचार था कि अयूब खाँ उतने योग्य सेनापति नहीं हैं। इससे पहले कि कोई योग्य सेनापति आ जाए, उसने पाकिस्तान को जीत लेना चाहा। हमको जैसे ही सूचना मिली कि भारत पाकिस्तान से युद्ध चाहता है, हमने अपने मैत्री भाव में उसकी इच्छा पूरी कर देने के विचार से भारत पर आक्रमण कर दिया। देखा आपने।'' पाकिस्तान हँसा, ''हमला हमने किया किन्तु भारत इच्छोगिल नहर पार कर लाहौर में घुस आया। नीयत स्पष्ट हो गयी न। कब तक छिपाता। मुँह से कहा हो न कहा हो, पर पाकिस्तान के एक हिस्से पर कब्जा तो उसने कर ही लिया था। वह तो अयूब साहब की ही दिलेरी थी कि मास्को में शास्त्री जी को धमका कर अपना इलाका वापस ले लिया। शास्त्री जी को इतनी तकलीफ हुई कि रात को ही उनका हार्ट फेल हो गया।'' जनरल मुश हँसे, ''कोई और सबूत चाहिए आपको? भारत का प्रधानमन्त्री पाकिस्तान पर कब्जा न कर पाये तो सदमे से ही उसका हार्ट फेल हो जाता है।'' "पाकिस्तान पर तो पता नहीं, शब्दों पर आपका कब्जा अद्भुत है। क्या झूठ बोलते हैं आप भी।'' भारत ने कहा, "एक तो षड्यन्त्र रच कर शास्त्री जी के प्राण ले लिए और ऊपर से कह रहे हैं कि वे अपनी इच्छा पूरी न होने से सदमे से ही मर गये।''

जनरल मुश उखड़ गये, "आपका क्या है, आप तो 1971 के हमले को भी डकार जाएँगे। आधे पाकिस्तान पर कब्जा कर लिया आपने। खुदा का शुक्र है कि बाकी आधा बचा हुआ है।''

इस बार भारत ने अट्टहास किया, "1971 में। शेख मुजीब के चुनाव जीतते ही आप लोगों ने तय कर लिया कि बंगालियों को जबह कर देंगे। बांगलादेश की स्त्रियाँ अब केवल आपकी ही सन्तानें उत्पन्न करेंगी। मतदान में हार कर भी आप सत्ता छोड़ना नहीं चाहते थे, तो भारत क्या सारे बांगलादेशियों को शरणार्थियों को अपने यहाँ शरण देता और बांगलादेश की धरती आपको सौंप देता। भारत ने तो युद्ध जीत कर भी वह भूमि बांगलादेशियों को दे दी। जरा जल्दी दे दी, नहीं तो शेख मुजीब और उनका परिवार इस प्रकार न मारा जाता। भारत ने उसमें क्या पाया? अपने सैनिक गँवाए, अपना धन खर्च किया ताकि पाकिस्तान की राक्षसी सेना से असहाय बांगलादेशियों को बचाया जा सके।''

"उन्हें तो तुमने बचा लिया किन्तु मैं सोच रहा हूँ कि शेष पाकिस्तान को पाकिस्तान से कौन बचाएगा?"

"ठीक कह रहे हैं आप जनरल मुश।" भारत ने कहा, "पाकिस्तान के सारे प्रदेशों में जो हिंसा चल रही है, वह पाकिस्तान को कहाँ जीवित रहने देगी। बांगलादेश बच गया। यदि कहीं वह पाकिस्तान का ही भाग होता तो वहाँ भी पाकिस्तानी सेना, अलकायदा और तालिबान के पटाखे चल रहे होते। तुम लोग तो दैत्य शक्तियों के वंशज प्रतीत होते हो, जिनका जन्म ही विध्वंस और विनाश के लिए होता है।"

(12.10.2011)

मछुवारा

उन्होंने अपना परिचय दिया, "मैं हूँ प्रोफेसर राजसिंह मछुवारा, पीएच. डी., डी. लिट्. । यहाँ विश्वविद्यालय में आचार्य और विभागाध्यक्ष हूँ।"

मैंने उनसे हाथ मिलाया।

"आपके नाम के साथ यह मछुवारा कैसे जुड़ा हुआ है?"

"यह हमारी जाति है।" उन्होंने कहा।

"मछुवारा, मछलियाँ पकड़ने वाले को कहते हैं और मछलियाँ पकड़ कर बेचना व्यवसाय है। यह जाति कैसे हो सकती है?"

"पर हमारे यहाँ तो यह जाति है।" वे अपनी बात पर अडिग थे।

"मैं यही तो समझने का प्रयत्न कर रहा हूँ, प्रोफेसर साहब! कि जाति होती क्या है।"

प्रो. मछुवारा जोर से हँसे, "आप इतना भी नहीं जानते! अरे साहब हमारे यहाँ सब जातियाँ ऐसी ही होती हैं। चमार हैं, लोहार हैं, कुम्हार हैं, धोबी हैं, गूजर हैं, केवट हैं, माँझी हैं, धुनिए हैं, बुनकर हैं, चरवाहे हैं, जुलाहे हैं।... ये सब जातियाँ ही तो हैं। अब सरकार इन्हें अनुसूचित जातियाँ कहती है।"

"देखिए प्रो. मछुवारा!" मैंने कहा, "पारसी लोगों में भी जो व्यक्ति जो काम करता था, वही उसके नाम के साथ जुड़ गया। कपड़े वाला कापड़िया हो गया, बोतल वाला, दारू वाला, ट्रंक वाला... पता नहीं क्या क्या। डॉक्टर और इंजीनियर तक उनके परिवारसूचक नाम हो गये, किन्तु वे उनकी जाति नहीं हो सकती।"

"पर हमारी तो जाति ही है।" वे अड़े रहे।

"आपने मछलियाँ पकड़ने का व्यापार किया है?"

"नहीं!" वे बोले।

"आपके पिता जी मछुवारे थे?"

"जाति से तो थे किन्तु काम की दृष्टि से वे एक स्कूल के प्रिंसिपल थे।"

"आपके दादा?"

"वे सरकारी दफ्तर में क्लर्क थे।"

"आपके परदादा?"

"वे शायद पंसारी थे।" वे हँसे, "उसके आगे मत पूछिएगा। मैं बता नहीं सकूँगा। मुझे अपने वंश के इतिहास का उससे अधिक पता नहीं है।"

"नहीं पूछूँगा।" मैंने कहा, "पर यह बताइए कि आपके वंश में मछलियाँ कौन पकड़ता था, जिसके कारण आप मछुवारे हैं?"

"मैं मछुवारे नहीं हूँ।" वे हँसे, "प्रो. मछुवारा हूँ।"

"वही सही।" मैंने कहा, "आप बताएँ कि मछलियाँ पकड़ने का व्यवसाय कौन करता था? जब आप अपने परदादा के कारण पंसारी नहीं कहलाए, दादा के कारण क्लर्क नहीं कहलाए, पिता के कारण हेडमास्टर नहीं कहलाए, अपने कारण प्रोफेसर नहीं कहलाए, तो मछुवारा कैसे हो गये?"

"मैंने कहा न कि यह हमारी जाति है।" वे बोले, "मेरा पुत्र भारतीय प्रशासनिक सेवा में है, पर जाति तो उसकी भी मछुवारा ही रहेगी न।"

"क्यों रहेगी, यही तो जानने का प्रयत्न कर रहा हूँ।" मैंने कहा, "देखिए, जब एक ही व्यवसाय करने वालों ने एक साथ रहना आरम्भ किया। परस्पर शादी विवाह किए। पीढ़ियों तक सामूहिक रूप में वही व्यवसाय करते रहे, तो वे उस व्यवसाय से जाने जाने लगे। उसी को लोगों ने व्यवसाय नहीं कहा, पद नहीं कहा, आजीविका नहीं कहा, जाति कह दिया। पर अब तो वह स्थिति नहीं है। अब न तो आप मछलियाँ पकड़ते हैं, न बेचते हैं। न अपने पुत्र-पुत्रियों के विवाह मछलियाँ पकड़ने वालों के यहाँ करते हैं। न लड़कियों के दहेज में नौकाएँ और जाल जाते हैं, न लड़कों को विवाह में मछलियाँ पकड़ने के उपकरण दिए जाते हैं, तो फिर आप प्रो. मछुवारा क्यों हैं?"

"आप समझते क्यों नहीं हैं साहब! कि मछुवारा हमारी जाति है।" वे कुछ बिगड़े, "मेरे घर में इस समय जो व्यक्ति दीवारों और द्वारों को रंगने और लीपने पोतने का काम कर रहा है, वह ब्राह्मण है। वह उसकी जाति है। है या नहीं?"

"'ब्राह्मण' न कोई जाति है, न व्यवसाय।" मैंने कहा, "जिस अर्थ में 'मछुवारा' एक सामूहिक व्यवसाय के कारण जाति बन गयी, उस अर्थ में पुरोहित, पुजारी, अपाध्याय, आचार्य, वैद्य इत्यादि जातियाँ हो सकती थीं। लोग अपने वंशनाम के रूप में लिखते भी हैं। पर वह उनकी जाति नहीं हो सकती। और ब्राह्मण तो कोई जाति है ही नहीं। आपके घर काम करने वाला व्यक्ति व्यवसाय से सफेदी वाला है।..."

"चलिए, जाति न सही। वर्ण से ही सही। पर वह ब्राह्मण है।" वे हँसे , "है या नहीं। वैसे ही मैं मछुवारा हूँ।"

"वह अपना अतीत गौरवपूर्ण बनाए रखने के प्रयत्न में अपना वर्ण ब्राह्मण बताता है।" मैंने कहा, "वैसे वर्ण का निर्णय 'स्वभाव' से होता है। और स्वभाव को पहचानने के पश्चात् ही उसका निर्णय होना चाहिए। यदि ईश्वर ने आपको गायन की प्रतिभा नहीं दी है, तो आप गायक नहीं हो सकते। तब संगीत, आपका व्यवसाय

भी नहीं हो सकता। वैसे ही तपस्वी स्वभाव न होने पर, सत्य और धर्म का विचार न होने पर, ब्रह्म का आचरण न करने पर, कोई ब्राह्मण नहीं हो सकता, चाहे वह अपने वंशनाम के रूप में ब्राह्मणबोधक विशेषण लगाता रहे। वर्ण को ठीक से समझने का प्रयत्न कीजिए।''

''आप ठीक कह रहे हैं।'' उन्होंने कहा, ''पर मेरी जाति मछुवारा ही है – ऐसा हमारी सरकार कहती है। हमारे कुलपति सेवानिवृत्त होने वाले हैं। मैं मछुवारा रहा तो वह पद मुझे मिल सकता है। कुछ और हो गया तो विभागाध्यक्ष ही रह जाऊँगा।''

''तो आप चाहते हैं कि वह दीवारें रंगने वाला व्यक्ति ब्राह्मण माना जाए और आप विभागाध्यक्ष होकर भी मछुवारा बने रहें?''

''मैं क्या चाहता हूँ, उसे रहने दीजिए।'' वे हँसे, ''भारत सरकार यही चाहती है।''

(9.9.2005)

महबूबा का पर्यावरण-प्रेम

रामलुभाया, महबूबा मुफ्ती का साक्षात्कार लेने के लिए श्रीनगर जा पहुँचा।

"आपने मुझे ही इंटरव्यू के लिए क्यों चुना?" पहला प्रश्न महबूबा ने ही किया।

"आपके समान सौभाग्यशालिनी महिला भारत में दूसरी कोई नहीं है।"

"यह आप कैसे कह सकते हैं?" महबूबा ने आपत्ति की, "मैं तो अभी प्रधानमन्त्री भी नहीं बनी और इन्दिरा गाँधी प्रधानमन्त्री थीं, प्रतिभा पाटिल राष्ट्रपति हैं, सोनिया गाँधी राजमाता हैं...। मैं उन लोगों से अधिक भाग्यशाली तो नहीं हूँ।"

"वह सब ठीक है।" रामलुभाया ने कहा, "किन्तु आप पर कितने-कितने आतंकवादी आक्रमण हुए और आपका बाल भी बाँका नहीं हुआ। इन्दिरा गाँधी का क्या है, एक ही आक्रमण में स्वर्ग सिधार गयीं।"

"आप ठीक कह रहे हैं।" महबूबा बहुत मधुर ढंग से मुस्कराई, "इन्दिरा गाँधी पर आक्रमण उनके अपने अंगरक्षकों ने किया, तो वे मारी गयीं। मेरे समान स्वयं योजना बना कर आक्रमण करवातीं तो घायल भी न होतीं और उनके वे अंगरक्षक भी मारे जाते।"

"सब लोग तो आपके समान चतुर नहीं होते न।"

"तभी तो एक गोली भी झेल नहीं पाते।" महबूबा परम प्रसन्न थी, "हमारे परिवार में तो यह परम्परा ही है। मेरे पिता देश के गृहमन्त्री थे, तो मेरी बहन को पड़ोस की मसजिद में बैठा कर उसके अपहरण की घोषणा करवा दी। बस, बड़ी सरलता से जिस-जिस आतंकवादी को छोड़ना था, उसे छोड़ दिया। अब वे पाकिस्तानी करंसी कश्मीर में चलवाना चाहते हैं।"

"पर वे ऐसा क्यों करना चाहते हैं?"

"जो पैसा पाकिस्तान से मिला है, उसे खर्च करने के लिए हम कराची या लाहौर तो नहीं जा सकते न। यहाँ ही चलने लगे तो हमें ही नहीं, बहुत सारे कश्मीरी नेताओं को सुविधा हो जाएगी।" सहसा उसने विषय बदला, "वह सब छोड़िए, यह बताइए कि आपका आना कैसे हआ।"

"फिर ग्रीष्म ऋतु आयी है।" रामलुभाया ने कहा, "फिर डंका बजा है। फिर बाबा अमरनाथ के दर्शन के लिए, भक्तों ने यात्रा की तैयारी की है।"

"मुझे यह सब पसन्द नहीं है।" महबूबा ने कहा, "मैं पर्यावरण से बहुत प्यार करती हूँ और कश्मीर के पर्यावरण के लिए तो मैं अपनी जान भी दे सकती हूँ।"

"यह तो अच्छी बात है।" रामलुभाया ने कहा।

"पर वे लोग तो अमरनाथ के दर्शन करने आते हैं, उनके लिए मार्ग में स्थान-स्थान पर शिविर लगाने पड़ते हैं, उससे कश्मीर का पर्यावरण दूषित ही नहीं, प्रदूषित होता है।"

"और मैं सोचता हूँ कि आपके हिन्दू-द्वेष, आपके पिता मुफ्ती के पाकिस्तान-प्रेम, गिलानी के देशद्रोह ने कश्मीर की वायु में इतना विष घोला है कि यहाँ कोई हिन्दू साँस भी नहीं ले सकता। जीवित रहने के लिए उन कश्मीरी हिन्दुओं ने अपने श्रीनगर के बंगलों के बदले, दिल्ली के फुटपाथ पसन्द किए हैं।"

"हम तो उन्हें बुला रहे हैं, पर वे आते ही नहीं हैं।"

"आप उनकी सम्पत्ति की वापसी, उनके प्राणों की रक्षा और उनकी स्त्रियों के सम्मान की रक्षा का आश्वासन दे सकती हैं?" रामलुभाया ने बहुत साहस किया।

"उसमें तो कोई कठिनाई ही नहीं है।" महबूबा हँस रही थी, "वे मूर्ख इस समस्या का सरल सा समाधान नहीं समझ पा रहे हैं।

"अच्छा, आपके पास इसका कोई समाधान है?" रामलुभाया प्रसन्न हो गया।

"क्यों नहीं।"

"आपने बताया नहीं।"

"बताया नहीं, पर समझाया तो है। वे समझे ही नहीं। उठकर चल दिए।"

"क्या समाधान है?" रामलुभाया ने पूछा।

"बस कलमा पढ़ लें।" वह बोली, "देखिए, इतने लोग हज के लिए जाते हैं। पर किसी ने आज तक कहा कि उतने लोगों के एक साथ एक स्थान पर इकट्ठे होने से किसी प्रकार का कोई प्रदूषण होता है?"

"नहीं। किसी ने नहीं कहा।"

"तो मेरी बात की सच्चाई प्रमाणित हो गयी न?"

"कश्मीर में मुसलमान सुरक्षित हैं?"

"आपकी फौज खड़ी है। सुरक्षित ही हैं।" महबूबा ने कहा, "बस कभी-कभी किसी मुजाहिद का मन कर आता है, तो वह अपनी पसन्द की लड़की के साथ कुछ देर रह लेता है। कभी कोई अच्छा न लगा, तो उसे गोली मार देता है। बाकी सब तो अमन अमान ही है।"

"भारतीय फौज हट जाए तो कश्मीर की क्या स्थिति होगी?"

"वही जो अफगानिस्तान की है। आखिर वहाँ भी तो किसी समय उन्नत सभ्यता और संस्कृति थी। वही कश्मीर का होगा। लोग कबीलों में रहेंगे और ठायं-ठायं करते रहेंगे। न पाकिस्तान उन्हें रोक पाएगा, न चीन।" वह हँसी, "इसी लिए हम चाहते

हैं कि हिन्दुस्तानी फौज यहाँ रहे, पर हमारे कहने में रहे। हमें भारत का अंग न माना जाए, पर सारे भारत में हमें भारतीय नागरिक के अधिकार मिले रहें। हम भारत को कोई टैक्स न दें, पर भारत से हमें पैसा मिलता रहे। हम भारत को गालियाँ देते रहें और भारत मुस्कराता रहे...।

"अच्छा चलता हूँ।'' रामलुभाया उठ खड़ा हुआ।

"आपको शायद बुरा लगा, पर कोई बात नहीं। चलते चलते यह भी सुनते जाइए।'' महबूबा ने कहा, ''आपकी सरकार भी एकदम यही चाहती है।''

रालुभाया को लगा, उसके कान के नीचे तोप का गोला फटा है। पर मर ही मन वह जानता था कि महबूबा सत्य कह रही थी...

(13.6.2008)

मानवता के रखवाले

"उन्होंने कहा है कि गुजरात में मौत के सौदागर हैं।"

"ठीक ही तो कहा है। गोधरा गुजरात में ही तो है। तुम्हें स्मरण नहीं कि वहाँ कैसे सुबह-सुबह ही रेल गाड़ी में बन्द कर उन लोगों को जला कर मार डाला था, जो अयोध्या से आ रहे थे।"

"किन्तु लालू आयोग का तो कहना है कि वे लोग रेल में खाना पका रहे थे, उसी से आग लग गयी थी। वे ऐसा संकटपूर्ण कार्य क्यों कर रहे थे?"

"वह आग डब्बे की कहाँ थी।"

"तो?"

"वह तो लालू के कलेजे की आग थी और वह तो आज तक जल ही रही है। बुझी कहाँ है।"

"वह बुझेगी भी कैसे। फिर लालू कभी रेल के किसी डब्बे में वैसा खाना ही नहीं पकवा पाए।"

"क़ेन्द्रीय मन्त्री हो गये न! बिहार में रहते तो शायद वैसा कोई चमत्कार कर पाते।"

"गुजरात में मौत के सौदागर हैं; किन्तु दिल्ली में कौन हैं, जो लालू की सरकार की बिहार में वर्षों तक रक्षा करते रहे और आज भी लालू को बचाए हुए हैं?"

"दिल्ली में! दिल्ली में साधारण लोग नहीं हैं। वे मानवता के रखवाले हैं।"

"कैसे?"

"वे तीर्थ यात्रियों से रेलगाड़ी के डिब्बे में खाना पकवाते हैं; और हत्यारों की रक्षा करते हैं।"

"क्यों?"

"बस, मानवता में आस्था है उनकी। लोगों को बचाते ही बचाते हैं।"

"कैसे?"

"संसद पर आक्रमण करने वाले अफजल को बचा रहे हैं न। लाल किले पर आक्रमण करने वाले की रक्षा कर रहे हैं। मुर्गी अपने चूजों को अपने पंखों के नीचे छिपा लेती है न। वैसे ही वे सारे हत्यारों को छिपा लेते हैं। किसी को पता ही नहीं

लगता कि कौन कहाँ है। मानवता की सेवा, देश के शत्रुओं की रक्षा कर के ही होती है न।''

"मानवता के ये रखवाले कुछ देर से आये, नहीं तो बेचारा सतवंत सिंह अपने प्राण क्यों गँवाता।''

"ठीक कह रहे हो। जब नन्दीग्राम के हत्यारों की रक्षा हो सकती है, तो किसी भी हत्यारे को भय क्यों हो। ये ही लोग कर सकते हैं, और कोई कैसे कर पाता। शेष लोग तो बस मौत के सौदागर हैं।''

"हाँ! और असम में आदिवासी के हत्यारों को भी तो ये ही बचा रहे हैं।''

"पुराना अनुभव है। सदा से यही करते आये हैं।''

"अच्छा?''

"1947 में देश का विभाजन करवाया और उन प्रदेशों के हिन्दुओं को भेड़ियों के हवाले कर दिया कि कर लो। इनकी हत्या कर लो। कश्मीर में भारतीय सेना पाकिस्तानी कबाइलियों से अपनी भूमि और अपने नागरिकों को बचा रही थी तो इन्होंने सेना को रोक दिया। उन बेचारे कबाइलियों की रक्षा और कौन कर सकता था। इन्होंने ही की। मानवता के रखवाले जो ठहरे। तिब्बत चीन को दे दिया और सारे तिब्बतियों की रक्षा कर ली, नहीं तो मारे जाते गरीब। और तो और सन् 1962 में भारतीय सैनिकों को चीन से लड़ने भेजा और उनको वे शस्त्र दिए जो चलते ही नहीं थे। सारे चीनी सैनिक बच गये। हुई न मानवता की रक्षा। अपने सैनिक तो होते ही मरवाने के लिए हैं। मानवता की ऐसी रक्षा संसार के इतिहास में कहीं नहीं है।''

"तो फिर यह क्यों कहते हैं कि गुजरात में मौत के सौदागर हैं?''

"क्योंकि ये गुजरात में वह नहीं कर पा रहे, जो इन्होंने कश्मीर में किया।''

"कश्मीर में क्या किया?''

"श्यामाप्रसाद मुकर्जी को शेख अब्दुल्ला के कारागार में बन्द कर, उनकी हत्या कर दी और कश्मीर हिन्दुओं से खाली करवा दिया।''

"अब ये गुजरात में क्या करना चाहते हैं?''

"गुजरात में? वहाँ आतंकवादियों की रक्षा का प्रयत्न तो निरन्तर कर ही रहे हैं।..."

"और क्या चाहते हैं?''

"और? और ये नरेन्द्र मोदी की हत्या कर गुजरात को हिन्दुओं से खाली करवाना चाहते हैं।''

"पर उससे इनको क्या मिलेगा। उससे तो देश के शत्रुओं को ही लाभ होगा। ये उनके हाथों में क्यों खेल रहे हैं?''

"इसमें नया क्या है। जो आज तक किया है, वही कर रहे हैं। अपना इतिहास ही तो दोहरा रहे हैं।''

मिलकर

वह पूरे आत्मविश्वास से ही नहीं, स्पष्ट रोब के साथ थाने में घुसा। जिसने भी उसे देखा, उसका मुख आश्चर्य से खुला का खुला रह गया। किन्तु उसपर कोई प्रभाव नहीं पड़ा। वह जाकर थानेदार के सामने की कुर्सी पर बैठ गया।

थानेदार ने भी उसे उसी प्रकार चकित भाव से देखा, "तुम डाकू मक्खन सिंह ही हो न?"

"हूँ तो।"

"तुम पर पहले से ही पन्द्रह केस हैं और कल की डकैती भी तुमने ही की है। चार लोगों की हत्या भी।"

डाकू मक्खन सिंह बैठा मुस्कराता रहा।

"मुस्करा क्यों रहे हो?" थानेदार ने पूछा, "चाहूँ तो अभी का अभी तुमको बन्दी कर लूँ।"

"तो कर लो न। सोच क्या रहे हो? और जब इतना कुछ जानते हो तो अभी तक बन्दी किया क्यों नहीं?"

"वह तो...।"

"वह तो क्या?"

"तुम्हारी डाकू पंचायत प्रमाण माँगती है।"

"तुम्हारे पास प्रमाण हैं?"

"हाँ! हैं तो। पर तुम्हारी पंचायत कहती है कि वे प्रमाण काफी नहीं हैं।"

"तो पंचायत की बात क्यों मानते हो?"

"क्या करूँ। तुम्हारी पंचायत की इच्छा के विरुद्ध कुछ भी करने का साहस नहीं होता।"

"अच्छा है। हम सब की भलाई इसी में है कि साहस न ही करो।" डाकू मक्खन सिंह हँसा।

"तुम यहाँ क्या करने आये हो?" थानेदार ने कुछ डरते-डरते पूछा।

"मैं सोच रहा था कि हम दोनों मिलकर कुछ मैत्रीपूर्ण वातावरण बनाएँ।" डाकू

मक्खन सिंह ने कहा, "कब तक इस प्रकार लड़ते मरते रहेंगे। हमें मिलकर रहना चाहिए। महीने-दो महीनों में एक-आध दारू पार्टी करनी चाहिए।"

"तो तुम डकैतियाँ बन्द कर दो।"

"मैं तो बन्द कर ही चुका हूँ।" वह बोला।

"तो कल की डकैती?"

"देखो, डकैतियाँ तो होती ही रहती हैं।" वह बोला, "कभी तुम्हारे इलाके में हो गयी और कभी मेरे इलाके में। मैं भी दुखी हूँ। मेरे अतिरिक्त भी तो कुछ डाकू हैं। वे कभी-कभी मेरे घर में ही हाथ डाल देते हैं।"

"तुम्हारे ही पाले हुए, तुम्हारे चेलें चांटे हैं।" थानेदार ने साहस कर कहा।

"ठीक है।" डाकू मक्खन सिंह बोला, "इसीलिए मैं चाहता हूँ कि हम दोनों मिल-जुल कर काम करें। डाकुओं और डकैतियों के विषय में अपनी सूचनाओं का आदान-प्रदान करें..."

"इसका क्या अर्थ?"

"जैसे कल की डकैती की बात... तुम्हें कल की डकैती के विषय में क्या पता है?"

"क्यों बताएँ हम?" थानेदार भड़क उठा, "कभी डाकू और पुलिस वाले भी मिलकर काम करते हैं। मैं तुम्हें बता दूँ कि हमारे पास क्या प्रमाण हैं और तुम उनको मिटा दो। हम इतने मूर्ख नहीं हैं।"

"देखो तुम अपनी सरकार को मूर्ख कह रहे हो।" डाकू मक्खन सिंह हँसा।

"कब कहा? कब कहा, मैंने अपनी सरकार को मूर्ख?"

"तुम्हारी सरकार पाकिस्तान के साथ मिलकर आतंकवाद को समाप्त करना चाहती है और तुम मेरे साथ मिलकर डकैती को सुलझाना नहीं चाहते।"

"पर तुम तो स्वयं ही डाकू हो।"

"तो आतंकवादी कौन है?"

"पाकिस्तान।"

"तुम्हारी सरकार नहीं जानती क्या?"

"जानती है।"

"तो वह उसको अपनी सूचनाएँ नहीं दे रही क्या?"

"दे रही है।" थानेदार बोला।

"तो तुम अपनी सरकार से नीति-विरोध रखते हो?"

"अरे नहीं डाकू मक्खन सिंह जी।" थानेदार डर गया, "मैं सरकारी नौकर हूँ। सरकार के बाहर कैसे जा सकता हूँ। सरकार मूर्खता कर रही है, तो मैं महामूर्खता

करने को तैयार हूँ।"

"तो आओ, गले मिलो।" मक्खन सिंह बोला।

उसने आलिंगन के लिए अपनी भुजाएँ आगे बढ़ा दीं।

थानेदार ने भी वही किया। वह डाकू के आलिंगन में बँधा सुख-शान्ति के सुहाने सपने देखता रहा और डाकू मक्खन सिंह ने उसकी सर्विस पिस्तौल निकाल की अपनी जेब में डाल ली।

(10.3.2007)

मुझे इस देश से प्यार है...

रामलुभाया किसी सघन हिसाब-किताब में जुटा हुआ था।

"क्या कर रहे हो भाई?" भोलाराम ने पूछा।

"गणित।"

"वह तो दिखाई पड़ रहा है।" भोलाराम ने कहा, "किन्तु कैसा गणित है यह? जहाँ तक मैं जानता हूँ, तुम सदा ही गणित में कमजोर रहे हो।"

"मैं क्या।" रामलुभाया बोला, "सारा देश ही गणित में कमजोर है।"

भोलाराम जोर से हँस पड़ा, "शायद तुम जानते नहीं कि हमारे देश में कैसे-कैसे गणितज्ञ पैदा हुए हैं और उन्होंने संसार को इस क्षेत्र में कैसा-कैसा ज्ञान दिया है।"

"नहीं जानता। हमारे स्कूल-कालेजों के पाठ्यक्रम में कभी किसी भारतीय गणितशास्त्री का कोई सिद्धान्त नहीं पढ़ाया गया। यदि कोई होता, तो पढ़ाया ही जाता। नहीं पढ़ाया जा रहा तो इसका अर्थ है कि ऐसा कोई विद्वान हुआ ही नहीं।" रामलुभाया बोला, "किन्तु मैं उस अर्थ में कह ही नहीं रहा था।"

"हमारे विद्वान तो ऐसे-ऐसे थे कि क्या कहें..." भोलाराम बोला, "तुम जानते हो न कि संसार को 'शून्य' हमने ही दिया है।"

"न दिया होता तो अच्छा था।"

"क्यों?" भोलाराम चकित था।

"शून्य न होता तो हमारे देश के आजके कर्णधार देश को शून्य तो न करते न।" रामलुभाया ने कहा, "किन्तु मैं उस अर्थ में भी नहीं कह रहा हूँ।"

"तो किस अर्थ में कह रहे थे तुम?"

"मैं तो यह कह रहा था कि हमारी जनता को पता ही नहीं चलता कि कौन सा नेता और कौन सी पार्टी उसका कितना धन खा रही है। गणित में कमजोर न होते तो उनको इतना भी पता न चलता कि उनकी जेब कट रही है और जेबकतरा कोई और नहीं, उनके अपने तथाकथित नेता और उनकी सरकार है।"

भोलाराम मुँह बाए, रामलुभाया की ओर देखता रहा।

"हमारी जनता को तो यह भी ज्ञात नहीं है कि किस व्यक्ति को जेल में होना चाहिए और किसको संसद में।... जिसने देश के धन की चोरी की, वह संसद में

बैठा है। जिसने डकैतियाँ कीं, वह मन्त्री बना बैठा है। जिसने हत्याएँ कीं और करवाईं, उसकी सुरक्षा में करोड़ों रुपया खर्च हो रहा है।''

"वह गणित का नहीं, भूगोल का प्रश्न है। स्थान की बात है न। स्थान का प्रश्न, भूगोल के क्षेत्र में आता है।'' भोलाराम बोला, "मेरा विचार है कि कुछ-कुछ हमारी परिवहन व्यवस्था भी दोषी है। जो व्यक्ति घर से जेल जाने के लिए चलता है, वह संसद में जा बैठता है। जो फाँसी के फंदे में लटकने के लिए चलता है, वह अति विशिष्ट अतिथि के सुरक्षा कवच में पहुँच जाता है। इतने नौकर-चाकर तो राष्ट्रपति के पास भी नहीं हैं, जितने पाकिस्तानी आतंकवादी कसाब के पास हैं।...'' वह रुका, "किन्तु तुम कुछ हिसाब-किताब कर रहे थे।''

"हाँ। मैं हिसाब कर रहा था कि जितना रुपया राष्ट्रमंडल के खेलों में खाया गया है, उड़ाया गया है, लुटाया गया है, उसमें कितना मेरा था और कितना तुम्हारा था। मुझे कितना कलमाड़ी से लेना है और कितना शीला दीक्षित की ओर निकलता है।''

"किन्तु शीला दीक्षित तो कह रही है कि उसने तो कुछ लिया ही नहीं है। वह तो अब भी यही कह रही है कि दोषियों को दंडित किया जाएगा।''

"यदि उसने सचमुच कुछ नहीं लिया तो बेचारी दुखी होगी कि जब सब लूट रहे थे, उसने कुछ भी नहीं लिया?'' रामलुभाया ने कहा, "वैसे जिन दोषियों की बात वह कह रही है, वे कौन से दोषी हैं – जिन्होंने देश को लूटा या फिर जिन्होंने लूट का उचित हिस्सा जमा नहीं करवाया?''

"पता नहीं; किन्तु वह सच कह रही है क्या?'' रामलुभाया ने कहा।

"जब तक उसके झूठे होने के प्रमाण नहीं मिलते तब तक तो वह सत्य ही है... ।''

"किन्तु खोज रपटें तो प्रमाण दे रही हैं।''

"उनको वह सच मान रही है क्या?'' भोलाराम ने पूछा।

"सच तो नहीं मान रही। किन्तु सच तो कसाब भी नहीं मान रहा कि उसने किसी की हत्या की है। वह कहता है, उसे फँसाया जा रहा है। वह तो यह भी नहीं मानता कि वह पाकिस्तानी है।''

"वह पाकिस्तानी है कहाँ?''

"क्या?''

"अरे 1947 के पहले तो जरदारी भी भारतीय ही था। कसाब भी यही कह रहा है कि वह भारतवंशी है। पाकिस्तान के लोग भारतवंशी एन. आर. आई. हैं; किन्तु इस बात को भूल गये हैं। उन्हें किसी ने बताया ही नहीं है।''

"सब उलट पलट हो गया।'' सहसा रामलुभाया ने कहा।

"क्या हुआ?''

"वह राजा कह रहा है कि उसने तो प्रधानमन्त्री को भी पैसा दिया है।" रामलुभाया बोला, "प्रधानमन्त्री आरम्भ से ही अपने पास कुछ नहीं रखते। जो कुछ मिलता है, पार्टी और पार्टी अध्यक्ष को दे देते हैं।"

"ठीक ही तो करते हैं। अरे जब सड़क का ट्रैफिक कांस्टेबल सब कुछ अपने पास नहीं रखता तो राजा सब कुछ अपने पास कैसे रख लेता?" भोलाराम बोला।

"तुम कलमाड़ी को बचाने के लिए तो शीला दीक्षित को नहीं फँसा रहे?" रामलुभाया ने पूछा।

"मैं कौन होता हूँ, किसी को बचाने और फँसाने वाला।" भोलाराम हँसा, "हाँ तो चालीस चोर ही सब कुछ उगलने को तैयार बैठे हैं।"

"ओह हाँ। तो फिर मैं हिसाब कर ही लूँ कि मेरा पैसा किस-किस की ओर निकलता है– कितना दिल्ली की मुख्यमन्त्री की ओर, कितना केन्द्र सरकार की ओर, कितना प्रधानमन्त्री कार्यालय की ओर।"

"ये जितनी रपटें आयी हैं, वे सब संवैधानिक सरकारी संस्थाओं की ओर से आयी हैं, जिन्हें सरकार मान नहीं रही है।" रामलुभाया बोला, "यदि निजी तौर पर खोज हो तो मुझे विश्वास है कि यह सत्य भी निकल कर आएगा कि खिलाड़ियों को चुनने के लिए भी उनसे पैसा लिया गया होगा।"

"मैं तो समझता हूँ कि दिल्ली की सड़कों को भी कहा गया होगा कि पैसा खिलाओ, नहीं तो तुम्हें बनाने के स्थान पर केवल गड्ढे खोद कर रख देंगे।"

"बेचारी सड़कें।"

"और बेचारे बस स्टॉप।"

"ये लोग देश की मिट्टी भी खा गये।"

"किन्तु ये लोग अपने ही देश को इस प्रकार क्यों खा रहे हैं?"

"तुम मुर्गा क्यों खाते हो?"

"मुर्गा मुझे अच्छा लगता है।"

"इन लोगों को भी अपना देश अच्छा लगता है।" रामलुभाया समाधि में चला गया।

(12.8.2011)

भारत की मीनारें

आप में से जो पढ़े-लिखे लोग हैं, वे जानते हैं कि प्राचीन काल में प्रत्येक देश में एक अथवा अनेक राजा हुआ करते थे। और आप सब लोग पढ़े-लिखे हैं ही, नहीं तो इस रचना को पढ़ कैसे रहे होते। इसलिए आप सब जानते हैं कि प्राचीन काल में प्रत्येक देश में एक अथवा अनेक राजा हुआ करते थे। उनका काम था एक-दूसरे से युद्ध करना और युद्ध जीतने के पश्चात् अपनी विजय का कोई स्मारक बनवाना। मुझे लगता है कि उन्हें स्मारक बनवाने के लिए ही, परस्पर लड़ना पड़ता था। यदि बिना युद्ध के स्मारक बन सकते तो वे युद्ध में अपने सैनिक क्यों कटवाते। महत्वपूर्ण तो स्मारक बनवाना ही था, युद्ध जीतना तो उसका लक्षण मात्र था। अशोक ने अपनी लाट (यह लाट, लाट साहब से भिन्न पदार्थ है) बनवाई थी। यह लाट थी तो ठोस, पर छोटी थी। ऐसा इतिहास ने बाद में सिद्ध किया। वैसे इतिहास सब कुछ बाद में ही सिद्ध करता है। समय पर कुछ सिद्ध कर देना इतिहास के वश का है ही नहीं। यदि इतिहास समय से यह सिद्ध कर देता, तो अशोक और भी बड़ी लाट बनवा सकता था। लाट बड़ी हो या छोटी। उसे बनवाने के लिए उसे करना क्या था। आदेश ही तो देना था। वह दे देता। यदि वह हठ पकड़ लेता, तो देश में उपलब्ध सारा लोहा, अपनी लाट में ही लगा देता। आज के मन्त्री लोग उसमें से चोरी कर कर के अपने लिए गोली रक्षक तवे बनवा रहे होते। हमारे मंत्रियों को इस चोरी से बचाने के लिए ही इतिहास ने उस समय यह सिद्ध नहीं किया कि अशोक की लाट छोटी थी।

यह सिद्ध किया कुतबुद्दीन ऐबक ने। ऐबक ने अपनी विजय का उत्सव मनाने के लिए, कुतुब मीनार बनवाई, जो अशोक की लाट से बहुत बड़ी थी। यह मीनार ऊँची तो थी; किन्तु भीतर से खोखली थी। खोखली विजय की स्मृति में खोखली मीनार ही बनवाई जानी चाहिए।... पर वह अन्य कारणों से खोखली बनवाई गयी थी। वह शायद इसलिए कि आत्महत्या के इच्छुक, उस पर से कूद कर आत्महत्या कर सकें। यदि कुतुब मीनार, अशोक की लाट के समान ठोस होती, तो उसकी यह उपयोगिता नष्ट हो जाती।

1947 ईस्वी में हमारा देश स्वतन्त्र हो गया। स्वतन्त्र भारत की एक प्रधानमन्त्री ने अपनी विजय का उत्सव मनाने के लिए, दिल्ली के पीतमपुरा में एक टी. वी. टावर

बनवा दी। स्वतन्त्र भारत में न स्तम्भ बन सकता है, न मीनार। अब तो टावर ही बन सकती है। बिना अंग्रेजी के कुछ बनना अब शोभा नहीं देता। टी. वी. टावर का अर्थ यह नहीं है कि यह टावर के आकार का कोई टेलिविजन है। यह तो टेलिविजन की दिग्विजय की घोषणा करने का उत्सव मनाने वाली टावर है। यह टावर कुतुब मीनार से भी बहुत ऊँची है। किन्तु इसके ठोस अथवा खोखले होने के विषय में, कुछ नहीं कहा जा सकता। वह ठोस है भी और नहीं भी है। ठोस इसलिए है, क्योंकि वह लोहे की बनी हुई है (और लोहा ठोस होने को मजबूर है)। खोखली वह इसलिए है, क्योंकि वस्तुतः वह खोखली है। यदि आप उस पर चढ़ सकें, तो आत्महत्या भी कर सकते हैं; और किसी को अपने साथ चढ़ा सकें, तो उसे धक्का देकर नीचे फेंक, उसकी हत्या भी कर सकते हैं। इस प्रकार यह टी. वी. टावर भारत सरकार के चरित्र से बहुत मेल खाती है।

पर हमारी सरकार ने वह मीनार हत्या अथवा आत्महत्या करने के लिए नहीं, एक अन्य लक्ष्य से बनवाई थी। अपने देश में सब कुछ ऐसा ही होता है। जो चीज जिस काम के लिए होती है, वह वस्तुतः उसके लिए बनवाई नहीं जाती और जिस काम के लिए वह बनवाई जाती है उसके लिए वह होती नहीं। उदाहरण के लिए, सड़कें लोगों के चलने के लिए, और पुल नदी पार करने के लिए नहीं बनवाए जाते। वे एक अन्य काम के लिए बनवाए जाते हैं। वे बनवाए जाते हैं, ठेकेदारों, इंजीनियरों, अधिकारियों तथा मंत्रियों के आर्थिक उत्थान के लिए। ताकि वे लोग गरीबी की रेखा के ऊपर जी सकें। यदि मैं ठेकेदारों, मंत्रियों आदि की नीति ठीक-ठीक समझ पाया हूँ, तो कह सकता हूँ कि वस्तुतः वह गरीबी की रेखा के ऊपर नहीं, गरीबों के वक्ष के ऊपर बैठ कर जीना चाहते हैं।

टी. वी. टावर बनवाने के पीछे जो अन्य लक्ष्य है, वह बहुत ही महत्वपूर्ण है। वह लक्ष्य है, भारत की जनता को प्रेरित करना। उसका उद्बोधन करना। इस देश के लोग फिल्में नहीं देखते थे। सिनेमा घरों में नयी से नयी फिल्म लग जाती थी, और ये मूर्खों के समान अपने घरों में बैठे रहते थे। उससे लोगों का तो कोई नुकसान नहीं होता था; किन्तु भारत सरकार की प्रेमिका, हमारी फिल्म इंडस्ट्री की बहुत हानि हो रही थी। अभिनेताओं और फिल्म निर्माताओं की आर्थिक हानि को देखते हुए, सरकार ने निश्चय किया कि वह टी.वी. टावर के माध्यम से लोगों के घरों में घुस कर, उनकी बैठकों और शयनागारों में फिल्में दिखाएगी। यदि लोग सिनेमाघरों में नहीं घुसेंगे य तो सिनेमाघर उनके घरों में घुस जाएँगे। प्यासा कुएँ के पास नहीं जाएगा, तो कुआँ ही प्यासे के पास चला आएगा। हमारे देश के लोग भी विचित्र हैं। जिन फिल्मों को वे सिनेमा के घर में भी देखना पसन्द नहीं करते, वे फिल्में उनके घर में घुस जाती हैं, और उन्हें देखने लगती हैं। खैर कोई बात नहीं। घर में चोर घुस आये तो उसे भी तो देखना ही पड़ता है।

वस्तुतः यह टी. वी. टावर, जनतन्त्र और समता की भी प्रतीक है। अमीरों और गरीबों के घरों में, प्रासादों और झुग्गियों में -- समान भाव से प्रवेश कर, यह समान भाव से उनके मन और मस्तिष्क को भ्रष्ट एवं विकृत कर सकती है। सरकार ने कहा तो यह था कि इस टी.वी. टावर के माध्यम से देश के कोने-कोने में बसे घरों में सरस्वती प्रवेश करेगी। पर लगता है कि माँ सरस्वती ने आने में कुछ विलम्ब कर दिया है। अवसर देख कर, अब उनके स्थान पर फिल्म इंडस्ट्री बैठ गयी है। दूल्हा-दुल्हन के मंडप में आने से पहले, उनके बैठने के लिए बनाये गये मंच को खाली देख कर, शरारती बच्चे उस पर बैठ ही जाते हैं। अब फिल्म इंडस्ट्री से बढ़ कर शरारती और घटिया मस्तिष्क और किसका हो सकता है। या फिर सरकार ही उसकी समकक्षता कर सकती है। पंडाल भी उनका, मंडप भी उनका, मंच भी उनके। जो चाहे बैठ जाए या दूसरे को बैठा दे। सरकार फिल्मों को स्थापित कर रही है, फिल्में सरकार को, जैसे मन्त्री डाकुओं को स्थापित कर रहे हैं और डाकू मंत्रियों को।

पर एक बात है। इस टी.वी. टावर के माध्यम से, देश के कोने-कोने में बसे करोड़ों बेकार लोगों को, उनका मनभावन काम दिलाने में सरकार पूर्णतः सफल रही है। इस टावर के बनने से पहले विद्यार्थी अपना मन मार कर, कक्षा में बैठ पढ़ाई करता था। अब इस टावर की कृपा से, अपने घर में बैठ कर, क्रिकेट का मैच देखता है। पहले, अध्यापक को प्रिंसिपल के डर से कक्षा में जा कर, विद्यार्थियों से सिर मारना पड़ता था। अब उसे प्रिंसिपल के कमरे में बैठ कर, प्रिंसिपल के साथ चाय पीते हुए, टी.वी. पर क्रिकेट का मैच देखने का काम मिल गया है। नाई से किसी ग्राहक की आधी मूँछ कट जाए और ग्राहक नाराज होने की मुद्रा में आ जाए, तो नाई टी.वी. की ओर संकेत कर देता है, "साहब देखिए, कैसा छक्का लगा है।" साहब अपनी मूँछ पर कैंची द्वारा लगाया गया चौका भूल जाते हैं और टी.वी. पर लगने वाला छक्का देखने लगते हैं। पान वाले से पान बनाने में चूने कत्थे की गड़बड़ हो जाए, ग्राहक की जीभ कट जाए, वह जीभ-जला बकने झकने पर आ जाए तो पानवाला उसे क्रिकेट का स्कोर बता कर, चलता कर देता है। सरकारी कार्यालयों में, फाइलों का घटिया कार्य-व्यापार बन्द हो जाता है और आकाशवाणी, दूरदर्शन तथा आँखों देखा हाल सुनाने वालों की कृपा से, सरकारी कार्यालय भी इंडिया गेट जैसी सैरगाह बन जाते हैं। लाखों करोड़ों बेकार लोगों को इतना महत्वपूर्ण काम दिलाने की यह सरकारी योजना, सरकार की सफलतम योजना है। इस योजना की परिकल्पना, जिस ने भी की हो, उसे इस वर्ष के गणतन्त्र दिवस पर 'भारत रत्न' की उपाधि अवश्य प्रदान की जानी चाहिए। वह व्यक्ति न मिल सके, तो मेरा प्रस्ताव है कि टी.वी. टावर को ही 'भारत रत्न' घोषित

कर दिया जाए। उसे इस घोषणा की अनुमति मात्र दे दी जाए, घोषणा तो वह स्वयं ही हजार बार कर लेगी।

इस टी.वी. टावर ने जहाँ करोड़ों लोगों को राजनीतिज्ञों की रैलियाँ, फिल्म अभिनेताओं का लुच्चापन और खिलाड़ियों का बार-बार हार कर, देश को कलंकित करने का अनथक प्रयत्न-- देखने का, भारी भरकम काम दे दिया है, वहीं राजनेताओं, अभिनेताओं तथा खिलाड़ियों को टी.वी. के परदे पर जमे रहने का अति विशिष्ट काम भी उपलब्ध करा दिया है। मुझे तो लगता है कि इस टी.वी. टावर का नाम अंग्रेजी भाषा में 'नेशनल एम्प्लायमेंट एक्सचेंज' तथा हिन्दी में 'कार्य दिलाने वाली सिद्ध पीठ' रख दिया जाना चाहिए।

(22.3.1995)

राजनीति

भोलाराम बहुत उद्विग्न था।

"क्या हुआ भोलाराम?" रामलुभाया ने पूछा।

"इस देश को क्या हो गया है।"

"क्या हो गया है? वैसा ही तो है, जैसा सदा से रहा है। शान्त और सोया हुआ।" रामलुभाया ने कहा, "मारे प्रधानमन्त्री ने आज भी कहा है कि उनका लक्ष्य देश का उत्थान नहीं अल्पसंख्यकों का उत्थान है।"

"तो उसमें बुराई क्या है?"

"नहीं। बुराई तो कोई नहीं है। जब तक वे 80 प्रतिशत देशवासियों को पिछड़ा हुआ नहीं बना लेंगे, उनको चैन नहीं आएगा। जिस देश की सरकार का लक्ष्य 20 प्रतिशत का हित हो, जो उनको देश के वक्ष पर बैठा देना चाहती हो, वह देश की प्रतिनिधि सरकार कैसे हो सकती है? वह सरकार देश में जनतन्त्र कहाँ से लाएगी?"

"नहीं, मेरा ध्यान उस ओर नहीं है।" भोलाराम बोला।

"यही तो खेद का विषय है कि तुम्हारा ध्यान उस ओर नहीं है।" रामलुभाया ने कहा, "80 प्रतिशत के पास कोई अधिकार न हो। उनकी आँखों के सामने उनके देश को केक के टुकड़े बना कर या उसकी बोटियाँ काट कर, दूसरों को बाँट दिया जाए और वे कुछ कर न सकें। तुम्हारा ध्यान इस ओर क्यों नहीं है भोलाराम?"

"नहीं। वह बात नहीं है।" भोलाराम तड़प कर बोला, "मैं तो यह सोच रहा था कि कोई किस पर विश्वास करे। सब एक ही थैली के चट्टे बट्टे हैं। पहले संत दिखाई देते हैं और फिर अपने असली रूप में आ जाते हैं।"

"संत और असली रूप का क्या प्रश्न है।" रामलुभाया ने कहा, "जिस देश की सरकार ही जोंक बन कर उसका रक्तपान करती जा रही हो, उसका क्या करोगे। जो देश हित में कुछ न करना चाहे। देश के धन को काला धन बना कर बाहर भेजती रहे और उन काले-धनपतियों का नाम भी न बताना चाहे, उसका तो असली रूप भी सामने है। फिर भी इस देश में परिवर्तन नहीं हो रहा।"

"यह असली रूप नहीं।"

"तो और कौन सा असली रूप? असली रूप क्या है?" रामलुभाया ने कहा,

"जानते हो न, मनुष्य का असली रूप 'आत्मा' है। जो कुछ दिखाई पड़ता है, वह उसका वास्तविक रूप है ही नहीं। तो तुम किस असली रूप की बात कर रहे हो?"

"कहा न पहले संतों के रूप में आते हैं और फिर..."

"और फिर क्या?"

"अब अन्ना को ही देखो, आन्दोलन आरम्भ किया तो भ्रष्टाचार के विरुद्ध थे और अब कांग्रेस के विरुद्ध हैं। वे राजनीति कर रहे हैं। बाबा रामदेव ने भी यही किया था।"

"तो राजनीति करना पाप है क्या? सारे राजनीतिक दल क्या कर रहे हैं?"

"राजनीतिक दल?" भोलाराम ने थोड़ा सोचा, "वे आदान-प्रदान कर रहे हैं, छीन-झपट कर रहे हैं, ठगी कर रहे हैं, चोरी-डकैती कर रहे हैं।..."

"तो तुम उनकी डकैती को उचित मानते हो और अन्ना की राजनीति का विरोध कर रहे हो। ऐसा क्यों? राजनीति, डकैती से तो बुरी नहीं है।"

भोलाराम की आँखों में अश्रु आ गये, "तुम नहीं जानते हो रामलुभाया। इसका परिणाम क्या होगा।"

"क्या होगा?"

"ठगे जाएँगे ये लोग। बुरी तरह ठगे जाएँगे। इन्हें राजनीति आती नहीं है। राजनीतिक गुर जानते नहीं। ये राजनीतिज्ञों का सामना नहीं कर पाएँगे।"

"ऐसा क्यों कह रहे हो?"

"मैंने देखा है। गाँधी ने राजनीति की। साढ़े चार प्रदेशों के हिन्दुओं के प्राणों और सम्पत्ति का मूल्य चुका कर, अंग्रेजों से सत्ता प्राप्त कर ली; किन्तु न उसे स्वयं रख पाये, न पटेल को दे पाए। नेहरू से उसे बचा नहीं पाए। जयप्रकाश नारायण ने इतना बड़ा आन्दोलन किया; किन्तु आन्दोलन की मलाई तो लालूप्रसाद खा गये। बिहार अथवा जयप्रकाश को क्या मिला? अब अन्ना के साथ जाने क्या हो... मेरा मन उनके लिए बहुत रोता है रामलुभाया।"

"रोने से क्या होगा भोलाराम?"

"कह नहीं सकता, पर सब रो ही तो रहे हैं।" भोलाराम बोला, "कुछ घर में रो रहे हैं, कुछ कार्यालय में, कुछ संसद में रो रहे हैं, कुछ सड़क पर। कुछ इसलिए रो रहे हैं, क्योंकि वे ठगे गये हैं, कुछ इसलिए रो रहे हैं, कि वे उसकी आड़ में देश को ठगना चाहते हैं। मेरी तो समझ में कुछ नहीं आ रहा।"

"तो तुम भी राजनीति करो।" रामलुभाया ने कहा, "तुम्हारे पल्ले भी कुछ न कुछ पड़ ही जाएगा।"

"पर देश को तो उससे भी कुछ नहीं मिलेगा न।" भोलाराम बोला, "कोई न कोई मुझसे भी सब कुछ झपट कर ले जाएगा।"

(30.12.2011)

रामलुभाया का पासपोर्ट

रामलुभाया को अमरीका से बुलावा आया था। वहाँ विश्व हिन्दू परिषद ने एक आयोजन किया था और वे चाहते थे कि रामलुभाया भी वहाँ अपने विचार रखे। वह परम प्रसन्न था कि उसे अमरीका जाने का अवसर मिल रहा है, जो अनेक भारतीयों का स्वप्न है। और फिर निमंत्रण भी ऐसा कि उसमें उसका एक पैसा भी खर्च नहीं होना था। आने-जाने का किराया परिषद् ही दे रही थी।

उसकी प्रसन्नता बोधराज से सही नहीं गयी। चिढ़ कर बोला, "बहुत उछलो मत। टिकट तो वे दे देंगे किन्तु वीजा तो अमरीकी दूतावास ही देगा न। क्या पता दे या न दे। नहीं देगा तो तुम टिकट पर शहद लगा कर उसे चाटना। विमान में तो बैठ नहीं सकोगे।"

रामलुभाया का दिल दहल गया। बोधराज ठीक ही तो कह रहा था। यदि वीजा न मिला तो? तो उसे सबसे पहले वीजा ले लेना चाहिए।

वह अगले ही दिन अमरीकी दूतावास जा पहुँचा। अभी पूरा उजाला भी नहीं हुआ था और वहाँ लोगों की एक लम्बी पंक्ति लग गयी थी। शायद वे रात भर सोए नहीं थे, या फिर वे यहीं, इसी पंक्ति में ही सोए थे। वह भी पंक्ति में खड़ा हो गया। बारी देर से आनी थी, पर आनी तो थी। आ गयी। वह खिड़की पर पहुँचा तो वहाँ बैठे व्यक्ति ने उसका पासपोर्ट अच्छी तरह उल्टा पल्टा। फिर बोला, "नाम?"

"रामलुभाया।"

"राष्ट्रीयता?"

"भारतीय।"

वह हँसा, "यह राष्ट्रीयता हमारी सूची में नहीं है।"

"तुम्हारी सूची में नहीं है, तो मैं क्या करूँ।" रामलुभाया खीज कर बोला, "मैं भारत का रहने वाला हूँ, तो भारतीय ही हूँ न।"

उस व्यक्ति ने फिर से अपनी सूची खँगाली, "हमारी सूची में भारत नहीं है, इंडिया है।"

"वही वही।" रामलुभाया बोला, "हम उसी को भारत कहते हैं।"

"भविष्य में इंडिया कहना।" वह बोला, "भारत को कोई नहीं जानता।"

"अच्छा।"

"अब नेशनेलिटी बताओ।"

"भारतीय सॉरी इंडियन।"

"इंडियन कोई नेशनेलिटी नहीं है।" वह व्यक्ति बोला।

"राष्ट्र है और राष्ट्रीयता नहीं है।" रामलुभाया हँसा।

"हँसो मत।" वह व्यक्ति बोला, "देश है, पर उसकी राष्ट्रीयता नहीं है।"

"तो मेरी राष्ट्रीयता क्या होगी?"

"तुम बताओ।" वह व्यक्ति बोला, "वैश्य हो, ब्राह्मण हो, जाट हो, यादव हो, राजपूत हो, गूजर हो, मीणा हो, दलित हो, अगड़े हो, पिछड़े हो। क्या हो?"

"ये सब हमारी जातियाँ हैं, राष्ट्रीयता नहीं।" रामलुभाया कुछ तमतमाया हुआ था।

इस बार वह व्यक्ति हँस पड़ा, "अच्छा तो ये सब जातियाँ हैं।"

"तुम्हें सन्देह है कोई?"

"हमारी सूची में तो ये सब तुम्हारी राष्ट्रीयताएँ ही हैं।"

"क्यों?"

"राष्ट्र होता है इकट्ठे होने से। और तुम लोग भारतीय के नाम पर तो कभी इकट्ठे हुए नहीं। जितने भी सम्मेलन होते हैं, वे भारतीय के नाम पर नहीं होते। सब के सब अगड़े-पिछड़े के नाम पर ही होते हैं। तो तुम्हारी राघ्ट्रीयता, भारतीय कैसे हो सकती है?"

रामलुभाया को इस विवाद में नहीं पड़ना था। उसे तो वीजा चाहिए था। तत्काल सहमत हो गया, "आप ठीक कह रहे हैं। हम लोग हैं ही ऐसे। तो अब आप मेरी राष्ट्रीयता क्या मानेंगे?"

"जो बोलो, मान लें – अगड़े, पिछड़े, दलित, अनुसूचित, गुर्जर, ठाकुर, जाट, मीणा... कुछ भी कह दो, मैं मान लूँगा।"

"तो लिखो। मैं चारण हूँ।"

उस व्यक्ति ने कागज पर लिखा – "राष्ट्रीयता : चारण।"

"अब दो वीजा।" रामलुभाया ने हाथ बढ़ा दिया।

वह व्यक्ति हँसा, "तुम्हारी राष्ट्रीयता तो निश्चित हो गयी। किन्तु तुम्हारा पासपोर्ट कहाँ है?"

"यह दिया न।"

"यह इंडियन पासपोर्ट है।" वह बोला, "तुम्हारी राष्ट्रीयता चारण है, अब चारण पासपोर्ट लाओ।"

"वह कहाँ से मिलेगा?" रामलुभाया सकपका गया, "इस नाम का तो कोई देश ही नहीं है।"

"तो मैं क्या करूँ।" वह व्यक्ति बोला, "अपने देश और राष्ट्रीयता को ठीक करो। तब आना वीजा के लिए। अच्छा अब हटो खिड़की से। दूसरे व्यक्ति को आने दो।"

पीछे वाले ने धक्का मार कर रामलुभाया को खिड़की से हटा दिया।

राष्ट्र-साधना

रामलुभाया जाने कौन सा गीत गा रहा था; किन्तु बहुत भक्तिपूर्ण स्वर में मग्न हो कर गा रहा था। जो दो-चार शब्द मेरे कानों में पड़े, वे थे "राष्ट्र-साधना करें, हम राष्ट्र-साधना करें।"

मैं ओट से निकल कर सामने आ गया। देखा, वह पंडित जवाहरलाल नेहरू के चित्र के सामने अगरबत्तियाँ जला कर उनके नाक में धुआँ दे रहा था। मेरे आने से पहले ही वह चित्र पर माल्यार्पण कर चुका था। दीपक भी जला चुका था।

"क्या कर रहे हो?" मैंने पूछा।

"राष्ट्र-साधना कर रहा हूँ।"

"नेहरू जी की पूजा कर रहे हो और कह रहे हो कि राष्ट्र-साधना कर रहे हो।"

"एक ही बात है। राष्ट्र-साधना करने वाले पुरुष की पूजा ही राष्ट्र-साधना है।"

"तुम्हारा विचार है कि जवाहरलाल नेहरू सबसे बड़े राष्ट्र-साधक हैं?" मैंने पूछ लिया।

"राष्ट्र-साधक।" उसकी आँखों में चमक आ गयी, "मैं तो मानता हूँ कि उन्होंने ने ही इस राष्ट्र का निर्माण किया है। उसे आकार दिया। उसे सजाया-संवारा।"

"वह कैसे?"

"तुम जानते हो कि यह देश कभी एक राष्ट्र तो था ही नहीं।" उसने बड़े गर्व से कहा, "जिस-जिसके मन में आया, भूमि के टुकड़े जोड़ता गया। उसे भारत, भारतवर्ष और भारत माता – जाने क्या-क्या नाम देता गया।"

"और जवाहरलाल नेहरू ने पहली बार पहचाना कि हमारा राष्ट्र क्या है?" मैंने पूछा।

"एकदम ठीक। उन्होंने इस राष्ट्र की मूर्ति गढ़ी, जैसे कोई मूर्तिकार किसी शिला में से व्यर्थ के पत्थरों को काट कर निकाल देता है और एक सुंदर मूर्ति को आकार दे देता है। मलबा निकल गया तो समझ लीजिए कि सुन्दर मूर्ति बन गयी।"

"मैं समझा नहीं।"

"थोड़ा सा ज्ञान मूर्तिकला का प्राप्त कर लो।" वह मुझ पर हँसा, "कुछ तो पहले अंग्रेजों ने ही पृथक् कर दिए थे। श्रीलंका, मलयद्वीप, ब्राह्मदेश, अफगानिस्तान..." वह

पुनः हँसा, "अब कुभा या काबुल का भारत में होने का क्या तुक है। ठीक है कि मौर्य वंश से लेकर महाराणा रणजीत सिंह के समय तक भारत का अंग रह चुका था, तो भी अंग्रेजों ने अपनी समझदारीवश इन सारे प्रदेशों को भारत से पृथक् कर दिया। अच्छा ही हुआ, नहीं तो पंडित जी को अपने राष्ट्र के चित्र को सुन्दर बनाने के लिए इन सब को निकालना पड़ता।..."

मैं चकित रह गया। देश के टुकड़े होते देख, प्रसन्न होना उसकी राष्ट्र-साधना थी?

"और जब सत्ता पंडित जी के हाथ में आयी तो उन्होंने हमारी संस्कृति से मेल न खाने वाले प्रदेश काट कर पृथक् कर दिए। उन प्रदेशों को मिला कर पाकिस्तान बना।"

"वे हमारी संस्कृति से मेल नहीं खाते थे?" मेरा स्वर कंठ में फँसता जा रहा था।

"और क्या।" वह बोला, "'भारत की खोज' पंडित जी ने लिखी थी या तुमने? वे जानते थे कि क्या-क्या भारत में रहना चाहिए था।"

"अच्छा?"

"तिब्बत चीन को सौंप दिया। वे मोटे कपड़े पहनते हैं। वैसे मोटे कपड़े हमारे यहाँ होते ही नहीं। हमारे यहाँ तो महीन बुनाई होती है। अब चीन निबटे उनसे।" वह बोला, "और फिर वहाँ फसल कम होती है, इसलिए उन्हें पानी की आवश्यकता होगी। अतः कैलाश-मानसरोवर का क्षेत्र उनको दे दिया।"

"उससे भारत की मूर्ति और भी सुन्दर हो गयी?" मेरे मुख से अनायास ही निकल गया।

"और नहीं तो क्या।" वह बोला, "तिब्बत को जोड़ कर भारत का नक्शा देखो। बेतुका सा बढ़ा हुआ सिर लगता है या नहीं। पंडित जी ने उसे कला का स्पर्श दे दिया।"

"और कश्मीर?"

"पंडित जी का वश चलता तो वे सारा का सारा कश्मीर ही पाकिस्तान को दे देते। छोटा-सा पाकिस्तान उन्हें अच्छा नहीं लग रहा था। वे उसे कुछ बड़ा करना चाहते थे। किन्तु पटेल यह करने नहीं देना चाहते थे। और फिर उनका मित्र था, शेख अब्दुल्ला, वह भी कश्मीर पर अपना राज्य चाहता था। दोस्ती का वास्ता दे कर अब्दुल्ला ने कश्मीर अपने लिए ले लिया।"

"तो पंडित जी ने पाकिस्तान और अब्दुल्ला दोनों को प्रसन्न कर दिया?"

"और क्या।" रामलुभाया बोला, "अपनी बढ़ती हुई सेना को रोक कर पाकिस्तान को कश्मीर का एक बड़ा भाग दे दिया और कह दिया कि इसे तुम और चीन बाँट लो। हम से और मत माँगना। हम बाकी कश्मीर अब्दुल्ला को दे चुके हैं। वहाँ के

हिन्दुओं में से जो जीवित बचेंगे, उन्हें हम भारत की सड़कों पर लोटने के लिए भारत में बुला लेंगे, जैसे पाकिस्तान के प्रदेशों से हिन्दुओं को बुला लिया है। अब्दुल्ला अपनी सन्तानों के साथ कश्मीर पर राज्य करेगा। यह हमारा वरदान है।''

"अपनी भूमि दूसरों को देते जाना राष्ट्र-साधना है रामलुभाया?'' मैंने पूछा।

"और क्या।'' वह बोला, ''नेफा की भूमि चीन को देते हुए पंडित जी ने कहा था कि वहाँ घास का एक तिनका भी नहीं उगता। यदि वह भूमि हमारे पास रहती तो उसे उपजाऊ बनाने के लिए हमें कितना पैसा खर्च करना पड़ता। करना पड़ता या नहीं?'' उसने उग्र दृष्टि से मुझे देखा, ''पंडित जी ने वह सारा पैसा चीन की जेब से खर्च करवाया है।''

"और वह बचाया हुआ पैसा अब्दुल्ला के परिवार को ऐश करने के लिए दे दिया है। है न?"

"और क्या। बाँट कर खाना चाहिए।''

"आगे के लिए क्या योजना है?'' मैंने पूछा।

"पंडित जी तो अब नहीं हैं; किन्तु उत्तरपूर्व के प्रदेशों को पृथक् करने की योजना वे पहले ही बना चुके थे।''

"क्यों?''

"उनका अंग्रेजी का उच्चारण अच्छा नहीं था।''

"अब तो पंडित जी नहीं हैं।''

"उनके उत्तराधिकारी उसी योजना पर कार्य कर रहे हैं।''

"कैसे?''

"उनकी योजना थी कि भारत और पाकिस्तान के साथ एक ईसाई राज्य भी होना चाहिए। शायद एडविना माउंटबैटन की ऐसी इच्छा थी। किन्तु उस समय इतने ईसाई ही नहीं थे कि कोई राज्य बन सकता। पंडित जी ने उत्तरपूर्व के राज्यों को ईसाई बनाने की योजना बना डाली। वह अब अपनी परिपक्वता तक पहुँच रही है। फिर कांग्रेस सरकार सैक्यूलरिज्म के नाम पर उन्हें पहले अधिक से अधिक अधिकार देगी और फिर स्वतन्त्र कर देगी। फिर देखना अपने देश का नक्शा। केरल और तमिलनाडु में भी बहुत कुछ हो रहा है।''

"तो तुम्हारी पार्टी भारत को एक गोला बनाना चाहती है, जिसमें उत्तरप्रदेश और मध्यप्रदेश रह जाएँ?''

"लक्ष्य तो वही है; किन्तु उस गोले का नाम भी शायद ही 'भारत' हो।'' वह जोर से हँसा, "शायद उसका नाम कुछ और ही हो जाए। बोलो पंडित जवाहरलाल नेहरू और उनके उत्तराधिकारियों की जय।''

(14.10.2011)

राष्ट्रपति का चयन

रामलुभाया अपने हाथों में सिर थामे, मुँह लटकाए बैठा था। निश्चित रूप से वह बहुत निराश था। मुझे दया आ गयी। पूछा, "क्या बात है रामलुभाया?"

उसने मेरी ओर देखा, "क्या देश है तुम्हारा।"

वह अपने देश से प्रसन्न नहीं था, इसलिए उसे मेरा देश बता रहा था, जैसे बच्चे के परीक्षा में फेल होने की सूचना उसकी माँ उसके पिता को कुछ इस शैली में देती है, "तुम्हारा लाडला परीक्षा में तुम्हारा नाम रौशन कर आया है।"

"क्या हुआ मेरे देश को?" मैंने पूछा।

"अरे करोड़ों की आबादी के इस देश में एक बन्दा नहीं मिल रहा।"

"क्या करना है, उस बन्दे का तुमको?"

"अचार नहीं डालना है।" वह मुँह बनाकर बोला, "प्रेज बनाना है उसे।"

"प्रेज? वह क्या होता है?" मैंने कहा।

"प्रेज नहीं जानते। जाहिल कहीं के।" वह बोला, "प्रेज का अर्थ होता है, देश का प्रेजिडेंट अर्थात् राष्ट्रपति। देश का राष्ट्रपति।"

"ओह – हो।" मैं हँसा, "तुम्हें एक ऐसे आदमी की खोज है, जिसे देश का राष्ट्रपति बना सको।"

"हाँ।"

"मुझे बना दो।"

"तुम जैसे तो गली-गली में मिलते हैं। हमें तो वह चाहिए, जिसे संसद स्वीकार कर सके। सरकार स्वीकार कर सके।"

"संसद और सरकार तो उनको भी स्वीकार ही नहीं अंगीकार भी कर लेती है, जिनके विषय ओमपुरी, अरविन्द केजरीवाल और बाबा रामदेव द्वारा दिए गये विशेषणों से कुछ सांसद रुष्ट हो गये हैं।"

"कौन से विशेषण?" रामलुभाया ने पूछा, "मुझे भी बताओ।"

"नहीं। नहीं तो मुझ पर भी विशेषाधिकार हनन का मामला बन जाएगा।" मैंने कहा, "तुम अन्ना हजारे को ही क्यों राष्ट्रपति नहीं बना देते। वे वृद्ध हैं। राष्ट्रवादी हैं। गाँधीवादी हैं। देशभक्त हैं।"

"वह सब तो है; किन्तु वे राजनीति को नहीं समझते और मैडम को नहीं मानते।"

"क्या संविधान में ऐसी कोई शर्त है कि ऐसा आदमी राष्ट्रपति नहीं बन सकता?"

"यह सब क्या संविधान में लिखा जाता है।" रामलुभाया ने कहा, "और फिर वे हर बात पर अनशन करने बैठ जाते हैं। उनका नाम 'अन्ना' न हो कर 'अन्न न' होना चाहिए। उनको राष्ट्रपति बना दिया तो हमारे विदेशी मेहमानों को 'भोज' के स्थान पर 'अनशन' पर आमंत्रित किया जाएगा।... और फिर मनीष तिवारी ने उन्हें भ्रष्टाचार में लिप्त बताया था।"

"वैसे वे भ्रष्ट हैं नहीं। पर चलो जब मनीष तिवारी ने कह दिया तो कह दिया।... तो किरण बेदी को बना दो।"

"नहीं यार।" रामलुभाया बोला, "वह तो जानती है कि सरकार घूँघट के अन्दर भी है और घूँघट के बाहर भी। वह तो स्वयं ही सरकार हो जाएगी। प्रधानमन्त्री का घूंघट चल नहीं पाएगा। वह क्रेन की सहायता से घूँघट उठा देगी। दिल्ली में अन्ना के अनशन के समय उसने वही किया था। तो फिर हम कैसे कह पाएँगे कि बाकी चाहे कोई कितना भ्रष्ट हो; किन्तु मनमोहन सिंह बहुत भले आदमी हैं। वैसे भी किरण बेदी अल्पसंख्यक नहीं है।..."

"तो?"

"प्रधानमन्त्री ने कहा है न कि इस देश के संसाधनों पर पहले मुसलमानों का अधिकार है। और राष्ट्रपति तो पहला संसाधन है इस देश का। अब कोई नहीं मिलेगा तो फिर देखेंगे..." वह इतना गम्भीर था, जैसे वह अभी ही राष्ट्रपति की नियुक्ति कर देगा।

"कर्णसिंह के विषय में क्या विचार है? उन्होंने अपना सब कुछ लुटा कर भी कांग्रेस का साथ नहीं छोड़ा। कश्मीरी होते हुए भी अपने मालिकों का रुख देखते हुए कश्मीर के हिन्दुओं के पक्ष में कभी एक शब्द नहीं कहा।"

"हाँ।" रामलुभाया ने कुछ आश्चर्य से मेरी ओर देखा, "लगता है कि कांग्रेस को भी भारतीय जनता पार्टी का रोग लग गया है। उन लोगों की अपनों और परायों की पहचान मिट गयी है। अपनों को तो पहचानते ही नहीं। नहीं तो वे कर्णसिंह को भूल जाते?"

"सोनिया गाँधी शायद नहीं जानतीं कि वे मनमोहन सिंह से भी अधिक निष्ठावान हैं कांग्रेस के प्रति।" मैंने कहा।

"पर एक बात है।" रामलुभाया ने कहा।

"क्या?"

"किसी समय उनके पिता राजा हरिसिंह ने जवाहरलाल नेहरू को जेल में डाल

दिया था। उसका प्रतिशोध भी तो लेना है।''

"केवल जेल में डालने का? और हत्याओं का प्रतिशोध नहीं लेना है– मुम्बई की, संसद की, राजीव गाँधी की...?''

"हत्या का दंड क्या है? मृत्युदंड ही तो। मृत्यु तो सबकी होनी ही है। कारागार में हो, बाहर हो। गोली से हो, रोग से हो, आयु से हो। तुम क्या समझते हो कसाब और अफजल गुरु बच जाएँगे। जब समय आएगा, वे अपने आप मर जाएँगे। यमदूत उन्हें उठा कर ले जाएँगे। हमारी सरकार को कुछ नहीं करना पड़ेगा। हम सब उसी की प्रतीक्षा में हैं।'' सहसा वह रुका, "और भारतीय जनता पार्टी वाले क्या नाम ले रहे हैं – नजमा हैब्तुल्ला...''

"और क्या तुम्हारा नाम लें?'' मैंने जैसे उसे चिढ़ाया।

"मेरा क्यों लेंगे। बाल ठाकरे का नाम क्यों नहीं लेते? वह शत्रु है क्या उनका? आँख खोल कर अपने आस-पास देखते ही नहीं हैं।''

"क्यों? बाल ठाकरे में क्या है? वह भी तो एक राजनीतिक दल का नेता ही है।''

"जहाँ तक मैं समझता हूँ, वह राजनीतिक नेता नहीं है। साहित्य, संस्कृति, इतिहास और देश को जानता है वह। पत्रकार है।... और साहस है उसमें। ढुलमुल आदमी नहीं है। वह एक बार राष्ट्रपति बन जाए तो देश के सारे झोल दूर हो जाएँगे। कड़क हो जाएगा देश।''

"जब वह इतना ही योग्य है तो हमारे राजनीतिक दल उसका नाम क्यों नहीं लेते?'' रामलुभाया ने बड़ी सादगी से पूछा।

"योग्य लोगों के नाम लेने से हम अयोग्य लोगों को ऊँचे पदों पर नहीं बैठा सकते।'' मैंने कहा।

(7.5.2012)

राष्ट्रीय ग्रन्थ

"प्रयाग उच्च न्यायालय ने ठीक ही कहा है कि भगवद्गीता इस देश का राष्ट्रीय ग्रन्थ है।"

वे तड़प उठे, जैसे मैंने उनका कोई बिलबिलाता सा घाव छेड़ दिया हो। बोले, "यदि गीता भारत का राष्ट्रीय धर्मग्रन्थ है, तो कुरान और बाइबल भी भारत के राष्ट्रीय धर्मग्रन्थ हैं।"

"मैंने धर्मग्रन्थ तो कहा ही नहीं।" मैंने उत्तर दिया, "मैंने तो केवल राष्ट्रीय ग्रन्थ कहा है।"

"एक ही बात है।"

मैं इस "एक ही बात" से बहुत परेशान हूँ। आप तवे का फुल्का माँगें और होटल वाला आपको रुमाली रोटी ला दे, आप तंदूरी रोटी माँगें और वह आपको नान ला दे; और फिर कहे कि "एक ही बात है", तो अपना सिर पीटने के अतिरिक्त कोई कर भी क्या सकता है।

"धर्मग्रन्थ और राष्ट्रीय ग्रन्थ एक ही चीज नहीं है।" मैंने फिर भी समझाने का प्रयत्न किया, "क्योंकि राष्ट्र और धर्म एक ही चीज नहीं हैं।"

"कैसे?" उन्होंने जैसे मेरा उपहास ही नहीं, अपमान करने के लिए अपने चेहरे पर भद्दी सी हँसी सजा ली, "अब तक तो हम 'भारत एक हिन्दू राष्ट' का नारा सुनते आये हैं। यदि धर्म और राष्ट्र एक नहीं हैं तो फिर यह हिन्दू राष्ट्र क्या है?"

"वह शायद आपकी समझ में न आये।" मैंने कहा, "किन्तु बांगलादेश और पाकिस्तान दोनों स्वयं को मुस्लिम देश मानते हुए भी, एक राष्ट्र नहीं हो पाये। सऊदी अरब और ईरान एक धर्म के कारण एक राष्ट्र नहीं हैं।"

"इसका क्या अर्थ हुआ?" वे उत्तर देने के स्थान पर मुँह बाए मेरा चेहरा देख रहे थे।

"इसका अर्थ यह हुआ कि आप धर्म और राष्ट्र का अन्तर करना सीखें।"

"पर मुसलमान और ईसाई भी तो इस देश में रहते हैं।"

"इस देश में सैकड़ों पक्षी रहते हैं; किन्तु फिर भी आपने अपना राष्ट्रीय पक्षी मोर ही क्यों माना? सारे पक्षियों को राष्ट्रीय पक्षी क्यों घोषित नहीं कर दिया?" मैंने

कहा, "ढेरों फूल खिलते हैं हमारे देश में, फिर भी कमल ही क्यों हमारा राष्ट्रीय पुष्प माना गया? और भी अनेक फूल बहुत सुन्दर हैं। ध्वजों की कमी है क्या? फिर भी तिरंगा, राष्ट्रीय ध्वज माना गया।"

"होगा।" उन्होंने अपने कन्धे उचकाए, "किन्तु भारत में रहने वाले जिस किसी धर्म को भी मानें, वे भारतीय हैं। उनका भी इस देश पर उतना ही अधिकार है।"

"अधिकार।" मैंने कहा, "कश्मीरी हिन्दुओं का कश्मीर पर कितना अधिकार माना आपने? वे वहाँ इस्लाम के जन्म से भी पहले से रह रहे थे।"

"व्यर्थ की बातें मत करो।" वे गुर्राये, "हम धर्म और राष्ट्र की बात कर रहे थे।"

"आप एक क्षण में अपना धर्म बदल सकते हैं।" मैंने कहा, "किन्तु आपका राष्ट्र उस प्रकार नहीं बदल सकता।"

"क्यों? कितने ही भारतीय अमरीकी राष्ट्रीयता स्वीकार कर चुके। आपकी दृष्टि में उनका राष्ट्र बदला ही नहीं?" वे जैसे एवरेस्ट की ऊँचाई पर खड़े थे।

"यदि उन्होंने स्वेच्छा से अपना धर्म बदला होता तो वे अमरीकियों से अधिक ईसाई होते। किन्तु राष्ट्रीयता बदल कर, उन्होंने अपना पासपोर्ट ही बदला है, मन से वे आज भी भारतीय हैं। त्वचा और रक्त आज भी भारतीय ही है।"

"तो फिर धर्म और राष्ट्र में अन्तर क्या है?" वे कुछ परेशान होते दिखाई दिए।

"राष्ट्र में देश होता है, देश की संस्कृति होती है, संस्कृति में देश का भूगोल होता है, इतिहास होता है, चिन्तन मनन और दर्शन होता है। भाषा होती है, परम्पराएँ होती हैं। उसी संस्कृति में से धर्म भी उत्पन्न होते हैं, इसलिए न वे अपनी संस्कृति से मुक्त हो सकते हैं, न अपने देश के भूगोल और इतिहास से। पाकिस्तान 1947 ई. में बना; इसलिए आज भी वह उससे पूर्व के अपने इतिहास, भूगोल और संस्कृति से लड़ रहा है और उसे कोई समाधान नहीं मिल पा रहा। वहाँ का सिंधी कहता है कि वह साठ वर्षों से पाकिस्तानी है, चौदह सौ वर्षों से मुसलमान है; किन्तु सिंधी तो वह सहस्रों वर्षों से है।"

"तो?"

"तो यह कि राज्य और धर्म, संस्कृति और राष्ट्रीयता के स्थानापन्न नहीं हो सकते।"

"तो इस देश का राष्ट्रीय ग्रन्थ गीता ही है?"

"जी।"

"तुम्हारे कहने से?"

"नहीं। गीता में इस राष्ट्र की सहस्रों वर्षों की संस्कृति का सत्व है। वह हमारे चिन्तन मनन की सहस्राब्दियों की प्रतिनिधि है। तुम विदेश से पौधे लाकर रोप तो सकते हो, उन्हें इस देश के जल-वायु के अनुकूल भी बना सकते हो; किन्तु इस देश

की जलवायु को उन पौधों के अनुसार बदलने को बाध्य नहीं कर सकते।"

"तुम्हारी साम्प्रदायिकता का कोई तोड़ नहीं है।" उन्होंने बुरा सा मुँह बनाया।

"मैं जानता था कि अंत में तुम यही कहोगे, क्योंकि तुम्हारा सेकूलर चिन्तन न तो तुम्हें तथ्यों की गहराई तक जाने देता है, न सत्य को स्वीकार करना सिखाता है। तुम इस देश की संस्कृति और राष्ट्रीयता को नष्ट करने वाले आक्रामक रूढ़िवादी चिन्तन के रोगी हो। तुम्हारा कोई उपचार नहीं है।..."

"अच्छा।" वे कुछ इस मुद्रा में आगे बढ़े, जैसे मुझे चाँटा दे मारेंगे।

"चलते चलते गीता की एक बात और सुन लो।"

"क्या?"

"भगवान् कृष्ण ने गीता में कहा है कि आततायी अपने ही पाप से मारा जाता है।"

"तुम और तुम्हारे भगवान् कृष्ण।" वे वहाँ से विलुप्त हो चुके थे।

(8.5.2008)

लड़ाई

रात भर उनके कमरे से भयंकर आवाज़ें आती रहीं। समझ में नहीं आ रहा था कि हो क्या रहा है। ऐसा लगता था कि उस प्रेमी युगल के मध्य कुछ बहुत ही असाधारण घटित हो रहा था। उसे लड़ाई कहना, लड़ाई का अपमान करना था। वह उससे कुछ बहुत बड़ी घटना थी। भूचाल या बवंडर। कोई प्राकृतिक आपदा। कमरे में भयंकर उत्पात हो रहा था। पति पत्नी में तो परस्पर झगड़ा होता ही है। संसार के प्रत्येक देश में होता है, प्रत्येक समाज में होता है; किन्तु इस प्रकार से महायुद्ध तो नहीं होता। किसी का बन्द कमरा इस प्रकार चीत्कार तो नहीं करता। कोई किसी के प्राण तो नहीं ले लेता। इस प्रकार की चीख-चिल्लाहट... त्राहि त्राहि... लगता था कि दोनों में से या तो किसी के प्राण निकल जाएँगे या फिर हड्डियों का सुरमा बन जाएगा।...

मैं सारी रात उद्विग्न रहा। नींद मेरी आँखों से कोसों दूर रही। पड़ोस में ऐसी आपदा आयी हो तो कोई सोने की बात सोच भी कैसे सकता है...

प्रातः जब भोलाराम मुझे दिखाई दिया तो मैं पूछे बिना नहीं रह सका।

"रात को तुम्हारे घर में क्या हो रहा था?"

"कुछ भी तो नहीं।" वह साफ मुकर गया।

"कुछ नहीं हो रहा था?" मैंने डपट कर पूछा,"तो इतनी प्रकार की आवाज़ें कैसे आ रही थीं?"

"आवाज़ें! हाँ! आवाज़ें तो आ ही रही होंगी।"

"तुम दोनों में लड़ाई हो रही थी क्या?"

"लड़ाई? नहीं तो!" उसने बहुत आश्वस्त स्वर में कहा, "हम दोनों में कभी लड़ाई नहीं होती।"

"लड़ाई नहीं होती?" मैंने उसे घूर कर देखा,"मैंने अपने कानों से सुना है।"

"क्या सुना है?"

उसका स्वर इतना शान्त था और उसका चेहरा इतना आश्वस्त था कि मैं सहम गया : कहीं मेरा अनुमान और मेरे निष्कर्ष ही तो गलत नहीं थे?

"मैंने तुम्हारी पिटाई के स्वर सुने हैं।" मुझे बाध्य होकर वह कहना पड़ा, जो मैं कहना नहीं चाहता था, "तुम्हारी पत्नी तुम्हें पीट रही थी।"

वह अब भी खड़ा मुस्करा रहा था।

"क्यों झूठ कह रहा हूँ मैं?"

"नहीं! आप झूठ नहीं कह रहे।" उसने पूर्ण शान्ति से स्वीकार कर लिया।

मेरा साहस बढ़ गया। अब मैं उसे कुछ भी कह सकता था।

"मैंने स्वयं तुम्हारे कराहने का स्वर सुना है। तुम्हारी पत्नी को दहाड़ते सुना है।"

"तो मैं कब अस्वीकार कर रहा हूँ।" उसने कहा, "मैं तो केवल इतना कह रहा हूँ कि हममें लड़ाई नहीं होती।"

"तुम पिट रहे हो।" मैंने कहा, "वह पीट रही है और उस पर भी तुम इतनी निर्लज्जता से कहे जा रहे हो कि तुम लोगों में लड़ाई नहीं होती। तुम मुझे पागल कर दोगे।"

वह हँसा, "दोनों ही बातें सत्य हैं। आप मेरे घर की जो ध्वनियाँ सुनते हैं, वे भी सत्य हैं; और मेरा जो वक्तव्य है, वह भी सत्य है।"

मुझे क्रोध आ गया, "तुम दूसरों को एकदम पागल समझते हो क्या। प्रतिदिन पिटते भी हो और कहते हो कि तुम दोनों में लड़ाई भी नहीं होती। बिना लड़ाई के भी कहीं मार पिटाई होती है क्या?"

वह पुनः हँस पड़ा, "वह पीटती है और मैं पिटता हूँ, यह तो सत्य है। पर लड़ाई तो तब मानी जाएगी न, जब मैं भी हाथ उठाऊँगा। पिटने और लड़ने में अन्तर होता है। पिटाई और लड़ाई एक चीज़ नहीं है।"

मैं फटी आँखों से उसे देखता रहा। कितना बड़ा सत्य कह गया वह। मैं आज तक इस सत्य को समझ क्यों नहीं पाया! भारत और पाकिस्तान में लड़ाई कहाँ है? भारत पिटता तो है किन्तु लड़ता कहाँ है? बिना लड़े आधे से अधिक कश्मीर दे दिया। तब से आज तक वे हमारी सीमाओं में घुसने का प्रयत्न करते रहे – प्रत्यक्ष और परोक्ष रूप में। हमने एक बार भी सीमा पार करने का प्रयत्न नहीं किया। वे हमारी सीमाओं को, सीमाओं पर बसे लोगों को, पीटते रहे और हमारी सीमाएँ तथा लोग पिटते रहे। हम लाहौर तक पहुँचे भी, पर आँख खुलते ही लौट आये; जैसे कोई मछुआरा, भूल से अपने देश की अनिर्दिष्ट जल-सीमा पार कर जाए और उस तथ्य का आभास होते ही वापस अपने देश में लौट आये।

उनके आतंकी, हमारे सारे देश में उत्पात मचा रहे हैं। इस आतंकी जेहाद में सहस्रों भारतीय मारे गये हैं; किन्तु हमने हाथ नहीं उठाया। बदले में एक भी पाकिस्तानी नहीं मारा। यह लड़ाई कहाँ है? भोलाराम ठीक कहता है , यह पिटना है। लड़ाई तो उस दिन होगी, जिस दिन हम हाथ उठाएँगे।

(6.5.2006)

विद्वानों का मत

रामलुभाया विद्वानों में घिर गया था। और वे थे कि उस साधारण व्यक्ति को अपना शत्रु मान कर उसपर आक्रमण पर आक्रमण करते जा रहे थे। लाला काशीप्रसाद तो इतने रुष्ट थे कि कुछ सुनने को तैयार ही नहीं थे। बोले, ''तुम्हारे पौराणिक तथ्य वैसे चाहे कितने लुभावने हों किन्तु वैज्ञानिक दृष्टि से एकदम गलत हैं – सब के सब।''

रामलुभाया हक्का बक्का उनकी ओर देखता रह गया। जाने वे किस तथ्य की बात कर रहे थे।

''कोई उदाहरण देंगे आप?'' उसने अपना सारा साहस बटोर कर कहा।

''इन्द्रप्रस्थ कहाँ है और कहाँ है हस्तिनापुर।'' लाला जी बोले, ''और देखो कौरवों और पांडवों की सेनाएँ एकत्रित हो रही हैं कुरुक्षेत्र में। उनके मार्ग में कुरुक्षेत्र पड़ता ही कहाँ है? भौगोलिक सत्य का भी कोई महत्व है या नहीं?''

रामलुभाया की जान में जान आयी।

''आपने महाभारत का अध्ययन किया है?''

''नहीं।''

''तो आपकी सारी विद्वत्ता किस आधार पर है?''

''अरे जेनरल नॉलेज भी तो कोई चीज़ होती है।'' ठाकुर साहब बोले, ''इतना तो मैं भी जानता हूँ।''

''तो महाराज!'' रामलुभाया ने शान्ति से कहा, ''पांडवों ने अज्ञातवास विराटनगर में पूरा किया था...।''

''विराटनगर नेपाल में है।'' ठाकुर साहब ने उसे टोक दिया, ''वहाँ पांडव कभी गये ही नहीं।''

''मैं महाभारत के सन्दर्भ में महाराज विराट की राजधानी की चर्चा कर रहा हूँ।'' रामलुभाया ने कहा, ''और वह विराटनगर आज के राजस्थान में है।''

''तो?'' लालाजी ने उसे ललकारा।

''अभिमन्यु के विवाह के लिए पांडवों को विराट ने उप्पलव्यनगर में स्थान दिया था। पांडवों की युद्धनीति वहीं तय हुई थी। वहीं से सेनाओं ने प्रयाण किया था।''

रामलुभाया ने कहा, "उन्होंने कुरुक्षेत्र को उपयुक्त स्थान मान कर वहाँ अपना व्यूह रचा था।"

"चलो मान लिया, वह सब ठीक रहा होगा।" लाला काशीप्रसाद ने कहा, "पर धर्म का यह कौन सा रूप है-- जो लड़ाए। धर्म वह होता है, जो धारण करता है। यह लड़ाने भिड़ाने वाला धर्म नहीं होता। मैंने तोगड़िया से भी कहा, यह त्रिशूल विशूल क्या होता है? क्या सम्बन्ध है, धर्म का त्रिशूल से?"

"तोगड़िया से क्यों पूछते हैं।" रामलुभाया ने हँस कर कहा, "पूछना ही था तो गुरु गोविन्द सिंह के चरणों में बैठ कर पूछते, क्यों उन्होंने अहिंसक हिन्दुओं के हाथ में कृपाण थमा दी? क्यों बन्दा बहादुर को समाधि से उठाकर युद्धक्षेत्र में ला खड़ा किया? उनके अध्यात्म और दर्शन को समझने का प्रयत्न करते, तो आपको धर्म का त्रिशूल से सम्बन्ध समझ में आ जाता। धर्म वही होता है, जो स्वयं को धारण करता है। और शत्रुओं का आक्रमण हो रहा हो, तो स्वयं को धारण करने के लिए शस्त्र ही धारण करना पड़ता है।"

"बेकार की बात।" ठाकुर साहब तड़प उठे, "बड़ा होता है ज्ञान। शस्त्र नहीं।"

"तभी तो नालन्दा के सारे ज्ञान को उन तुर्क सिपाहियों ने अपने शस्त्रबल से आग में झोंक दिया।" रामलुभाया ने कहा, "क्या किया स्पेनवासियों ने मैक्सिको में? सारी सभ्यता-संस्कृति को फूँक दिया और अपना धर्म और संस्कृति उन पर थोप दिए।"

"मैं पूछ रहा हूँ धर्म का त्रिशूल से क्या सम्बन्ध है और तुम अपनी बकवास करते चले जा रहे हो।" लाला जी ने उसे डाँटा, "हिन्दू शान्तिप्रिय लोग हैं।"

"आपको स्मरण भी नहीं होगा कि आपके प्यारे भारतवर्ष से कब ईरान पृथक् हुआ। कब अफगानिस्तान कटा। पाकिस्तान का निर्माण तो आपको स्मरण होगा।" रामलुभाया ने कहा, "क्यों हुआ यह सब?"

"अरे राज्य तो बनते और बिगड़ते ही रहते हैं।" लाला जी बोले।

"मैं राज्यों की बात नहीं कर रहा।" रामलुभाया ने कहा, "मैं देश और राष्ट्र की बात कर रहा हूँ।"

"क्या मतलब?"

"ईरान पृथक् हुआ, कयोंकि वहाँ धर्मान्तरण हुआ। अफगानिस्तान की भी वही कथा है।" रामलुभाया ने कहा, "उसे छोड़िए। पिछले पचास वर्षों में हिन्दुओं ने अफगानिस्तान, बलूचिस्तान, पख्तूनिस्तान, सिंध, आधा पंजाब, आधा बंगाल और पूरा कश्मीर खाली कर दिया है। क्यों? केवल इसीलिए तो, क्योंकि उनके हाथ में त्रिशूल नहीं था। वे शान्तिप्रिय थे। शस्त्र के बिना वे स्वयं को धारण नहीं कर सके।

धर्म स्वयं को धारण करता है; किन्तु आप जैसे विद्वानों ने धर्म को कभी ठीक समझा ही नहीं।"

लाला जी हत्थे से उखड़ गये। लालूप्रसाद की शैली में बोले, "कम्यूनल फोर्सेस हो तुम लोग।"

"हाँ!" रामलुभाया ने शान्ति से स्वीकार किया, "हम कम्यूनल फोर्सेस हैं; किन्तु भगवान् की कृपा है कि आपके समान क्रिमिनल फोर्सेस नहीं हैं।"

(3.3.2005)

शताब्दी एक्सप्रेस का टिकट

''लखनऊ शताब्दी में लखनऊ तक के लिए एक टिकट।'' मैंने खिड़की बाबू से कहा।

''फारम भरो।'' उसने आदेश दिया।

''फार्म भर कर आपके सामने रखा है।'' मैंने कहा, ''अपना सिर उठाइए। उसपर कृपादृष्टि डालिए।''

उसने वह फार्म उठा कर मेरी ओर फेंक दिया, ''अंग्रेज़ी में भरो। यह ऐंडा बैंडा लिखा हुआ कौन पढ़ेगा यहाँ? झुमरीतलैया समझ रखा है। यह दिल्ली है, कैपिटल ऑफ इंडिया।''

''यह ऐंडा बैंडा नहीं है।'' मैंने कहा, ''यह हिन्दी है। भारत की राष्ट्रभाषा।''

''तो इसे राष्ट्रभाषा विभाग में ले जाओ।'' वह बोला, ''हम तो रेलवे के आदमी हैं। अंग्रेज़ी में काम करते हैं, जो सारे संसार की मातृभाषा है।''

''गाड़ी दिल्ली से चलेगी?'' मैंने पूछा।

''बिल्कुल दिल्ली से चलेगी। होनोलूलू से तो चलने से रही।'' वह बोला।

''तो दिल्ली हिन्दी प्रदेश है।'' मैंने अपना स्वर ऊँचा कर लिया।

''नक्शे में है। जरा बाहर निकल कर देखो, बाजार में एक भी बोर्ड हिन्दी में है? पैखाना उठाने की भी लिखत पढ़त अंग्रेज़ी में होती है यहाँ।'' वह बोला, ''प्यारे भाई! सपनों से जागो। यथार्थ से आँखें मिलाओ। पता नहीं, दिल्ली अंग्रेज़ों के हृदय में बसती है या नहीं, पर दिल्ली के हृदय में अंग्रेज़ी बसती है। प्रधानमन्त्री से लेकर द्वार-द्वार भटकने वाला, साधारण सेल्समैन तक अंग्रेज़ी ही बोलता है। कोई भला आदमी मुँह खोलता है तो उसमें से अंग्रेज़ी ही झराझर बरसती है।''

मैंने चुपचाप अंग्रेज़ी में फार्म भर दिया, ''यह लो।''

उसने तब भी मुझे टिकट नहीं दिया। एक और फार्म आगे सरका दिया, ''जरा इस पर भी अपने ऑटोग्राफ दीजिए।''

''यह क्या है?''

''पढ़े-लिखे हो, पढ़ लो।''

''नहीं! मैं पढ़ा-लिखा नहीं हूँ।'' मैं बोला, ''तुम ही बताओ।''

''वह तो मैं पहले ही समझ गया था। अनपढ़ हो, तभी तो हिन्दी हिन्दी कर रहे हो।'' वह बोला, ''अब जरा ध्यान से सुनो। इस गाड़ी में सारी घोषणाएँ अंग्रेज़ी में होंगी। इस कागज़ पर लिखा है कि तब तुम कोई आपत्ति नहीं करोगे?''

''हिन्दी में कोई घोषणा नहीं होगी?''

''होगी। पर वह तुम्हें समझ में नहीं आएगी।''

''क्यों? मेरी मातृभाषा हिन्दी है। मैं हिन्दी पढ़ा-लिखा हूँ। और हिन्दी में काम करता हूँ।'' मैंने कहा।

''इसलिए कि घोषणा करने वाली का साउंडबॉक्स विदेशी है।'' वह बोला, ''तो नहीं करेंगे न आपत्ति?''

''नहीं करूँगा।''

''करो साइन।''

मैंने हस्ताक्षर कर दिए।

''अखबार अंग्रेज़ी का मिलेगा।'' वह बोला, ''तुम हिन्दी का अखबार नहीं माँगोगे?''

''होना तो यह चाहिए कि सबको हिन्दी का समाचारपत्र दिया जाए?'' मैंने कहा, ''कोई विशेष आग्रह करे, तो उसे अंग्रेज़ी का दे दिया जाए। सब पर अंग्रेज़ी क्यों थोप रहे हो?''

''टिकट लेना है या नहीं। लखनऊ जाना है या नहीं?''

''लेना है। लेना है।'' मैंने घबराकर कहा।

''तो साइन करो।''

''किया।'' मैंने हस्ताक्षर कर दिए।

''बैरा अंग्रेज़ी बोलेगा।'' उसने कहा, ''तुम्हें बाबूजी नहीं, 'सर' बोलेगा, 'राम राम' नहीं करेगा, गलत उच्चारण में 'गुड मार्निंग' कहेगा। नाश्ते को ब्रेकफास्ट कहा जाएगा, खाने को लंच। पानी को वाटर। बिस्तर को बेड। बोलो, आपत्ति तो नहीं करोगे?''

''पर ऐसा क्यों होगा?''

''टिकट चाहिए या नहीं?''

''चाहिए।''

''तो साइन करो। सवाल जवाब मत करो।''

''किया।''

''स्टेशनों और दूसरी चीज़ों के विषय में जो सूचनाओं की पट्टी आएगी, वह अंग्रेज़ी में आएगी।'' वह बोला, ''हिन्दी की पट्टी की माँग नहीं करोगे।''

''क्यों नहीं करूँगा... यह भारत है, अमरीका नहीं।''

''तो बैलगाड़ी या टमटम से लखनऊ चले जाओ।'' वह बोला, ''शताब्दी

एक्सप्रेस का टिकट नहीं मिलेगा।''

मैंने हस्ताक्षर कर दिए।

''यात्रा के अन्त में एक छोटा सा फारम दिया जाएगा, उसे भरना होगा और अंग्रेजी में भरना होगा। तब यह कह कर इन्कार नहीं कर सकोगे कि तुम्हें अंग्रेज़ी नहीं आती। जितनी भी आती है, उसी में भरना पड़ेगा।''

''पर क्यों?''

''टिकट चाहिए या नहीं?''

''चाहिए।''

''तो साइन करो।''

मैंने हस्ताक्षर कर दिए।

''अपनी ओर से किसी से भी कोई प्रश्न अंग्रेज़ी में नहीं करोगे।''

''क्यों?''

''क्योंकि उनमें से किसी को भी अंग्रेज़ी नहीं आती।''

''तो फिर यह सब...?''

''टिकट चाहिए या नहीं?''

''चाहिए।''

''तो साइन करो। और हिन्दी में नहीं, अंग्रेज़ी में।''

मैंने हस्ताक्षर कर दिए।

शत्रुओं से प्यार

रामलुभाया और भोलाराम में जोरदार झड़प हो गयी।

"ऐसा हमारे ही देश में होता है कि मन्त्री लोग प्रधानमन्त्री को बताए बिना ही बेईमानी पर उतर आते हैं, जबकि मन्त्री पद सँभालते हुए वे यह शपथ लेते हैं कि वे प्रधानमन्त्री से कुछ नहीं छिपाएँगे और उनकी आज्ञा का पूरी तरह पालन करेंगे। उनके कहने पर ही बेईमानी करेंगे और बेईमानी करने पर उनको बता अवश्य दिया करेंगे।"

"क्या कहना चाहते हो?" रामलुभाया ने पूछा।

"यदि राजा ने बेईमानी करते हुए मनमोहन सिंह को नहीं बताया तो वे क्या करें। राजा में हिम्मत होती तो वह बता कर करता बेईमानी।" भोलाराम जोर-जोर से बोल रहा था, "जैसे तुम जानते नहीं हो कि हमारे देश के लोग कितने बेईमान हैं। न रिश्वत लेने वाला कुछ बताता है, न रिश्वत देने वाला।"

"जनता को तो नहीं बताते; किन्तु वे स्वयं तो जानते ही हैं न...।"

"कैसे जान सकते हैं। जिसको रिश्वत देनी होती है वह रिश्वत कह कर तो देता नहीं।" भोलाराम बोला, "वह कोई सुन्दर सा बहाना ढूँढ़ लेता है। अब इंफोसिस वाले प्रधानमन्त्री की बेटी को पुरस्कार के नाम पर लाखों डॉलर पकड़ा दें तो मनमोहन सिंह कैसे जानेंगे कि वे लोग रिश्वत दे रहे हैं।..."

"क्यों, इंफोसिस वालों ने आज तक किसी और को भी इतिहास के क्षेत्र में काम करने के लिए कोई पुरस्कार दिया है क्या?" रामलुभाया तड़प कर बोला, "न उसके पहले और न उसके बाद। पटरी पर दुकान लगाने वाला भी समझ सकता है कि यह प्रधानमन्त्री को रिश्वत दी जा रही है। एक उन्हीं की समझ में नहीं आता।"

"पटरी का आदमी कैसे समझ लेगा?"

"रिश्वत न तो अधिकारियों के हाथों में दी जाती है, न उनकी जेब में डाली जाती है।" रामलुभाया ने कहा, "तुम इतना भी नहीं समझते कि शासकों के सगे सम्बन्धी ही उनके रिश्वत-काउंटर होते हैं।"

"हाँ, नहीं समझ में आता। न मेरी, न मेरे प्रधानमन्त्री की।" भोलाराम अपने आप को साध कर कह रहा था, "वे सीधे और सरल आदमी हैं, भोले-भाले। मान लिया

कि उनकी बेटी ने कोई ऐसा असाधारण काम किया होगा कि उसे पुरस्कार मिलना ही चाहिए। आखिर इतिहास उनका क्षेत्र तो है नहीं।''

"हाँ, वे भोले-भाले तो हैं ही। अच्छा है तुमने उन्हें अबोध नहीं कहा।''

"वे मासूम हैं। अबोध नहीं हैं।''

"हाँ। मासूम तो हैं ही। महँगाई देश के सिर चढ़ कर बोल रही है, लोग कष्ट से कराह रहे हैं और हमारे प्रधानमन्त्री समझ रहे हैं कि देश प्रगति कर रहा है।'' रामलुभाया ने कहा।

"और क्या।'' भोलाराम बोला, "महँगाई ने एक बार भी तो उनके घर जा कर नहीं बताया कि वह आ रही है या बढ़ रही है, जबकि देश की प्रगति प्रतिदिन प्रधानमन्त्री कार्यालय में जाकर हाजरी दे रही है। रोज सलाम कर रही है। अब आदमी उसकी ओर ध्यान दे जो बिना बताए चुपके से घर में घुस कर बैठ गया है या फिर उसकी ओर ध्यान दे, जो दरवाजा खटखटा कर आये और सामने की कुर्सी पर बैठ ही न जाए, वरन् बात-चीत भी करे।''

"हाँ, जैसे उमर अब्दुल्ला तो सामने बैठा हुआ कह रहा है कि आतंकियों के सम्बन्धियों को पासपोर्ट दो, उनको वीजा दो, देश में घूमने की अनुमति दो।'' रामलुभाया ने कहा, "कश्मीरी मुसलमानों को सारे भारत में घूमने, व्यापार करने, पढ़ने, नौकरी करने और सम्पत्ति बनाने का अधिकार दो और शेष भारत में से एक भी व्यक्ति को कश्मीर में घुसने तक का अधिकार न हो।'' "इसीलिए तो प्रधानमन्त्री उमर अब्दुल्ला को पहचानते हैं, उसकी बात मानते हैं, उसका सम्मान करते हैं, और अफजल कहीं छिपा बैठा है, इसलिए उन्हें यह भी स्मरण नहीं रहता कि उसे फाँसी दी जानी है।'' भोलाराम बोला, "अब बताओ तो भला देश के घरों और बाजारों में छिपी महँगाई को प्रधानमन्त्री कैसे पहचानेंगे?''

"क्यों उनके घर में सब्जी नहीं आती?'' रामलुभाया झल्ला कर बोला।

"हाँ, सब्जी आती है, पर वे सब्जी खरीदते तो नहीं न। उन्हें क्या पता कि सब्जी का दाम क्या है।'' भोलाराम ने ठसक के साथ उत्तर दिया।

"ठीक है, पर कोई तो सब्जी का दाम चुकाता होगा।''

"यही तो तुम समझ नहीं रहे हो कि कोई चुकाता है, वे तो नहीं चुकाते। देश चुकाता है तो चुकाता रहे।'' भोलाराम ने कहा, "अन्न आ जाता है, सब्जी आ जाती है, कपड़ा आ जाता है, मकान मिल जाता है, गाड़ियों में कोई पेट्रोल डलवा देता है। आज तक उनके ड्राइवर ने कभी नहीं कहा, साहब गाड़ी में पेट्रोल खत्म हो गया है, डलवा दीजिए। तो उन्हें कैसे पता चलेगा कि देश में महँगाई बढ़ रही है। हाँ संसद में सुनते हैं कि महँगाई बढ़ रही हैय किन्तु उनके वित्त मन्त्री और उनके पार्टी के सांसद चिल्ला-चिल्ला कर कह देते हैं कि वह एक सप्ताह में घट जाएगी। प्रधानमन्त्री उनका विश्वास करते हैं और शान्त मन से घर आ कर सो जाते हैं। अब

इसमें उनका क्या कसूर है। तुम चाहते हो कि वे अपने मंत्रियों और अपनी पार्टी के सांसदों का भी विश्वास न करें।''

"अपनी पार्टी का करें न करें, कभी विपक्ष का भी विश्वास कर लिया करें।''

"विपक्ष का विश्वास आज तक किसी ने किया है कि वे कर लें।''

"तो देश की जनता का तो विश्वास करें।''

"देश की जनता का तो वे पूरा विश्वास करते हैं; क्योंकि देश की जनता सब कुछ देख कर, सब कुछ पढ़ कर, सब कुछ जान कर भी, उनका विश्वास करती है; और जब वे कहते हैं कि वे व्यक्तिगत रूप से देश में होने वाली हत्याओं और बलात्कारों का नैतिक दायित्व स्वीकार करते हैं तो जनता उन्हें क्षमा कर देती है। हमारे देश में अपराधी को दंड दिए जाने का तो प्रचलन ही नहीं है न।'' भोलाराम बोला।

"पर तुम लोग अपराधियों को दंड क्यों नहीं देते?'' रामलुभाया ने पूछा।

"न्यायप्रिय देश है। जब तक न्यायालय किसी को अपराधी घोषित न करे, दंड कैसे दे दें।'' भोलाराम बोला, "और जब न्यायालय किसी को अपराधी घोषित करता है, हमारे देश के बुद्धिजीवियों को लगता है कि देश में घोर अन्याय का शासन है। अब देखो न गोधरा के अपराधियों के लिए दंड घोषित हुआ तो सारे समाचारपत्र, टी.वी. चैनल और बुद्धिजीवी मुँह बिसूरने लगे। देश के गृहमन्त्री ने भी कह दिया कि अभी तो उच्च न्यायालय है, उच्चतम न्यायालय है, राष्ट्रपति हैं। वहाँ तक जाते-जाते हम सबको क्षमा कर ही देंगे।''

"पर ऐसा क्यों होता है?'' रामलुभाया चकित था।

"क्योंकि हमारे साधु-संत, हमारे धर्मगुरु और हमारे उच्च आदर्श हमें सिखाते आये हैं कि हमें अपने शत्रुओं को गले लगाना चाहिए, उनसे प्यार करना चाहिए। हमारी सरकार उसी परम्परा में चल रही है। वह अपने शत्रुओं से प्यार करती है।"

"अपने शत्रुओं से प्यार करे तो हम भी उससे प्यार करेंगे।'' रामलुभाया ने कहा, "किन्तु समस्या यह है भोलाराम कि वह देशप्रेमियों को अपना शत्रु मानती है और देशद्रोहियों से प्यार करती है।''

(13.02.2011)

सन्दर्भ एक छींक का

''मैडम।'' शिक्षा मन्त्री ने रो कर कहा।

"क्या है?'' मैडम ने डाँटा, "जो कहना है, बिना रोए कहो। कैसा देश है तुम्हारा। यहाँ लोग बात बाद में करते हैं, रोना पहले आरम्भ कर देते हैं।''

"मैडम, आपके प्रधानमन्त्री ने दिल्ली विश्वविद्यालय में क्या बवंडर कर रखा है।''

"क्या हुआ?''

"इतिहास के पाठ्यक्रम में पढ़ा रहे हैं कि रावण की छींक से सीता का जन्म हुआ।"

"तो क्या हो गया?''

"सीता जगदम्बा हैं, मेरी अम्मा। मेरा परलोक तो मत बिगाड़ो।'' शिक्षा मन्त्री ने पुनः रो कर कहा, '' और वैसे भी कभी किसी की छींक से मनुष्य का जन्म होता है क्या?"

"तुम्हारा लोक क्या और परलोक क्या।'' मैडम ने रुष्ट होकर कहा, "वैसे तुम कैसे पैदा हुए?''

"आपकी छींक से।'' शिक्षा मन्त्री गड़बड़ा गये, "वैसे आपकी बात और है, आप साक्षात् प्रकृति स्वरूपा हैं।''

"फॉरगेट ऑल दैट स्टुपिड टॉक। केवल यह याद रखो कि मैं थूकती भी हूँ तो उससे मन्त्री और अधिकारी पैदा हो जाते हैं।'' मैडम ने कहा, "छींक की तो बात ही क्या। और दिल्ली विश्वविद्यालय के वाइसचांसलर का जन्म किस से हुआ?''

"किस से हुआ?'' शिक्षा मन्त्री का मुख भकुए सरीखा खुल गया।

"तुम्हारे खाँसने से। मीटिंग में तुम न खाँसे होते तो वह वाइसचांसलर बन जाता? चपरासी भी नहीं बनाता कोई उसे।''

शिक्षामन्त्री की समझ में आ गया। फिर भी उनका भय दूर नहीं हुआ, "मैडम हम देवी-देवताओं से ऐसा खिलवाड़ करेंगे तो हिन्दू जनता हमें मार डालेगी।''

"कोई नहीं मारेगा। बहुत होगा तो इतिहास विभाग की दो-चार कुर्सियाँ तोड़ जाएँगे और हम उसे उनकी गुंडागर्दी कहकर बदनाम करेंगे,'' मैडम ने कहा, "वे

अल्पसंख्यक थोड़ी हैं कि देश में आग लगा देंगे। उनमें तो इतना साहस भी नहीं है कि कहें कि हम विभाग के अध्यक्ष का सिर फोड़ देंगे।''

"वैसे फोड़ देना चाहिए क्या?"

"मेरे विचार से तो उन्हें तुम्हारी यह तोंद भी चीर देनी चाहिए।'' मैडम ने कहा।

"क्यों मैडम क्यों?'' शिक्षा मन्त्री घबरा गये, "मैं तो आपकी छींक से पैदा हुआ हूँ।''

"घर में जिसकी पूजा करते हो, बाहर अपने राजनीतिक लाभ के लिए, उन्हीं का अपमान करते हो।'' मैडम ने उन्हें घूर कर देखा, "तुम्हारे जैसा पाखंडी मैंने आज तक नहीं देखा। अब जाओ।''

शिक्षा मन्त्री बाहर चले आये; किन्तु अब उन्हें अपना विराट रूप दिखाई दे रहा था – उनके खाँसने से वाइसचांसलर पैदा होते थे। उनकी हिचकी से प्रोफेसर पैदा होंगे...

जाने क्या हुआ कि अपने कार्यालय में बैठते ही उन्हें हिचकी आ गयी।

पाँच सात लोग पानी का गिलास लेकर उपस्थित हो गये।

"यह क्या है?'' शिक्षा मन्त्री रुष्ट हो गये।

"हुजूर, आपको हिचकी आ रही है। पानी पी लीजिए, हिचकी रुक जाएगी।''

शिक्षा मन्त्री प्रसन्न हो गये, ''जाओ, तुम्हें प्रोफेसर बनाया।''

"हुजूर, प्रोफेसर तो हम हैं ही।''

"तो वाइसचांसलर बनाया।''

"कहाँ के? किसी विश्वविद्यालय में स्थान खाली नहीं है। राज्यपाल लोग इतना छींक रहे हैं कि स्थान स्थान पर वाइसचांसलर पैदा हो रहे हैं।''

"कोई बात नहीं।'' शिक्षा मन्त्री प्रसन्न थे, "हमें उबकाई आएगी तो विश्वविद्यालय उत्पन्न हो जाएँगे।''

"पर सरकार उनमें पढ़ेगा कौन?'' प्रोफेसर गण बोले, ''उबकाई वाले विश्वविद्यालयों में?''

"तुम लोग खाँसो-छींको और विद्यार्थी उत्पन्न करो।''

"उनकी फीस कौन देगा सरकार?''

"हम छात्रवृत्तियों की घोषणा कर देंगे।''

"इतनी छात्रवृत्तियाँ?''

"हम अल्पसंख्यकों के लिए पच्चीस लाख छात्रवृत्तियाँ घोषित कर सकते हैं, तो तुम्हारे छींक-पुत्रों के लिए कुछ लाख छात्रवृत्तियाँ और घोषित नहीं कर सकते?''

"कर सकते हैं सरकार। आप सब कुछ कर सकते हैं। आप क्या नहीं कर सकते। आप तो प्रधानमन्त्री के भी बाप हैं।''

"तो जाओ, अपने अपने विश्वविद्यालय का पाठ्यक्रम बनाओ। उसमें यह अवश्य पढ़ाना कि सारे प्रदेशों के मुख्यमन्त्री मैडम की थूक से उत्पन्न हुए हैं।" शिक्षा मन्त्री रुके, "और मैडम अपने पैरपोंछ पर जब अपने जूते साफ करती हैं, तो उस पोंछ से राज्यपाल उत्पन्न होते हैं, जो स्थान-स्थान पर भाषण तो करते हैं किन्तु यह नहीं जानते कि वे क्या कह रहे हैं।"

"अब ऐसे ही पाठ्यक्रम बनेंगे सर।" प्रोफेसरों ने हाथ जोड़ दिए और कमरे से निकल गये।

(1.3.2008)

संविधान और धर्मान्तरण

रामलुभाया ने बताया, "प्रधानमन्त्री का दल बहुमत खो चुका है।"

"तो फिर यह सरकार तो गयी।" मैंने कहा।

"क्यों सरकार क्यों जाएगी?" उसने मेरी ओर देखा, "राजनीति की थोड़ी सी भी परख होती तो तुम समझ गये होते कि प्रधानमन्त्री ने जानबूझ कर अपने कुछ सांसदों को रुष्ट कर, दल से निकाल दिया है, ताकि उनका दल अल्पमत में आ जाए।"

"ऐसा कौन मूर्ख प्रधानमन्त्री होगा, जो जान-बूझ कर अपना बहुमत खो दे?"

"तुम कभी राजनीति में रहे हो?" उसने जवाहरलाल के समान ठुड्डी के नीचे हाथ रख, गम्भीर मुद्रा बनाई।

मैं गम्भीरता से प्रायः डर जाता हूँ। बोला, "नहीं।"

"और हमारे प्रधानमन्त्री पचास वर्षों से इसी धन्धे में हैं। पहले पटरी पर बैठते थे। फिर ठेली लगा ली। फिर दुकान खुली। अब मॉल खोले बैठे हैं।"

"उससे क्या?" मैंने कहा।

"वे मूर्ख नहीं हैं, जो कुल्हाड़ी पर अपना पाँव दे मारें।"

"ठीक है, वे बुद्धिमान सही।" मैंने कहा, "किन्तु अब राष्ट्रपति उनको संसद में अपना बहुमत प्रमाणित करने को कहेंगे। और यदि वे नहीं कर सके तो उनसे त्यागपत्र देने को कहा जाएगा।"

"हाँ। कहा तो जाएगा।" रामलुभाया ने कहा, "किन्तु उससे क्या होगा। प्रधानमन्त्री उच्चतम न्यायालय में गुहार लगाएँगे कि उनके साथ अत्याचार हो रहा है।"

"क्यों इसमें अत्याचार क्या है?" आश्चर्य से मेरा मुँह खुला का खुला रह गया, "यह तो देश का संविधान कह रहा है।"

"हाँ। वे उच्चतम न्यायालय में यही कहेंगे कि वे अल्पसंख्यक हो चुके हैं, फिर भी उनपर इस देश का संविधान लागू किया जा रहा है। इससे बड़ा अत्याचार और क्या हो सकता है।"

"तो इस देश का संविधान अल्पसंख्यकों के लिए नहीं है?"

"हमारा संविधान, हमारा विधि-विधान, केवल बहुसंख्यकों के लिए है, साम्प्रदायिक

शब्दावली का प्रयोग करूँ, तो कहूँगा कि केवल हिन्दुओं के लिए है।'' उसने कहा, "शेष लोगों को कहा गया है कि तुम अपना संविधान स्वयं बना लो।'' उसने रुक कर मेरी आँखों में देखा, "तुम इस देश के कानून से मुक्त होना चाहो और अपना विधि-विधान स्वयं बनाना चाहो तो अपने लिए कोई अल्पसंख्यक सम्प्रदाय चुन लो, या नया बना लो। उसका पहला नियम हो कि हत्यारे को भारत-रत्न की उपाधि दी जाए। हमारा प्यारा देश, उसे तुम्हारी धार्मिक अनिवार्यता मान कर, तुम्हें न केवल हत्याओं का शूटिंग लायसेंस दे देगा, वरन भारत रत्न की उपाधि से विभूषित भी कर देगा। वह तुम्हारी साम्प्रदायिक अनिवार्यता जो ठहरी और यह देश सेकूलर होने के चक्कर में साम्प्रदायिकता से मुख नहीं मोड़ सकता।''

"पर जनतन्त्र में सरकार तो बहुमत से बनती है।'' मैंने उसका सारा प्रलाप, एक ओर बुहार दिया।

"जिस गणतन्त्र को अल्पसंख्यक-साम्प्रदायिकता के रोगाणु न लगे हों, वहाँ बनती होगी।'' रामलुभाया ने कहा, "अपने यहाँ ऐसा नहीं होता। तुम जानते हो, कल क्या हुआ?''

"क्या हुआ?''

"एक आदमी मेरी दुकान पर बन्दूक खरीदने के लिए आया।'' रामलुभाया ने किस्सा सुनाना आरम्भ किया, "मैंने उससे कहा कि बन्दूक तो ठीक है, वह मैं दे दूँगा; किन्तु बन्दूक रखने का लायसेंस है क्या तुम्हारे पास?''

"नहीं है।'' उसने कहा, "उसकी आवश्यकता भी नहीं है।''

"है।'' मैंने बल दे कर कहा, "हमारे यहाँ शस्त्रास्त्र नियमों के अधीन, बिना प्रशासन की अनुमति के आप अपने पास शस्त्र नहीं रख सकते। संजय दत्त ने रखी तो देखा न क्या हुआ।"

"वह कानून मुझ पर लागू नहीं होता।'' वह बोला।

"क्यों?''

"क्योंकि मैं अल्पसंख्यक हूँ।'' वह बोला, "और इस देश का संविधान कहता है कि अल्पसंख्यकों पर इस देश का कोई कानून लागू नहीं होगा।''

रामलुभाया ने अपना किस्सा पूरा कर चाय का प्याला उठा लिया।

"तो इस संविधान का क्या करें हम?'' मैंने पूछा।

"संसद के अगले सत्र में एक संशोधन पारित कर देते हैं कि संविधान पर यह भी लिख दिया जाए कि भारतीय संविधान केवल बहुसंख्यकों के लिए है।'' रामलुभाया ने पूरी गम्भीरता से कहा।

उसकी गम्भीरता मुझे डरा गयी।

"देखो, डरो मत।'' उसने मुझे परामर्श दिया, "मैं निश्चित रूप से तुम्हें बता रहा हूँ कि अब इस देश में साम्प्रदायिकता एकदम नहीं रहेगी। समूल नष्ट हो जाएगी।''

"कैसे?"

"हम बहुत जल्दी ही अपने संविधान में एक और संशोधन करने जा रहे हैं।" उसने बताया।

"क्या?"

"प्रत्येक राजनीतिक दल का अध्यक्ष एक अल्पसंख्यक होना चाहिए।" वह बोला, "सेनाओं के तीनों विभागों का एक-एक प्रधान सेनापति अल्पसंख्यक होना चाहिए। इस देश में एक राष्ट्रपति और एक प्रधानमन्त्री अल्पसंख्यक होना चाहिए। सारे उच्च और उच्चतम न्यायालयों का एक-एक प्रधान न्यायाधीश अल्पसंख्यक होना चाहिए। जो अल्पसंख्यकों को इस देश का अनागरिक बनाने के लिए मनमाने निर्णय दे। सारे मन्दिरों की प्रबन्ध समितियों में एक अल्पसंख्यक अनिवार्यतः होना चाहिए। आपको अपने घर में एक कमरा अल्पसंख्यकों के लिए आरक्षित करना पड़ेगा। आपको अपने वेतन का एक अंश अल्पसंख्यकों के लिए अनिवार्यतः देना पड़ेगा। आपको अपनी सम्पत्ति के उत्तराधिकारी के रूप में एक नाम किसी अल्पसंख्यक का भी रखना पड़ेगा।..."

"मैं एक कल्पना करता हूँ रामलुभाया!" मैंने कहा।

"क्या?"

"मनमोहन सिंह और सोनिया गाँधी में झगड़ा हो जाए।"

"चलो हो गया। फिर?"

"सोनिया गाँधी, मनमोहन सिंह को प्रधानमन्त्री पद से हटा दें। तो क्या मनमोहन सिंह हट जाएँगे?"

"क्यों हट जाएँगे।" रामलुभाया बोला, "वे तत्काल कहेंगे कि मैडम आप ऐसा नहीं कर सकतीं, क्योंकि मैं स्वयं को अल्पसंख्यक मानता हूँ। मैंने सारे क्षेत्रों में अल्पसंख्यकों के लिए आरक्षण का प्रावधान इसलिए तो नहीं किया कि आप जब चाहें, दूध की मक्खी के समान मुझे निकाल बाहर फेंक दें। मैं कश्मीरी पंडितों की कोटि का अल्पसंख्यक नहीं हूँ, जिसे आप फुटपाथों और तम्बुओं में फेंक दें और स्वयं 10 जनपथ में आराम से सिर के नीचे हाथ रख कर सोएँ। मैं अल्पसंख्यक प्रधानमन्त्री हूँ। मुझे हटाने का अधिकार तो इस देश के संविधान को भी नहीं है।"

"तब सोनिया गाँधी कहेंगी कि 'आप मेरी आज्ञा का उल्लंघन नहीं कर सकते, क्योंकि मैं विदेशिनी भी हूँ और विधर्मिणी भी। इस दृष्टि से मैं इस देश में अल्पसंख्यकों में भी अल्पसंख्यक हूँ। संसार के किसी देश में यदि रोमन साम्राज्य है, तो केवल इस भारतवर्ष में ही है। अतः मैं यहीं नहीं संसार भर में अल्पसंख्यिनी हूँ। आपको मेरी बात माननी होगी।'"

"तो परिणाम क्या होगा?" मैंने पूछा।

"परिणाम?" वह हँसा, "हमारा महान् भारत देश लक्षद्वीप जैसे असंख्य सूक्ष्म

देशों में बँट जाएगा और जब चार सड़क-छाप गुंडे, डंडे लेकर भी आएँगे तो हम किसी विदेशी शक्ति से अपनी रक्षा की गुहार करेंगे।''

"जब हम यह सब जानते हैं तो हम ऐसा क्यों कर रहे हैं?'' मैंने कुछ चकित हो कर पूछा।

"लगता है कि तुमने कभी अपने पुराण नहीं पढ़े।''

"हाँ! पढ़े तो नहीं हैं।'' मैंने स्वीकार कर लिया।

"उनमें लिखा है कि कलियुग में राक्षसों की बन आएगी। वे सारी देवशक्तियों को नष्ट करेंगे। अपनी माता के शत्रु बन कर उसका रक्त पिएँगे। उसकी बोटियाँ नोचेंगे।'' रामलुभाया ने कहा, "वे राक्षस जन्म ले चुके हैं। चुनाव की मतपेटियाँ पचा चुके हैं और अब संविधान की चटनी बना रहे हैं। आदर्शों के नाम पर आत्मघाती मूर्खताओं को गौरवान्वित कर रहे हैं। ये इस देश का तुर्कों, मुगलों तथा अंग्रेजों से भी बुरा हाल करेंगे।"

"पर ये लोग ऐसा क्यों करेंगे?''

"क्योंकि ये लोग कम्यूनल नहीं हैं।''

"कम्यूनल नहीं हैं, किन्तु ये तो क्रिमिनल हैं।''

"कल वह क्रिमिनल किसी के घर में घुसेगा और उसकी हत्या करना चाहेगा।'' रामलुभाया ने कहा, "गृहस्वामी पुलिस को बुला लेगा। पुलिस का अधिकारी हाथ बाँध कर खड़ा रहेगा। गृहस्वामी कारण पूछेगा तो वह कहेगा, 'जी मैं इसके विरुद्ध कोई कार्यवाही नहीं कर सकता, क्योंकि यह अल्पसंख्यक है और इसकी गिरफ्तारी के लिए हमें अल्पसंख्यक आयोग से अनुमति लेनी पड़ती है। देखिए, न कश्मीर में जो कुछ हुआ और जो कुछ हो रहा है, उसके विरुद्ध हमारी सेना तक कुछ नहीं कर सकती, क्योंकि हमारी अल्पसंख्यक-नीति की उपज, हमारे देश के इन शासकों ने, अपनी ही सेना को अपराधी बना कर अल्पसंख्यक आयोग के न्यायाधिकरण में खड़ा कर दिया है।'"

मैं मौन बैठा रहा।

"क्या सोच रहे हो?"

"सोच रहा हूँ कि मेरे बच्चे को किस स्कूल में प्रवेश मिलेगा।''

"क्यों? ऐसी क्या समस्या है? हर गली स्कूलों से अटी पड़ी है।''

"ठीक कहते हो। जो ठीक-ठाक सामान्य स्कूल हैं, वे मेरे घर से दूर हैं। अतः सरकारी नियमों के अधीन वहाँ उसका प्रवेश नहीं हो सकता।''

"और जो तुम्हारे घर के निकट हैं?''

"वे अल्पसंख्यकों के स्कूल हैं। उनके स्कूल उनके सम्प्रदाय के लोगों के लिए आरक्षित हैं।''

"तुम्हारे बच्चे को वहाँ किसी प्रकार प्रवेश नहीं मिल सकता?'' रामलुभाया ने पूछा।

"मिल क्यों नहीं सकता।'' मैंने कहा, "बस धर्मान्तरण करना पड़ेगा।''

"स्कूल में प्रवेश मात्र के लिए?'' रामलुभाया भी चकित हो गया।

"अभी क्या है। तुम देखते रहो, रामलुभाया! यही हाल रहा तो पानी के एक गिलास के लिए भी इस देश में धर्मान्तरण करना पड़ेगा।''

"किन्तु हमारा संविधान तो यह नहीं कहता।''

"जाने क्या कहता है; किन्तु कर तो यही रहा है।''

(5.12.2006)

संविधान की पूजा

वे लाठियाँ-डंडे ही नहीं, गड़ासे और बन्दूकें भी लिये बैठे थे। पास ही कुछ पुराने टायर रखे हुए थे। निकट ही बसें और ट्रक धूँ धूँ कर जल रहे थे।

"यह क्या कर रहे हो तुम लोग?" मैंने कुछ चकित होकर पूछा।

बहुत सम्भावना थी कि वे कहते कि जो उनका मन कह रहा है, वे कर रहे हैं, मैं कौन होता हूँ, पूछने वाला? किन्तु वे कुछ शालीन लोग थे। तनिक भी अभद्र हुए बिना बोले, "अपने देश के संविधान की पूजा कर रहे हैं। आपकी श्रद्धा हो तो आप भी सम्मिलित हो जाइए।"

"पूजा तो चन्दन और फूलों से होती है। फल और मिठाई से होती है।" मैंने कहा, "और तुम लोग लाठी-सोटे ही नहीं तीर तलवार भी लिए बैठे हो। बसें भी फूँक रहे हो। यह कैसी पूजा है?"

"संविधान की पूजा ऐसे ही होती है गुरु जी।" एक बोला, "कोई विरोध करेगा तो उसका सिर काट कर संविधान की बलिवेदी पर चढ़ा देंगे।"

"मैं कुछ समझा नहीं।" मैंने कहा।

"तुम्हारी पीढ़ी समझ गयी होती तो यह परिस्थिति ही न आती।" एक ने कहा।

"पर यह हो क्या रहा है?" मैंने कहा, "उपद्रव क्यों कर रहे हो?"

"उपद्रव कौन कर रहा है। हम तो उत्सव मना रहे हैं।"

"किस बात का उत्सव?"

"समय तो बहुत लग गया, साठ वर्ष; किन्तु नेताओं की इच्छा पूरी हो गयी है।"

"कैसी इच्छा भाई?"

"संविधान ऐसा बनाया कि न हम हिन्दू रहें, न भारतीय। हमारा समाज बंट जाए—धर्मों में, जातियों में, उपजातियों में, सम्प्रदायों में।"

"ऐसा चाहा था उन्होंने?" मैंने चकित होकर पूछा।

"नहीं तो जातियों और कबीलों और समाजों की सूचियाँ हमने बनाई थीं? अल्पसंख्यक और बहु-संख्यकों के पृथक् मन्त्रालय, शिक्षालय, और भाषालय हमने बनाए थे क्या? सुविधाएँ देने और छीनने का प्रपंच हमने रचा था क्या? भेद क्यों रचा उन्होंने? मंडल और सच्चर कमीशन क्यों बनाए थे?" एक बोला, "देश की

एकता को आग लगाने के लिए ही तो।''

दूसरा कुछ अधिक उग्र था। वह आगे बढ़ आया, "उनकी इच्छा पूरी हुई है। हम देश के लिए चाहे न लड़ें; किन्तु आरक्षण के लिए लड़ेंगे। हो गया उनका सपना पूरा। लड़ रहे हैं। सड़क की एक ओर गुर्जर हैं, दूसरी ओर मीणा। काट रहे हैं, एक दूसरे को। अभी राजपूत भी जागेंगे, यादव भी, जाट भी। पिछड़े हुए भी, दलित भी अतिदलित भी और सर्वाधिक दलित भी। यही तो चाहते थे, हमारे संविधान निर्माता। सूचियाँ बना-बना कर दे गये, कि कोई भूल न सके कि उसे न भारतीय रहना है, न हिन्दू। उसे तो अपनी जाति के नाम पर जीना और मरना है। लड्डू बाँट रहे होंगे, विश्वनाथ प्रताप सिंह। अर्जुनसिंह के यहाँ दीपावली हो रही होगी। देखा, कैसी आग लगाई। मंडल लागू किया था, तब भी इतने नहीं मरे थे। इस बार तो चमत्कार ही है। कुछ और उकसा दो न। शेष लोग भी तो लड़ें। पूरा मजा तो तभी आएगा।''

"अरे भई! वे सूचियाँ तो इसलिए बनाई थीं कि पिछड़ी जातियाँ आगे बढ़ें। उनका शोषण न हो। समाज का विकास हो। देश उन्नत हो।'' मैंने कहा, "और तुम अपने शुभचिन्तकों की ही निन्दा कर रहे हो।''

"हमारा विकास भारतीयों के रूप में भी हो सकता था। हिन्दुओं के रूप में भी हो सकता था। हमें गुर्जर बनाए रख कर ही हमारा विकास करना जरूरी था क्या? बन जाएँ हम वैज्ञानिक और अभियंता किन्तु रहें गुर्जर के गुर्जर। किसी समाज का समग्र रूप से विकास नहीं हो सकता क्या? उन्हें बाँट कर, एक दूसरे का शत्रु बना कर ही विकास होता है क्या?'' उसने मेरी ओर देखा, "क्या हम सब के लिए रोटी का प्रबन्ध नहीं हो सकता। एक की छीन कर दूसरे को देने की परम्परा तो देशहित में नहीं हो सकती। एक को लोभ देकर और दूसरे को भयभीत कर, शासकों की रोटी चलती है, देश की नहीं।''

"उन्होंने तो यही समझा था कि तुम बँट जाओगे, एक-दूसरे से स्कूल-कालेज की सीटें और नौकरियाँ छीनोगे तो तुम्हारा समाज आगे बढ़ेगा।''

"आप तो कुछ पढ़े-लिखे और समझदार लगते हैं।'' उसने कुछ सद्भाव से मेरी ओर देखा, "आप ही बताइए, समाज संगठित होकर आगे बढ़ता है, या खंडित-विखंडित होकर।''

"संगठन से ही हम आगे बढ़ सकते हैं।'' मैंने कहा।

"पहले हम जानते थे कि हमारा शत्रु देश की सीमा के बाहर रहता है।'' वह बोला, "हमारे नेताओं ने ऐसा संविधान बनाया कि अब हमें समझ में आने लगा है, कि हमारे पड़ोस में रहने वाला मीणा मेरा शत्रु है। वह समझता है, मैं उसका शत्रु हूँ, क्योंकि मैं गुर्जर हूँ। तो फिर जाट, यादव, राजपूत, बनिए और ब्राह्मण भी हमारे शत्रु ही हुए न। इस राष्ट्रीय एकता की बलिहारी। हम राम-सेतु के लिए नहीं लड़ेंगे, आरक्षण के लिए लड़ेंगे। योग्य होने के लिए पसीना नहीं बहाएँगे, कोटे के लिए दूसरे

का रक्त बहाएँगे।''

"यदि तुम इतना कुछ समझते हो तो तुम यहाँ इन लोगों के साथ बैठे दंगा क्यों कर रहे हो?''

"मेरे समझने से क्या होता है।'' वह उदास हो गया, "मेरे देश के वे गिद्ध भी तो इस बात को समझें, जो सत्ता प्राप्त होते ही देश को मरी हुई लोथ समझ कर उसे नोचने लगते हैं।''

"सत्ता तो तुम हो मेरे प्यारे।'' मैं बोला, "वे सत्ताकर्मी तो तुम्हारी ही रेवड़ियाँ छीन कर उन्हें बाँटने की प्रक्रिया में तुम्हें लड़ा रहे हैं। और तुम्हारे शुभचिन्तक भी बने बैठे हैं।''

"इन्हें लोगों को आपस में लड़ाए बिना चैन क्यों नहीं आता?'' उसने मुझसे पूछा।

"गिद्धों को नोचने के लिए लोथों की आवश्यकता होती है, उन्हें जीवित व्यक्ति रास नहीं आते।''

(3.6.2007)

संस्कृति की सेवा

उसे अपनी संस्कृति से बहुत प्रेम था। वह चाहता था कि वह अपनी इस महान् संस्कृति के लिए कुछ करे। अपना तन, मन, धन उसपर लुटा दे। आवश्यक हो तो अपने प्राण भी न्यौछावर कर दे।... पर बेचारा क्या करता। कोई उसके प्राण लेने को तैयार ही नहीं था। भारत सरकार उसे कोई ऐसी नौकरी ही नहीं दे रही थी, जिससे वह दिन-रात परिश्रम करता, अपना पसीना बहाता, और विश्व भर में अपनी संस्कृति का तांडव कर आता। भारत सरकार ऐसी ही है। किसी को कुछ करने नहीं देती। लोग अपनी आकांक्षाओं और अभिलाषाओं को अपने वक्ष से लगाए लगाए, सारा जीवन काट देते हैं और अन्त में परलोक सिधार जाते हैं; पर भारत सरकार में कोई सुधार नहीं होता। वह टस से मस नहीं होती, संसदस्थ ही रहती है।

वह बेचारा भी प्रतीक्षा का अवसादपूर्ण जीवन जीता रहा। उस अवसाद में बोतल ही एकमात्र सहारा थी। उतनी तो नहीं पी पाता था, जितनी प्रतीक्षा के लिए वह आवश्यक मानता था। पर अपने सामर्थ्य भर उसने कोई कसर नहीं छोड़ी। हम उसकी नीयत पर किसी प्रकार का सन्देह नहीं कर सकते।

नहीं! वह बेकार नहीं था। बेकार तो वैसे भी कोई नहीं होता, लोग बेरोज़गार अवश्य होते हैं। पर वह बेरोज़गार भी नहीं था। बस उसे सरकार ने एक ऐसे विभाग में डाल रखा था, जहाँ कोई पार्टी नहीं होती थी। न डिनर होते थे, न कॉकटेल। उसे तो जितनी पीनी होती थी, अपनी जेब से ही पीनी होती थी। ऐसे पद पर भी नहीं था कि दूसरे विभाग वाले अपनी पार्टियों में उसे पीने के लिए बुलाते। दुष्ट हैं, ये सारे विभाग। भावना नहीं देखते, पद देखते हैं। उसका संस्कृति प्रेम उसके वक्ष में दबा सिसकता रहा और धीरे-धीरे दम तोड़ता रहा; किन्तु किसी ने उसे किसी डिनर में नहीं बुलाया। उसका वक्ष पीड़ा से फटा जा रहा था; किन्तु कहीं से कोई ऐसा अवसर नहीं मिल रहा था कि वह संस्कृति की सेवा कर सकता।

फिर जाने किस जन्म का कोई पुण्य उदित हुआ कि अपने प्रभु, जिसे अंग्रेज़ी में बॉस कहते हैं, से उसका झगड़ा हो गया। मनमुटाव नहीं, पूरा झगड़ा। सचमुच का झगड़ा, जैसा हमारी विधान सभाओं में होता है। अब तो संसद में भी होने लगा है। वह तो कहिए कि उस दिन वह कुछ होश में था, इसलिए उसने अपने बॉस

को जूते से नहीं मारा, अन्यथा कोई कसर नहीं छोड़ी थी। परिणाम यह हुआ कि रुष्ट बॉस ने स्थानान्तरण का पत्थर मार कर, उसका सिर फोड़ दिया। कुछ देर तो वह बोतल में बेहोश रहा, पर अन्ततः होश में तो आना ही था। होश में आया तो उसने स्वयं को किसी अस्पताल के बिस्तर पर नहीं, संस्कृति विभाग के बॉस की कुर्सी से बँधा पाया। पिछले विभाग का बॉस सामने खड़ा हँस रहा था... "बैठा रह कार्यालय में और करता रह कागज़ काले। न ठेके दे पाएगा, न उत्कोच ले पाएगा। अब सारा जीवन अपनी निर्धनता को रोता रह। अब तक पत्नी के लिए जो आभूषण बनवाए थे, उन्हें बेच और शराब पी। पत्नी रूठ जाए तो उसके मायके जा कर उसे मना; और अपने ससुराल वालों के जूते खा।"

पर उसका चेहरा देख कर कोई कुछ नहीं कह सकता था। स्यात् वह दुखी था, स्यात् दुखी नहीं था। वह दुखी था कि अब वह शायद उत्कोच नहीं ले पाएगा। और वह दुखी नहीं था, क्योंकि अब वह अपनी संस्कृति की सेवा कर पाएगा। कुछ दिन तो वह सोचने में लगा रहा कि संस्कृति की सेवा कहाँ से आरम्भ करे। फिर सोचा अपने पड़ोस से ही क्यों न करे।

पड़ोस में एक कवि रहता था। पड़ोसी कवि ने कहा, "कवि सम्मेलन करवाओ।" उसने कवि महोदय को कवि सम्मेलन का ठेका दे दिया। इससे वह आश्वस्त हुआ कि ठेका देने का अधिकार अब भी उसके पास है। विभाग से कवि सम्मेलन के नाम पर पाँच लाख रुपये लिये। दो लाख कवियों के ठेकेदार को दिए, तीन लाख से अपनी कंगाल जेब को कुछ आश्वस्त किया। कवियों का ठेकेदार अपनी टोली के दस कवि ले आया था। उनको उसने दस-दस हजार दिए थे और एक लाख स्वयं डकार गया था। कवि प्रसन्न थे कि उन्हें दस पंक्तियाँ सुनाने के दस हज़ार मिले हैं और बोतल...

"बोतल का क्या करें?" ठेकेदार ने पूछा।

"तुम प्रबन्ध करो।" उसने कहा, "तुमने एक लाख कमाये हैं।"

"मेरा तो यह धन्धा है और यही कमाई है। आपने अपनी नौकरी बनाये रखते हुए, अपने वेतन के अतिरिक्त तीन लाख डकार लिए हैं।"

वह होश में आया : उसे कवियों के ठेकेदार से झगड़ा नहीं करना चाहिए था। ढोल की पोल खुल जाती, तो वह देश की संस्कृति की सेवा कैसे करता। अपना मानापमान क्या होता है, मुख्य है संस्कृति की सेवा। उसे वह किसी भी स्थिति में नहीं छोड़ सकता था। किसी मूल्य पर नहीं। ठेकेदार चाहे तो उसे दस जूते मार ले किन्तु वह संस्कृति की सेवा का त्याग नहीं कर सकता था।

पर इसका अर्थ यह तो नहीं था कि वह अपनी कमाई में से इन टुच्चे कवियों को पिलाए। उसने विभाग के चिन्तनार्थ यह प्रस्ताव रखा कि कवि न तो पिए बिना रचते हैं; न सुनाते हैं। तो बोतल के बिना कवि सम्मेलन कैसे होगा।... वैसे भी भारत

सत्कारप्रिय देश है। अपने कवियों का सत्कार भी नहीं करेगा, तो संसार को क्या मुँह दिखाएगा। जिस देश में कवि प्यासा हो, उस देश को धिक्कार है।

परिणामतः सरकार की ओर से उनकी आवभगत के लिए चौबीस बोतलें आयीं। दस कवियों ने पीं और केवल चौदह उसके हिस्से में आयीं। बेचारा कवियों का ठेकेदार उसको आँखें दिखा कर रह गया।

उसने ठेकेदार को धमकाया, "राजपुरुषों को आँखें दिखाएगा, तो बरबाद हो जाएगा।"

ठेकेदार ने आँखें झुका लीं। और ठेके भी तो लेने थे।

मुहल्ले और नगर में थोड़ी सेवा कर लेने के पश्चात् उसे होश आया कि वह कर क्या रहा है। देश में तो वैसे भी संस्कृति बहुत थी। उसे तो अपनी संस्कृति की विश्वव्यापी सेवा करनी थी। कैसे करे? कवियों के उसी ठेकेदार ने सुझाया कि वह अपनी लाइन न बदले। करना क्या है? वही कवि सम्मेलन करना है। बस स्थान बदलना है। दृश्य बदलने से दृष्टि बदल जाती है। सब कुछ नया हो जाता है। सम्मेलन दिल्ली में न हो, टिंबकटू में हो तो वह संस्कृति की अन्तर्राष्ट्रीय सेवा होगी। बात उसकी समझ में आ गयी। उसने टिंबकटू में अपने देश के प्रतिनिधियों को लिखा कि भारत सरकार चाहती है कि वहाँ एक भव्य और विराट कवि सम्मेलन हो। अच्छा हो कि वह कवि सम्मेलन अन्तर्राष्ट्रीय हो। उससे भारत की संस्कृति विश्वव्यापी हो जाएगी।

उत्तर आया कि प्रस्ताव बहुत उत्तम है। इसके लिए भारत सरकार की सराहना की जानी चाहिए। यदि भारत सरकार की अनुमति है, तो वह बजट पास करवा ले। फिर वे स्थानीय कवियों और अड़ोसी पड़ोसी कवियों को एकत्रित कर लेंगे। वह स्वयं आ जाए और अपने साथ भारत से अपने दो एक मित्रों को कवि कह कर ले आये। कवयित्रियाँ हों तो और अच्छा रहेगा। टिंबकटू में शायद हिन्दी की कोई कवयित्री न मिले। यह हो जाए, तो अपने आप ही अन्तर्राष्ट्रीय कवि सम्मेलन हो जाएगा।

अपने मनोनुकूल उत्तर पा कर संस्कृति की सेवा का उसका उत्साह ऊँची-ऊँची छलाँगें लगाने लगा। उसका मन हुआ कि संस्कृति की बलिवेदी पर वह अपने आप को शहीद ही कर डाले।... विदेशी एयर लाइन में लम्बी हवाई यात्रा। गोरी चिट्टी स्वस्थ विमान परिचारिकाओं द्वारा विभिन्न प्रकार की मदिरा का परोसा जाना। वह भी मुसकरा मुसकरा कर। पाँच सितारा होटल में सप्ताह भर से अधिक का प्रवास। बोतल का साथ और फिर कवयित्रियाँ।... संस्कृति की इतनी सेवा की तो उसने कल्पना भी नहीं की थी।

खोज आरम्भ हो गयी। किस कवयित्री को ले जाया जाए। सब की सब बढ़ी उम्र की ढली हुई हैं। पर कवयित्री को ले जाना ही क्यों आवश्यक है। कवयित्री कह कर वह किसी को भी ले जा सकता है। वह भारत सरकार का संस्कृति विभाग का

राजपुरुष। उसे अधिकार है कि किसी को भी श्रेष्ठ कवयित्री घोषित कर दे। जब टुच्चे टुच्चे समीक्षक यह काम कर सकते हैं, तो उसके प्रमाणपत्र को कौन झुठला सकता है; और कौन यहाँ उससे पूछने वाला बैठा है।... फिर दो क्यों? दो होंगी तो एक दूसरे से चिढ़ेंगी। शिकायत करेंगी। भंडाफोड़ की धमकी देंगी। एक एक कर ले जाना चाहिए। अकेली होगी, तो अधिक खुलेगी। उसे भी सुविधा रहेगी।... एक इस बार, दूसरी अगली बार।

उसने फोन कर युवती को अपने कार्यालय में बुलाया।

"सरकारी खर्च पर टिंबकटू चलोगी?"

"कौन कौन जा रहा है?"

"तुम्हें उससे क्या लेना? तुम्हें जाना है या नहीं?"

"क्या है वहाँ?"

"कवि सम्मेलन।"

"पर मैं कविता नहीं करती।"

"जो स्वयं को कवि गिनते हैं, वे ही कौन सी कविता करते हैं।" वह बोला, "और भारत सरकार में कौन बैठा है, प्रमाणित करने वाला कि कौन कवि है। हम जिसे कवि घोषित कर दें, वह महान् कवि है।"

"पर मैं करूँगी क्या?"

"किसी पुराने कवि की कविता पढ़ देना।" वह बोला, "या स्वयं उल्टी सीधी चार पंक्तियाँ घसीट डालो। जितनी औघड़ होगी, उतनी अच्छी कविता मानी जाएगी। आजकल न समझी जाने वाली कविताओं का फैशन है। लिख लो। तुमसे न हो, तो मैं लिख दूँ।"

"पर आप मुझे ही क्यों ले जाना चाहते हैं?"

"क्योंकि तुम सुन्दर हो, युवा हो। तुम मंच पर उपस्थित रहोगी तो भारत की संस्कृति युवा लगेगी, सुन्दर लगेगी।" और उसका स्वर बदल गया, "सरकारी खर्चे पर दुनिया घुमा रहा हूँ। सप्ताह भर की रईसी वाली हॉलिडेईंग करा रहा हूँ। उस पर नखरा मार रही हो। नहीं जाना तो बोलो। हाँ जाने वालियों की लाइन लगी रहती है।"

"नहीं! नहीं! मैंने मना तो नहीं किया।" युवती बोली, "मैं तो ऐसे ही पूछ रही थी।"

"भाव बढ़ा रही थीं।" वह बोला, "तो जाओ, बढ़ गया भाव। संस्कृति की सेवा की तैयारी करो। अटैची तैयार करो।"

वह युवती को लेकर संस्कृति की सेवा के लिए निकला। विमान में जितनी पी सकता था, पीता रहा। उसकी भुजाएँ, युवती की कमर और कन्धों को नाप नाप कर संस्कृति की सेवा करती रहीं।

होटल में पहुँचते ही युवती से कह दिया कि या तो अपने कमरे का कपाट भीतर से बन्द न करे, या उसी के कमरे में आ जाए।

"क्या करेंगे?" युवती ने पूछा।

"संस्कृति की सेवा।"

"इसलिए लाए हो तुम मुझे?"

"तुम जानती नहीं थीं क्या?" वह बोला, "अब बहुत भोली बनने का नाटक मत करो।"

"तुम अपने पद का दुरुपयोग कर रहे हो। भारत की गरीब जनता का पैसा अपनी ऐयाशी पर लुटा रहे हो।" युवती ने कहा, "मैं तुम्हारे बॉस से तुम्हारी शिकायत करूँगी।"

"कर दो।" वह बोला, "हम एक ही विभाग के राजपुरुष हैं; इसलिए, संस्कृति की सेवा करने की हम दोनों की शैली एक ही है। तुम्हारी शिकायत के पश्चात् वह मेरी पसन्द की प्रशंसा करेगा और अपनी डायरी में तुम्हारा नाम पता लिख लेगा।"

(13.6.2005)

सड़ा हुआ गेहूँ

रामलुभाया काफी परेशान था।

उससे रहा नहीं गया तो बोला, "तुम मुझे बताओगे भोलाराम, कि हमारी सरकार, सड़ा हुआ गेहूँ भी गरीबों को निःशुल्क क्यों नहीं दे सकती?"

भोलाराम मुस्कराया, "क्या तुम सचमुच नहीं जानते?"

"नहीं।"

"क्योंकि सड़ा हुआ गेहूँ ताजा गेहूँ से अधिक मूल्यवान होता है।" भोलाराम बोला, "हमारी सरकार गेहूँ सड़ा नहीं रही है, वह उसे मूल्यवान बना रही है।"

"क्या मूर्खता की बात है।" रामलुभाया झपट कर बोला, "अच्छे गेहूँ से सड़ा हुआ गेहूँ अधिक मूल्यवान कैसे हो सकता है? यदि ऐसा होता तो प्रत्येक किसान अपना गेहूँ सायास सड़ा रहा होता, ताकि उसे अधिक मूल्य मिल सके।"

"किन्तु हमारी सरकार वही कर रही है।" भोलाराम बोला।

"पर क्यों महँगा होता है, सड़ा हुआ गेहूँ?"

"क्योंकि उससे मदिरा बनती है।" भोलाराम बोला, "अब तुम बताओ कि गेहूँ महँगा है या शराब?"

"महँगी तो शराब ही है; किन्तु कोई सरकार अपने देशवासियों को शराब क्यों पिलाएगी?" रामलुभाया बोला, "और फिर महात्मा गाँधी ने भी तो कहा था कि मदिरा हमारे शरीर और आत्मा, दोनों को नष्ट कर देती है।"

"हाँ, किन्तु उन्होंने यह बात तब कही थी, जब कांग्रेस की सरकार नहीं थी। तब उनके पास मनमोहन सिंह जैसे प्रतिभाशाली अर्थशास्त्री भी नहीं थे।" भोलाराम बोला, "तुम ही बताओ कि सत्ता की भूखी सरकार अपनी भूखी जनता का पेट भरना चाहेगी या उसे शराब पिला कर बेहोश करना चाहेगी?"

"हाँ, यह बात तो विचारणीय है।" रामलुभाया ने कहा, "पेट भर जाए तो जनता सरकार की बात नहीं मानती है। नशे में हो तो सरकार की ही मानती है।"

रामलुभाया तो सहमत हो गया; किन्तु उसकी अंतरात्मा अब भी नहीं मान रही थी, "मुझे भारतीय खाद्यान्न निगम का एक कर्मचारी मिला था, वह कह रहा था कि गेहूँ सड़ा ही नहीं था। यह तो बस एक विराट कुप्रचार मात्र है।"

"गेहूँ सड़ा नहीं था तो देश का सारा संचारतन्त्र क्यों गला फाड़ कर चिल्ला रहा था?" भोलाराम ने प्रतिवाद किया, "सरकार ने यह तो कहा कि वह सड़ा हुआ गेहूँ निर्धन लोगों को निःशुल्क नहीं दे सकती; किन्तु यह एक बार भी नहीं कहा कि गेहूँ सड़ा ही नहीं है, तो वह निःशुल्क वितरण क्यों करे? सरकार इतना बड़ा झूठा कलंक क्यों झेल जाएगी?"

"वह कह रहा था..."

"वह कौन?" भोलाराम ने पुनः टोक दिया।

"खाद्य निगम का वह कर्मचारी।" रामलुभाया बोला, "वह कह रहा था कि यह भी अमरीका के संकेत पर हो रहा था। अमरीका नहीं चाहता कि हमारे पास अन्न का इतना बड़ा भंडार रहे कि हम प्राकृतिक संकटों को झेल जाएँ। इसलिए वह प्रचार कर रहा है कि भारतीय खाद्य निगम के पास अन्न भंडारन के उचित साधन नहीं हैं। वह अन्न को सड़ा रहा है। इस प्रचार के पश्चात् भारत सरकार अन्न का वह भंडार इस तर्क से बेच देगी कि जब हम अन्न की रक्षा ही नहीं कर सकते तो हम उसका भंडारन क्यों करें। परिणाम यह होगा कि जब कभी हम संकट में होंगे, अमरीका से सहायता माँगेंगे और वह अपनी शर्तों पर सहायता करेगा। हम एक प्रकार से उसके अधीन होते जाएँगे। अमरीका नहीं चाहता कि आत्मरक्षा का कोई भी साधन हमारे पास रहे।"

"तो भारत सरकार क्यों चाहेगी कि हम अमरीका के अधीन जाएँ?" भोलाराम ने पूछा।

"भारत सरकार का अर्थ क्या?"

"वे लोग, जिन्हें हमने सत्ता सौंप रखी है।"

"वे लोग।" रामलुभाया हँसा, "लोग ही तो हैं। अमरीका सरकार को खरीद सकता है, तो लोगों को नहीं खरीद सकता क्या? तुम्हें क्या कभी भी नहीं लगा कि हमारे प्रधानमन्त्री पाश्चात्य शक्तियों के भक्त हैं?"

"प्रतिदिन यही लगता है। कभी लगता है कि उनकी जिह्वा से अमरीका का पैसा बोल रहा है, कभी इंग्लैंड का और कभी पाकिस्तान का।" भोलाराम बोला, "कभी ऐसा लगा ही नहीं कि उनकी जिह्वा से एक स्वतन्त्र और स्वाभिमानी राष्ट्र बोल रहा है।"

"जब प्रधानमन्त्री की यह स्थिति है, तो शेष मन्त्री क्या करेंगे?" रामलुभाया ने जैसे अपने-आप से कहा।

"शेष मन्त्री प्रधानमन्त्री बनने का प्रयत्न करेंगे।" भोलाराम उच्च स्वर में हँसा।

(30.12.2010)

सपने में आये तीन परिवार

रामलुभाया हक्का बक्का खड़ा रह गया। घर के कपाट बन्द थे; किन्तु उसके सपने में तीन परिवार धक्केमुक्के से घुस आये थे।

"कौन हो तुम लोग?" उसने पूछा।

"डरो मत हम आतंकवादी नहीं हैं।"

"तो कौन हो?"

"हम उनके परिवार हैं, जिन्हें आतंकवादियों ने मार डाला था।"

"क्यों मारा था?" रामलुभाया ने पूछा।

"वे लोग देश की संसद को बचा रहे थे। सांसदों को बचा रहे थे। मंत्रियों और प्रधानमन्त्री को बचा रहे थे।... और साथ ही साथ देश के सम्मान को बचा रहे थे।"

"यह कोई अपराध तो नहीं है।"

"आतंकवादियों की दृष्टि में यह अपराध ही है।"

"तो तुम लोग यहाँ क्या करने आये हो?" रामलुभाया अब भी डरा हुआ था। जाने कब इन लोगों का पीछा करते-करते आतंकवादी भी यहाँ आ जाएँ।

"जगाने आये हैं तुमको?"

"मेरी नींद खराब कर तुम्हें क्या मिलेगा?" रामलुभाया रुआंसा हो गया। उसे जागने का सुख नहीं, नीन्द खराब होने का दुख था।

"नींद खराब नहीं करोगे, तो जागोगे कैसे?" उन तीनों में से एक स्त्री ने कहा, "देश सोया रहेगा तो आगे कैसे बढ़ेगा?"

"देश तो आगे बढ़ ही रहा है।" रामलुभाया ने कहा।

"आगे नहीं बढ़ रहा, नींद में चल रहा है।" वह बोली।

"किन्तु तुम हो कौन?"

"मैं मातबर सिंह नेगी की पत्नी हूँ। जब संसद पर आक्रमण हुआ, वह गेट संख्या 2 पर था।"

"वह तो सो गया और तुम मुझे जगा रही हो।"

"तुमको जगा रही हूँ, क्योंकि देश सो रहा है। सरकार सो रही हैं। तुम भी आतंकवादियों की गोली खा कर सो जाओगे, और तुम्हारी पत्नी सरकारी दफतरों में

न्याय माँगती फिरेगी तो तुम्हें भी नहीं जगाऊँगी।"

"पर तुम्हारे परिवार को तो दस लाख रुपये और पेट्रोल पंप देने का वचन दिया था सरकार ने।"

"हाँ, वचन भी दिया था और अशोक चक्र भी। अशोक चक्र तो हमने लौटा दिया। पेट्रोल पंप के लिए दिल्ली विकास प्राधिकरण के पास भूमि नहीं है। चार लाख पर एक अधिकारी ने आपत्ति लगा दी है, और छह लाख के लिए दूसरा अधिकारी रिश्वत माँग रहा है। अब पहले चार लाख मिलें तो दूसरे को रिश्वत दूँ।"

रामलुभाया उसकी बातों से डर गया। उसने दूसरे परिवार से पूछा, "आप कौन हैं?"

"मैं विजेन्द्र सिंह, हेड कांस्टेबल की पत्नी जयवती हूँ। वह उपराष्ट्रपति का ड्राइवर था। उनको बचाता हुआ शहीद हो गया।" वह बोली, "सरकार ने एक फ्लैट देने का वचन दिया था।"

"वचन दिया था, फ्लैट नहीं दिया?"

"वचन मेरे पास है। फ्लैट सरकार के पास है।" वह बोली, "और वे उपराष्ट्रपति रिटायर हो कर अपने उस ड्राइवर को भूल गये हैं।"

"और आप?" "मैं फोटोग्राफर विक्रम बिष्ट की पत्नी सुनीता बिष्ट हूँ। दस गुणा दस के कमरे में अपने दो बच्चों के साथ रहती हूँ। कमरा इतना बड़ा है कि उसमें एक चारपाई के साथ एक कुर्सी भी आ जाती है।"

"क्या चाहते हैं आप लोग?"

"अफजल गुरु को फाँसी।"

"अफ़ज़ल गुरु को फाँसी? फ्लैट और पेट्रोल पंप नहीं?"

"अफजल गुरु को फाँसी दो, फिर चाहे फ्लैट वलैट सरकार अपने पास ही रख ले।"

"किन्तु गुलाम नबी आजाद ने कहा था कि अफजल गुरु को फाँसी देने से साम्प्रदायिक माहौल बिगड़ जाएगा।" रामलुभाया ने कहा।

"तो गुलाम नबी आजाद को फाँसी दे दो। आतंकवादियों के सहायकों और समर्थकों को भी फाँसी देने का कानून होना चाहिए।" एक परिवार ने कहा, "जब संसद पर आक्रमण करने से साम्प्रदायिक माहौल नहीं बिगड़ा तो हत्यारे को फाँसी देने से साम्प्रदायिक माहौल कैसे बिगड़ेगा? वह तो सुधरेगा?"

"यह कांग्रेस की सोच है।" तीसरे परिवार ने कहा।

"तो इस सोच को फाँसी दे दो।" एक परिवार ने कहा, "नाथूराम गोडसे को फाँसी देने से साम्प्रदायिक माहौल नहीं बिगड़ा। सतवंत सिंह को फाँसी देने से साम्प्रदायिक माहौल नहीं बिगड़ा तो अफजल गुरु को फाँसी देने से क्या हो जाएगा?"

"कांग्रेस का विचार है कि उससे उसके वोट बैंक को फाँसी लग जाएगी।"

"चलो छोड़ो उसको।" रामलुभाया ने कहा, "पर सरकार तुम लोगों को दिए गये

वचन के अनुसार तुम्हारी आर्थिक सहायता क्यों नहीं करती?''

"सरकार के पास पैसा नहीं है?''

"सरकार का पैसा कहाँ गया?''

"अफजल गुरु के लालन-पालन और सुरक्षा-सत्कार में इतना पैसा खर्च हो रहा है कि सरकार दिवालिया हो रही है।''

"और जो कुछ शेष है, वह पाकिस्तानी आतंकवादी कसाब पर खर्च हो रहा है।'' दूसरे परिवार ने कहा, "सरकार बेचारी करे तो क्या करे?"

"हम सब को एक बेचारी और असहाय सरकार के प्रति सहानुभूति प्रकट करनी चाहिए और उसकी आत्मा की शान्ति के लिए प्रार्थना करनी चाहिए।''

"हमें लगता है कि देश जाग रहा है।'' तीनों महिलाओं ने एक स्वर में कहा।

(13.12.2011)

सरकारी अस्पताल

"मैडम अस्पताल से अपने घर लौट आयी हैं।" भोलाराम ने उत्फुल्ल होकर कहा।

"कौन सी मैडम?" मैंने पूछ ही लिया।

"तुम मैडम को नहीं जानते?" भोलाराम कुछ रुष्ट दिखाई दे रहा था।

"जानता क्यों नहीं हूँ।"

"तो पूछ क्यों रहे हो?" भोलाराम का असन्तोष और भी बढ़ गया था।

"मेरा ड्राइवर तो मेरी पत्नी को ही मैडम कहता है।" मैंने कहा, "किन्तु मेरी पत्नी तो अस्पताल गयी ही नहीं, तो फिर वह अस्पताल से घर कैसे आ सकती है?"

"मूर्ख हो तुम।" भोलाराम अपनी औकात पर आ गया, "हमारी पार्टी में अपनी पत्नी को मैडम नहीं कहा जाता।"

"अच्छा," मैं हँसा, "पार्टी की बात कर रहे हो। तुम्हारी पार्टी में इन्दिरा गाँधी को मैडम कहा जाता था। किन्तु अब तो वे जीवित नहीं हैं।"

"इसीलिए, अब हम सोनिया गाँधी को मैडम कहते हैं; और आजीवन कहते रहेंगे।"

"कहो-कहो। मुझे क्या आपत्ति हो सकती है।" मैं हँसा, "तो तुम्हारी मैडम अस्पताल से घर आ गयी हैं?"

"जी हाँ। और स्वस्थ हो कर आयी हैं।" वह जैसे मुझे चिढ़ा रहा था।

"किस अस्पताल में थीं?"

"दिल्ली का एक प्रसिद्ध अस्पताल है गंगाराम। वहीं थीं।"

"इतना बड़ा मेडिकल इंस्टिट्यूट छोड़ कर, वे गंगाराम अस्पताल क्यों गयीं?" मैंने पूछा, "उनके घर से पास पड़ता है क्या?"

"नहीं। पास तो नहीं पड़ता।"

"तो?"

"मेडिकल इंस्टिट्यूट सरकारी अस्पताल है न। तो..."

"तो वहाँ रोगियों का उपचार नहीं होता?"

"ऐसी बात नहीं है, किन्तु सरकारी अस्पताल है। कभी प्रधानमन्त्री और स्वास्थ्य मन्त्री में झगड़ा हो जाता है। कभी स्वास्थ्य मन्त्री और निदेशक में झगड़ा हो जाता

है।'' भोलाराम ने कहा, "कभी स्वास्थ्य मन्त्री के हटने की ही चर्चा होने लगती है। कभी वहाँ वहाँ जाकर पता लगता है कि निदेशक महोदय मीटिंग में हैं और सारे डॉक्टर उनके पास बैठे हैं। कोई डॉक्टर बाहर ही नहीं निकल रहा है। अब मैडम वहाँ जाएँ और पता लगे कि मन्त्री ने त्यागपत्र दे दिया है, या निदेशक अपना झगड़ा लेकर उच्चतम न्यायालय में पहुँचे हुए हैं, या डॉक्टर हड़ताल पर हैं, या अस्पताल में दवाइयाँ ही नहीं हैं, या कुछ भी हो सकता है। आखिर सरकारी अस्पताल है, कोई हँसी ठट्ठा तो नहीं है।''

"तो तुम कहना चाहते हो कि किसी को सरकारी अस्पताल में नहीं जाना चाहिए?''

"ऐसा मैंने कब कहा।'' भोलाराम ने चकित हो कर मेरी ओर देखा, "जाएँ, जो अभागे कहीं नहीं जा सकते। वे जाएँ, किन्तु हमारी मैडम, जिनका कहीं भी स्वागत होगा, वे क्यों जाएँ सरकारी अस्पताल में?''

"मेडिकल इंस्टिट्यूट की ऐसी स्थिति क्यों हो गयी?''

"सरकार के कारण।''

"सरकार किसकी है?'' मैंने पूछा।

"हमारी पार्टी की है। ऑफकोर्स हमारी पार्टी की है।''

"तो उसे ठीक क्यों नहीं करते?'' मैं कुछ रुष्ट स्वर में बोला, "देश के सबसे बढ़िया अस्पताल की यह दशा कर दी कि सत्ताधारी दल की प्रधान भी वहाँ जाने का साहस नहीं कर सकतीं?''

वह जोर से ताली बजा कर हँसा, जैसे मैंने उसकी भर्त्सना न की हो, कोई चुटकुला सुनाया हो।

"हँस क्यों रहे हो?'' मैंने कुछ रोष से पूछा।

"तुम तो एक अस्पताल को लेकर लालपीले हो रहे हो, अरे हमने तो सारे देश की ही ऐसी दुर्गति कर दी है कि कोई भला आदमी इस देश में ही न रहना चाहे।'' वह बोला, "तुम देख नहीं रहे कि जिसको भी विदेश जाने का अवसर मिलता है, वह लौट कर वापस नहीं आता?''

"हाँ। कह तो सच ही रहे हो।''

"हमारे राहुल गाँधी को प्रधानमन्त्री बनने दो, फिर देखो, हम क्या करते हैं?''

"क्या करने वाले हो?''

"इस देश के टुकड़े-टुकड़े कर हम कुछ अलकायदा के हाथ बेच देंगे, कुछ पोप को सौंप देंगे।'' वह बोला, "भारत की वह स्थिति करेंगे कि तुम अपने देश को पहचान भी नहीं पाओगे। न हिमालय रहेगा, न गंगा। न रामसेतु रहेगा, न जन्मभूमि का मन्दिर।...''

"किन्तु तुमको उससे क्या मिलेगा भोलाराम? तुम तो हिन्दू हो।''

"हिन्दू हूँ तो क्या हुआ, अपनी पार्टी का मैं निष्ठावान सेवक हूँ। अपनी पार्टी के लिए, मैं अपनी बहन-बेटियाँ नीलाम कर सकता हूँ। अपना धर्म और संस्कृति तो मैं ऐसे नष्ट कर सकता हूँ, जैसे ज्वालामुखी अपनी धरती को जलाता है।"

"इस सब से क्या मिलेगा तुम्हें?"

"मेरी पार्टी मुझे किसी विभाग का स्वतन्त्र प्रभार देकर मन्त्री बना सकती है।" भोलाराम आकाश की ओर देख रहा था, "मैं उस दिन धन्य हो जाऊँगा, जिस दिन अमरनाथ की गुफा बन्द हो जाएगी और मैं किसी मसजिद या चर्च के विशाल भवन की नींव रखूँगा। उसी दिन के लिए जीवित हूँ मैं।"

"तुम्हारा वह स्वप्न कभी पूर्ण नहीं होगा।" मैंने कहा, "किन्तु इतना बता दूँ कि तुम अपने मकबरे की नींव अवश्य रख चुके हो।"

(8.1.2008)

सरकारों को छोड़ो यार...

"इन सरकारों को छोड़ो यार।" वे बोले, "कलाकारों को दोनों देशों में मैत्री बढ़ाने दो।"

"किन दोनों देशों में?" रामलुभाया ने पूछा।

"भारत और पाकिस्तान में।"

"मैत्री क्या पाकिस्तानी कलाकारों के भारत में आने से ही बढ़ेगी या भारतीय कलाकार भी पाकिस्तान जाएँगे?"

"क्यों नहीं। भारतीय कलाकार भी पाकिस्तन जाएँगे।" वे बड़े जोर से बोले।

"उनको पाकिस्तान जाने का वीजा पाकिस्तान सरकार देगी या आपके पिता जी देंगे?" रामलुभाया ने पूछ ही लिया।

"निस्सन्देह पाकिस्तान सरकार देगी।" वे बुरा सा मुँह बना कर बोले।

"तो पहले उनसे पूछ लो।" रामलुभाया ने कहा, "पर तुम तो शायद सब कुछ सरकारों को परे हटा कर कलाकारों के हाथ में ही देने वाले हो। शायद कलाकार ही एक दूसरे को वीजा दे लेंगे।"

"देखो, तमाशा मत बनाओ।" वे बोले, "हम सरकारों को ही कह रहे हैं कि वे ऐसी नीति बनाएँ कि कलाकार दोनों देशों में आ-जा सकें।"

"आज तक तो ऐसी नीति बनी नहीं।" रामलुभाया ने कहा, "सारा काम एकतरफा ही रहा। पाकिस्तानी कलाकार आते रहे और यहाँ अपना गढ़ बनाते रहे। हमारे कलाकार तो कभी पाकिस्तान गये ही नहीं। गये तो लौटने में कोई समय ही नहीं लगा। हमारी फिल्मों तक पर तो प्रतिबन्ध लगा हुआ है। भारतीय गाने नहीं बजेंगे पाकिस्तान में। हमारी किस भाषा का साहित्य पढ़ा-पढ़ाया जाएगा वहाँ? केवल उर्दू का? वह भी यदि उन्होंने अनुमति दी तो। किनके लिए मार्ग बना रहे हैं आप दोनों देशों में?"

"कलाकारों के लिए।"

"रोजी रोटी कमाने के लिए या मैत्री कराने के लिए?" रामलुभाया ने पूछा।

"मैत्री के लिए।"

"तो यहाँ से वे पैसा कमा कर नहीं ले जाएँगे या यहीं रहने लगेंगे और पैसा नहीं लेंगे?"

"ऐसा भी कभी होता है?" वे तड़प कर बोले, "कलाकार को भूखा मारना चाहते हो?"

"तो सीधे-सीधे कहो न कि उन्हें आजीविका कमाने के लिए भारत में रहने की अनुमति दी जाए।" रामलुभाया ने कहा।

"चलो, वही समझ लो।" वे बोले, "उसमें बुराई ही क्या है।"

"तो कलाकारों में ही क्या सुर्खाब के पर लगे हैं।" रामलुभाया बोला, "डाक्टर और इंजीनियर क्यों नहीं? मजदूर और कारीगर क्यों नहीं?"

"चलो। उनको भी आने दो।" वे बोले।

"तो सारे पाकिस्तान को बुला लो और स्वयं हिन्द महासागर में डूब मरो।" रामलुभाया बोला, "तुमको इतनी सी बात समझ में नहीं आती कि दूसरे देश से आकर कोई आजीविका कमाता है, तो तुम्हारे देश के एक व्यक्ति की आजीविका छीनता है?"

"यार, मैं तो मैत्री की बात कर रहा था।" वे फिर बोले, "कलाकार हृदयों को जोड़ता है।"

"यदि यह सत्य है तो पाकिस्तानी कलाकार अपने देश के लोगों के मन में भारत के लिए मैत्री का भाव क्यों उत्पन्न नहीं करते? उसके लिए उनका भारत में आना क्यों आवश्यक है? भारत के लोगों में तो वैसे ही मैत्री का भाव आवश्यकता से कुछ अधिक ही है।"

"पाकिस्तान की सरकार उन्हें प्रेम का भाव उत्पन्न करने नहीं देती।"

"सरकार को छोड़ो यार," रामलुभाया ने कहा, "कलाकारों को कहो, पाकिस्तान के लोगों को प्रेम करना सिखाएँ। अपने समाज का विष दूर करें। एक शत्रु देश के प्रतिनिधि बन कर यहाँ आने की बात न करें।"

सीधी बातचीत

वातावरण बड़ा तनावपूर्ण था। लोग वायु में नहीं, उत्तेजना में साँस ले रहे थे। गाँधीनगर में आतंकवादी अक्षरधाम मन्दिर में घुस गये थे। मुझे सूचना मिली और मैं भी दूरदर्शन से चिपक गया।

सारे समाचार चैनल धुआँधार ढंग से वही समाचार दे रहे थे। बेचारे कोई नयी बात बता नहीं पा रहे थे किन्तु एक ही बात को ऐसे दोहरा रहे थे, जैसे कोई नयी बात बता रहे हों। कुछ तो मन्दिर के निर्माण का इतिहास बताने लगे थे। कुछ उसके आसपास का भूगोल बता रहे थे। पर कुछ बता अवश्य रहे थे।

सहसा समाचारवाचक ने कहा, "अब हम आपको गाँधीनगर ले चलते हैं, जहाँ हमारे विशेष संवाददाता इस समय भी वहीं अक्षरधाम के सामने की सड़क पर खड़े हैं।"

मुझे थोड़ी निराशा हुई। जो आदमी बाहर सड़क पर खड़ा है, वह सड़क पर खड़े आदमी के ही समान तो बात करेगा। फिर भी...

"संजय जी!" समाचारवाचक ने अपने संवाददाता से कहा, "हमने सुना है कि अक्षरधाम में कुछ आतंकवादी घुस गये हैं।"

"मैंने भी सुना है। धृतराष्ट्र!" संवाददाता ने कहा।

"आपने भी सुना है।" समाचारवाचक ने उसे डाँटा, "हमारा चैनल क्या आपको सुनी सुनाई गप्पें सुनाने के लिए पैसे देता है? आपने देखा क्यों नहीं? संजय!"

"देखा इसलिए नहीं, क्योंकि किसी भी पार्टी ने मुझे इस आइटम को कवर करने के लिए न तो निमन्त्रण भेजा था और न ही कुछ खिलाया पिलाया था।" संवाददाता ने कहा, "आतंकवादियों ने भी सूचना नहीं दी थी कि वे मन्दिर में प्रवेश करने जा रहे हैं। धृतराष्ट्र!"

"अच्छा छोड़िए इस झगड़े को।" समाचारवाचक ने कहा, "बताइए कितने आतंकवादी हैं? संजय!"

"सड़क पर खड़े लोगों में से कुछ दो बता रहे हैं और कुछ तीन। मैं अभी मन्दिर का दर्शनार्थियों वाला रजिस्टर देख नहीं पाया हूँ। उसे देख पाया और उसमें आतंकवादियों ने अपने नाम पते लिखे हुए, तो मैं आपको एकदम ठीक संख्या बताने

की स्थिति में होऊँगा। धृतराष्ट्र!''

''स्पष्ट है कि आपने उन्हें प्रवेश करते हुए नहीं देखा। संजय!''

''जी! यही समझ लीजिए। धृतराष्ट्र!''

''अच्छा बताइए तो वे मन्दिर में क्या करने गये हैं? संजय!''

''उनके भीतर जाने से पहले उनसे मेरी भेंट हो नहीं पायी।'' संवाददाता ने कहा, ''इसलिए न वे मुझे बता पाये, न मैं उनसे पूछ पाया। अब यदि वे जीवित बाहर निकले और भागे नहीं और मुझसे संवाद करने के विरोधी न हुए तो उनसे पूछूँगा कि वे भीतर क्या करने गये थे। धृतराष्ट्र!''

शायद समाचारवाचक को लगा कि संवाददाता कुछ भी नहीं बता रहा है। उसने डाँटा, ''यह कोई समाचार देने का ढंग है। आपको मालूम होना चाहिए कि आतंकवादी दहशत फैलाने के लिए भीतर गये हैं।''

''यह तो आपको भी मालूम है।'' इस बार संवाददाता ने समाचारवाचक को 'संजय' कहने नहीं दिया, ''वे पूजा करने गये होते तो अब तक बाहर आ चुके होते, क्योंकि पूजा का समय समाप्त हो गया है। वैसे भी उन्होंने मन्दिर में प्रवेश करने से पहले नारियल नहीं खरीदा था, ऐसी शिकायत नारियल बेचने वाले ने मुझसे की थी। प्रसाद लेने के लिए भी वे नहीं रुके होंगे, क्योंकि प्रसादवितरक तो घायल अवस्था में मन्दिर से बाहर लाया जा चुका है। धृतराष्ट्र!''

''अच्छा! अच्छा! बताओ, इस समय वहाँ क्या हो रहा है? संजय!''

''गोलियाँ चल रही हैं। धृतराष्ट्र!''

''कौन चला रहा है? संजय!''

''मैं तो यही देख रहा हूँ कि पुलिस वाले चला रहे हैं। धृतराष्ट्र!''

''पुलिस वाले गोलियाँ क्यों चला रहे हैं? संजय!''

''उन्हें वे चलाने के लिए ही मिलती हैं और निःशुल्क मिलती हैं। फोकट में। धृतराष्ट्र!''

''क्या आतंकवादी उनके सामने हैं? संजय!''

''नहीं। आतंकवादी तो मन्दिर के भीतर हैं। धृतराष्ट्र!''

''क्या वे भी गोलियाँ चला रहे हैं? संजय!''

''यह देखने के लिए भीतर जाना पड़ेगा।'' संवाददाता ने कहा और फिर अपनी लाचारी बताई, ''पुलिसवाले मुझे भीतर नहीं जाने देंगे। संजय!''

''तो एक पास ले लो। प्रेसवालों को वे पास देने से मना करने की हिम्मत नहीं कर सकते। करें तो हमें बताओ। हम संसद में भी प्रश्न उठवा देंगे। यह प्रेस की आजादी पर हमला है। संजय!''

''नहीं! आज बात पास की नहीं है धृतराष्ट्र!'' संवाददाता ने कहा, ''मैं यदि भीतर गया, तो वे आतंकवादी मुझे बन्धक बना लेंगे और तुम जानते हो कि ऐसे

में मैं उनसे छिपा नहीं पाऊँगा कि हमारे चैनल वाले मुझे कितना कम वेतन देते हैं। धृतराष्ट्र!''

''न! न! भीतर जाना भी मत। अपना खयाल रखना संजय! तुम मर गये, तो यह संवाद कौन चलाएगा।'' समाचारवाचक ने कहा, ''क्या वहाँ की दीवारें ऐसी नहीं हैं, जिनके आरपार देखा जा सके? फिल्मों में तो जब एनकाउंटर होता है, तो बाहर भीतर सब दिखाई पड़ता है। संजय! ''

''नहीं! यहाँ इतनी पारदर्शिता नहीं है।'' संवाददाता ने बताया, ''या तो मन्दिर गलत ढंग से बना है, या फिर आतंकवादियों ने ही गलत लोकेशन चुन ली है। धृतराष्ट्र!''

''अच्छा! संजय! आपको क्या लगता है, आतंकवादी पकड़े जाएँगे, मारे जाएँगे, या फिर भाग जाएँगे? संजय!''

''तीनों बातों की ही सम्भावना दिखाई दे रही है। यदि लाठी वाले सिपाही भीतर गये, तो वे मारे जाएँगे। बन्दूक वाले गये, तो वे घायल भी हो सकते हैं और मारे भी जा सकते हैं। यदि दिल्ली से कमांडो आये और वे भीतर घुसे, और आतंकवादी तब तक भागे नहीं, तो आतंकवादी मारे जाएँगे। यदि आतंकवादी दर्शनार्थियों को मारने, पुजारियों को बन्धक बनाने और मन्दिर को क्षतिग्रस्त करने में सफल हो गये, तो वे भाग जाएँगे। धृतराष्ट्र!''

''वेरी इंटेलिजेंट! आपने तो सारी तस्वीर ही साफ कर दी संजय! इतनी ढेर सार जानकारी देने के लिए आपका बहुत बहुत धन्यवाद। मानव इतिहास आपके इस योगदान को सदा याद रखेगा। आप समाचारों की दुनिया में सदा अमर रहेंगे। आपका समय समाप्त हो गया है। अब हमारे पास देश के अनेक बुद्धिमान, बाल की खाल निकालने वाले स्टूडियो में उपस्थित हैं। हम उनसे बात कर यह तय करेंगे कि आतंकवादियों को क्या करना चाहिए और पाकिस्तान की नीति क्या होनी चाहिए। संजय!''

''मेरे पास भी समय नहीं है। मैं जा रहा हूँ किसी ज्योतिषी की खोज में, जो यह बता सके कि आतंकवादी अब क्या करेंगे। जो कुछ वह बताएगा, मैं उसकी सूचना आपको दूँगा। धृतराष्ट्र!''

''हम आप से फिर सम्पर्क करेंगे। धन्यवाद। संजय!''

(7.10.2002)

सीमा-रक्षा

अधिकारी के चले जाने के पश्चात् सिपाही ने इधर-उधर देखा : आसपास कोई नहीं था। उसने कुछ प्रतीक्षा की। आहट ली। कोई नहीं आ रहा था। वह निश्चिन्त हो गया और अपनी राइफल कन्धे पर टाँग कर अपनी गुमटी से बाहर निकल आया।

सावधानी से इधर-उधर देखता हुआ वह चलता हुआ निकट के मकान के द्वार पर आया। उसने कपाट थपथपाए।

एक डरे हुए व्यक्ति ने कपाट खोले।

''क्या बात है हवलदार साहब! मैंने तो कुछ भी नहीं किया है।''

''जानता हूँ कि तुमने कुछ नहीं किया है।''

''तो फिर आप क्या करने आये हैं?'' वह बोला, ''कल वे बांगलादेश के सिपाही घुस आये थे। उन्होंने मारपीट भी की। माल भी लूटा। घर की स्त्रियों का अपमान भी किया। तब तो आप आये नहीं और आज...।''

''जानता हूँ।'' सिपाही ने कहा।

''तो फिर आज क्या करने आये हैं?'' डरा हुआ आदमी बोला, ''आपको कल आना चाहिए था। उन दुष्ट पापियों से हमें बचाना चाहिए था। आपको हम गरीब जनता की रक्षा के लिए यहाँ रखा गया है माई बाप।''

''जानता हूँ।''

''तो फिर कल आये क्यों नहीं? आज क्यों आये?''

''बताता हूँ।'' सिपाही ने कहा और कन्धे से अपनी राइफल उतारी।

''अरे मैंने क्या किया है?'' वह व्यक्ति डर कर चीखा, ''कल बांगलादेशी सिपाही बन्दूक के बल पर अपनी मनमानी कर गये। आज आप...।''

''डरो नहीं!'' सिपाही ने कोमलता से कहा, ''जो कहता हूँ, वह करो।''

''करना ही पड़ेगा।'' डरा हुआ आदमी बोला, ''बन्दूक के बल पर तो जो चाहे, वही करवा ले। चाहे मेरी गाय को हाँक कर ले जाए, चाहे मेरी बेटी को।''

''मैं ऐसा कुछ नहीं कर रहा।'' सिपाही बोला, ''मैं तो तुम्हारी रक्षा का प्रबन्ध कर रहा हूँ।''

''बन्दूक से डरा कर?''

''नहीं! लो मेरी बन्दूक थामो।'' सिपाही ने अपनी राइफल उसकी ओर बढ़ा दी।

''मैं तुम्हारी बन्दूक की रखवाली करता रहूँ और तुम मेरे घर को लूटते रहो।''

''अरे नहीं पागल!'' सिपाही मृदुलता से हँसा, ''पकड़ो मेरी बन्दूक। मैं तुम्हें बन्दूक चलानी सिखाऊँगा।''

''न बाबा! मुझे नहीं सीखनी है बन्दूक। मुझे बन्दूक से भी भय लगता है और बन्दूक चलाने से भी।''

''डरो मत! बन्दूक चलाने में कोई संकट नहीं है।'' सिपाही ने कहा।

''तो तुम ही क्यों नहीं चलाते? मुझे क्यों पकड़ा रहे हो?'' डरा हुआ आदमी बोला।

''बता दूँगा। पहले तुम बन्दूक पकड़ो।'' सिपाही ने कहा।

''अरे कहीं गोली चल गयी और कोई मर मरा गया।'' डरे हुए आदमी ने कहा, ''तब तुम ही मुझे बाँध कर ले जाओगे। यह कैसा षड्यंत्र रच रहे हो भाई?''

''यह षड्यंत्र नहीं है।'' सिपाही बोला, ''युक्ति है। तुम मुझ पर विश्वास करो। मैं सचमुच तुम्हें बन्दूक चलानी सिखाना चाहता हूँ।''

''पर क्यों?''

''ताकि समय आने पर तुम अपनी रक्षा कर सको।''

''मैं सीख भी गया तो मुझे बन्दूक कौन देगा?''

''मैं दूँगा।''

''गोलियाँ कौन देगा?''

''मैं दूँगा।''

''पर तुम मेरी रक्षा क्यों नहीं करते। हमारी सरकार ने तुम्हें बन्दूक दी है। बन्दूक चलानी सिखाई है। युद्ध करना सिखाया है। शत्रु को मारना सिखाया है। तुम अपनी दायित्व से भाग रहे हो। डरते हो?''

''नहीं भाई! ऐसा कुछ नहीं है।'' सिपाही धीरे से बोला, ''मैं डरता नहीं हूँ। पर जब मैं तुम्हारी रक्षा नहीं कर पाता तो मुझे बड़ी लज्जा आती है।''

''तो करते क्यों नहीं हो? तुम्हें बन्दूक चलानी नहीं आती?''

''बन्दूक चलानी तो आती है।'' सिपाही ने कहा, ''पर गोली चलाने की अनुमति नहीं है।''

''तो किस बात की अनुमति है– गोली खाने की और मर जाने की?'' डरा हुआ आदमी कुछ वाचाल हो गया था, ''तुम्हें यहाँ सीमा पर खड़ा किसलिए किया गया है? आखिर तुम सीमा सुरक्षा बल हो।''

"मुझे अनुमति है, गोली खा कर गृह मन्त्रालय को रपट भेजने की। तुम्हें लुटते और मरते देख कर अपनी सरकार को सूचना देने की।"

"गोली के उत्तर में गोली चलाने की नहीं?"

"नहीं!"

"क्यों?"

"क्योंकि मनमोहन सिंह, खालिदा ज़िया से मित्रता करना चाहते हैं।"

(15.11.2005)

सुरक्षा की चिन्ता

उत्तरप्रदेश में एक स्थान है लखीमपुर खीरी। वहीं कहीं एक गाँव के थाने के निकट खेतों में या जंगल में 14 वर्षों की एक किशोरी अपने पशुओं को चरा रही थी। उसका नाम शायद सोनम था। वैसे नाम से फर्क क्या पड़ता है। किशोरी तो किशोरी ही रहेगी। नाम बदल जाने से किशोरी, प्रौढ़ा तो बन नहीं जाएगी और प्रौढ़ा होने का अर्थ यह तो नहीं है कि वह लंपटों से सुरक्षित हो जाएगी।

... वन हो या खेत, उससे पशु को कोई अन्तर नहीं पड़ता। उसे तो चरना ही है, चरेगा। गाँव कौन सा था, इससे भी क्या फर्क पड़ता है। कोई भी हो, घटनाएँ तो एक जैसी ही घटेंगी। समय क्या था, इससे भी कोई अन्तर नहीं पड़ता; पहले जो कुछ केवल रात के अँधेरे में घटित होता था, अब वह दिन के उजाले में भी घटित हो जाता है। उसे सूर्य देखे या चन्द्रमा घटना तो वैसी ही घटेगी...

तो थाने में बैठे दारोगा जी ने देखा कि चौदह वर्षों की एक किशोरी थाने की दीवार के निकट खेत में खड़ी थी। वह इतनी अकेली थी कि उसे कोई भी खेत में ग़सीट सकता था। घसीटी तो वह थाने में भी जा सकती थी। ब़स दिशा का ही तो अन्तर था। मेंड़ पर से घसीटी जाती तो खेत में चली जाती; दीवार पर से घसीटी जाती तो थाने में आ जाती। दारोगा जी को लगा कि वह अवयस्क नासमझ किशोरी ऐसे अकेली खड़ी सुरक्षित नहीं थी। जाने वह क्यों और कैसे स्वयं को सुरक्षित मान रही थी। वह अपने खेत में खड़ी थी, इसलिए सुरक्षित थी? अपने गाँव से लगे जंगल में खड़ी थी, इसलिए स्वयं को सुरक्षित मान रही थी? या फिर थाने की दीवार से लगी खड़ी थी, इसलिए स्वयं को सुरक्षित मान रही थी; क्योंकि थाना तो होता ही लोगों की सुरक्षा के लिए है।...

किन्तु दारोगा जी की चिन्ता थी कि जो कुछ भी हो, वह लड़की घसीटी जा सकती थी; और जो कोई भी उसे घसीटेगा, वह उसकी रक्षा थोड़ी करेगा। लड़की संकट में थी। दारोगा जी किसी को संकट में नहीं देख सकते थे; और वह भी विशेष रूप से कुँवारी नासमझ असुरक्षित किशोरी को। उसे समझदार बनाने के लिए दारोगा जी को कुछ करना होगा।... उन्होंने सिपाही को संकेत किया।

"जी दारोगा जी।"

"यार वह लड़की अकेली खड़ी है।"

"ले आऊँ?"

"वह वहाँ सुरक्षित नहीं है।"

"वहाँ कुछ करेंगे तो हम भी सुरक्षित नहीं रहेंगे। उसे थाने में ही ले आता हूँ। यहाँ सुरक्षित रहेगी।"

सिपाही बाहर आया तो देखा कि लड़की के साथ उसका एक छोटा सा भाई भी था, जो थाने के अन्दर से दिखाई नहीं पड़ रहा था।

सिपाही ने लड़की की कलाई थाम ली, "आ जा। दारोगा जी तेरी सुरक्षा की चिन्ता में दुबला रहे हैं।"

लड़की चिल्लाई। उसका भाई भी चिल्लाया।

"भाग जा, नहीं तो मार डालूँगा।" सिपाही ने लड़के को धमकाया और लड़की को थाने में घसीट लाया।

दारोगा जी ने संकेत किया। सिपाही लड़की को घसीटता हुआ एक कमरे में ले गया।

"लड़की कमरे में सुरक्षित है दारोगा जी।"

दारोगा जी अपना पाजामा सँभालते हुए कमरे में चले गये।... थोड़ी देर में लड़की का चीखना चिल्लाना बन्द हो गया। सिपाही ने मान लिया कि दारोगा जी ने उसे सँभाल लिया है; और वह सुरक्षित हो गयी है।

"अब मैं जाऊँ?" दारोगा जी के बाहर आने पर सिपाही ने पूछा।

"तू ही जा भाई। वह इतना चिल्ला रही थी कि मुझे लगा कि मैं ही सुरक्षित नहीं हूँ। उसका चिल्लाना बन्द करने की कोशिश की तो जाने क्या हुआ, वह चुप ही हो गयी।"

"मर गयी है तो एकदम सुरक्षित है, अब कोई उसका क्या कर लेगा।" सिपाही हँसता हुआ उसके कमरे में चला गया।

****

दिल्ली के रामलीला मैदान में बाबा रामदेव दिन भर अनशन कर रात को सो रहे थे। पुलिस को (पहली बार) समाचार मिला कि रामलीला के आसपास का क्षेत्र बड़ा संवेदनशील इलाका है। वहाँ बाबा जी एकदम सुरक्षित नहीं हैं। किसी ने बाबा जी को मार दिया तो साम्प्रदायिक दंगा हो जाएगा। पुलिस का कर्तव्यबोध जाग उठा। पुलिस इतना बड़ा जोखिम नहीं उठा सकती थी। बड़े अफसर ने छोटे अफसर को बुलाया, "वहाँ बाबा जी सुरक्षित नहीं हैं। वहाँ तो कोई भी उन्हें मार डालेगा। समझ रहे हो, वहाँ उनकी हत्या हो सकती है।"

"तो उनकी सुरक्षा का प्रबन्ध कर देते हैं।" छोटा अफसर बोला, "हत्या तो तब

ही होगी, जब वे जीवित होंगे।''

"ठीक कह रहे हो।''

"तो फोर्स ले जाता हूँ। सोए लोग उठ कर भागेंगे। भगदड़ मचेगी। भीड़ के पैरों तले कुचले जाएँगे, तो पूरी तरह सुरक्षित हो जाएँगे। तब कोई उनकी हत्या कैसे करेगा?''

"देखो, हम कोई रिस्क नहीं ले सकते। पूरी सुरक्षा होनी चाहिए।''

"पाँच हजार जवान ले जाऊँ?''

"ठीक है। जाओ।''

****

पुलिस बन्दोबस्त तो चाक-चौबन्द था। फिर भी पत्रकार हैरान थे कि उस लड़की का शरीर तो थाने के घेर में ही मिल गया। पता नहीं सुरक्षा में क्या त्रुटि हुई कि बाबा का शरीर हरद्वार पहुँच गया।

(14.06.2011)

सेतु, समुद्र और बालू

दो सखियाँ सागरतट की रेत में खेल रही थीं। कभी घरौंदे बनाती थीं, कभी तोड़ देती थीं।

"चलो पानी में खेलें।" डीएमके ने कहा।

"न बाबा। मुझे पानी से भय लगता है।" कांग्रेस बोली।

डीएमके जोर से हँस पड़ी, "यह रामेश्वरम् है। यहाँ भय का कोई कारण नहीं है। यहाँ मेरे अप्पा का राज है।"

"पर यह राम नाड भी तो है और तुम्हारे अप्पा कोई समुद्र के देवता वरुण के अवतार हैं कि उनके कारण समुद्र में भय नहीं है?"

"नहीं। नहीं। मैं तो यह कह रही थी कि रामेश्वरम् का अपमान करने से भी कोई हमें कुछ नहीं कहेगा।... और राम नाड का नाम तो हम बदल ही देंगे।"

"किन्तु मैं राजनीति की नहीं, भूगोल की बात कर रही थी।" कांग्रेस ने कहा, "क्या समुद्र का जल हमें डुबो नहीं देगा?"

"नहीं। उसका भय भी नहीं है।"

"क्यों? यहाँ समुद्र की लहर नहीं आती?" कांग्रेस ने सहमे से स्वर में पूछा।

"नहीं। यहाँ लहरें नहीं आतीं। यहाँ समुद्र के तूफान भी नहीं आते।" डीएमके ने कहा।

"क्यों नहीं आते?"

"उससे तुम्हें क्या लेना देना। आओ पानी में खेलें।"

"मैं डूब तो नहीं जाऊँगी?" कांग्रेस ने पूछा।

"राजनीति की दृष्टि से तो तुम कब की डूबी हुई ही हो। किन्तु समुद्र में तुम नहीं डूबोगी।" डीएमके ने कहा, "और यदि डूबने लगोगी, तो मैं हूँ न। हाथ थाम लूँगी।"

"तुम्हारे थामने से क्या होगा। तुम कोई मेरी मम्मी के समान बड़ी हो।" कांग्रेस हँसी, "इतनी छोटी हो कि अभी इस प्रदेश से बाहर भी नहीं गयी हो।"

"तो क्या हो गया? हम यहाँ ऐसे दृढ़ हैं कि समुद्र की लहर तो क्या, हम प्रदेश के बाहर की हवा भी नहीं आने देंगे।"

"हाँ। मम्मी कह रही थीं कि वायु के अभाव में चाहे तुम्हारे लोग मर जाएँ, किन्तु तुम्हारे अप्पा यहाँ बाहर की हवा भी नहीं आने देंगे।" कांग्रेस ने कहा, "किन्तु तुम्हारे अप्पा कह रहे हैं कि वे यहाँ समुद्र में एक नहर बनाना चाहते हैं, ताकि विश्व भर के जलपोत आ सकें...।"

"हाँ। मेरे अप्पा कह रहे थे कि संसार के जलपोत चाहे आ जाएँ किन्तु उत्तरीय भारत से हवा भी नहीं आनी चाहिए। इसीलिए तो वे राम-सेतु... अं अं ऐडम ब्रिज को तोड़ना चाहते हैं।"

"हाँ। तुम्हारे अप्पा श्रीलंका के तमिलों से भाईचारा बढ़ाना चाहते हैं, तो फिर भारत और श्रीलंका के इस सेतु को क्यों तोड़ना चाहते हैं?"

"यहाँ कोई सेतु-वेतु है ही नहीं।" डीएमके ने कहा।

"तो राम-सेतु क्या है?"

"न कोई राम है, न राम-सेतु है।" डीएमके ने खीज कर कहा।

"तो तोड़ना किसे है?"

"कुछ समुद्री चट्टानें हैं, उन्हें हटाना भर है।" डीएमके पानी में उतर गयी, "आओ। खेलें।"

"पर मेरी मम्मी कह रही थी कि यदि यह ऐडम ब्रिज है तो इसे ऐडम ने बनाया होगा। ईसाई लोग नहीं चाहेंगे कि ऐडम के बनाए किसी ब्रिज को तोड़ा जाए। ऐडम की चर्चा बाइबल में है। बाइबल में चर्चित किसी चीज को तोड़ा जाए तो उससे मेरी मम्मी को बहुत कष्ट होगा।"

"मैं अपने अप्पा से कह दूँगी कि ब्रिज चाहे तोड़ें, ऐडम को न तोड़ें।" डीएमके बोली, "बालू अंकल भी कह रहे थे न कि वे केवल समुद्र की बालू को हटा रहे हैं, कुछ तोड़ नहीं रहे। मुझे लगता है कि वे हटा-वटा कुछ नहीं रहे। बस चारों ओर बालू ही बालू कर देना चाहते हैं।"

वे दोनों कुछ और आगे बढ़ आयी थीं।

"यहाँ पानी न तो गहरा है, न उसमें लहरें हैं, यह कैसा समुद्र है?" कांग्रेस ने कुछ चकित होकर पूछा।

"हाँ वह है न। वह। जिसने समुद्र की लहरों को रोक रखा है।"

"वह क्या?" कांग्रेस ने पैर आगे बढ़ाया।

"और आगे नहीं।" डीएमके चिल्लाई, "आगे समुद्र गहरा है। डूब जाओगी। मैं तुम्हारी अम्मा को क्या उत्तर दूँगी।"

"आगे समुद्र गहरा है?" कांग्रेस ने चकित होकर पूछा, "तो जहाँ मैं खड़ी हूँ, यह क्या है?"

"यह। यह ही तो वह राम-सेतु है, पानी में तीन फुट नीचे। उसी पर तो खड़ी हो तुम।" डीएमके बोली, "तो इस पर खड़ा हो जाता है, वह डूबने से बच जाता

है। इसीलिए तो हम इसे तोड़ना चाहते हैं, ताकि हिन्दू इस पर खड़े न हो सकें।"

"मेरी अम्मा भी इसे तोड़ना चाहती हैं, ताकि यह सारा देश समुद्र में डूब जाए..."

"अरे, वह तो तब होगा, जब तुम न डूबो। पर तुम तो स्वयं इस पर से कूद कर डूबना चाहती हो।"

"मेरी अम्मा कहती थीं कि यह राम-सेतु हम सबको डुबोएगा। इसलिए इसे तोड़ देना चाहिए।"

डीएमके हँस पड़ी, "है न मजे की बात, जो सारे देश को डूबने से बचाए हुए है, वह हमें अपने लिए संकट लगता है। बालू चाचा कहते हैं कि हम इस सारे देश को समुद्र में डुबो कर ही जीवित रह सकते हैं; क्योंकि हम राक्षसराज रावण के वंशज हैं, जो दूसरों का रक्त पीकर ही जीवित रह सकता है।"

स्टोरी

रामलुभाया बाँसों उछल रहा था।

"क्या हुआ?" मैंने पूछा।

"आज गज़ब की स्टोरी हाथ लगी है।" वह बोला, "मेरा तो दिन बन गया।"

किसी को नंगा करने का अवसर मिल जाए तो पत्रकार का दिन बन ही जाता है।

"क्या हो गया?"

"लालू अपने मतदाताओं को सौ सौ रुपये के नोट बाँट रहे थे।" वह बोला, "हमने वीडियो रिकार्डिंग कर ली। अब धरे जाएँगे बच्चू, निर्वाचन आयोग की आचार संहिता में।"

"उससे क्या होगा।"

"सम्भव है, वे चुनाव न लड़ सकें। सम्भव है, पार्टी मी मान्यता रद्द हो जाए।"

मैं भी रामलुभाया के साथ प्रसन्न हो गया। जो व्यक्ति इस प्रकार आचार संहिता का खुल्लमखुल्ला उल्लंघन करे, उसको तो चुनाव लड़ने से रोका ही जाना चाहिए।

"शाबाश!" मैंने कहा, "लगे रहो रामलुभाया! लगता है, आज तो तुम्हारे साथ मेरा भी दिन बन गया है।"

दो दिनों बाद जब रामलुभाया मिला, तो भी उसी प्रकार प्रसन्न था।

"आज क्या हुआ रामलुभाया?" मैंने पूछा।

"आज फिर लाइफ बन गयी।" उसकी बाछें खिली पड़ रही थीं, "आज फिर एक जबर्दस्त स्टोरी हाथ लगी है।"

"आज कौन पकड़ा गया?"

"बताता हूँ।" उसने प्रसन्नता की एक गहरी साँस ली, "बिहार में एक व्यक्ति रिक्शा चलाता था। उसे कैंसर हो गया। उसका रिक्शा चलाना बन्द हो गया। घर में खाने को कुछ नहीं था। उसकी पत्नी स्वयं तो भूखी थी ही...।"

"कितने दिनों की भूखी थी?" मैंने बीच में ही उसे टोक दिया।

"वह सब इंपॉरटेंट नहीं है।" उसनें कहा, "इंपॉरटेंट यह है कि वह अपने बच्चों को भूख से बिलबिलाता नहीं देख सकी और अपने बच्चों समेत नदी में कूद पड़ी।"

"मर गयी?"

"मर जाती तो स्टोरी कैसे बनती।" वह परम प्रसन्न था, "नदी में कुछ मछुवारे मछलियाँ पकड़ रहे थे। उन्होंने उस महिला और उसके बच्चों को बचा लिया।"

"यह तो अच्छा हुआ।" मैंने कहा, "पर उनकी भूख का क्या होगा?"

"उनकी भूख का?" वह हँस पड़ा, "उनकी भूख की बात सोचते हो, हम पत्रकारों की भूख की बात नहीं सोचते। हम अपनी भूख मिटाने, उस दुखियारी के पास पहुँचे तो पता चला कि जॉर्ज फर्नांडीस अपने साथियों के साथ हम से पहले ही वहाँ पहुँच चुके थे और उन लोगों का दुख दर्द सुन रहे थे।"

"यह तो अच्छा हुआ। किसी ने तो उन बेचारों की सुध ली।"

"अच्छा हुआ।" उसकी प्रसन्नता छलाँगें मार रही थी, जैसे गाय का बछड़ा अपनी मस्ती में कूद फाँद रहा हो, "यह तो बहुत ही अच्छा हुआ। जॉर्ज ने उनका दुखड़ा सुना। दुखड़ा सुनने से तो किसी का पेट तो नहीं भर जाता। पेट भरने के लिए तो अन्न चाहिए। और अन्न मिलता है पैसे से।"

"तो वहाँ किसी ने उन्हें पैसे नहीं दिए?" मुझे अत्यन्त कष्ट हो रहा था।

"दिए न!" वह बोला, "न दिए होते तो हमारी स्टोरी कैसे बनती।"

"किसने दिए?"

"जॉर्ज के साथियों में से ही किसी ने दिए। पर जॉर्ज के सामने दिए।" वह बोला, "जॉर्ज खड़े देखते रहे।" उसने अपना छक्का मारा, "और हमने उसकी वीडियो रिकार्डिंग कर ली।"

"वह तो करनी ही चाहिए थी।" मैंने कहा, "लोगों को मालूम होना चाहिए कि अभी भी इस देश में माताएँ भूख से बिलबिलाते अपने बच्चों का कष्ट सहन न करने के कारण उनके प्राण भी ले लेती हैं और अपने प्राण भी दे देती हैं।"

"मूर्ख हो तुम।" वह बोला, "स्टोरी इन बातों से नहीं बनती। स्टोरी बनती है कि निर्वाचन आयोग की संहिता का उल्लंघन कर जॉर्ज ने भी लालू के समान लोगों को पैसे दिए।"

मैं अटपटाया सा उसका चेहरा देखता रहा, "तुम्हें जॉर्ज के साथियों द्वारा भूख से बिलबिलाती एक महिला को अन्न के लिए कुछ रुपये दिए जाने और लालू द्वारा वोट बटोरने के लिए नोटों की वर्षा एक जैसी बात लगती है? इसमें से एक अपराध है और दूसरा मानवीय करुणा का उदाहरण।"

“मूर्ख हो तुम। ये दोनों ही स्टोरियाँ हैं।” वह बोला, “जॉर्ज और उनके साथियों के सम्बन्ध में भी एफ. आई. आर. दर्ज हो गया है। देखें, वे भी चुनाव लड़ सकते हैं या नहीं।”

“न लड़ सके तो?”

“बेसहारा औरतों में रुपये बाँटते फिरेंगे।” वह पूर्ण निर्ल्लजता से हँसा।

मेरी समझ में ही नहीं आया कि मैं उसे कैसे धिक्कारूँ।

(27.12.2004)

❑❑